银河九天 著

疯狂的硬盘

黑客江湖 ①

重庆出版集团 重庆出版社

我朋友的女儿今年5岁，他们家跟其他普通的现代家庭不一样的地方是没有电视，但有数台电脑。有一天，我朋友领着女儿拜访亲友，那家人有一台电视，我朋友的女儿就直接走到电视那里去摆弄。找来找去，还钻到电视后面，寻觅未果，她便问："鼠标在哪里，我怎么没找到？"

我的另一个朋友，他有个刚刚学说话，还不会走路的小婴儿，单独占有了他的iPad。小孩已经能够优雅而熟练地使用iPad，在上面画画，操作软件，完成复杂的任务。有一天，我朋友打印了一张高分辨率的图片，放在桌子上。孩子看见了，就上前试图去放大图片，就像她在iPad上常做的那样。但孩子试了几次没有成功，于是她跟我朋友说："这个东西坏了。"

还有一个朋友，他跟自己8岁的儿子谈论往事的时候，说到那个年代没有计算机。这个事实让他儿子感到困惑，于是问道："那你们在计算机出现之前是怎么上网的？"

我从孩子们的口中学到了两课：当一个东西不能用鼠标或手势互动，它是坏掉的；互联网不是计算机和设备，它是一种神秘的东西，一种更广阔的东西，它关乎人性。

——凯文·凯利

（《失控》作者，《连线》杂志创始主编，1984年第一届黑客大会发起者）

《黑客江湖》秘密档案

胡一飞
（二当家的）

东阳理工大学学生，个性有点猥琐、有点仗义、有点龟毛、有点狡猾、有点聪明……阴差阳错之下从网上淘到一块二手硬盘，没想到竟因此走上一条强大离奇、令人啼笑皆非的黑客之路。

曾玄黎
（狗不理糖包）

开着 Mini Cooper 的富家女，个性非常火爆，与胡一飞不打不相识，成为另类好友。

梁小乐

东阳理工大学的学生，胡一飞的女朋友。

刘晓菲

梁小乐同寝室好友，被胡一飞痛批为"超级电灯泡"，川妹子。

孟 楠
（魔兽猛男）

胡一飞同寝室的老大，酷爱打魔兽游戏，本性比较忠厚老实。

段 宇
（忧郁的段誉）

胡一飞同寝室的老三，为人比较磨叽、吝啬，跟女朋友小丽的恋情搞得波澜壮阔，很为同宿舍其他人鄙视。

孙亚青

胡一飞同寝室的老四，有点愣，有点呆，因为家庭原因不思进取，整天跟着老大鬼混。谈过很多次恋爱，每次都不成功。

惠　信 （Cobra）	中国第一代黑客，本性温和，恪守黑客道德，后来逐渐淡出黑客江湖，隐在东阳市微蓝科技公司做技术总监，是胡一飞的启蒙老师。
黑　天	国内黑客圈的龙头老大，眼界开阔，见识不凡，为人宽厚正直，刚毅坚韧，人称"黑老大"，以捍卫国家网络安全和信息安全为己任，多次挫败不明身份敌人发起的网络袭击和窃密行动，积极筹建国家网络安全体系的建立。
寒号鸟 （糖炒栗子/ 我是读书人）	在以破坏和炫耀武力为尊的黑客文化下诞生的国内头号黑客，曾多次入侵大型网络机构。为人小心谨慎、机警狡猾，惯于欺软怕硬，出道多年从未留下蛛丝马迹。一次在网上调戏还是小菜鸟的黑客胡一飞，从此命运发生转折。
狼　蛛	被胡一飞称为"一根筋"，同时也是一名黑客狩猎者，其师傅是国际著名黑客狩猎者斯帕克，后成为胡一飞的好友。
赵　兵 （凤狼）	东阳市大道科技公司网络部经理，国内早期黑客，被胡一飞称为"斯文败类"、"变态狂"，利用自己的黑客技术偷窥女性隐私，谋取各种不义之财。
朱七戒	国内地下黑客组织"无尽沉沦"的军师级人物，为人精明狡猾，有手段有谋略，将"无尽沉沦"打造为国内最大的地下黑客组织，谋取了不计其数的不义之财。
老　骚	真名劳思傲，国内网络安全公司利安防的技术总监。
枫月影	间谍黑客高手，平时在各种不同势力的黑客间辗转腾挪，刺探消息，贩卖情报。

目录
contents

第一章 淘宝硬盘买一送一 001

胡一飞激动得浑身乱颤,在电脑桌底下狠狠地拍着自己的大腿,不是做梦,他终于成功入侵了另外一台电脑。

胡一飞没想到自己的第一次成功入侵竟然是在这么一个情况下完成的,这感觉很爽,还有点意外。

第二章 谁中了500万? 012

第二天,几乎整个理工大都知道二号宿舍楼有人中了500万。小道消息的传播速度那叫快,连猪流感都望尘莫及。胡一飞一上午被人问了十八次,段宇被问了九次,老四和猛男没来上课,他们去网吧奋斗了,所以免遭此难。

第三章 美女QQ号,只卖十份 020

"哥们,那美女的QQ号码是多少?"

人群中不知道谁喊了一句:"哥们,我出50,买美女的QQ号码!"

胡一飞把网管胸牌一扯,跳到旁边的椅子上,大大咧咧地喊开了:"都别吵!一口价,200块!一手交钱,一手交号,想要号码的就赶紧排队,只卖十个!还价的一边玩去!老四,你负责收钱!"

第四章 "读书人"算个屁 029

我是读书人此时还在"狼窝大本营"论坛上,按照胡一飞使用神器的经验来看,链接成功之后,就应该显示对方访问论坛的画面,可现在看到的画面中却没有任何访问论坛的影子,就是一个蓝色的桌面,好几分钟都不变。胡一飞点开进程管理器,也没有找到任何浏览器运行的痕迹,心里更加疑惑,真是活见鬼了!

想来想去,胡一飞突然明白了,代理!一定是代理!

第五章　胡一飞的买卖　　　　　　　　　　　037

退出人群，胡一飞掏出手机拨电话："喂，老猪吗？我是胡一飞，听说你们协会搞了个网络安全的报告会……对对对，我想去听听！长长见识嘛，活了这么大，黑客倒是常听人提起，不过这活的黑客还是头一回见呢！"

第六章　活生生的黑客，活生生的入侵　　　　044

Cobra在论坛上点了点，道："大家都看到了吧，论坛的管理员账号确实叫做Admin，这个都不用输入查询语句，论坛列表就有显示。我们知道了他的账号，去猜他的密码，只是迟早的事情。但这似乎有点浪费时间了，我们是不是考虑一下使用修改语句呢？我们可不可以利用SQL语句直接把他的密码改为12345呢？"

第七章　关机狂　　　　　　　　　　　　　　058

我是读书人的脑门沁出一层冷汗。到底是什么人呢？竟然会如此强大，不管自己用什么IP，只要一登录，对方就能立刻侵入，然后强制关机，这样的事简直是骇人听闻。这怎么可能呢？根本就不符合入侵的基本法则，难道说对方可以随意入侵任何一台电脑吗？

第八章　拿书的淑女　　　　　　　　　　　　066

胡一飞站在女生宿舍门口，兜里揣着装项链的盒子，嘿嘿地笑，心想自己真是无耻，拿着卖美女QQ号的钱买了礼物，再来泡另外一个美女。古往今来，能够做到自己这步的，怕是没有几个吧！

第九章　男生宿舍楼围观事件　　　　　　　　076

她这么一喊，楼上倒是立刻露出十多个脑袋来，一个个兴奋得像是打了鸡血，趴在窗沿上议论着："怎么个情况啊？胡一飞这小子干啥缺德事了？这都被美女堵到楼门口了。"再一看，就发现楼下叫阵的，还真是货真价实的美女，再再一看，那美女屁股后面趴着一辆Mini Cooper。这下就炸了窝，一个个呼朋唤友、狂嚎乱叫的，不到一分钟，阳台上就黑压压地挤满了脑袋，远远看去，甚是壮观，像是爬满了毛毛虫。

第十章　二当家的失心疯　　　　　　　　　　090

"妈的！老子让你挂，挂个锤子！"胡一飞发了狠，干脆一不做、二不休，直接来了个硬盘格式化。这回他也不关机了，如果那些服务器在跟前的话，估计他都把服务器撕成碎片了。

被胡一飞关掉的服务器，大大小小几百个，有几家还是大型的门户网站社区。把这些服务器的消息陆续汇总到一起，就有人感觉出不对劲，这么大规模的服务器集中关机事件，肯定不是偶然。

第十一章　寒号鸟有样学样　　096

电脑前的寒号鸟却是被气歪了鼻子，那个发广告的不是别人，正是刚才骂自己马甲"不懂就别再在这里瞎凑热闹，纯属添乱"的家伙。

这下他实在是忍不住了，老虎不发威，你当我是病猫！他设好跳板，用本尊登录了狼窝。论坛上的人还没反应过来呢，寒号鸟已经开始破口大骂，他指名道姓揪住那个家伙："老子就一句话，我不信！如果你们非要说这次的关机事件是由病毒引起的，那就把病毒的样本、特征码发出来给我瞧瞧，拿不出来的话，可别怪老子砸你的脸！"

第十二章　网络加现实的黑客攻击　　106

入侵者打开这份登记表，在里面快速翻找了起来。很快，他就锁定了一个IP地址：10.50.0.120。只见入侵者拿鼠标圈了一下IP地址后面对应的信息：二号宿舍楼319室，胡一飞。

点击链接后，对方进入了另外一台电脑，运行了桌面上的一个快捷图标，叫做"东阳理工大学学生档案管理系统"，输入"胡一飞"三个字，点击查询按钮之后，胡一飞的档案便被调了出来。这档案，就是胡一飞以前也没见过，里面包括了照片、生日、电话、籍贯等信息。

第十三章　会留下脚印的清理日志　　115

"真是的，我怎么这么笨呢！"狼蛛后悔不已，这二当家的明显就是在耍着自己玩。还是论坛上那个糖炒栗子说得对，这家伙是个高人，专门捉弄菜鸟。

第十四章　狼峰会　　125

第二天早上，胡一飞起了床，迷迷瞪瞪地登录狼窝，想看看那个狼蛛有没有回音。结果一登录，论坛上一张大大的海报映入眼帘：狼窝首届网络峰会即将召开，群狼聚首，再铸中国黑客辉煌。

第十五章　黑客庇护所　　129

只要在规定时间内通过全部测试，就可以成为ZM的成员。好处非常多，首先，那里面全是技术疯子，每两周举行一次网络聚会，研讨的都是业界最尖端的安全技术；其次，ZM对自己成员提供保护，他们的防追踪技术是最先进的，目前来说，没人能抓得住ZM的成员。

第十六章　我挥一挥衣袖，把衣袖留下　　139

　　ZM 的成员差点疯掉，这算怎么一回事？清理了日志，却把清理日志的工具留了下来。你到底是想让人知道你入侵过服务器，还是不想让人知道你入侵过服务器呢？

第十七章　ZM 的绝版榜单　　150

　　用一个小时杀过 107 关，二当家的已经证明了自己那种近乎恐怖程度的强大实力，此时怕是没有人会相信二当家的杀不过最后一关。过不过最后一关，只是二当家的想或是不想一念之间的事情了。
　　"二当家的这是打 ZM 的脸啊！"

第十八章　天生欠揍　　157

　　曾玄黎揍完了胡一飞，出了气，自然心情大好，笑呵呵地走进来："看不出你脾气还挺大的嘛。"曾玄黎也学着刚才胡一飞的样，从兜里拿出 50 块钱："喏，这钱你拿着，买点跌打损伤药！"

第十九章　追踪变态偷窥狂　　164

　　"你行不行？"梁小乐心里很是怀疑，"警察都没办法追踪到那个变态！"
　　胡一飞一拍胸脯，疼得差点吐了血，他使劲揉着胸口，道："警察叔叔都忙死了，哪有空理这种小案子！此事放心交给我吧，我铁定把那个变态狂揪出来！"
　　回到寝室，打开电脑，看见狼蛛上了线，胡一飞抱着试一试的态度，给狼蛛发去消息："如果只知道一个人的电话号码和邮箱地址，想要追踪他，都有什么办法？"

第二十章　"英雄"救美　　182

　　胡一飞看刘晓菲不说话，就知道她是什么意思了。"行，那我知道咋办了！"挂了电话，胡一飞直接召唤老大，"老大，带上老四，还有你的魔兽军团，五分钟内赶到小操场，一会能看到一个斯文败类走过，打扮得人模狗样，长发带金丝，找个茬给我拦下。"
　　老大正在砍魔兽，一时没反应过来，问道："咋回事？"
　　"看他不顺眼！"胡一飞在电话里吼着。

第二十一章　监控到地下黑客组织　　197

　　"有人在狩猎自己！"
　　胡一飞被自己的这个推论吓得不轻，心说老子也没做什么坏事，值得你们这么大动干戈吗？不就是关了几台电脑，一没有搞破坏，二没有赚取非法利益，三是为民除害。这个狩猎者到底是个啥玩意？你非咬着老子不放干吗？还有那个鸟神，究竟是个什么怪物？

夜半惊魂的，不只是二当家的胡一飞。寒号鸟半夜起来开工，登上东阳师大的服务器，发现服务器被人设置了追踪策略，当时差点没吓哭了。

第二十二章　网吧"黑客"　　210

胡一飞等的就是这个，赶紧问道："那都需要怎么做，才能隐藏真实IP呢？"

"一般都是使用跳板服务器！"农大的小伙倒是很厚道，拿出一张纸，给胡一飞画着图，"比如说要攻击一台机子，假定它是A，为了不暴露自己，高手一般都会先登录到B这台机子上，再从B登录C，从C到D，如此跳转很多次，最后可能是在X，或者Y这台机子上，发动攻击，入侵A。"

第二十三章　南电＆东阳PK事件　　225

只是南电的叫嚣行为依旧没有停止，好事分子守在理工大的BBS上挑衅嘲讽，"八点半"这个词也一下走红，成为其他高校嘲笑理工大的一个笑柄，论坛上到处都有人在问："八点半了没？"

有没有底气，说到底还是要看你有没有实力。理工大的计算机协会不争气，理工大爷们和对方辩起来自然底气不足。理工大的BBS差不多已经成了南电的第二官方论坛，在上面溜达的全是南电的人。理工大的人只要一冒头，就会有人立刻喊："快看，八点半来了！"理工大的爷们见此情景，除了破口大骂，也只能是落荒而逃了。

第二十四章　初级狩猎者　　233

狩猎者是黑客们自己的叫法，其实应该叫他们为反追踪专家。他们各个都是追踪高手，负责对越线的黑客进行追踪。每年评选出的全球十大超级黑客，基本有一半都会栽在狩猎者的手里。正是因为有狩猎者的存在，才让黑客们不敢越雷池半步，不能将自己的手伸到政府以及军事、金融、交通这些民生领域。之前那些越过雷池的黑客，不管技术再牛，最后全都躲不过被狩猎的下场。

第二十五章　我只是友情提示　　241

胡一飞那一嗓子真是非同凡响，把球场内所有的人都给震愣了。回过神来，大家手机能上网的就开始上网，不能上网的就麻溜地打电话，让别人去南电的网站看看是怎么回事。对面南电看台上的人也乱作一团，人人掏着手机打电话。

赛场上的球员直接傻掉，他们从来没遇到过这种情况，球场上的观众不看球，而是都忙着打电话。

第二十六章 漏洞交易平台"胡萝卜" 251

在胡萝卜的交易纪录里，经常可以看见软件企业、安全企业的技术人员把自己产品的漏洞卖给黑客，供黑客牟取利益；也能看到黑客将漏洞卖给软件商、安全商，让这些产品更加安全可靠。这是一个纯粹为了利益而聚合到一起的组织。

"如果老子也能像黑天那样拉风就好了，直接吓死胡萝卜，唉！"胡一飞叹息着。

第二十七章 QQ被黑客攻瘫痪了 265

现在QQ这个庞然大物居然瘫痪了，三亿多人在网上无法即时通讯，可以想象这件事的影响有多大。

国内的网络，也因为这一下变得骚动起来，不少即时通讯工具立刻喊出"7×24小时不掉线"的口号，一副要从QQ那里拉用户的架势。

而作为QQ最大竞争对手的MSN，此时却异常的安静。大家这才注意到，MSN之所以这么安静，是因为现在要登录MSN同样困难，时断时续。

第二十八章 价值一千万美金的关机指南 277

没想到糖炒栗子的胃口这么大，一开口便是一千万美金。老大想了想，问道："有没有说是什么漏洞？"

"说了，是一种通用漏洞，只要知道目标服务器的IP地址，就可以将它关掉！"死神恨恨地咬着牙。

寒号鸟把胡萝卜挑出来的三个IP地址转给二当家的，还不忘提醒一声："胡萝卜没安什么好心，他们提供的三个IP地址，一个是欧洲原子能机构的网站服务器，一个是法国总统府的网站，还有一个是英国皇家海军的网站。"

第二十九章 追杀糖炒栗子 295

"那个加入ZM的家伙是谁？"胡一飞想知道谁这么倒霉，投奔了一个破烂组织。

狼蛛想了想，道："反正老师已经放弃了狩猎，告诉你也无妨。他狩猎的对象叫糖炒栗子！"

"咣"一声，胡一飞差点从椅子上跌了下来。

 **淘宝硬盘买一送一**

  胡一飞激动得浑身乱颤，在电脑桌底下狠狠地掐着自己的大腿，不是做梦，他终于成功入侵了另外一台电脑。
  胡一飞没想到自己的第一次成功入侵竟然是在这么一个情况下完成的，这感觉很爽，还有点意外。

"出师未捷身先死，长使英雄泪满襟。"

就差一步，就那么一点点，胡一飞就能拿到那 1000 块钱的奖励，可惜……

胡一飞最近迷上了数据恢复，买了几本数据恢复理论方面的书看了看，就跑到网上跟人吹嘘。结果有人给他出了一道数据恢复方面的难题，说只要他能解决，就给他 1000 块。胡一飞拿自己的电脑做试验，不料把自己的硬盘给搞报废了。

胡一飞此刻正对着电脑欲哭无泪，这才是真正的"赔了夫人又折兵"！对于发誓死了都要做黑客的他来说，其人生的前二十年里，从没成功入侵过一台别人的电脑，更别提破坏了。但是现在，他居然把自己的电脑搞坏了，对他来说，这是个不小的打击。

当然，精神上的打击是次要的，物质上的打击才是最要命的。这个月的生活费刚刚领到手，荷包还没捂热，胡一飞就已经迫不及待地把钞票都贡献给了电影院、麦当劳、哈根达斯。没有办法，如今追求美女的代价就是这么昂贵。

现在的问题是，美女还没追到手，家里已有的"二奶"却罢了工。

胡一飞的"二奶"就是他的电脑，用他自己的话来说，电脑是他生命中第二重要的女人。现在，自己的"女人"就在那里黑着脸不理自己，胡一飞的心里别提多难受了，低头数数荷包里寥寥无几的钞票，简直是愁肠百结。

到底要放弃哪个"女人"呢？

胡一飞的眉头拧成了麻花。惦记美女的人有一个加强连，自己一番浴血拼杀，好不容易才争取到暂时领先的位置。眼看就要到最后的总攻了，此时要是泄了气，那可就前功尽弃了。但自己又一天都离不开电脑，没有电脑，自己的魂都要丢掉一半，这可怎么办呢？

找几个哥们借点？太不靠谱了，那都是些穷得叮当响的货，不找自己借钱已经烧高香了。

再找家里要一点？还是算了，自己已经连续几个月生活费超支。再说，自己都二十多岁了，一个大老爷们的，总是伸手朝家里要钱也不是回事啊。

"唉！"胡一飞仰天长叹，"一文钱难倒英雄汉，难道上苍要亡我胡一飞不成？天啊！我不甘心呐，我不服……"

"二当家的，嚎啥呢？"段宇一进宿舍，就被胡一飞的狼嚎刺得耳朵疼，"还为电脑的事发愁呢？"

宿舍里平时都是按年龄大小排顺序，彼此称呼老大、老二、老三、老四。胡一飞倒霉，排了个老二。鉴于"老二"这个称呼的特殊性和暧昧性，胡一飞强烈抗议，舍友这才管他叫了"二当家的"。

胡一飞一摊钱包，苦着脸："囊中羞涩啊！"

段宇把手里的篮球塞到床下，道："我刚才打篮球，听计科系的猴子说，他们寝室有人从网上买了台水货手机,超便宜。你的'二奶'不是硬盘坏了吗？要不你也去网上淘一淘，弄块便宜的凑合用，干吗非要买贵的？"

胡一飞顿时眼前一亮，猛拍脑门："他爷爷的，我怎么就没想到呢！老三，你的电脑借我一用。"胡一飞三步并作两步，把刚坐到电脑前的段宇拽起来。

段宇看胡一飞抢了自己的位置，道："靠！这是我的'女人'，你可别乱用啊！"

"晓得，晓得，我就上个淘宝网，淘到硬盘就还你！"胡一飞给段宇做着保证，"放心，我会把你的'女人'，不，是把我的弟妹完完整整还给你！"

段宇这个人什么都好，就是有点小气，碰他的东西就跟要他的命一样。要不是这次实在是有点急，胡一飞宁可去网吧，也不愿意用段宇的电脑。"他爷爷的，每次你电脑出毛病的时候，怎么不说这是你的'女人'！"胡一飞心里一阵忿忿。他虽然没能成为黑客，却也是学校里有名的电脑高手，平时大家的电脑有了毛病，都喜欢让胡一飞帮着解决。段宇的电脑总是中毒，胡一飞不知道帮他弄了多少次。

看着胡一飞打开淘宝网，段宇这才放了心，端着脸盆到阳台上洗脸去了。

胡一飞在淘宝一搜，还真找到不少卖便宜硬盘的商家。

"我靠，不是吧！"胡一飞翻到一家商铺时，眼睛都直了。1TB 的 12 代硬盘，在这里竟然只卖 270 块钱，而且是买一送一，买一块 1TB 的硬盘，卖家再送一块 160GB 的 11 代硬盘。

胡一飞拨拉着手指开始盘算。如果去电子城买的话，一块 160GB 的 11 代硬盘至少也得 300 块钱，而 1TB 的硬盘怎么着也得 600 块钱。眼前这个买卖实在是太划算了，自己买下来用一块，另外一块转手卖出去，那本钱就全回来了，相当于自己一分钱不花，白得一块硬盘！

胡一飞赶紧联系卖家："你的硬盘这么便宜，不会是假货吧？"

"你第一次在我们店买东西吧？"卖家回复。

"是！"

"那你先看看我们店的信用再说话！看在你是第一次来我们店的分上，我不怪你。我给你讲，我们卖水货也是讲信誉，说是水货就是水货，绝不会是假货！"

胡一飞这才想起看店家的信用，抬头一看，差点晃花了眼，五颗蓝幽幽、明灿灿的皇冠就挂在那里，下面的卖家好评更是百分之百。"货真价实"、"物美价廉"、"诚实守信"之类的话，都让胡一飞之前的买家用光了。

"他爷爷的，怪不得这么牛气！"胡一飞捏着下巴在那琢磨，既然这么多人都说好，看来这家的货应该没什么问题，不如就买这家的吧。主意一定，胡一飞便给卖家发去消息："好，就在你家买了。我要个1TB的12代硬盘！"随后下了订单。

过了一会，卖家发来消息："1TB的12代硬盘，另外赠送一块160GB的11代硬盘。确认无误的话，我们今天晚上就发货！"

"没错，请尽快发货吧！"

胡一飞发出消息，看卖家没回复，而段宇则在一旁直勾勾地盯着自己，便站起来，道："我用完了，你用吧！"

要回了自己的"女人"，段宇马上变得跟平常一样热情："我也没什么要紧事，你要是没弄好，就再弄一会！"

胡一飞急忙摇头，他才不敢把段宇这客气的话当真，段宇的口头禅全宿舍人都知道：兄弟如手足，女人如衣服，谁穿我衣服，我砍谁手足！自己已经占了一会便宜了，趁着段宇没动刀子，还是赶紧见好就收吧。

出了宿舍门，胡一飞心情大畅。不用放弃追求美女，又能让自己的"二奶"再次工作起来，最重要的是，荷包还不用破产，这事办得实在太爽了。

"人生得意，莫过于此！"胡一飞一脸淫笑，掏出手机给美女打了过去，"美女，晚上有空吗？我请你去看电影，大片！《变形金刚2》！"

美女叫做梁小乐，是那种典型的北方式南方美女，她脸上写满了江南的淡淡诗意，但身材却如北方的山水一样棱角分明。用一句过时的时髦话讲，那就是"天使面庞、魔鬼身材"。在学校的BBS上，梁小乐被誉为"理工大第一美女"，拥有粉丝无数。

胡一飞也常在BBS上淘"杉菜"[①]。有一次，梁小乐的电脑坏了，到他负责的电脑板块发帖求助，两人便实现了线下接头。电脑修好之后，胡一飞经常找借口约梁小乐出来看电影、吃饭，羡煞了不少人。胡一飞因此脑袋上多了一个头衔，人称"技术泡妞流"的开山鼻祖。

电话里梁小乐不理会胡一飞看电影的提议，开口就问："听说你把自己的

---

① 杉菜是日本漫画家神尾叶子的长篇爱情校园漫画《花样男子》的女主角，出身贫寒、性格坚韧。台湾2001年根据原作拍成电视剧《流星花园》，引起很大轰动。此处代指年轻漂亮的姑娘。

电脑搞坏了？"

　　他爷爷的，哪个王八蛋给老子说出去的！胡一飞心里恨恨不已，好事不出门，坏事传千里，这才多大一会工夫，消息都已经传到了梁小乐那里。"没什么，一点点小问题，我能搞定的！"胡一飞在美女面前极力保持自己的"高手"风范，他才不会承认自己搞坏了电脑。

　　"你不是电脑高手吗？怎么搞坏的？"梁小乐紧追不舍。

　　"是这样的……"胡一飞犹豫要不要编个谎，但一想又觉得不对劲。明显那个传消息的人已经帮自己宣传到位了，梁小乐这是在憋着看自己的笑话呢。于是对她说："我最近在搞数据恢复，今天拿自己的电脑做测试，结果……"

　　"结果硬盘给搞坏了，修不好了吧……"梁小乐电话里一阵坏笑。

　　"这……这只是个意外，纯属意外……"

　　"好了，你不要解释了，全地球人都知道了！"梁小乐笑得愈发厉害，"电影我就不去看了，你还是省下来买块新硬盘吧，高手——"梁小乐故意把这个词拖得老长老长，"不过你要是想见我的话，可以来三号自习室，我正在这里温书，准备后天的考试！"

　　"好吧！"胡一飞点着头，挂了电话就使劲捏着拳头，恨不得把那个传消息的家伙掐死，太丢人了！

　　胡一飞回到寝室，把电脑桌上那本《数据恢复》往胳肢窝一夹，准备去三号自习室。

　　"二当家的，又约了美女见面？"段宇一脸怪笑，"这次可一定要把管管插进去哦！"

　　"我拿管管插死你！"胡一飞朝段宇狠狠竖着中指，一回头却是满脸辛酸。这个"插管管"的事，已经成了他心中永远的痛。

　　那还是大一的时候，胡一飞追求一个同样是大一的小姑娘。两人交往了两个多月。圣诞节的时候，胡一飞带她去广场看烟花。突然广场的大屏幕播出周杰伦的奶茶广告，小姑娘心中洋溢着幸福，此时触景生情来了一句："胡一飞，我就是你的优乐美！"

胡一飞正好在摆弄手里的那根奶茶吸管，听到这话，不经大脑，直接举起吸管回了一句："是吗？那你插管管的地方在哪？让我把管管插进去！"

结果可想而知，小姑娘扔下一句"胡一飞，你流氓"就泪奔而去，从此再也不理胡一飞了。

胡一飞很纳闷，自己怎么流氓了？回来给寝室的人一讲，结果换来所有人的一脸淫笑。在众人的淫笑声中，胡一飞终于明白了，自己确实很流氓。从那以后，这个"插管管"的典故，就成了寝室人对付胡一飞的核武器。

"胡一飞，你的快递！"寝室的老大一进门，顺势往床上一倒，寝室顿时地动山摇。

"快递？"胡一飞正躺在床上琢磨那个搞坏了自己硬盘的难题，听到老大的话，就爬了起来，"我订的硬盘到了？"

"谁晓得？"老大瞌睡得眼睛都睁不开了，他已经在网吧连续奋战了三天三夜，"我进来的时候，楼管正把一个快递员拦在楼门口，那人说有胡一飞的快递，楼管叫你下去收。"

"现在快递的效率这么高？我昨天才订的硬盘，今天就到了？"胡一飞一边叨叨，一边下床穿了鞋子，直奔楼下而去。

到楼下一看，果然是订的硬盘到了。胡一飞选择的是货到付款，拆开盒子看看没错，就把钱付了。等他抱着盒子上楼，老大已经神游天外，呼噜打得震天响。

"猛男，真是猛男！"胡一飞看着老大直摇头。老大真名孟楠，人称"魔兽猛男"。他天天在网吧里玩魔兽世界，平时只要一张口，满嘴都是HP、MP、CD、部落联盟、下副本等，一水的专业名词。听说他还是一个什么工会的会长。

老大的偶像是那曾经叱咤网络、名扬四海的"铜须男"，他也一直以此为目标在奋斗着。可惜硬件条件实在有限，到现在也没能做成"铜须男第二"。老大一米六五不到的个头，却有180斤的体重，放到魔兽世界里，那就是矮人和牛头人结合的产物，跟传说中的"铜须男"实在不在一个档次上。

胡一飞刚发完感慨，正在打呼噜的老大"噌"地一下坐了起来，眼睛直勾勾地盯着胡一飞，也不说话。胡一飞的汗毛顿时全竖了起来，老大这是怎么了，睡魔怔了？还是他知道自己在背后喊他牛头矮人，要找自己算账？

"你买硬盘了？买硬盘干什么？"老大突然开口问道，眼睛还是直直的。

胡一飞咽了口唾沫："其实……我……"他正打算说自己把原来的硬盘弄坏了，没想到老大"哐当"一声，砸倒在床，吧叽了两下嘴巴，呼噜声再次响起。

"他爷爷的，吓死老衲了！"胡一飞长出一口气，过去趴在老大脸上观察了好半天，确认老大睡着了，便骂道："狗日的！睡着了还调戏老子，老子迟早被你吓出毛病来！"

走到电脑桌跟前，胡一飞开箱子拔线，把那块新买的1TB的硬盘插了上去。

"1TB啊，这得装多少毛片！"胡一飞拨拉了拨拉手指头，一脸淫笑，"回头挑个黄道吉日，老子到楼下把小胖子的毛片全都拷过来，嘿嘿，以后这二号楼里'最黄最暴力'的名号，怕是要换人了！"

想到这个，胡一飞就干劲十足。装完系统，他又把补丁打了一遍，然后把杀毒软件、常用软件，还有游戏、图片、电影、音乐，能装的、该装的全装上，就连他用来做数据恢复的工具，也从网上下载了下来。

忙完这些，胡一飞才注意到快递盒里那块赠品硬盘。

拿在手里，眼珠子一转，胡一飞便有了主意——先用这块硬盘做数据恢复试验吧，等自己解决了那个难题，而这块硬盘又没有坏的话，自己再把它转手卖出去。

"我胡一飞还真有点奸商的脑子啊，用别人的硬盘来做自己的试验，天才呐，天才！"胡一飞心里美得直冒泡，现在"二奶"恢复了正常不说，自己还多了一块硬盘做试验。

不过，在做试验之前，得先对这块硬盘进行一次全面的检测。胡一飞可不想一上来就把这块硬盘也搞坏了，只有掌握了这块硬盘的真实情况，才能避免重蹈覆辙。

把硬盘接好，胡一飞就运行了检测工具，一边还在嘴里哼着："小MM别怕，让叔叔给你做个体检！"

可只过了一分钟不到，胡一飞的笑容便僵住了，然后就是愤怒，最后一巴掌拍在桌子上："他爷爷的！"

"什么事？卡扎克又进城了吗？"

睡梦中的老大给惊醒了，起来没看到卡扎克，便又躺下继续打呼噜。（老大梦里常会提到卡扎克，胡一飞曾找人调查过，有人说这个什么卡，是魔兽世界里的一个超级大 BOSS，动不动就玩屠城，估计老大以前被屠过，心理有阴影。）

胡一飞那一巴掌拍得还真是够劲，手掌顿时红了一片。他很恼火，因为检测结果显示，自己眼前的这块硬盘是块二手货，硬盘上有大量删除数据的痕迹。硬盘的分区表都还是完好的，这无良奸商，甚至连表面功夫都懒得做，只把二手硬盘简单地进行了一下格式化处理、数据清空就完事了。

"老子就知道，赠品无好货！好货无赠品！"胡一飞在心里把那奸商的女性亲属挨个问候了一遍，之后才想起要把那块 1TB 的硬盘也给检测一下。

再次运行检测工具后，胡一飞紧盯着检测报告。三分钟过去，他的脸色稍微好看了一点。那个卖水货的家伙倒不是一点信誉都不讲，这块 1TB 的硬盘倒是货真价实的原装水货，除了自己刚才安装上去的那些东西，上面并没有其他任何数据驻留的痕迹。

"算你们还有点良心！"胡一飞没有刚才那么激动了，他在考虑这事要怎么解决。是找那个卖水货的家伙理论理论，让他重新给自己调换一块新的赠品硬盘，还是就这么算了？反正 270 块钱买两块硬盘，就算有一块是二手货，自己也不算吃亏。何况买东西的时候，那个卖水货的并没保证赠品也是原装水货，真要打起嘴巴官司来，扯来扯去，够闹心的。

胡一飞想了想，决定这事就这么算了，天下哪有便宜都让自己占尽的事呢？占点小便宜就知足吧。再说，自己正在学习数据恢复，眼前这块二手硬盘不就是个练手的好材料吗？要是能把它上面的数据都恢复了，自己的手艺肯定能进步一点。做数据恢复测试，随时都会把硬盘报销，真要弄块新的让自己搞，自己怕是还下不去手。用二手硬盘就不会有这些顾虑，自己也能放开手脚去搞。

"真要是调换硬盘,邮费不还得自己掏腰包吗?这钱省下来,能请小乐去吃顿麦当劳呢!"胡一飞这么一想,心里的郁闷去了大半,他是个瞎豁达的人,什么都看得开,"教训呐,下次再买东西的时候,这些可都要事先问清楚才行!"

胡一飞用检测工具再次切换到赠品硬盘上,看着那密密麻麻的被删除数据有些眼晕。一块 160GB 的硬盘被塞得满满的,而且在这些被删除的文件中,胡一飞没有找到一个汉字。

"不会吧,洋鬼子用过的硬盘?"胡一飞的眉头皱了起来。这帮卖水货的奸商太彪悍了,连洋毛子用过的硬盘都不放过,他们把这东西远涉重洋地运过来,然后当赠品派送,不知道运费赚不赚得回来。

胡一飞翻了翻,挑中一个小程序开始恢复。他倒想知道洋鬼子的硬盘上能有些什么东西,和自己平时电脑上装的那些有什么区别。这个小程序的名字翻译过来,叫做"万能连接器"。胡一飞的英语水平还是可以的,刚考过四级。

"叮"一声,提示那个小程序已经复原了。

胡一飞把这程序移动到大硬盘之中,然后双击运行,打开之后的界面很简单,在屏幕上显示为一个小横条,上面除了一个输入框和一个按钮外,只有一句提示语,翻译过来是:"请输入目标 IP 地址或机器名。"

"目标 IP 地址?"胡一飞挠着下巴。他整天琢磨黑客,现在看到这个软件的界面,又想着它的名字,脑子里冒出的第一个念头,就是这个东西应该是个黑客工具。不过看程序的大小,只有 120KB,似乎小了点,不怎么太像。

胡一飞正在想着要不要找个 IP 地址来试验一下,段宇和寝室的老四一块走了进来。

"二当家的,你家'二奶'停止罢工了?"老四一进门就发现胡一飞的电脑开着,几步跳了过来,看看屏幕,"这新买的硬盘多大?"

胡一飞比出一个八路的手势:"至少 800!"

"800?"老四的眼睛当时就直了,"我靠!那看完还不得脑缺血变成白痴啊!"

在理工大的男生寝室里,衡量硬盘大小的标准只有一个,那就是看它能装多少部毛片!胡一飞和老四口中的 800,自然指的都是这硬盘能装 800 部毛片了。

"只有你才会变白痴！"胡一飞对老四无语了，"你小子不会少看点，非得要一气看完啊！"

老四爱不释手地摸了摸电脑，然后想起一件事，兴奋地道："二当家的，我今天新交了一个女朋友，很漂亮的，是艺术系的系花！"

胡一飞一脸无奈。老四是出了名的"花痴男"，但凡有女的跟他说句话，他就马上说对方是他的女朋友。平均算下来，每个月老四都会恋上四次，然后又毫无意外地失恋四次，江湖上人称"一月四次郎"，简称"四郎"。

那边段宇刚打开自己的电脑，一听这话，就笑了起来："你确定你已经做好失恋的准备吗？"

"我鄙视你！"老四竖着中指站起来，"这次我们可是两情相悦的，只要我表白，她肯定不会拒绝我！"

胡一飞的反应和段宇差不多，只是嘴上不那么直白罢了，好歹也得给老四一点盼头不是吗？他指了指电视，道："我觉得你还是先去恋墨墨吧，现在正是她的节目！"

墨墨是某某卫视的女主播，老四的梦中情人。一般情况下，老四回到寝室，就会在电视机前围着墨墨转。

果然，胡一飞刚说完，老四就打开了电视机，然后切换到某某卫视。此时墨墨正在屏幕上播新闻，老四赞了一句："墨墨今天穿这身太漂亮了！"

胡一飞无奈地摇头，老四不仅花痴，还跟个孩子一样。视线再回到屏幕上的那个工具，胡一飞心里有了一个试验的对象——段宇！

"老三，你的 IP 是多少啊？"胡一飞问道。

"干什么？"段宇立刻警惕地问道。胡一飞平时总爱鼓捣一些黑客工具，寝室人都知道。虽然到目前为止，他除了把自己的电脑搞坏外，还没有任何成功的案例。可即便如此，段宇还是有些担心，怕胡一飞又要搞什么破试验。

"刚装了新系统，网络有点问题，我看能不能在局域网内找到你！"胡一飞装做一副头疼的样子。

段宇看了胡一飞一眼，确认他不是搞鬼，这才道："10.50.0.121。"

"多谢！"胡一飞迅速把这个 IP 敲进了那个小程序的输入框中，他现在倒希望这个工具就是个黑客工具，最好还是那种神器级别的，这样自己就可以看看"史上最小气段誉"的电脑里到底藏了些什么宝贝。

"段誉"是段宇给自己起的雅号，可惜一直不被大家承认，大家觉得他除了啰唆这点有点像段誉外，其他方面一点都不像，所以还是喊他老三。这厮平时总把电脑护得严严实实的，还专门设了密码，谁都不给用，就算能用，也必须是在他的亲自监控之下，所以他电脑上有什么东西，寝室人全都不知道。而胡一飞的电脑是全寝室人共享的，他平时不用电脑的时候，老大就会过来打魔兽，或者是老四过来在网上找 MM 聊天。

确认 IP 地址没有输错，胡一飞敲下按钮，只见屏幕一闪，自己的桌面瞬间变成了另外一个，那个小程序的界面也不见了。

屏幕上有人正在聊着QQ，胡一飞能清楚看到对方正在把字一个一个地敲进聊天框里："小丽，这次你再拒绝我的话，我就从一号教学楼上跳下去！"

"小丽？"胡一飞挠着头，心道这个名字似乎很熟悉啊。

对方按下发送按钮之后，胡一飞就看到了发消息人的昵称——"忧郁的段誉"。

"我靠！"胡一飞当时就跳了起来，脑袋差点撞到上面的床板。神器，这他爷爷的真的是神器啊！

"怎么了？"段宇扭头看着胡一飞。

"没……没什么，没什么！"胡一飞强忍住激动澎湃的心情，装做一副恨恨的样子，咬牙道，"网络还是有问题，我居然找不到你的电脑！"

段宇看了他一眼，没说什么，又把注意力转到自己的电脑屏幕上去了。

胡一飞激动得浑身乱颤，在电脑桌底下狠狠地掐着自己的大腿，不是做梦，他终于成功入侵了另外一台电脑。

胡一飞没想到自己的第一次成功入侵竟然是在这么一个情况下完成的，这感觉很爽，还有点意外。

原来这就是传说中的入侵！

谁中了500万？

第二天，几乎整个理工大都知道二号宿舍楼有人中了500万。小道消息的传播速度那叫快，连猪流感都望尘莫及。胡一飞一上午被人问了十八次，段宇被问了九次，老四和猛男没来上课，他们去网吧奋斗了，所以免遭此难。

"如果用嘴巴可以跳楼的话，你都已经跳了七回了！姓段的，不是老娘我小看你，你要是真敢从楼上跳下去，老娘立马从了你，跟你去开房。否则你就给我老老实实地闭嘴，再提这事，老娘就把你踹回娘胎去！"

胡一飞在电脑前一阵狂汗，下巴差点没跌碎。段宇这厮太有才了，怂恿小MM开房不成，竟然还能用跳楼来威胁，这招够新鲜、够劲爆，简直是闻所未闻呐！要不是靠着这款黑客神器，胡一飞还真不知道世上竟会有如此这般的泡妞手段。

那个叫小丽的，是段宇的女朋友，很火辣的一个小姑娘，胡一飞只见过两次，便对她的印象极为深刻。第一次是因为小丽的那句口头禅"我打得你妈妈都认不出你"，当时就雷了胡一飞一个外焦里嫩，然后他在心里给小丽贴上一个"熊出没，生人勿近"的标签。第二次是在食堂，段宇和小丽每人叫了一大碗面，小丽尝了一口说不好吃，然后胡一飞亲眼目睹，段宇在小丽威胁的目光之下，把两碗面都吃了下去,连汤都不带剩的。事后,段宇吃了五盒消食片,外带三个大吊瓶。小丽在胡一飞心中的形象,顿时又提升了一个档次,从"生人勿近"上升到"极度恐怖"了。

胡一飞现在想起这些,都还感到一阵恶寒。他偷瞄了一下段宇,发现段宇坐在电脑前仍然是稳如泰山、面色如常。阳台上一阵风吹来,段宇同学衣袂飘飘,那意境,那神态,正是金庸老爷子笔下所描述的"他强任他强,明月照大江。他横由他横,清风过山岗"。胡一飞不由佩服得五体投地,这还真是"不是冤家不聚头",谈恋爱能谈到如此惊天地泣鬼神的地步,倒让自己大开了眼界。

胡一飞怕再看下去,自己的小心脏会受不了,赶紧晃了一下鼠标,发现屏幕上出现了两个半透明的按钮,一个是"进入工作模式",另外一个是"退出目标电脑"。胡一飞毫不犹豫地点了退出,屏幕一闪,就变回了之前的样子,那个小程序依然横在屏幕的中间。

"我靠,这程序到底是什么东西啊!"胡一飞看着那东西发愣。虽然之前自己从没成功入侵过别人的电脑,但多少还是了解一些黑客知识的。想进入对方电脑并不是一件容易的事,要么你得先具备访问权限,要么就是给对方的机子种木马开后门。

看这个程序刚才的表现,倒是有点类似于木马的远程监控功能。但奇怪的是,就算用木马监控对方,也必须先把木马的客户端程序种到对方的机子上去,这样才能实现链接。可这个程序却是输入IP就能进行链接,似乎有点强大得离谱了!

"难道网上那些黑客教程都是初级水平,而这个程序属于高级货?"胡一飞挠着下巴。他的黑客水平相当有限,琢磨了半天,也没想明白是怎么回事。最后他一叹气:"算了,回头我还是到黑客论坛上去问问高手吧!"

目光再次回到那个小程序上,胡一飞又有了新想法,他想换其他的IP再试一试。说不定段宇的机子早就中了木马,而那个木马刚好就是要用眼前这个小程序来链接的。

东阳理工大用的是校园网,学校给每个寝室都预留了宽带接口,并且绑定了固定的IP地址,只要把电脑插上,IP设好,就可以通过共享上网了。

胡一飞所在的二号宿舍楼，IP 范围都在 10.50.0.×××之内，段宇的电脑是 10.50.0.121，胡一飞的是 10.50.0.120，其他人的也只是把后面一位改一下就行。

胡一飞想了想，便输了一个 10.50.0.99，过了几秒，程序提示链接失败。

"看来这程序不是万能的！"胡一飞不由得有几分失落，之前那种挖到宝的激动心情立刻淡了下来。

不过他心里还是不死心，怀着侥幸，把 IP 地址往上加了一位，输入 10.50.0.100，点下按钮之后，屏幕一闪，就看见有人在浩方平台[①]上干 3C[②]。

"他爷爷的，肯定是刚才那个 IP 的电脑没开机！"胡一飞有点想明白了，这个想法让他再次兴奋了起来。

他退出这台电脑，然后又随机选了五个 IP 去试，其中三个可以链接，两个则不行。胡一飞把那两个链接失败的 IP 放到网络下去 Ping[③]，发现全都 Ping 不通。这就证实了他的猜测，这些链接不上的 IP，全都是此时没有开机的。不打开电脑的话，这些 IP 地址在网络里就不存在，当然也就不可能链接到了。

胡一飞这回学聪明了，他去找了一个局域网管理工具，开始搜索此时局域网在线的电脑。等搜索结果出来，他就按照结果里显示的 IP 挨个去试，连续试了十几个，全部能链接上。在电脑上干啥的都有，看电影的、打游戏的、看新闻的、淘东西的……胡一飞看得是一清二楚。

"他爷爷的，这次真的发达了！"胡一飞终于敢确认，自己手上的这个小程序就是神器。

胡一飞有一种抑制不住的兴奋，胸腔里有一股王八[④]之气，压制不住地想

---

① 浩方对战平台是世界最大的游戏对战平台之一，能够为玩家提供基于互联网的多人联机游戏服务，可以进行诸如 CS、War3、SC、FIFA 等流行游戏的联机对战。

② 3C 是大型在线游戏《魔兽争霸》的一款 RPG（角色扮演类游戏），全名叫澄海 3C，C 即 corridor，意为通道，3C 就是 3 条通道，游戏里面激烈的对抗就发生在 3 条通道上，攻破对方的主建筑为胜。

③ Ping 是 Windows 系列自带的一个可执行命令，利用它可以检查网络是否能够连通，可以很好地帮助我们分析判定网络故障。

④ 王八，谐音王霸。

往外喷，如果不大喊一声的话，他觉得自己就会被这股气给憋爆炸了。

从别人的电脑里退出来，胡一飞冲到阳台上，对着外面狂喊："我中了，我中了，我中了500万！"

老四正躺在那里看电视，听到动静"哐当"一声从床上掉了下来，人还没站起来，就直接开始叫了："500万？靠！二当家你发了啊，赶紧拿出来分赃！见者有份！"

段宇一时搞不清楚状态，但也不聊天了，朝阳台这边看了过来。只有"魔兽猛男"还在那里浑然不觉地打着呼噜。

"爽！"胡一飞喊完这嗓子，顿时觉得神清气爽、精神百倍。他转身进了寝室，看着老四那一脸期盼的表情，诡异一笑，嘿嘿道："我有500万的精子，要不要分你一点？"

"我呸！"老四明白上了当，从地上爬了起来，"论精子我有几十亿，你那点还是存起来打手枪用吧！"

"哈哈哈！"胡一飞大笑着回到电脑跟前，"放心，等我真中了500万，肯定分你！"

"吱扭"一声响，寝室的门被推开一条缝，隔壁的王老虎一脸兴奋地露出脑袋来："谁中了500万？"

老四顺手往阳台上一指："呶，在阳台上呢！"

王老虎颠颠地跑了过去，发现阳台上什么也没有，便问道："在哪呢？"

"你没看到吗？"老四一脸惊讶，"墙上啊！你仔细找找，刚被胡一飞射了500万精子上去！"

"我靠！"王老虎顿时一脸的晦气，"那我们寝室的墙还中好几亿呢，还是美金！"王老虎说完灰头土脸地走了。在他之后，还有好几个过来打听消息的人都被老四耍了，老四终于把胡一飞耍自己的仇，在别人身上报了。

胡一飞本来还想找台机子再测试一下，他想看看那个程序"进入工作模式"是什么样子的。现在人来人往，他不好下手，便把注意力重新转到那块二手硬盘上。

"这硬盘原来的主人应该是位黑客高手！"胡一飞这么想着，便觉得硬盘上那些被删除的数据全都是宝贝，简直是座金山，随便一锄头下去就能爆出一把神器来。

胡一飞两眼直冒光，做个很牛×的黑客一直是他的梦想，眼前绝对是个好机会，只要把硬盘上的数据全恢复过来，说不定这个梦想就能成真了呢。想着自己手持神器，纵横互联网，杀得一片腥风血雨的样子，胡一飞的口水就忍不住往外涌。什么凯文·米特尼克①，什么加里·麦金农②，还有那个小莫里斯③，全都是屁，老子一个神器，就能让互联网颤三颤！

为了安全起见，胡一飞决定对这块二手硬盘做一个完整的备份。意淫归意淫，胡一飞的脑袋还没坏掉，他很清楚自己现在的数据恢复水平，那是相当的有限。只要恢复数据时发生一丁点的意外，就意味着将有一大批神器永远无法恢复，到那时候可就追悔莫及了。而做备份的最好办法，是找一块和这二手硬盘一模一样的全新硬盘来，大小型号都一致，然后把二手盘上的数据全盘备份过去。再从网上买不可靠了，万一再整回一块二手的，自己找谁哭去？

胡一飞翻出自己的钱夹子，细细数了一遍，脸皱成了老茄子。自己一个月的生活费就那么一点，这次从淘宝上买硬盘花掉了270，剩下的钱除了吃饭，也就能请梁小乐看场电影、吃顿麦当劳。如果再买一块新硬盘的话，别说是请梁小乐了，就连自己都不够吃饭的了。

"巧妇难为无米之炊啊！看来只好先把这硬盘放着不动，等下个月的钱到

---

① 凯文·米特尼克（Kevin David Mitnick），1964年出生于美国洛杉矶，被称为世界上"头号电脑骇客"。当年只有15岁的米特尼克闯入了"北美空中防护指挥系统"的计算机主机，然后又悄然无息地溜了出来。不久他又进入美国著名的"太平洋电话公司"的通信网络系统，更改了这家公司的电脑用户，包括一些知名人士的号码和通讯地址。结果，太平洋公司不得不作出赔偿。米特尼克因此数次入狱。

② 加里·麦金农（Gary McKinnon），英国人，曾利用黑客技术侵入美国五角大楼、宇航局、约翰逊航天中心以及美国陆、海、空三军网络系统。

③ 小莫里斯，全名罗伯特·泰潘·莫里斯（Robert Tappan Morris），美国人，父亲罗伯特·莫里斯（Robert Morris）为贝尔实验室计算机安全专家。小莫里斯1965年出生，是第一个在互联网散布电脑病毒的作者，这就是"莫里斯蠕虫"。小莫里斯被称为"病毒之母"。

了之后,买个新硬盘做了备份,再开始恢复!"胡一飞是这么想着的,可不过眨眼的工夫,他又后悔了。明明知道硬盘上都是宝贝,自己却只能眼睁睁地看着,巴巴地等着,这感觉实在是太难熬了,胡一飞知道自己肯定熬不过这个月。

"从哪里弄些钱来呢?"胡一飞立刻转到了这个问题上,在那里挠着下巴转眼珠子。

第二天,几乎整个理工大都知道二号宿舍楼有人中了500万。小道消息的传播速度那叫快,连猪流感都望尘莫及。胡一飞一上午被人问了十八次,段宇被问了九次,老四和猛男没来上课,他们去网吧奋斗了,所以免遭此难。

除了有人过来打探消息,段宇还觉得胡一飞今天看自己的眼光有些怪怪的,柔中带着一点媚。如果是小丽这么看自己,他当然求之不得,可让一个大老爷们这么盯着,段宇心里一阵阵恶寒。他终于忍不住了,问道:"二当家的,你老看着我干吗?我今天没穿错衣服吧?"

"没有,没有!"胡一飞连连摇头,笑得很是内敛,"吃早饭的时候,我碰到了小丽,她让我这几天看好你,尤其是不能让你靠近一号教学楼。我正在想,这是为什么呢?"

段宇脸色一白,压低了声音:"那是小丽和你开玩笑呢,你可别乱说!"

"老三,你是不是有什么心事啊?有事可要说出来,说不定我能帮上忙呢,可千万不要想不开……啊——"胡一飞把最后一个字的发音咬得很重,拖得很长。

段宇顿时觉得不妙,难道是小丽把自己用跳楼威胁她的事告诉了胡一飞,不然这小子怎么一上午都是一脸的坏笑呢?"我真的没什么事,你不要瞎想!"

"没事就好,没事就好,我当然是盼着你没事!"胡一飞拍了拍段宇的肩膀,然后迅速换上一副愁眉苦脸的样子,"不过我倒是有点难事……"

"有事你就讲啊,看看我能不能帮上什么!"段宇不确定胡一飞是不是真的知道了自己的糗事,这时候他只得先装做一副豪气的样子。

"你也知道,我最近花销有点大,又买了块新硬盘,手头紧得厉害。谁知道祸不单行,昨天我机子的网络又出了问题,估计是网卡坏了,要是再买块新网卡的话,那我今天中午的饭怕是都没有着落了,唉——"胡一飞满嘴的瞎话,脸上却是悲痛欲绝。

段宇终于明白了，胡一飞这是要找自己借钱呢！段宇可不想松这个口，除了小丽，他是不会借钱给任何人的。当然，他也从没借钱给别人过。

"妈的！"段宇心里暗自咒骂一声。胡一飞明明知道找自己借钱无异于是在刺猬身上拔毛，他还敢开口，这说明他有把握让自己把钱吐出来，肯定是这小子知道了那事，他这哪里是借钱，明明就是在收封口费，他娘的！

段宇心里恨不得一把掐死胡一飞，表面上却不得不把钱借出去，要是胡一飞真给自己宣传一下，那自己以后都没脸出门了。段宇掏出钱包，心里淌着血："都是一个寝室的，我也不能见死不救啊，我先给你拿点吧，你要……"

"200！"胡一飞竖着两根手指，"只要200就够了！"

段宇一听这个数字，脸上的肌肉都开始抽搐了。他打开钱夹子，慢慢地数了起来。

要不是胡一飞确定段宇能够很轻松就拿出这笔钱来，他还真以为段宇心绞痛要发作了。每数一张钱，段宇都要捂一下心口，再数，再捂。那样子真是我见犹怜啊！

昨天晚上，胡一飞到底没能忍住，又偷偷地链接了段宇的电脑，而且是在工作模式下。胡一飞发现工作模式下可以随意在对方电脑上做任何操作，而且不会被对方发现。胡一飞把段宇的电脑粗粗翻了一遍，发现了两桩"惊天的秘密"：一个是段宇电脑上毛片的数量远远超过楼下的小胖子，小胖子虽然号称是二号楼里的"最黄最暴力"，但在段宇跟前，简直就是小巫见大巫，胡一飞揪出了一条隐藏在羊群里的狼，一只低调的闷骚型的狼；另外一个秘密就是，段宇存了一笔钱，数额有好几千块之"巨"。

胡一飞当时正为钱的事发愁，恰好翻到了段宇的账本。简直是瞌睡遇到了大枕头，他当即决定不管用什么手段，哪怕死缠烂打，也要从段宇手里把钱借出来，反正下个月就能还上。况且，他再也找不出其他合适的借钱地方了。

段宇把那几张钞票数了半天，发现这招对胡一飞没用，便知道今天这钱是借定了，当下一咬牙："200太多了，我拿不出，100的话……"

"150！"胡一飞当即还价，然后一副求饶状，"老三，江湖救急，帮帮忙啦！"

段宇掏出150，攥在手里，语重心长："都一个寝室的，我还能见死不救吗？这钱我借给你，不过有句话我得劝你，以后花钱得有个节制啊，咱们还是学生，手头都不富裕！"段宇嘴上说着，手里还是把钱攥得紧紧的。

胡一飞巴巴地望着那钱，等了半天，也不见段宇有丝毫交出来的意思，抬头一看段宇那"暗示"的眼光，当即明白过来，急忙保证："老三，你放心，下个月生活费一到，我马上就还你！"

段宇这才把钱交到胡一飞手里，眼中带着不舍："一个寝室的，什么还不还的，说这话太见外了！"

钱拿到手后，胡一飞就在教室里坐不住了，借口上厕所来了个尿遁，出门直奔电脑城而去。

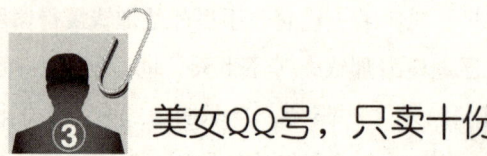

3 美女QQ号，只卖十份

"哥们，那美女的QQ号码是多少？"

人群中不知道谁喊了一句："哥们，我出50，买美女的QQ号码！"

胡一飞把网管胸牌一扯，跳到旁边的椅子上，大大咧咧地喊开了："都别吵！一口价，200块！一手交钱，一手交号，想要号码的就赶紧排队，只卖十个！还价的一边玩去！老四，你负责收钱！"

买好硬盘，胡一飞就赶回寝室做备份。差不多要完成的时候，手机响了起来，胡一飞拿起来一看，是一天都没露面的老四打过来的，便接了起来，道："老四，什么事啊？"

"你在哪呢？赶紧到大红鹰网吧来！"老四在电话里叫着。

"什么事？"胡一飞的眼睛还在盯着屏幕上的备份进度，"不会是你上网又上超了，网管把你扣那了吧？"

"有美女，大美女！"老四的语气很兴奋，"你赶紧来，我和老大都等着你呢！"

"靠！等我干吗，有美女你就上啊！"

"废话，不跟你说了，你赶紧来啊！不来别后悔！"老四说完就挂了电话。

胡一飞撇撇嘴，老四的审美水平他非常了解，只要是个女的都说是美女，母猪也能看成貂蝉。这小子八成又是上网上超了，被网管扣住，喊自己过去领人。

转念一想，不对啊，这小子是和老大一起去的网吧，难道两个人都被扣住了？胡一飞一阵皱眉，这小子搞什么鬼？看了看备份进度，还剩最后一点点，胡一飞叹了口气，他本来想做完备份就着手搞数据恢复，现在看来，只能先走一趟网吧了。

不到三分钟，备份完成，胡一飞小心翼翼地把那块备份盘锁到柜子里，然后出门直奔网吧。

大红鹰网吧是理工大门口最大的一家网吧，胡一飞也常来。像老大这样的"魔兽猛男"，在这里甚至还有专用机子，所以胡一飞没费劲就找到了老大，老四坐在他旁边。

"美女在哪呢？"胡一飞揪住老四，"你小子敢骗我的话……"

老四拽住胡一飞就往下拉："嘘！你小声点！"老四按住胡一飞，抬头往前看了看，道，"就在我前面，隔一排，你看看！"

胡一飞站了起来，往前一看，还真看到一个美女，不过目前只能说是个背影美女："唔，从背面看，似乎有点美女的架势，就是不知道正面怎么样！"

"绝对的美女！"老四使劲强调着，"不信你去前面看！"

旁边一直没怎么说话的老大开了口："我去看了，确实是美女，但肯定不是我们理工大的，理工大的美女我都见过！"

胡一飞心里暗"靠"了一声，没想到老大是个闷骚型的，自己都还不敢说认识理工大所有的美女，"你们叫我来就是看美女？"

"你想想办法，把美女的QQ号码要过来！"老四一脸期盼地看着胡一飞，"咱们寝室就属你这方面最厉害！要是你能要过来，晚饭我请！"胡一飞天天跟校花见面，在老四的眼里，那就是情场浪子。

"这还不简单，直接上去问她是多少不就行了吗！"胡一飞真是被打败了。

"要有那么简单倒好了！"老四一脸沉痛的表情，"刚才有一哥们就这么冲上去，结果没三秒钟灰头土脸回来了，知道那美女咋说的吗？"

"嗯？"胡一飞当然懒得去猜，"怎么说的？"

"她说：'对不起，我不开 QQ，我开的是 Mini Cooper，就停在门口，你要想知道号码的话，自己过去抄吧！'"老四模仿着那美女说话的口吻。

"靠！不是吧！"胡一飞刚才进网吧的时候，也看见了门口那辆红色 Mini，他当时还在心里骂了一句：开 Mini 来网吧，真他爷爷的有才，也不知道是哪个土包子暴发户烧得慌！

"二当家的，你不会也怕了吧！"老四看胡一飞现在的样子似乎有点畏手畏脚。

"喊！你以为我是你们这种小菜鸟吗？"胡一飞一副满不在乎的样子，说完盯着老四，"一顿晚饭，是不是？"胡一飞现在正愁饭没着落，他得先把这事确定了再说。

"是是是！"老四连连点头，"你真能要到，我连请你三天饭！"

"好，那今天就让你们开开眼，见识一下我的手段，都学着点！"胡一飞说完左右看了看，朝旁边不远的网管一招手，"哥们，胸牌借我用一下！"

胡一飞把网管的胸牌别在衣服上，整了整形容，又咳了两嗓子，尽量让自己伪装得跟网管一样，然后大摇大摆地朝美女那边走了过去。此时网吧里大半的目光都被他吸引了过去，大家都期待着一个新倒霉蛋的出现。

"我靠！"老四一把拍翻键盘，"我怎么就没想到这招呢！"

"你好！"胡一飞走到美女身后，一副绅士口气，"打扰一下！"

美女此时正在打 CS[①]，掂着一把大狙，"嘣"一声将镜头里的一个人打爆头，然后才回过头来："什么事？"

胡一飞看清楚美女脸蛋的同时，不由咽了口口水，还真的是美女啊，两条直直的眉毛加上挺拔的鼻梁，散发着一股野性之美。胡一飞收摄心神，道："我是这里的网管，你用的这台机子可能中了木马，需要检查一下吗？"

---

① CS：《反恐精英》（英文 Counter-Strike，简称 CS），是一种以团队合作为主的射击类网络游戏。

"喔？"美女的目光再次回到屏幕上的 CS 对战，鼻孔里哼了一声，"装网管？这招有人在你之前已经用过了！麻烦你换个更有创意的招再来吧。还有，不是每个女的都是电脑白痴！"美女说完，又是"嘣"一声，屏幕上一人被打得脑浆四溅。

看来是碰到了硬钉子，胡一飞多少有些尴尬，这女的明显不怎么好唬。他想就此扭头便走，但见后面那么多人都在等着看自己的笑话，不得不把戏继续演下去。他耸了耸肩，作出一副无奈状："算了，你不信的话，我也没办法，就当是好心变了驴肝肺！不过，我也有一句话要说，不是每个男的都是色狼！"

"不是吧，二当家的你也被打败了！"老四看胡一飞铩羽而归，满脸的悲痛欲绝，嘴角却带着一丝窃笑。周围的人比老四直接多了，个个都是一副幸灾乐祸的表情。

胡一飞估计被那女的刚才的话刺激到了，那语气、那神态，是个老爷们都受不了。"打败？笑话！这才不过是第一回合罢了！你就等着请我吃饭吧！"胡一飞说着将老四从电脑前一把拽开，"这台电脑借我用用。"

"算了！不就是一顿饭嘛，不至于！"老大一脸同情地拍拍胡一飞的肩膀，"刚才好多人都搬了救兵过来，不过他们都还不如你呢，上都不敢上！你这不算丢人！"我靠，这哪里是安慰，明显就是煽风点火嘛！

胡一飞沉着脸，没答理这茬，迅速打开了自己的邮箱，他已经把那黑客神器存到了自己的邮箱里，现在算是派上了用场。只要有了神器，就算那妞不是电脑白痴，胡一飞相信她很快也会变成电脑白痴。

网吧里电脑的 IP 地址分配很有规律，一般都是用 192.168.0.××× 开头，而最后一位一般都跟座位号一样，座位号是多少，最后一位便是多少。胡一飞常来这里，早就把大红鹰网吧的 IP 分配规则研究透了。刚才他已经看到，那妞的座位号是 134 号，也就是说，她那台电脑的 IP 地址是 192.168.0.134。

胡一飞把神器下载下来，然后迅速输入 192.168.0.134，按下按钮后，屏幕就变成 CS 对战的画面，和那边那妞的电脑画面保持同步。

"嘿嘿！"胡一飞淫笑一声，快速切入到工作模式下，在程序进程中找到

CS 后，直接点了关闭。

抬头往前看，发现那姐电脑屏幕上的 CS 画面已经消失了。美女看着电脑桌面愣了片刻，然后站了起来，朝周围扫视着，似乎想要找什么东西出来。

胡一飞赶紧把头栽到电脑下面。

"二当家的，你这是干吗呢？"老四奇怪地看着胡一飞。

刚才胡一飞的这一系列动作实在是太快了，而大家的视线又全在美女身上，所以谁也没有注意到胡一飞做了什么。直到美女突然站起来，大家纷纷躲避美女的目光，老四这才注意到胡一飞这副奇怪的样子，他立刻意识到美女的不寻常举动和胡一飞有关。

"没干啥！"胡一飞一脸奸笑，"帮我看看，那姐在干啥呢？"

"还在四处看，不知道找啥！"老四抬头看着，"嗯，又坐下了，在看 QQ 消息！"

胡一飞爬上键盘，找到 QQ 的进程，直接又是一个关闭。

"又站起来了！"老四低声发布着自己的一条条观察报告，"又在四处看了！""看到这边了！""转过去了！""她又坐下去了，开始叫网管了！"

"Yes！"胡一飞爬了起来，把胸前的网管胸牌正了正，然后一扬头发，"第二回合开始！"顺手按下眼前这台电脑的重启键，胡一飞便朝美女那边走了过去。

没办法，胡一飞昨天就发现了这个很郁闷的问题，他不会从工作模式中退出。要想退出，只有两个办法，要么让对方的电脑关机，程序自动退出，要么就是自己关机。网吧里的电脑都带有还原系统，重启之后，电脑上的东西都会被还原。这正是胡一飞所希望的，他可不想让人发现神器的秘密。

美女喊了一声网管，网吧里几乎所有的网管都开始往那边运动，有两个网管一直都在附近游弋，此时已经站到了美女面前，一脸期待地等着为美女服务。

美女看着围着自己的一圈网管，突然手朝后一指："你！过来帮我看一下，这电脑到底是怎么回事？"

网管们回头去看，正好瞥见那个冒牌货一脸无辜的表情。此时此刻，他们把胡一飞五马分尸的念头都有了，自己的本职工作就这么硬生生地让一个冒牌货给抢了。

胡一飞走到美女跟前，一耸肩："我早都说过了，这台机子很有可能中了木马，你不信！现在种木马的人水平非常高，杀毒软件杀不掉，还原系统也无法还原！"

美女虽然说自己不是电脑白痴，但也不是什么高手，现在莫名其妙遇到这种情况，心里还是有些虚，让胡一飞诈唬两句，便不由信了几分。"那现在怎么办？我的QQ突然不见了，CS也是一样！"

"是吗？"胡一飞打开进程管理器，装模作样看了一下，道："要是这样的话，你的QQ账号怕是有些危险了，为以防万一，我建议你赶紧找个安全点的电脑把密码修改一下！这台电脑稍后我们会做一次全面检修！"

"你们这里还有没有空闲的机器？"美女脸色有些焦急，她担心多耽搁一秒，自己的QQ就被别人用了！

"那边有一台我刚刚检修过的机子，应该很安全，要不我带你过去？"胡一飞建议着。

美女只能点头了。

看着胡一飞趾高气扬地带着美女朝老四的那台电脑走过去，不少人的下巴都跌了个稀巴烂。大家都不明白是怎么回事，刚才还灰头土脸的，怎么一转眼就全变了，演戏也不带这样的啊！

胡一飞又是一把将老四拽起，然后对美女道："嗯，就是这台了！"

"多谢你！"美女也不多话，坐下就开始登录自己的QQ。

这下美女的QQ号码被胡一飞看了个一清二楚。

美女迅速改完密码，松了口气，转身看着胡一飞，道："你的电脑技术不错啊，可以加个好友吗？"

老四看着胡一飞的目光立刻崇敬了起来，牛啊牛，美女竟然主动提出要加好友了。

"这个不好吧！我们网吧有规定的，网管不能和客人……那个啥……"胡一飞还真把自己当网管了，可惜一时想不起"那个啥"用专业名词该咋说。

美女一愣，随即"咯咯"笑了两声，退出自己的QQ号，站起来道："我叫曾玄黎，本来和你们理工大的女子CS战队约好在这里切磋，不过……我想我可能被放了鸽子，呵呵！"

"你的CS水平很高！"胡一飞恭维了一句，随即一副怕被人知道的表情，低声道，"我记住你QQ号了，回头我加你！"

曾玄黎"呵呵"笑着："那我就告辞了，以后有机会的话，再过来挑战！"说完摆摆手，一甩长发，摇曳而去。

"哥们，那美女的QQ号码是多少？"

曾玄黎前脚刚出网吧，胡一飞和老四就被一群人哗啦啦地围上了，众人都拼命把自己可爱状的脸往前凑，说着好话，希望能套出美女的QQ号码。

胡一飞估计被这情况吓住了，自己啥时候有这魅力了？看他半天没说话，人群中不知道谁喊了一句："哥们，我出50，买美女的QQ号码！"

结果：

"我出100！"

"我出200！"

"我出250！"

"妈的，你小子才是250呢！"众人对这个哄抬物价的家伙集体怒目而视，那个喊"250"的家伙赶紧缩回到自己电脑跟前，不敢露头。

老四扯了扯胡一飞的衣服："二当家的，撤吧！"好不容易才搞到手的美女QQ号，他可不想告诉别人，只有傻子才那么做。

谁知胡一飞把网管胸牌一扯，跳到旁边的椅子上，大大咧咧地喊开了："都别吵！一口价，200块！一手交钱，一手交号，想要号码的就赶紧排队，只卖十个！还价的一边玩去！老四，你负责收钱！"

老四傻了眼，胡一飞还真爷们，说卖就卖，一点都不怜香惜玉。他还想再劝两句，谁知买号的人围上前来，手里举着两张大钞："哥们，我买一份！"

看着那红灿灿的票子，老四咽了口口水，一狠心，就把票子收进了兜里，转身一看，胡一飞已经写好一张小纸条，揉成一团，塞进那小伙的手里，一边还拍着他的肩膀："哥们，Mini Cooper 就在眼前，加油啊！"

"谢谢，谢谢！"小伙感恩戴德，把那纸团在手里攥得死紧，转身溜出了网吧，生怕有人打劫似的。

老大一脸同情地摇头。靠，这货长得还没我俊呢，竟然也想泡 Mini Cooper，200 块打水漂倒是小事，你这不是明显想不开，自己找死嘛！那妞一看就是个辣货，躲都躲不及，还有人往上冲！

有了前面的人带头，再加上胡一飞卖力的吆喝，更有 Mini Cooper 的直接刺激，还真有人舍得下本。一会工夫，QQ 号码就卖出去六份。剩下的人则只能一脸遗憾地旁观了，没办法，荷包空瘪，胆气不足啊。

胡一飞看差不多了，就把钱从老四手里拽回来，抽出一张，对那个借给自己胸牌的网管道："哥们，麻烦到前台拿包软中华！"

网吧里顿时一股子酸味，不少人眼睛都红了，狗日的，刚有点钱，就奢侈上了，软中华，够老子一个星期的网费了。

老四往胡一飞跟前一凑，嘻哈道："二当家的，发了财，晚上咱们去月亮湾吧！"说这话的工夫，老四的口水直往下淌。

月亮湾是理工大后门的一家酒吧，现在的学生都开始玩时尚、玩交际，酒吧那是必须去的地方。月亮湾的地方选得好，开在了狼多肉少的理工大门口，场子是晚晚爆满，不少痴男都去那里寻找怨女。老四惦记月亮湾很久了，但没有胡一飞领着，他还是有些胆怯，不敢去。

"去个屁！"胡一飞瞪着眼，"你成年了没？"

老四上学早，刚上大学那年，还没满 18 周岁，所以寝室人动不动就问他成年没。这搞得老四很郁闷，当即严正声明："靠，我都 20 了！"

"你说的是虚岁吧！"胡一飞大大地鄙视了一眼。

老四这下不说话了，还以为能去月亮湾开开眼界呢，谁知道胡一飞这么抠门，攥着一大把票子都舍不得去。

网管此时拿着包中华过来，胡一飞接过找零塞屁兜里，那烟却没接过来，他把胸牌还到网管手里:"哥们,多谢你的胸牌了,这包烟你收着,一点小意思!"

那网管刚才也在心里骂了胡一飞狗日的,谁知道这烟是给自己买的,当下有些激动:"没什么,不就借个胸牌嘛,不用客气!"

"出来混的,要讲究!"胡一飞手一推,招呼着老大、老四闪人,"走,我请客!"

"这还差不多!"老四心理好歹平衡一点,月亮湾去不成,吃顿香的也不错。谁知出了网吧,胡一飞就一溜烟地朝学校里走。老四急了:"二当家的,不是要请客吃顿好的吗?"

"唔,学校食堂,随便你点,吃撑为止!"胡一飞说得很豪气。

老四很不满:"不是吧!二当家的你啥时候这么小气了?"

"魔兽猛男"却是咧嘴笑。他的饭量超大,平时为了攒钱上网买点卡,都是省吃俭用,胡一飞这话他一听就乐意,终于能吃顿饱的了。

"这钱我有用!下次吧,等下次再有这种傻妞栽到我手里,咱们搞一票,我带你去零度,比月亮湾上档次多了!"胡一飞给老四画了一张更大的饼。

老四嘿嘿一笑:"那行!"

胡一飞走了两步,回头又道:"对了,提醒一下,我搞到了美女QQ号,你可是欠了我三天的饭啊!"

老四一听傻眼了,自己的嘴怎么那么贱呢,本来是一顿,硬让自己搞成了三天,心里懊悔不已。

④ "读书人"算个屁

我是读书人此时还在"狼窝大本营"论坛上,按照胡一飞使用神器的经验来看,链接成功之后,就应该显示对方访问论坛的画面,可现在看到的画面中却没有任何访问论坛的影子,就是一个蓝色的桌面,好几分钟都不变。胡一飞点开进程管理器,也没有找到任何浏览器运行的痕迹,心里更加疑惑,真是活见鬼了!

想来想去,胡一飞突然明白了,代理!一定是代理!

对于那块二手硬盘,胡一飞采取了分区恢复的办法,一个分区一个分区地恢复。

用网上下载到的数据恢复软件可以恢复硬盘上被删除的大部分文件,但有一些文档性质的文件,还有那些被压缩过、加密过的文件,就无法用软件来批量恢复,只能手动恢复。

胡一飞花了三天的时间,才把那块硬盘上的分区 D 盘的数据完全恢复了。他当然不会先去恢复 C 盘,谁都知道那里一般都是安装操作系统的,就算恢复过来,意义也不大。

在已经恢复了的文件中,胡一飞没有找到想象中的神器,倒是发现硬盘上有大量的日志、笔记类的文件。胡一飞翻译了其中的两篇,是硬盘原主人用来记录一些编程时的思路和创意的,顺带还有工作盘点和经验总结的意思。其余就没有什么了。整个 D 盘不过 10G 的空间罢了，除了几部美国电影外，就是一些常用的软件、音乐、图片，另外还有上百个小游戏。

胡一飞现在可以断定，这块硬盘原来的主人是位高手，而且是那种顶级的高手，原因是这些笔记中提到的那些专业名词，胡一飞以前根本就没听说过。他把这些词放到百度、谷歌去搜索，发现全都涉及业界最高深的编程技术，而且五花八门，有关于算法的，有关于数据链的，还有涉及底层操作、硬件通讯的。

可惜的是，以胡一飞现有的水平，别说理解这些笔记的内容，就是看，他都看不懂，只有等将来，他把自己的水平提升到硬盘原来主人的那个档次后，才能完全消化掉这些笔记中涉及到的知识。

"唉——"看着满屏幕的英文，胡一飞的眉毛、鼻子都快挤到了一起。笔记中还例举了大量的程序代码，看得胡一飞更是云山雾罩："看来想当一个绝顶的黑客并不是那么容易的一件事。"胡一飞不禁有些佩服这块硬盘原来的主人，竟然懂得这么多的知识，也不知道他有多大岁数，怕不是已经修炼了有五六十年了吧。

原本想着把硬盘数据恢复过来后，自己就会立刻成为顶级黑客，没想到会是这么一个情况。自己要的是神器，可不是什么狗屁的经验总结。胡一飞失望之余还有些泄气，之前那汹涌澎湃的干劲也有些冷却了。难怪这块硬盘能到二道贩子的手里头，里面要真的全是神器，那也太可怕了。胡一飞这才明白自己之前太天真了，这下可好，没挖到金山，倒是刨了一个坑，把自己埋里头了。

"怎么办呢？"胡一飞挠着下巴。他得考虑一下接下来该怎么弄，是继续恢复硬盘上的其他数据，在里面寻找神器，还是静下心来，把自己的知识水平搞上去，先弄明白已经恢复过来的这部分东西到底讲的是怎么一个子丑寅卯？

胡一飞本来觉得挺近的黑客梦想，突然一下子变得非常遥远了。他很清楚自己有几斤几两重，凭着自己在网络和编程方面的半瓶子洋醋，如果按照教程使用一些现成的工具的话，倒还能快速上手，但对于那些最基本的知识，他却半点都不懂。如果选择先提升实力的话，那就意味着他要有一个庞大的学习计划。

可问题是，就算学习了，也不知道学多少年才能达到硬盘原主人的水平，或许一辈子都达不到呢？听说这玩意也是需要天赋的。

胡一飞坐在那里长吁短叹："早知如此，还不如不恢复呢。就是只拿着那款神器，怎么也能让自己逍遥一下，过上一把黑客瘾了。"

可现在这东西既然已经恢复了，就不能让它埋没在自己手里，否则太有违天道了！胡一飞是这么想的，这硬盘里面虽说不是满盘神器，但也不是随便什么人都能得到的，自己好歹不能白瞎了老天爷的安排。黑客梦想虽然看似遥远，但好歹还有点盼头，只要自己能够达到硬盘原主人的水平，肯定也能造出一大堆神器级别的工具来，到那时候，还不是一样的佛挡杀佛，人挡杀人？

琢磨来琢磨去，胡一飞打定主意，决定双管齐下，一方面慢慢翻译整理那些笔记，另一方面制订个学习计划，慢慢提升自己的实力，反正努力着就是了，至于能学到什么程度，那就只能走一步看一步了。

"我这么做，对得起你了吧！"胡一飞抬头看着天花板，可惜有房顶挡着，他没跟传说中的老天爷搭上话。

胡一飞打开网页，准备到论坛里发个帖子，问问要达到硬盘原主人的水平都需要学点什么，自己也好制订个学习计划。

"狼窝大本营"是国内最有名，也是最大的黑客论坛，胡一飞常来这里泡。他在这里发了篇求助帖，为了保证自己一开始就能走上一条正确的学习道路，胡一飞还把那两篇笔记中提到的技术名词，专门挑了一些放进帖子里，然后就等着高手来告诉自己从哪里入手学习。

"有心栽花花不开，无心插柳柳成荫！"胡一飞盯着电脑叹气，本以为能找到倚天剑、屠龙刀那样的神器，没想到找出一本葵花宝典，真是要了老命，得先挥刀自宫才能练成呢。叹完气，胡一飞又在那些恢复过来的文件里仔细翻腾，他心里还是存了一些侥幸，找不到倚天剑，如果能找到韦小宝用的石灰粉什么的也行啊。

至于剩下的数据，胡一飞暂时不想再恢复了，他有些怕。就眼前的这些天书，都已经让自己觉得黑客梦想遥不可及了，万一再恢复出更多的天书来，自己还要不要活了，不如直接自杀算了。

一阵翻腾下来，胡一飞还真找到十来个小工具，不过这些工具的具体用途是什么，还得一一去求证。

回到"狼窝大本营"，胡一飞发现自己的帖子已经沉下去了，里面只有一个回复的，还是个广告，介绍自己去参加什么黑客培训班。

"他爷爷的！不是说现在是全民黑客时代吗？怎么到了我这里，黑客高手就全都死绝了呢！"胡一飞一脸恨恨之色，只得再次动手，把自己的帖子顶起来。

刚顶起来没一会，电脑就发出响动："你有新的消息，请注意查收！"

胡一飞来了精神，他想大概是自己的帖子被高手看到了，于是赶紧点开论坛的短消息收件箱，结果一看之下失望不已，是那个给自己出数据恢复难题的家伙发来的消息，ID叫做"我是读书人"。

"二当家的！怎么样了，那道题你解决了没？我的1000块可都已经准备好了。"

"二当家的"自然就是胡一飞在论坛上的ID了。这消息让他很是尴尬，他之前在论坛把牛皮吹得哐当响，现在总不能告诉对方自己把自己的硬盘给搞坏了吧。想了想，胡一飞回复道："已经有所进展，但还需要一点时间，那1000块暂且让你再保管几天！"

我是读书人这次只发过来两个字："呵呵！"

胡一飞明白，对方不相信自己能解决那个问题，算了，爱信不信，等自己搞定了，就来收那1000块钱，到时候看你怎么说。胡一飞没有再回复消息，坐在那里继续琢磨自己的学习计划。看来在论坛上死等不是个好办法，最好还是在现实中找一个懂行的高手咨询一下。

想到这里，胡一飞准备出门去转一圈。学校的小阶梯教室，每天都有各种各样的报告会，比如像什么"动漫产业的现状与未来"、"知名闪客谈Flash的制作与创意"、"电子商务前途一片光明"等一类的。

　　说是报告会，其实都是一些校外的培训机构搞的忽悠会，目的是把你忽悠晕，然后交钱参加他们的培训班。这种会没有什么含金量，不过，为了能够唬住来听报告会的人，这些培训机构一般都会找几个有点名气的所谓业内高手前来坐镇，甚至是亲自登台忽悠。

　　胡一飞想去看看最近有没有什么IT界的知名人士前来忽悠，自己也好趁机把问题提一提，有那么多人来听报告会，想来那些高手不会乱说的。

　　正要关网页，短消息又来了，胡一飞点开一看，还是我是读书人发来的："哥们，别费那个劲了，那个问题你肯定解决不了，别回头再把自己的硬盘弄坏了，得不偿失！我建议你还是好好学习基础知识吧，在论坛上瞎晃荡是学不来真本事的！"

　　胡一飞心里顿时一激灵，这家伙怎么知道会搞坏硬盘？还有，他怎么那么确定自己无法解决那个问题呢？胡一飞爬上床，在床头翻出几本关于数据恢复的书，在其中一本书的最后面，他记得有一篇专题，是介绍目前数据恢复界几个无法解决的大难题。胡一飞找到那篇专题，仔细对照之下，差点吐了血，自己被我是读书人耍了。他给自己出的那个题目，竟然和专题里提到的一模一样，这是目前根本无法解决的难题。

　　"他爷爷的！"胡一飞大骂一声摔了书，心想这厮太坏了，自己不过就是在论坛上吹个牛罢了，一不犯法，二不诈骗，不管你是出于什么样的心思，哪怕是为了我好，想教育教育我，那你明着来就是了，至于出这样的损招吗？

　　胡一飞想起自己珍藏多年的毛片，还有那些好不容易才收集起来的经典游戏、美女图片，特别是自己和梁小乐一块出去玩照的那些照片，全都因为这个破题整没了，而且永远无法恢复了，最后还欠了段宇这个葛朗台的债，他心里的火气腾地冒了上来。

　　"我是读书人，老子和你没完！"胡一飞在床上吭吭砸了两拳，跳下床来到电脑跟前，他决定给我是读书人一点颜色看看。换做以前，他估计只能忍气吞声、自认倒霉，可现在不一样了，胡一飞手里有那款万能连接器，这让他底气十足。

　　狼窝论坛会自动记录每一个 ID 登录时的 IP 地址，所以胡一飞点开我是读书人的资料，就看到了他此时的 IP 地址。复仇心切，胡一飞也不多想，直接运行神器，输入这个 IP 地址后就点了链接按钮。

　　对方的电脑桌面很快显示出来了，蓝色的桌面背景上，除了几个系统默认的图标外，就什么都没有了。桌面上的图标倒是没什么问题，和胡一飞平时看见的那些都长得一样，只是图标下面的字却很奇怪，不是汉字，看起来倒像是日文。胡一飞一看之下傻了眼，一脸不解地挠着后脑勺："什么世道！鬼子都敢自称'读书人'了！"

　　我是读书人此时还在"狼窝大本营"论坛上，按照胡一飞使用神器的经验来看，链接成功之后，就应该显示对方访问论坛的画面，可现在看到的画面中却没有任何访问论坛的影子，就是一个蓝色的桌面，好几分钟都不变。胡一飞点开进程管理器，也没有找到任何浏览器运行的痕迹，心里更加疑惑，真是活见鬼了！

　　想来想去，胡一飞突然明白了，代理！一定是代理！

　　但凡有点黑客常识的人，都不会用自己的真实 IP 登录"狼窝大本营"。这里面鱼龙混杂，别看你平时大半年都看不见一个高手露面，可一旦有个风吹草动，那传说中的各路大神就会像召唤兽一样突然闪现。这也许就是所谓的高手风范吧，他们无时无刻都在，也无时无刻都不在。据说，"狼窝大本营"上以前有个小菜鸟，一次在论坛上乱喷，不小心得罪了一位高手的小马甲号。结果，高手很生气，后果很严重，菜鸟下场很悲惨。

　　胡一飞想报复的话，就必须找到我是读书人的真实 IP 地址。可他坐在那里琢磨了半天，才突然发现自己根本不会，以前好像没有接触过这方面的知识。这个想法只能悻悻作罢。

　　"靠！那就来个干脆的吧！"胡一飞恨恨地咬着牙，直接将眼前的这台日本代理服务器关闭。这个操作，就算是不懂日文，他也知道该点哪里。胡一飞在心里打定了主意："他爷爷的，以后只要看见你上线，老子就让你断线！"

神器失去对方的链接,自动退出。胡一飞回到论坛上一刷新,发现我是读书人的ID已经从论坛的在线列表里消失了,心里不禁一爽。等了一会,不见他再上来,胡一飞哼着小曲关机出门去了。

此时正坐在电脑前的我是读书人却被吓了一跳。他连续渗透了一个多月,才拿下这台日本服务器的控制权。这是一家日本网络安全公司的网站服务器,网络安全公司的服务器,安全等级自然非常高。一般黑客拿下这种服务器后,通常的做法都是篡改网页,留下自己的名号,在圈里打出点名气来。

而我是读书人却没有这样做,他准备将这台服务器弄成自己的"肉鸡"[①],他觉得这样做很有一种躲猫猫的刺激感,他想和这家安全公司的高手过过招,看看他们要花多长时间才能发现自己。

在服务器上开了后门,看网管不在服务器跟前,我是读书人就用这台机子登录了"狼窝大本营",正调戏小菜鸟呢,却毫无征兆地遗失了和服务器的链接。

我是读书人顿时惊出一身冷汗。他是个老手了,别看他刚才忙着调戏小菜鸟,可他的眼睛一刻都没离开服务器上的敏感数据。这期间没有其他用户登录,管理员也没有进行任何操作,为什么会突然断开链接呢?最让他紧张的是,他还没来得及擦除脚印,入侵成功后的一切操作都被记录到了那台服务器的日志里,这才是最要命的。

回过神来,我是读书人赶紧去Ping了一下,发现那台服务器此时已经从网络中消失了,这让他稍稍松了口气。不是对方主动切断了链接,很可能是对方的服务器遭遇了停电或者是其他故障而导致的关机。

我是读书人等在电脑跟前,只要对方的服务器一重启,他就准备第一时间上去擦掉脚印。半个小时后,那台服务器的IP再次出现在网络中,而让我是读书人震惊的是,他之前开好的后门已经不见了。打开那家公司的网页,发现只有一个静态页面:"因为服务器故障,本网站暂停服务!"很明显,对方现

---

① 肉鸡就是被黑客攻破,种植了木马病毒的电脑,黑客可以随意操纵它并利用它做任何事情,就像傀儡。

在使用的是备用服务器。

"靠！"我是读书人郁闷地狂抓头。自出道以来，他还是头一次这么快就被人发现，也是头一次狼狈到"丢盔弃甲"的程度，连自己的脚印都没来得及擦掉，此刻他感到一种极大的挫败感。让他想不通的是，为什么对方的操作在数据中一点都没有显示呢？他根本就没看到对手在哪里。

现在说什么都晚了，好在自己使用的是多重跳板，对方想要追踪入侵者同样也很困难。我是读书人迅速清掉跳板上的脚印，然后切断了链接，回到自己真正的桌面上。

"我还会再来的！"我是读书人咬着牙，一脸的不服气。他现在已经认定那家日本公司里存在着一个超级高手，他还会再次挑战的，他不相信自己和超级高手的差距就会那么大。

5 胡一飞的买卖

退出人群,胡一飞掏出手机拨电话:"喂,老猪吗?我是胡一飞,听说你们协会搞了个网络安全的报告会……对对对,我想去听听!长长见识嘛,活了这么大,黑客倒是常听人提起,不过这活的黑客还是头一回见呢!"

胡一飞当然不会知道,自己的新手行为让我是读书人吓得差点丢了魂。

他出门溜达了一段路,然后迈着小八字步,朝食堂那边晃悠了过去。他的目标是食堂门口的海报栏,所有报告会的海报都贴在那里。

食堂门口的海报栏是理工大人气最旺的地方之一,这块小小的海报板,集"广而告之"、"跳蚤市场"、"小道消息集散地"等诸多功能于一身,兼具各种用途。在理工大学生心目中,这块板子的地位只怕比校长还要高一些,学校里任何的风吹草动,都会在这里有所体现。

胡一飞远远看见海报栏前围了不少人,等再靠近些,就听到了他们正在议论。

"他们高傲,但侠骨柔肠;他们低调,却受万人景仰;他们渺小,却无所畏惧;他们自由穿行于网络之间,如入无人之境;究竟他们是神仙的化身,还是地狱的使者?知名黑客Cobra(['kobrə])做客理工大,为大家揭开黑客的神秘面纱!本周三下午三点,给你一个和黑客零距离接触的机会!"一位带着老式厚瓶底、书呆子模样的家伙把这海报念得抑扬顿挫、婉转悠扬。

"哥们，你听说过这个考什么的吗？"提问的人，显然搞不清楚这个单词的发音。

旁边一人摇头："没听说过，考拉我倒是见过！"

"妈的，老子的魔兽号前几天让人给扒了，我就想知道是不是这只考拉干的！"一位兄台咬牙切齿，估计这辈子他都和黑客不共戴天了！

胡一飞却乐了起来，真是想啥来啥，他刚好听说过这个 Cobra。Cobra 翻译过来，意思是眼镜蛇，看起来极具攻击力的样子，其实 Cobra 却是黑客圈里出了名的老实人。

据"狼窝大本营"上那帮所谓资深人士八卦，Cobra 是国内第一代黑客，不过一直都很循规蹈矩，没发表过什么黑客工具，也没有什么辉煌战绩，所以不太出名。很多年前他上岸做了白道，一直在一家国内的安全公司里做技术总监。

"第一代黑客，修炼到现在，至少也有十年的功力了吧！"胡一飞在那里一拨拉，心里就更欢喜了。如果是这样，那这个 Cobra 就算不是太强，至少也不会差到哪里，回答自己两三个问题，应该绰绰有余。

胡一飞当即决定明天下午去听一听报告会，自己的学习计划，怕是要着落在 Cobra 的身上了。

小阶梯教室并不大，同时只能容纳一百多人，想到黑客的名头应该会吸引不少人前去听报告会，胡一飞就琢磨着怎么才能保证自己一定进得了报告会的现场。他挤到海报栏跟前，往那海报下面看了看，发现这次报告会的承办单位是理工大的计算机协会，当时就放心不少。胡一飞虽然不是计算机协会的人，但跟里面的几个理事都很熟，混进去问题不会太大。

退出人群，胡一飞掏出手机拨电话："喂，老猪吗？我是胡一飞，听说你们协会搞了个网络安全的报告会……对对对，我想去听听！长长见识嘛，活了这么大，黑客倒是常听人提起，不过这活的黑客还是头一回见呢！"

"什么？票都派完了？不会吧！"胡一飞苦着个脸，"老猪你太不够意思了，这种好事怎么都不提前通知兄弟一声呢？枉我一直都把你的事挂在心上。昨天小乐还说要给你介绍她们寝室的小姑娘认识，算了，这事就当我没说过……"胡一飞祭出了终极核武器，这招他百试百灵，从未失手过。谁都知道梁小乐寝室美女如林，来找胡一飞拉媒牵线的有好几十号，胡一飞平时没少从中捞点小好处。

果然，胡一飞很快露出了奸计得逞的笑容："好，工作人员就工作人员，只要能进去就行，多谢猪哥了！什么？小姑娘……没问题，没问题，你放心吧，听完报告会，我就介绍给你认识！"

看看吃饭的时间到了，胡一飞又给老四打去电话："开饭时间到了，你小子欠我三天饭呢，快过来付账！"

挂了电话，胡一飞慢慢踱进食堂。他心里愁得不行，昨天虽说弄了1200块钱，可买了中华烟，又请老大、老四吃了顿饭，剩下的钱，除了还上段宇的欠账，刚够给梁小乐买条施华洛的水晶项链。

那是三个月前的事了，胡一飞陪着梁小乐逛街，梁小乐的目光在那条链子上逗留了很久，试来试去的。但价钱实在是太贵了，要800多，胡一飞每月的生活费才500，哪里买得起？昨天卖QQ号的时候，他就想到买项链的事了，特意跑到那家店转了一圈。谁知那条链子已经卖出去了，得下个星期才能到货，只是手里这钱就不能再动了，要留着下周付钱拿货。

"失败的人生啊！"胡一飞坐在那里唉声叹气，自己竟然惨到混老四的饭吃，这不是吃软饭嘛！他寻思自己是不是也去找个兼职的活来做做，也好补贴一下亏空。梁小乐就经常出去做一些兼职，礼仪、导购、形象使者之类的，这大概就是所谓的美女经济吧，反正梁小乐做这些工作非常受欢迎，活多得都做不完。胡一飞有点恨自己为什么不长得帅一点，长成黄晓明那样，哪还有这么多忧愁？或者长得再丑一点，跟大猩猩金刚一样，往那一站，直接收参观费就可以了。

不一会儿，老四和老大一起走进了食堂，这两人最近一直同进同退，在网吧里混生混死。大一的时候大家还有点怕辅导员点名，现在有经验了，你该点名还点名，等学期末的时候买点小礼物往你家里一送，一切都搞定，这叫做"花小钱买大安逸"。

相比较这两人而言，胡一飞就是辅导员眼里的有志青年了。虽然他也时不时旷课，就算到了课堂，也有可能是在看小说、杂志，但大学期间这最不值钱的富余时光，胡一飞并没有全部浪费掉，他还有一颗黑客的心，这刺激着他杂七杂八地学了点东西。

老大一坐下就发牢骚："妈的，今天手真黑，一趟副本下来，愣是一件装备都没有摸到！"

老四也是一脸的惋惜："我点了一下午的视频请求，还不是没一个小MM通过嘛，手都点酸了，这年头小MM的防狼意识太强了！"

胡一飞跟这对难兄难弟一一握手，满怀悲情道："节哀顺变！我谨代表理工大的两万名师生，对你们的不公遭遇表示极度的同情！"

两人齐齐竖着中指："你少在那里哭叽尿嚎的，收起你的鳄鱼眼泪吧！"两人说完一对眼，"先吃饭，吃完我们继续！"

胡一飞对这对活宝百折不挠的执著劲头佩服得五体投地，一抱拳，道："为了革命大业，两位赶紧点菜吧，我都快饿死了！"

三人到一块就是老规矩，四菜一汤，可惜食堂没啤酒，不然还得来点酒。老大和老四估计为了他们的网吧大业，忙得连午饭都没吃上，菜一上桌，筷子抢得飞快，盘子顿时罩上一片筷影，颇有一点水泼不进、针扎不透的架势。等胡一飞好不容易把自己的筷子插进去，却发现盘子都见了底，只剩下油汤和几棵小葱花。

如此两回，胡一飞学聪明了，第三盘菜还没到桌子上，他直接抄起，先往自己的饭碗里扒了半盘。

"你也不怕噎死！"老大和老四齐齐瞪眼，表示不满，完全忘记了自己之前风卷残云的吃相。

"噎死总比干瞪眼饿死强！"胡一飞护住饭碗开始猛扒饭。

大盆的紫菜蛋花汤是最后上来的，三人喝下去，就坐在那里此起彼伏地打着饱嗝。食堂的炒菜分量是少了点，但汤绝对足量，盛汤的盆足有脸盆大，满满一盆下去，就是一头牛，也绝对能够混个水饱了。食堂全靠这招拽回头客呢，美其名曰"招牌汤"。

吃饱喝足，老大坐在那里掰手指头，算算自己已经连续半个月都没去上课了，就问道："二当家的，最近班上有啥动静没？"

胡一飞剔着牙："鸡不叫狗不咬的，也没什么动静，就是辅导员点了两次名。我本想帮你点到的，可他没给我机会，轮到点你名字的时候，他直接划了个×，然后就下一位了！"

老四哈哈大笑，拍着老大的肩膀："辅导员对你真是太了解了，连口水都省了。"

胡一飞瞥了一眼老四："你的名字辅导员倒是念了，不过是在划完×之后念的。他当时在讲台上一副痛心疾首状：'这个学期孙亚青同学的变化，实在是让人心痛、让人吃惊，一个好端端的学生，怎么堕落起来就这么快呢？值得深思，值得警惕！'"

"辅导员英明！"老大一竖大拇指，看着老四，"他老人家早就看出你小子也不是什么好鸟！"

"不过，你俩今晚别在网吧耽搁太久，早点回来睡觉，明天上午是灭绝师太的课！"胡一飞突然想起重要的事，赶紧提醒。

两人一听连连点头："知道了！"

灭绝师太是教马哲的一个老太太，只要上她的课，那必然是满堂高座，就连老大这样神龙见首不见尾的世外高人，也会现身乖乖戳在那里听课。看起来好像老太太人气指数很高的样子，其实根本不是那么回事，全因老太太心狠手辣，铁腕手段。这老太太生平最恨有人旷她的课，只要被抓到一次，那你这门课就别想过关了，即使能考个满分，她也会给你划个不及格，到时候找谁去哭都没用。老太太是这门课的主考教授，这几年惨死在她手里的师兄师姐不知凡几。

老大、老四吹了会水，起身又奔大红鹰去了。胡一飞对这两人的特殊嗜好一直都没能想明白，这两人上网必须要去网吧上，如果让他们在寝室上网的话，顶多半个小时他们就难受得坐不住了。

回到寝室，胡一飞先到"狼窝大本营"看了看，发现自己的帖子又沉了，依旧没有高手前来指点。胡一飞把帖子再次顶起来，然后就去研究今天翻出来的那些小工具的具体用途，一边还监视着论坛的在线列表，只要发现我是读书人上线，他就准备再下黑手。

第二天中午吃过饭，胡一飞到隔壁寝室找王老虎借了一身黑色西服，王老虎是学生会的干事，黑西服是他们的工作服。

结果穿出门一走，不少人跑来好奇地问："胡一飞，你也参加'黑社会'了吗？"

"黑社会"是广大爱校学生给学生会起的别称，既贴切又形象，还点出这一集团的强大战斗力。胡一飞现在要冒充计算机协会的人去参加报告会，也必须穿黑色西服，这是老猪专门交代过的。

"我哪够资格进'黑社会'，他们今天缺几个站脚助威的群众演员，我过去撑撑场面！"

胡一飞一路笑着打哈哈，到达小阶梯教室外面的时候，老猪已经等在了那里。现场的局面和胡一飞预料得一模一样，黑客的名头果然勾来了不少人，没有票进不去的人，就围在阶梯教室门口，随时准备瞅机会蹭进去。

老猪把一个计算机协会的胸牌递到胡一飞手里："哥们，我够意思吧，你看看，这么多人都进不去呢！"

"你放心，听完报告会，我就带你去见小姑娘！"胡一飞拍着老猪的肩头，"不放心的话，我现在就给美女打电话确认一下。"

"放心，放心，你办事我能不放心嘛！"老猪笑着，"不过，能打个电话确认一下，我就更放心了！"

"瞧你这点出息！"胡一飞竖了根中指，掏出手机给梁小乐拨电话，"小乐，晚上叫上你们寝室的姑娘，有人请客吃饭！"

老猪一旁捅着胡一飞，低声淫笑："那啥，最好能把刘晓菲叫出来！"

胡一飞十分不满地瞪了一眼老猪，对着电话说了一声"好，就这么说定了"，然后收了线，看着老猪，说："这下放心了吧！"

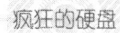

"没说的，你真够哥们！"老猪一伸大拇指，"赶紧进去吧，报告会就要开始了，你站最前面，维持维持会场秩序，不要让人大声喧哗！"

胡一飞插着胸牌："你们好不容易搞次有意思的报告会，干吗不弄到大阶梯教室去，在这里多小家子气。"

"你以为我不想啊！"老猪摇头叹气，"实在是大阶梯教室的场租太贵了，他们就给我们协会赞助那么一点钱，能弄到这里已经不错了！"

胡一飞摇摇头，从人群中挤了进去。他以前也进过社团，对这里面的猫腻清楚得很。学校的场地一般是不会租给外面培训机构的，这些机构要想进来开报告会，一般都是付一笔赞助费给社团，然后再由社团出面租下场地，发出海报，组织人前来听报告会。学校的场租并不贵，如果和老师关系好的话，甚至都不用掏场租，而那些赞助费，大多都进了社团头脑的腰包，或者被吃吃喝喝花掉了。

6 活生生的黑客，活生生的入侵

Cobra 在论坛上点了点，道："大家都看到了吧，论坛的管理员账号确实叫做 Admin，这个都不用输入查询语句，论坛列表就有显示。我们知道了他的账号，去猜他的密码，只是迟早的事情。但这似乎有点浪费时间了，我们是不是考虑一下使用修改语句呢？我们可不可以利用 SQL 语句直接把他的密码改为 12345 呢？"

阶梯教室里面此时已经坐满了人，过道上还站着不少跟胡一飞一样的关系户。胡一飞挤到最前面，打量着现场的设备。三台笔记本电脑已经摆在了最前面的长条讲台上，其中一台可能是用来播放演示文件的，另外两台没打开，不知道是用来做什么的，一个小年轻正在调试投影仪和幕布。

"会不会是用来演示黑客攻防的呢？"胡一飞这样想着。

下午三点整，报告会开始了，阶梯教室前面的门打开，走进来两个人。前面一人文质彬彬，看起来非常有修养；另外一人则是一脸富态笑容的胖子，手里捧着一个保温水杯。

上了前面的讲台，那个拿着保温杯的胖子笑容更盛："今天来了这么多的同学，你们的热情让我非常感动。谢谢你们能走进这里，参与我们的报告会，了解互联网安全的发展情况。你们都是有理想、有追求，对知识充满了渴求的有志青年！"

顿了一下，胖子继续笑道："我想今天很多同学来到这里，都是想认识一下传说中的知名黑客 Cobra。那我想请问一下，在座同学之中，有没有之前就听说过 Cobra 的？有没有？有的请举手！"

会场顿时安静下来，没人举手，这多多少少让台上的人有点尴尬。

胡一飞大手一举："我听说过，在'狼窝大本营'论坛上听说过！"

台上顿时大喜，这简直是救场福星啊！再一看胡一飞的打扮，胖子心里琢磨开了，暗道：这个计算机协会的人还真是有眼色，配合得不错，以后再开报告会的话，还找他们。"恭喜这位同学，你将会得到 Cobra 亲笔签名的新书一套，附赠一套 Cobra 收集并使用的互联网安全工具套装。"

胡一飞喜出望外，没想到这一举手，还有意外收获，Cobra 使用的工具，想来应该不是网上到处流传的低档货。会场顿时有不少人开始暗自后悔，他们也有人听说过 Cobra 的，刚才只是没好意思举手罢了。

"这位同学，那就请你讲讲，你所知道的 Cobra 是什么样子的？"台上的胖子走下来，把话筒递到胡一飞手里。

胡一飞想了想，便道："Cobra 是国内的第一代黑客，德艺双馨！"

"完了？"

"完了！"胡一飞点头肯定。

对方愣了足有三秒，又换上了那副笑容："这位同学说得太好了，德艺双馨，这四个字的分量可不轻啊！那你们到底想不想知道这位德艺双馨究竟长得什么模样呢？"

这回会场很踊跃，所有人大声喊着"想"，可惜却没有奖品了。

"那我现在就给大家介绍一下今天报告会的特约嘉宾，知名黑客 Cobra，微蓝安全科技公司的技术总监，惠信先生！"胖子激情澎湃，说完大手一伸，指向台上那位文质彬彬的人。

"同学们好，感谢你们能来听我的报告！"Cobra 的话不多，就说了一句，然后是一个浅浅的鞠躬，起身的时候，还专门看了胡一飞一眼，似乎对这个听说过自己的人有些兴趣。

胡一飞却在那里琢磨开了，原来 Cobra 的名字叫做惠信，天底下竟有这个姓，还是头一次听说呢。

拿水杯的人坐回讲台，打开电脑，说："大家肯定想知道 Cobra 作为一个知名黑客，都曾做过什么事情，也肯定想知道中国黑客到底有什么样的发展史。别着急，我给大家做了一个专题，看完这个专题，大家都会知道的！"

投影仪在幕布上投下一个标题——"中国黑客发展简史暨中国黑客年鉴"。随即会场的灯光一暗，背景音乐起，专题开始播放。理工大投资几十万打造的数字化阶梯教室，效果还是不错的。

胡一飞在"狼窝大本营"上早就接触过很多类似的专题文章，对于中国黑客的发展史也了如指掌，但还是头一次看这种形式的专题片。专题片中大量的图片资料，都是网上找不到的，它们清楚地交代了中国黑客发展中每个时期的重要事件、重要人物和团体。每到激昂处、低沉处还配合着与之切合的背景音乐，让人看得心潮澎湃。

最早出现的是"窃客"，他们在中国的雏形互联网中介绍国外的优秀软件产品，传播和交流注册码。

后来，凯文·米特尼克这个超级大黑客的传奇历史被引入国内，一时成为国内诸多互联网青年的偶像。"黑客"一词从此出现在中国互联网之中，并且开始被人们所牢记。

随后，特洛伊木马程序开始出现，病毒风波不断扩大，其中最著名的就是至今仍让很多人闻风色变的 CIH 病毒[①]。互联网的安全前景一片惨淡，当时几乎所有上互联网的人都在忙着杀毒。

1998 年的印尼排华事件，激怒了中国黑客，也促使国内最早的黑客团体出现。他们攻击印尼政府的网站，谴责其暴行，铸就了以"团结和坚强"为主旨的第一代中国黑客精神。这一团体后来被称为中国黑客界的黄埔军校——"绿色兵团"。

---

① CIH 病毒是一种能够破坏计算机系统硬件的恶性病毒，这个病毒产自台湾，最早随国际两大盗版集团贩卖的盗版光盘在欧美等地广泛传播，随后进一步通过互联网传播到全世界各个角落。

中国黑客自己开发的黑客工具此时开始出现，如大名鼎鼎的流光、溯雪、乱刀，这些工具的作者有一个共同的名字——小榕①。

时间再过去一年，1999年是中国黑客最为辉煌的一年。这一年爆发了第一次中美黑客大战，中国驻南斯拉夫大使馆被炸，使得这场发生在互联网上的战斗规模不断升级。凭借此次大战的辉煌战果，中国黑客从此在世界安全界占据一席之地。中国红客接过了前辈的接力棒，并为中国黑客精神加入了新的内容，那就是爱国主义。至此，第二代中国黑客便出现了。

爱国的中国黑客收拾完美国，随后又收拾了抛出"两国论"的台湾，一时声威大振。中国的黑客软件木马冰河在这次战斗中展现出强大的战斗力，并直接刺激了后来更多优秀黑客软件的出现，木马冰河的作者黄鑫也因此被人熟记。

同样是在这一年，中国的黑客阵营开始出现分化。红客是其中一支，"绿色兵团"此时也正式组建了"中联绿盟"网络安全公司，迈出商业化的脚步。

时间进入2000年后，随着国内互联网的发展，上网的门槛开始降低，黑客的门槛也随之降低。以独孤剑客为代表的一批傻瓜式黑客工具的出现，更是让这个群体开始泛滥，"黑客"一词不断出现在媒体上，炒作得很厉害。这一时期的黑客被称为第三代黑客，他们不再注重技术，而是更加依靠现成的工具，人员的杂乱也让这个群体开始浮躁了起来。

2001年中美撞机事件之后的第二次中美黑客大战，给了这个狂躁的群体当头一棒。中国黑客未能在这次大战中再续辉煌，却很大程度上成了媒体口中的"爱国秀"。

大战之后，随着对黑客精神的反思，以及泊来黑客精神的影响，中国黑客群体持续分化，出现了更多的流派。即便是同一个阵营之中的群体，也会再进行深度分化；即便是师出同门的"绿色兵团"，也分裂为了"北京绿盟"和"上海绿盟"。

---

① 小榕，中国高级程序员，他发布了许多杀伤力巨大而又极易上手的黑客工具。1999年美国轰炸我国驻南斯拉夫大使馆后，一些爱国人士不堪屈辱，引起了中美在互联网上的"红黑大战"，红方就是我方，领头人就是小榕。

正是由于这种极度的分化，黑客大联盟时代一去不返，取而代之的是一个个分散的小团体。这导致后来的中国黑客群体再也没有出现一家独大的局面，同样也再没有出现像许榕生、中国鹰派、netcc、袁哥这样具有强大号召力的领军式人物。

专题片中，还介绍了另外一些特殊的人物，比如金山求伯君、腾讯马化腾，引起会场骚动不断，只要专题中出现的人物，都会配上 Cobra 和他们的合影。

胡一飞大眼睛得溜圆，没想到 Cobra 这么低调的一个人，竟然会在圈内有这么广的人脉。

专题片播放完毕，会场久久鸦雀无声，大家为黑客们的辉煌战绩而激动的同时，也在反思和惋惜。

"好了，我们的专题播放完毕了！"拿杯子的胖子笑声再起，"看完专题片，大家是不是都有一种一试身手的感觉？想不想亲自过一把黑客的瘾？"

"想！"会场内立刻有人激动地喊着。

"想也是白想！"胖子大笑，"看一个专题片就能成为黑客，我可没有这么大的本事！"

台下顿时哄笑不已。

"我是不行，不过我身旁的 Cobra 大哥却是很行！"那人一指 Cobra，"现在，我们请 Cobra 大哥为大家演示一下黑客的攻击手段，让大家亲眼见识一下，真正的黑客到底有多么的恐怖！"胖子故意将最后一个字拖得老长，一下就把现场的气氛调动了起来。

Cobra 打开面前的话筒，吹了吹气，道："黑客的攻击手段有很多，我今天主要为大家演示其中的两种，SQL 注入攻击和溢出攻击。现场的同学可能很多都看不明白，没关系的，我会给大家做一些解释。"

Cobra 打开面前的电脑，接好投影仪，会场的大屏幕就开始显示他电脑上的画面。Cobra 打开一个网页，显示出来是一个 BBS。"这是一个论坛，大家仔细看一看，会不会觉得很熟悉？没错，这跟你们理工大的 BBS 是一模一样的，采用的是同样的程序代码！"

这下大家的兴趣就起来了，胡一飞也紧盯屏幕不放。画面显示出来的论坛确实和理工大的BBS很相似，只是换了块LOGO而已。

"这是我架设在公司备用网站服务器上的BBS，服务器采用微软的服务器操作系统，做过必要的安全设置，安装了防火墙和杀毒软件。现在我就给大家演示一下，如何通过这个论坛，实现入侵并控制这台服务器！"

现场有人激动得直打颤："我靠！这可得好好学学，等学会了回头就把学校的BBS给黑掉，让你他娘的食堂饭菜没油水，让你考试不给我过关！""今天这个报告会可真是没有白来啊。"

"现在的网站，99%都要用到数据库，所谓的SQL注入，就是利用网站对提交数据过滤不严格的漏洞，在提交数据的时候插入一些数据查询语言，从而获取自己想得到的信息的一种黑客手段。"Cobra简单介绍了一下，也没指望底下的人明白。接着，他在电脑上演示道："比如我现在访问论坛的这个页面。我在网址后面添加了一句SQL判断语句，这句代码的意思很简单，就是问'1=1是不是正确的'。答案肯定是正确的，所以我一敲回车键，大家都看到了，页面正常打开了。

"但如果我问'1=2是不是正确的'，大家再看，网址提交之后，网页无法正常显示，服务器返回了错误的提示！这是为什么呢？因为1=2本身就是错误的，所以服务器在分析之后，认为你提交的这个网址是错误的，它就不会显示。

"那么大家现在想到了什么？"Cobra突然问现场的人。

现场没人回答。这很正常啊，正确的答案就显示，错误的答案就不给显示，可这能说明什么问题呢？难道问一些1等于几的问题就能入侵了吗？

Cobra等了一会，看没有人回答，笑了笑，道："大家想一想，如果我提交的SQL语句不是询问'1=1是不是正确的'，而是问'论坛管理员的账号是不是叫做Admin'或者'他的密码是不是12345'，那么网页会告诉我们什么样的信息呢？"

顿时有些人明白过来了，胡一飞是最先明白过来的。妈的，这太神奇了，如果论坛管理员的账号真的是Admin的话，那么网页就会正常显示出来，否则网页就出错。一个个试下去，总能试出管理员的账号是什么，还能试出他的密码。

Cobra看很多人有些明白的样子，便继续道："当然，这只是最简单的判断语句。SQL语句有很多种，有查询，有判断，有增加，有删除，最重要的是，还有修改。大家想要了解SQL注入究竟是怎么一回事的话，就得去好好学习一下SQL语言，这个并不难，语言格式都是固定的，几个小时就可以精通了！"

胡一飞大为振奋，原来几个小时就能精通啊，自己还以为很难呢。

Cobra在论坛上点了点，道："大家都看到了吧，论坛的管理员账号确实叫做Admin，这个都不用输入查询语句，论坛列表就有显示。我们知道了他的账号，去猜他的密码，只是迟早的事情。但这似乎有点浪费时间了，我们是不是考虑一下使用修改语句呢？我们可不可以利用SQL语句直接把他的密码改为12345呢？"

Cobra点了论坛登录，输入账号Admin，然后又输入密码12345，登录的时候，论坛提示密码错误，无法登录。"大家看到了吧，账号此时的密码并不是12345，现在我们使用刚才的方法，在网址后面插入SQL语句，将它的密码修改为12345。"

Cobra噼里啪啦在一个网址后面输入一大段SQL语句，一敲回车，网页正常显示了。"现在页面正常显示了，这告诉我们，密码修改成功了，如果不成功的话，是会提示错误的！"

Cobra又回到登录界面，输入了账号Admin和密码12345，这回大家看得非常清楚，竟然顺利登录了，密码已经变成了12345。这也太神奇了吧，只是往平时司空见惯的网址后面添加了一小段代码，竟然就把管理员的密码给修改了，要不是亲眼所见，大家谁都不敢相信。

性急的人直接举手提问："那啥，Cobra大哥，你能不能把刚才的代码重新写一遍，我好记下来！"不知道的以为他好学，知道的自然明白这小子肯定没安好心，肚子里指不定憋着什么坏水呢！

Cobra笑着："写十遍都没有问题，但这代码并不通用，我能成功，你可能就不会成功。因为你还必须了解网站的数据库结构，不同网站的数据库结构是不同的，也不是每个网站都存在这种漏洞。比如你们理工大的网站，已经在三个月前修复了这个漏洞！"

那小伙很受打击，闷闷地缩回去不吭声了。

"拿下论坛，并不是我们的终极目标，我们是要靠着论坛管理员的身份，拿下这台服务器，大家有没有什么想法？"Cobra 很善于利用发问来调动大家的积极性。

很多人连之前的演示都没看明白，现在哪能提出什么意见？要是会入侵，大家就不用来这里听报告会了。

"论坛有个功能，叫做上传，可以上传一些图片之类的附件到论坛上去，这个大家肯定知道吧！"Cobra 笑着说，"我们要利用的就是这一点！现在大家看看管理员的界面，发现没有？管理员是可以设置上传附件的类型和大小的，我手上有个后门程序，格式是 EXE 类型的，那么我就把 EXE 文件设置为可以上传。"

Cobra 设置成功，打开发新帖的界面，把一个 EXE 文件上传到论坛。也就是说，他把一个后门程序放到那台网站服务器的硬盘里了。

"后门程序放上去了，现在我们只要知道这个后门程序在对方服务器上的具体位置，就可以利用数据库的权限，或者是其他手段来运行它！"Cobra 没有解释要用什么手段来确认这个后门程序的具体位置，而是直接用自己的方法运行了它。

胡一飞的水平有限得很，这步他没看明白，不过，Cobra 能在自己的电脑上让另外一台电脑运行指定的程序，这本身就很厉害了。

Cobra 打开后门的链接程序，输入那台服务器的 IP 地址后，很快得到了一个黑乎乎的窗口，没有图像显示，但可以输入各种命令。Cobra 输入一个最简单的 DOS 命令，是用来显示自身 IP 地址的命令。

显示出来的 IP 地址跟那台服务器的地址是一致的，这就证明，Cobra 已经进入了那台服务器，并且拿到了很大的权限。

Cobra又输入了几个命令，把显示出来的结果和自己电脑上的情况做了对比，确认这是两台不一样的电脑上的内容。当然，Cobra还有更直接一点的方法。他直接敲入命令，让那台服务器重启，很快，后门程序失去了链接，再输入刚才BBS的链接，也提示无法找到服务器。现场的人虽然不懂黑客，但也知道Cobra确实是入侵成功了。

　　"就因为架设在服务器上的论坛程序的一个小小BUG（漏洞），便导致了整台服务器被人控制，现在我们回过头，看看这到底是个多大的漏洞！"Cobra笑呵呵地看着会场的人，拿起杯子，慢慢地喝着水，足足有两分钟，Cobra才放下杯子，"我们看看那台服务器重启结束没有！"

　　胡一飞恍然大悟，心说：Cobra喝这么久的水，原来是在等那台服务器重启完毕，怪不得！胡一飞刚才还以为Cobra这人有什么慢性子的毛病呢。

　　Cobra重新输入论坛的网址，这次论坛显示出来了，看来服务器又正常工作了。"我们报告会的主题是网络安全，刚才的入侵，只是为了告诉大家安全有多么的重要。怎样能让自己的电脑绝对安全，这才是我要讲的重点。可能现场的很多同学都会有些疑问，说看你刚才的入侵，好像也不太麻烦，那防范入侵会不会也很简单呢？"Cobra笑着说，"其实这样的想法一点都没错，安全比入侵要简单得多。安全在于平时的一点一滴，这些都是可以养成习惯来做到的；而入侵却需要极不寻常的灵感，以及成千上万次的试验，这不是每个人都能做到的。"

　　似乎是怕众人不相信，Cobra又重新演示了一下1=1和1=2的问题，网页和刚才的显示一样，一次正常显示，一次提示错误。"现在，就请大家看看我是怎么来修复这个漏洞的！"

　　Cobra再次用后门程序链接到那台服务器，找到论坛程序的源代码文件，打开，却只修改了一句。现场的人看得很清楚，他就是往里面添加了几个字符。但奇迹发生了，Cobra保存了论坛的代码文件后，重新打开论坛，这次不管是1=1还是1=2，网页统统都显示正常了。

　　"网页全都显示正常，你还能得到什么信息呢？"Cobra笑着问大家。

胡一飞的下巴都掉了下来。不会吧，就这几个字符，漏洞瞬间消失，这下入侵的人就要傻眼了，别说是Admin，你就是问管理员的账号是不是"白痴"、"弱智"、"狗屎"，网页同样都会显示正常。

"当然，我还可以这样修改！"Cobra又打开那个源文件，删掉刚才添加的字符，往下顺了几行代码，在那里插进了一个符号。这次更神奇，等他保存好，再去进行SQL注入，不管是1=1还是1=2，网页全都提示错误，只有输入正确的网址，不在网址后面添加任何多余的语句，网页才会正常显示。

"大家看到了吧，安全不安全，就在于你多写或少写几个字符而已！"Cobra露出笑容，"所以，我们才经常说：安全与不安全之间，只隔了一个字母！"

会场内掌声雷鸣，Cobra的精彩表演让大家很是折服。

按照原来的安排，Cobra本来还要表演溢出攻击的防范，结果现场的人情绪都被调动了起来，仅在这个SQL注入上，就提了很多问题。

Cobra旁边坐着的胖子，笑得嘴巴都合不拢了，现场的效果比预计的要好很多。看看差不多了，他就站起来，打断了现场的提问："因为报告会的时间有限，这个提问环节就算是结束了。接下来，由我为大家介绍一下网络安全这个产业目前的情况，以及前景预测！"

"先作个自我介绍，我是华锋网络安全科技有限公司的总经理，我叫严锋！"胖子笑眯眯对全场鞠躬，"我勉强算是个业内人士，但给大家做这个报告，心里还是有点忐忑。就算是我的一点粗浅见解吧，拿出来跟大家交流一下，要是大家有什么不同的想法，可以提出来。"

胖子嘴上很谦虚，接下来却着实不客气，他把网络安全的发展前景吹成了一朵花。毫无例外，又是那套"巨大的市场需求与从业人员的严重不足，形成一个庞大的人才缺口"的老套说辞，他还拿出不知道怎么统计上来的数据，把现场的学生忽悠得一愣一愣。最后，胖子还打了比喻，说做安全的，就好比是做医生，专门给网络看病、给电脑看病，从古到今，医生就是个从不失业的职业。

目前就业压力这么大，尤其是学计算机的，毕业之后想进入挨踢（IT）行业，可真叫个难，现在想挨踢的人实在是太多了，一个刚毕业的大学生根本排不上号。如何找份安定可靠的工作，是刚一进入大学大家就开始考虑的头等大事，所以胖子的话让会场不少学生有些意动。有人开始问道："那如果我们想进入这行的话，都需要学点什么？"

胖子等的就是这句话，可还是故作矜持地咳了咳，才道："目前来说，市场上关于网络安全工程师的认证有很多家，比如思科，比如CIW、NISC、CISSP，有我们自己的认证，也有外国的认证，培训价格都不菲，但真正专业的培训机构，却是不多见。很多培训机构都是打着幌子把人招进去，但代课的老师却根本都没有从事过安全行业，试问这又怎么能培养出合格的安全工程师呢？所以，我们看到了一个很奇怪的现象，一方面是培训机构培养了大量的网络安全工程师，一方面是网络安全公司不得不自己寻找人才，然后采取老带新的做法，建立自己的人才储备体系。

"我们华锋也有这方面的苦恼，后来干脆自己搞了一期网络安全工程师培训，结果效果意想不到的好。那期的学员，除了有两个留在我们华锋工作外，其余的都被聘请一空，有专业的网络安全公司，也有证券、银行、电子商务方面的企业，他们都需要大量的网络安全专业人士。"

底下的人见胖子半天谈不到正题，便有些急了，直接问道："那你们公司的培训还搞不搞？"

"搞！当然搞！为什么不搞！"胖子语气非常的坚定，"现在我们跟国内许多企业都签订了安全人才的委托培训协议，所以这样的培训班，我们华锋今后会一直办下去。可能有的同学就要问了，说别人培训出来的学员公司都不认，为什么你们培训出的学员他们抢着要呢？"胖子指着自己的肥脸，"原因当然有，但绝不是因为我严锋的脸大，面子就大。"

现场顿时笑了起来。

"为什么我们自己培训出的学员受欢迎呢？一是我们华锋本身就是网络安全企业，所以我们很清楚从业人员都需要掌握什么技能；二是因为我们请的老师不一般呐，大家想一想，Cobra亲自教出来的徒弟，跟那些市场上随便几千块就能买到证书的所谓工程师能一样吗？"

刚才 Cobra 的精彩表现，已经完全折服了现场的人，所以这话一出，场内的学生立刻兴奋了起来："你们的学员，真的是由 Cobra 亲自培训吗？"

"一点没错！"胖子很深沉地点头，"名师出高徒，别人抢着用我们的学员，认的就是 Cobra 这块金字招牌，我们所有的课程，都是由 Cobra 老师负责教授的。"

现场又嘈杂了，不少人已经开始议论是不是参加华锋的培训班，能当 Cobra 的亲传弟子，可不是什么人都能有的运气啊。

胡一飞冷眼看着场内，心想学生们还真是单纯，这么容易就被那个胖子给糊弄住了。这么一想，胡一飞又觉得不对，自己好像也是学生，现在没被忽悠住，只是因为自己已经上过当罢了。

有些学生耐不住性子，顾不得报告会还没结束，直接冲到前面围住胖子，问现在能不能报名，他们要先在下一期的培训班预定个位子。就连负责维持秩序的计算机协会的人，也凑过去几个，很是感兴趣的样子。

Cobra 坐在旁边，一脸淡然地喝着水，大家对他心存敬畏，上去围他的人倒是没有。

胡一飞看是个好机会，便从兜里掏出一张纸，凑到了 Cobra 跟前，一副谦虚受教的样子："Cobra 老师，我有些问题，想向你请教！"

Cobra 对胡一飞有印象，便放下水杯，笑道："你请讲！"

胡一飞把纸摊开在桌面，那上面写满了他从硬盘笔记中摘抄的专业名词。"我想学这些技术，可是不知道从哪里入手，希望 Cobra 老师能给我指点一下。"

Cobra 接过纸，拿起来一看，露出很惊讶的神色，看着胡一飞道："这些东西，你从哪里听说的？"

"'狼窝大本营'！"胡一飞嘴巴咬得很紧，"那上面有人说，这些技术才是最尖端的技术，我想学学，可在'狼窝大本营'上打听了很久，也没人能告诉我从哪里入手！"

"哦，是这样……"Cobra 沉吟一会，把那纸片叠起来收到自己兜里，"你这上面所提到的技术一共有六项，不知道你要研究哪一项？"

"六项？"胡一飞的眼珠子跌了出来，自己在网上搜了很久，才确定是四项，怎么又变成了六项？"那如果我想都研究，需要从哪里入手？"

Cobra 笑了起来，看胡一飞的表现，他可能真的不清楚。"小伙子，好学是件好事，但千万要切记贪多嚼不烂。说句实话，你上面所提到的这些，我一个也不会，根据我自己的了解，国内目前也没人会这些技术，只有三个人分别掌握了这六项技术里其中三项的替代技术。如果你能研究出其中的一项，我想你每年的年薪至少是千万起价！"Cobra 笑呵呵的表情，并不像是说假。

胡一飞很是泄气，这下完了，在国内都找不到个明白人，虽说有三个人会，但会的还是什么替代技术。Cobra 说得很诱人，千万年薪呐，可那也得自己先学会这技术啊。胡一飞又想起那硬盘上的笔记，不知道硬盘原来的主人是干什么的，竟然强悍到如此变态的地步，Cobra 说会一门就已经很了不起了，他竟然全部精通。自己仅仅翻了他两篇笔记，如果再翻多点，还不知道会有什么新的技术冒出来呢。

"这么回事啊……"胡一飞叹着气，"那就算了，麻烦 Cobra 老师了！"

Cobra 看着胡一飞灰心丧气的样子，又道："在计算机领域，不管是什么技术，都脱离不了基本的知识架构，能研究出这些技术的人，只是比别人多一些创意和灵感。如果你真的喜欢计算机这行的话，不妨先把基础打好！"

"多谢 Cobra 老师指点，那打基础的话，该从什么地方入手？"胡一飞又请教道。Cobra 的话还是让他有点启发的，就像刚才的 SQL 注入，1=1 和 1=2 情况下的不同显示，落在平常人眼里，似乎没什么问题，甚至都不可能有人试着在网址后面添加那些字符，可落在黑客眼里，立刻成了攻击利器，这里面差的不是基础，而是思维模式和灵感。

"我给你列一个书目吧！"Cobra 掏出纸笔，当场就给胡一飞写了起来。他对胡一飞还是有点好感的，不是因为这家伙听说过自己，而是别人都跑去咨询严锋关于培训班的事了，只有胡一飞过来咨询技术方面的问题。虽然这小伙有点好高骛远，但如果能端正态度的话，未必学不好安全技术。

胡一飞的想法又是不同，他想着自己先打好基础，又有那些笔记做指引，说不定真的可以研究出那些技术。千万年薪啊，那得是多厚实的一沓钱，自己再也不用为荷包发愁了。

Cobra 写好书目，又从兜里掏出一张名片，说："这些书你回头买来仔细看，有什么问题的话，可以再来问我！"

"谢谢，谢谢！"胡一飞千谢万谢，将名片和书目装进了口袋。Cobra 一代知名黑客，能够对自己这么热心，让胡一飞很是感动。

胡一飞又把刚才严锋答应给自己的签名书和网络安全工具套装索要到手，趁着老猪不注意，偷偷溜出了阶梯教室。

老猪一直惦记着和美女吃饭的事，报告会结束的时候，他就盯在门口，寻找着胡一飞的身影。结果等到最后一个人都走了出来，他也没看到胡一飞的一根毛，打胡一飞电话也是关机。意识到自己上了当，老猪站在那里直骂娘："狗日的胡一飞，你等着！"

⑦ 关机狂

我是读书人的脑门沁出一层冷汗。到底是什么人呢？竟然会如此强大，不管自己用什么IP，只要一登录，对方就能立刻侵入，然后强制关机，这样的事简直是骇人听闻。这怎么可能呢？根本就不符合入侵的基本法则，难道说对方可以随意入侵任何一台电脑吗？

我是读书人连续关注了好几天，确定那家日本的安全公司没有追踪到自己，才稍放下心来。不过让他感到意外的是，这家公司的网站虽然更换了新的备用服务器，却存在着一模一样的漏洞，上次他就是利用这个漏洞侵入了对方的服务器。

思来想去，只有一种解释，那就是上次的事纯属意外，可能真的只是断电了，然后那家公司的网管又恰好发现了自己入侵的痕迹，只是他们的水平有限，还弄不清楚自己是如何进来的。

我是读书人很是得意，他自问自己的技术水平距离超级黑客的境界只差了那么一点点，可惜的是，自己从未碰到过超级黑客，否则较量一番，未必谁胜谁负呢！

和平时一样，我是读书人又登录了"狼窝大本营"。每隔几天，他都会来这里转一转，看看业内新闻，在论坛上搜寻一切有关超级黑客的蛛丝马迹。打开在线列表，我是读书人发现二当家的也在线，决定给他再发个消息，催问一下数据恢复的事。

虽然明明知道对方根本不可能解决，但我是读书人很享受这个调调，他就喜欢调戏那些小菜鸟。

"兄弟，这都又过好几天了，那1000块你到底还要不要了？"我是读书人写好短消息，然后就点了发送。谁知几秒过后，却显示网页无法打开，短消息发送失败了。

"掉线了？"我是读书人的第一反应就是如此，他检查了自己的网络，发现一切正常，然后再检查自己使用的代理服务器，发现代理服务器已经关闭了。

"妈的，运气真差！"我是读书人心里咒骂不已。有了上次的突发事件，他这次没有用肉鸡登录"狼窝大本营"，而是在网上找了一台公用的免费代理服务器，谁知刚登录，代理服务器就关闭了。网上这些免费的代理服务器就一个毛病，不稳定，时开时关的。

我是读书人只是觉得晦气，但并没有当回事。他重新挑了一台代理服务器，又上了论坛。谁知这次断线的速度更快了，他打开在线列表，找到二当家的ID，刚点下去，就提示网页无法打开。再一检查，新选的这台代理服务器也关闭了。

我是读书人终于感觉到有些不对劲了，自己选哪台，哪台服务器就关闭，再巧也不会如此巧吧！再想想上次自己用日本那家公司的服务器访问"狼窝大本营"，也是突然关机，我是读书人意识到自己可能被人追踪了。

迅速断开网络链接，重新拨号后，我是读书人架设好多重跳板，确认不会被人迅速追踪到，重新登录了"狼窝大本营"。刚一登录，那台最外层的跳板服务器便自动关机了，一点征兆都没有。

"靠！果然是这样！"我是读书人的第六感一向很强，他一下就判断出，问题出在"狼窝大本营"上，有人盯上了自己的ID。

我是读书人的脑门沁出一层冷汗。到底是什么人呢？竟然会如此强大，不管自己用什么IP，只要一登录，对方就能立刻侵入，然后强制关机，这样的事简直是骇人听闻。这怎么可能呢？根本就不符合入侵的基本法则，难道说对方可以随意入侵任何一台电脑吗？

我是读书人强制自己冷静下来，理智的思维告诉他，除了万能的上帝，这个世界上根本就不可能有人做到这一点。但对于刚才发生的事情，他真的想不通，事情不可能是巧合，也不可能有人厉害到如此地步。那到底是谁在盯自己呢？他又是如何做到随意关闭一台服务器的呢？

"难道这就是传说中的超级黑客？"

我是读书人在这个念头冒出的一瞬间，浑身的汗毛都竖了起来。他从不认为自己的技术水平和超级黑客差多少，他的目标是在年内跻身世界超级黑客之列。可如果超级黑客都是这种实力的话，那就太恐怖了，自己这辈子都不可能达到。我是读书人从心里感到一股寒意，虽然这只是他的一种猜测，但也让他觉得太可怕了。

胡一飞此刻正一脸淫笑地坐在电脑跟前，一连守了好几天，终于等到我是读书人上线。胡一飞一口气干掉对方的三个IP，那感觉就像是打地鼠一样，实在是太爽了。

"来一个，干一个！来两个，我灭一双！"胡一飞来回刷新着在线列表，看那个倒霉的我是读书人还上不上线了。他嘴里一个劲地嘀咕："再上来啊，再上来啊，爷还没过足瘾呢！你小子弄坏了我的硬盘，要不让你尝尝厉害，你还以为我这个二当家的是在鸡毛山上落的草呢！"

五岁那年，胡一飞得到的生日礼物是一本《雷锋日记》。对于雷锋精神，胡一飞研究了十多年，自然造诣颇深，他记得最清楚的一句话是"对待同志要像春天般温暖，对待工作要像夏天一样火热，对待个人主义要像秋风扫落叶一样，对待敌人要像严冬一样残酷无情"。

前面三点，胡一飞自知功力不足，还很难做到，但对于最后一点，他觉得自己完全可以做到。所以在他看来，打击我是读书人，那也是弘扬雷锋精神的一种表现。

我是读书人坐在电脑跟前，将自己前两次在"狼窝大本营"上的活动仔细

回忆了一遍,看看自己是不是发表什么言论的时候留下了蛛丝马迹,或者是得罪了什么人。思来想去,我是读书人就纳了闷,好像除了调戏过那个叫做"二当家的"的小菜鸟之外,自己并没有留下任何不妥的言论。

"难道这个二当家的,也和自己一样,是个马甲?"我是读书人觉得有这种可能,自己都能用马甲去调戏小菜鸟,别的高手自然也可以。但怎么看,他都不觉得那个二当家的像是个高手,想了片刻,他决定试探一下,总得弄清楚是谁在盯着自己吧!

设置了更为复杂的多重跳板后,我是读书人决定用自己的本尊号登录"狼窝大本营"。他的本尊 ID 叫做"寒号鸟",这个 ID 在"狼窝大本营",乃至整个中国黑客界,可谓是无人不知、无人不晓。

寒号鸟,国内黑客界最为神秘的头号黑客,战绩辉煌,攻无不克,被"狼窝大本营"上的资深八卦者评为国内最有可能跻身超级黑客之列的头号种子选手。

寒号鸟这个名字第一次出现是在某一年,韩国政府为加强自身网络的安全,决定面向全球招聘安全高手。入选第一个条件,是必须攻入一台韩方指定的服务器,在服务器上留下签名,之后便会收到韩方的正式邀请,到韩国参加第二轮的选拔。

韩国将这条消息发布在自己的政府网站上。消息发布之后一个小时,便有一个人签下了自己的名字,这就是寒号鸟。他不但将自己的名字签在了那台指定服务器上,还顺便签在韩方的政府网站上。寒号鸟对韩方的那台服务器的安全性能极尽嘲笑,称其是一台"刚学会上网三天的菜鸟都能攻进去的筛子服务器"。

韩方的招聘还没正式启动,便颜面大损,他们对寒号鸟入侵之事矢口否认,称韩方的服务器向来安全,寒号鸟入侵的事情根本子虚乌有,纯属是有人利用 PS(photoshop,简称 PS,一个专门处理图片的软件)出来的假图片造谣生事。但另一方面,韩方却将已经炒作了许久的招聘计划足足延期了三个月,直到他们从美国聘来安全大师哈佛里博士,重新设置了一台更为安全的测试服务器,才宣布招聘计划正式开始。

韩方的拙劣表演让许多之前曾有意向的高手统统反悔,加上哈佛里博士的名头又吓退了一批人,所以第二次招聘的时候,前来应聘的高手寥寥无几。

有意思的是,寒号鸟再次将自己的名字签在那台服务器上。韩方本来不愿意承认,谁知道那个美国佬哈佛里多事,把通过第一关的名单公布在了自己的博客上,韩方不得不承认寒号鸟获得进入第二轮的资格。谁知寒号鸟随后攻下韩国《东亚日报》的官方网站,在那上面宣布自己弃权了,结结实实地扇了韩方一记耳光。

一个寒号鸟便搞得韩方左右出丑,整个一"骂不得、摸不得"的活刺猬。寒号鸟之名,从此名扬天下。

"狼窝大本营"上的资深八卦者,搞了一个国内黑客排行榜,他们根据各种小道消息以及黑客们的战绩对黑客进行了一个大概的排位,寒号鸟在排行榜里位列第一。他在韩方事件后的一段时间内异常活跃,短短的时间内取得不少的战绩。倒霉的不光是国外的服务器,寒号鸟最后甚至侵入了国家计算机病毒中心的网站服务器,在上面发布了一条最新蠕虫病毒的防治消息。虽然那蠕虫病毒随后便被证实确实存在且传播能力惊人,但寒号鸟也因此进入了官方的通缉名单。随后他便进入了低调的潜伏期,很少再在网上露面。

现在寒号鸟突然出现在"狼窝大本营"论坛上,立刻就引起了轰动,所有的版面都出现整版的新帖子:"国内第一黑客寒号鸟上线了!""神一般的寒号鸟出现了!""我的偶像,我终于看见你了!"

胡一飞还在来回刷新着在线列表,把注意力都放在寻找我是读书人上面,所以没有发现寒号鸟上线。刷了一会,他觉得我是读书人不会再上线了,这才发现论坛早已闹翻了天。

"我靠,有没有搞错啊!"胡一飞大叫一声,在心里又把我是读书人诅咒了七八遍,为了守你小子,竟然害得我都没有在第一时间发现偶像上线。胡一飞之所以常来"狼窝大本营",就是因为这里是寒号鸟出现次数最多的地方,为此,他还专门准备了一篇热情洋溢、狗血煽情的帖子,就等着偶像寒号鸟出现的时候发上去。可惜,硬盘被搞坏了,那篇文章自然也是尸骨无存了,想到这点,胡一飞的牙根直痒痒,恨不得把那个我是读书人咬死。

所有人都在猜测寒号鸟这次出现是为了什么，有的猜是要公布一个重大漏洞，有的猜是要发布一条最新的病毒信息，更多的人猜测寒号鸟又要发布最新战绩了，已经有人开了一篇预测帖，预测这次又是哪家的服务器要倒霉。

胡一飞也进去掺和了一把，他猜寒号鸟这次的出现，跟前两天谷歌服务器被攻击有关系。这一猜测，立刻引起了不少人的响应。

寒号鸟在论坛上待了一会，什么也没做，就是来回刷新论坛，同时还在外围跳板服务器上部署防御措施，他想看看那个追踪自己的人到底是如何入侵进来，又是如何实施关机的。

论坛上的人都把寒号鸟当成了神，可是如果他们知道，自己心目中的神此刻正忐忑不安地坐在电脑跟前，严防死守，担心自己的电脑会被入侵，不知道这些人会不会把下巴给跌碎！

过了很久，没有发现入侵的迹象，甚至一点试探性的痕迹都没有，寒号鸟就有点摸不着头脑了：奇怪，难道追踪的人只是针对自己的马甲号吗？这太可笑了，自己的本尊号就在这里，你不来追踪，却死死纠缠一个毫不起眼的马甲号干什么？

"自己的马甲号到底得罪谁了呢？"寒号鸟向来谨慎小心，从不用马甲号发表任何超出菜鸟认知范围的言论。要说得罪人，自己调戏过那么多的菜鸟，得罪的可真是不少，但最近就只得罪过那个"二当家的"，难道这"狼窝大本营"真的藏龙卧虎，"二当家的"竟然比自己隐藏得还要深？

寒号鸟退出论坛，决定换台服务器，用我是读书人的马甲再试一次。

寒号鸟突然出现，又很快下线消失，再次引起了论坛上的猜测纷纭。有资深八卦者分析道：一年一度的超级黑客评选就要展开，寒号鸟今天的出现，绝不是偶然，这是个信号，表示他要参加此届评选。作为国内最有实力跻身超级黑客之列的选手，寒号鸟的战绩和资历，距离超级黑客的评选标准还是差了一些，这时候，他必须拿出一份超重量级的战绩来为自己加分，所以，近期寒号鸟很有可能将有大的动作。

这个分析，让不少人开始兴奋。胡一飞却很失望，寒号鸟什么都没留下，那就表示自己所猜测的谷歌服务器受攻击一事和他无关。

正郁闷呢，论坛的短消息提醒响了起来："你有新的消息，请注意查收！"

胡一飞点开一看，发现我是读书人又上线了。他发来消息，询问自己是否把那个数据还原的问题解决了。"他爷爷的，你小子还敢上来，倒是挺有韧性啊！"胡一飞二话不说，又把对方的IP地址输入神器，连接上去之后，直接关机。

眼前电脑一黑，又失去了跳板服务器的链接，寒号鸟的脸色白得有些吓人。他部署的防御措施竟然一点作用都没有，而且他一直盯着网络数据，根本没有发现任何入侵的痕迹，电脑就那么毫无征兆地关机了。从给二当家的发去消息，到电脑关机，中间不过短短十秒的时间，这太恐怖了！

从来都是寒号鸟给别人带来恐惧，现在被人一吓，寒号鸟才知道这是一种什么滋味，根本就是被人玩弄于股掌之间啊。

寒号鸟也注意到了二当家的IP地址，是东阳理工大学的学生公用上网IP，所有理工大的学生，都是用这个IP来共享上网的。

"妈的，果然是高手！"寒号鸟不禁暗赞一声，心说自己以前怎么就没想到用这种公用上网IP来隐藏痕迹呢？就知道用跳板，你设置的跳板再多再复杂，也会被人追踪到的，可使用这种IP就不一样了。理工大有两万多的学生，全都使用这一个IP地址上网，就算把这个IP放在那里让你追踪，你也一点辙都没有，总不能把那两万多人都筛一遍吧！

寒号鸟坐在那里长吁短叹。这才是真正的高手呐，一招就见高低，不佩服都不行！胡一飞上网不用代理的菜鸟行为，在寒号鸟眼里，竟然成了令人敬畏的高手风范。如果有一天他明白真相的话，估计会当场吐血而亡。国内第一的黑客，竟然让个小菜鸟的二百五行为给唬住了。

回过头来，寒号鸟还是有些不明白，二当家的到底是怎么入侵进来的？为什么他进来之后什么也不做，只是关机呢？寒号鸟自己就是个高手，还是个绝顶高手，二当家的这种行为让他非常困惑，难道他真的把自己当成了小菜鸟，通过这种方式来调戏自己不成？寒号鸟哭笑不得，刚才自己本尊号上去的时候，对方没有反应，显然不知道这两个号是同一个人。

弄清楚问题出在哪里，寒号鸟迅速把二当家的划入"敬而远之"之列，以后看见他，自己就绕着走。

"不对，看见东阳理工大的IP，老子都绕着走！"寒号鸟在心里发誓。今天这事，让他十分受伤，心里的那点自信自傲，一下就被击得粉碎。什么国内头号黑客，全是狗屁，在二当家的眼里，连屁都不是。

⑧ 拿书的淑女

胡一飞站在女生宿舍门口，兜里揣着装项链的盒子，嘿嘿地笑，心想自己真是无耻，拿着卖美女QQ号的钱买了礼物，再来泡另外一个美女。古往今来，能够做到自己这步的，怕是没有几个吧！

"神器在手，天下我有！"

胡一飞美得直冒鼻涕泡，我是读书人被他干下去四次，彻底不敢上来了，胡一飞依旧不依不饶地叫嚣着要坚决贯彻雷锋精神："不弄得你小子删号，我就是他爷爷的读书人！"

寒号鸟下线之后，再没上来，论坛的人瞎掰了两小时，也就安静了。胡一飞看看时间，估计梁小乐现在应该快下课了，就关了电脑，准备出门，顺手从枕头下面拿出一个精致的小盒子，里面装的是他买的那条施华洛的水晶项链。

走到楼下，刚好碰到老四，老四神色惶惶，一把拽住胡一飞说："二当家的，大事不好了！"

"出什么事了，校长大人驾崩了吗？"胡一飞问，屁大点的事，到了老四这里都是大事，胡一飞已经习以为常了。

"不是这个！"老四摇头。

"那还能有什么大事,我正忙着呢,有事你快说!"

"那个曾玄黎,就是上次网吧的那个 Mini Cooper,我刚才上网在 QQ 上碰到她了,她说要跟你不死不休,让你等着瞧!"老四有点担心,"她说话很冲,你小心点,可千万别被她抓到了!"

"喊,多大的事!"胡一飞不屑地摆手,"我又没加她的 QQ 号,她一不知道我叫什么,二不知道我住哪,能咬到我?"

"那个……啥……"老四支支吾吾,欲说还休。

"还有事没,没事我走了!"胡一飞心里只要一想到将这项链交到梁小乐手里,梁小乐可能会激动地哭着喊着要以身相许,便有些按捺不住,只想立刻赶过去,哪还有工夫听老四啰唆。

"那个……我一不小心,嗯……就把你的名字告诉她了!"老四终于把实话讲了出来。

"我靠!"胡一飞蹦了起来,"你小子怎么就这么点出息,太不够意思了,连兄弟你也敢出卖!那天卖 QQ 号的钱,你小子没吃,还是没喝?"

老四窘极:"那妞太狡猾,说是不追究卖 QQ 号的事,还说你的电脑水平高,她想跟你学两招,我这才……"

"看见美女你的脑子就丢了,稀里哗啦全交代!"胡一飞恨恨地咬牙,"好歹给爷们长点脸嘛。"

"那现在咋办?"老四塌着个脸。

"瞧你那怂样,一个娘们就把你吓成了这样,人家又不来找你,你怕个球!"胡一飞眨巴眨巴眼睛,"你还说什么了?宿舍号总没告诉她吧?"

"没有没有!"老四急忙作着保证,"我保证我没说!"说完却是一缩脖子,"不过,老大有没有说,我就不敢保证了!"

胡一飞真是被这两个货给打败了。卖了人家的 QQ 号码,竟然还好意思再去加人家的 QQ,这真是色胆包天,要女人不要命呐!他也不对老大抱什么希望了,老大对女人的抵抗力,比老四强不了多少,只希望他好歹留上一手,别把自己的内裤都给卖了。"靠,那就等那妞杀上门的时候再说吧!"胡一飞没空想这烦心事，摆摆手，准备去办正事。

老四松了口气："那啥，我去找老大问问情况，晚饭叫你一起吃啊！"

胡一飞走远了，头也不回地说："别等我了，晚上我和美女吃，你们自己吃吧！"

老四看着胡一飞的背影，目光中带着一丝羡慕。胡一飞真他娘的牛气，雷霆起而心不惊，泰山崩而色不改，女人跳而神不慌，真是一纯爷们。

到了梁小乐楼下，胡一飞开始拨梁小乐的电话："美女，下课没？"

梁小乐在电话里笑："下课了，我这会都到宿舍了！"

"正好，省得我再瞎跑了！"胡一飞暗自得意自己的神机妙算，"我就在你楼下，你快下来，我有件东西给你看！"

梁小乐有点好奇："什么东西？"

"你下来就看到了，保证你喜欢！"胡一飞笑着卖关子。

"不会是小狗吧！"梁小乐一直都想养条狗，可惜宿舍不让养。

"美女，你还是给狗们一条活路吧！"胡一飞叹着气，"学校门口狗肉火锅店的老板告诉我，说你们楼的楼管大嫂，这个月就往他那里卖了十多条狗了！"

梁小乐顿时一阵恶寒："好，我马上下来！"挂了电话，她还有点失望，为什么不送自己一条小狗呢？

胡一飞站在女生宿舍门口，兜里揣着装项链的盒子，嘿嘿地笑，心想自己真是无耻，拿着卖美女QQ号的钱买了礼物，再来泡另外一个美女。古往今来，能够做到自己这步的，怕是没有几个吧！

至于那个Mini Cooper说要跟自己不死不休，胡一飞还真没放在心上。他倒是有点后悔，早知道这妞这么凶悍，自己当时就应该再多捞一把，反正已经得罪了，也不在乎再得罪一些。200块钱卖得差不多了，自己完全可以减减价，50块也能卖嘛，搞个薄利多销，估计也能赚不少。可惜啊，机不可失，时不再来，一个大好的机会，又给浪费了。

胡一飞顿足捶胸、暗自后悔的工夫，梁小乐从楼里走了出来。梁小乐的漂亮真的是不用夸，她一走出来，顿时三千粉黛无颜色，女生宿舍楼前就再也没什么东西可看了。

"什么东西，这么神神秘秘的！"梁小乐撅着个嘴，精致得像个瓷娃娃。

胡一飞只是笑，却不把盒子拿出来，"那个，如果你喜欢的话，是不是得有点奖赏啥的？"

梁小乐听完就飞起一脚，笑道："你想让我奖你什么？快点拿出来，不给看我就上去了！"

胡一飞笑着躲过，一边还不忘提醒："美女，注意形象！要作淑女状！"

"拿书的才叫书女，我现在没拿书，就不是书女！"梁小乐跟胡一飞打闹惯了，早就习惯了他这一套。

胡一飞摇着头，一脸惋惜："还好我早有预料，特地准备了这件号称可以让河东狮都立刻变成美淑女的极品装备！"

"什么东西？"梁小乐被勾起了兴趣，胡一飞总能搞出一些奇奇怪怪的东西来。

胡一飞把盒子一举，道："小妖精，看我将你打出原形！"

"去，少贫！"梁小乐已经看到了盒子上的施华洛标志，伸手抢过来，打开一看，顿时眼睛一亮，"呀，这条链子我注意很久了呢，你怎么知道我喜欢它！好漂亮啊！"梁小乐拿手指轻轻抚摸着项链，看得出，她非常喜欢这条链子。

胡一飞嘿嘿笑着："怎么样，变淑女了吧！"

梁小乐脸上一红，说："这项链太贵了，你哪来的钱买？"梁小乐常有外快收入，也没舍得买这条项链。

胡一飞左右看了看，然后凑到梁小乐耳朵边，压低了声音道："昨天有辆运钞车爆了胎，停在路边上，我当时一咬牙，过去把它给劫了！这事你别告诉别人啊！"

梁小乐大笑，胡一飞说话总没个正形，明明是一件很能感动女孩子的事情，结果到了他嘴里，却怎么都觉得不靠谱。"你不说，那我就不收！"

"东西都买回来了，你不收我也没地方去退了！"胡一飞笑着，"放心收着吧，这钱是我赚的，咱不是有电脑技术嘛，我帮了别人一个大忙！"胡一飞心里想自己可没有乱说，这钱确实是用电脑技术赚来的，至于说帮别人忙也没有错，明明就是老四打电话让我去帮他搞到美女的QQ号码嘛。

梁小乐哪知道是怎么回事，还以为是胡一飞帮别人修电脑赚来的，当下美滋滋地把项链拿了出来，左右比划着。

"美女，是不是赏脸一起吃个晚饭啊？"胡一飞觍着脸，"不过我没带钱包，我请客，你买单！"其实他带了，只是钱包里没钱而已。

梁小乐把项链收好，故作一把矜持，才笑道："好吧，看在你大出血的分上，晚饭我请了！你等我一会，我去上面换个衣服！"说完转身便跑进楼里去了。

胡一飞蹲在楼门口等着梁小乐，就听周围隐约传来几声酸气十足的话："妈的，美女眼睛瞎了吗？怎么能看中这么一头猪！""还他娘是个吃软饭的，竟然让美女掏钱请吃饭，真丢咱爷们的脸！""好白菜都让猪给拱了！""额滴神啊（我的神），一朵鲜花，就插到了大粪上！"

"喊！"胡一飞从鼻孔里不屑地嗤了口气。他最看不起这种人，一个个打扮得油头粉脸，站在女生楼下，还不是为了拱棵小白菜，可千万别告诉老子你们都是来赏落日的，这素质，还不如段宇呢！

不一会，梁小乐下楼，她换了一件紫色的丝绸衬衫，再把那水晶项链戴上，顿时相映成辉，流光溢彩。

"怎么样？好看吗？"梁小乐倒有些不好意思地低头瞅着项链。

胡一飞使劲咽着口水："若把西湖比西子，浓妆淡抹总相宜！"胡一飞这狗舔过的肚子，居然难得地想起了一句诗词歌赋。

梁小乐白了他一眼，脸皮子却红了，嗔道："一句好诗从你这歪嘴里念出来，都变了味！"其实她心里还是挺美的，谁不愿意听几句夸赞的话！"走吧，快去吃饭，晚上我还得去自习室看书呢！"

胡一飞在梁小乐侧面看了一眼，脚步不动，只是嘿嘿地笑着："刚才那句不算，我又想起个更贴切的！"

"什么？"梁小乐问道。

"横看成岭侧成峰，远近高低各不同！"胡一飞抑扬顿挫地念完，目光就停在了梁小乐的胸部。

"流氓！"梁小乐反应过来，先是下意识把胸部一收，然后就作势朝胡一飞抓了过去。胡一飞赶紧跳着躲开，远远站着坏笑，就是不上前来。

梁小乐一跺脚："你到底吃不吃饭？不吃的话我走了！"说完一副生气状，往前面走，走了几步，却又回过头，朝胡一飞笑呵呵地看着。

胡一飞这才腰板一挺，小八字步一撇，耀武扬威地跟在梁小乐的屁股后面，活脱脱一只大尾巴狼。这让刚才那几个泛酸的家伙妒火中烧，投射到胡一飞身上的目光都滋滋地冒着电光，恨不得当时就把胡一飞电个外焦里嫩。

"靠，冲我放电顶个屁用！"胡一飞只当没看见，心道这几个家伙真是失败，放电也得找准对象，就是对着恐龙放电，也比对着老爷们强。

梁小乐直接把胡一飞领到了四号食堂，这里承包给了校长大人的小舅子，早就改造成了一间很有档次的大饭店。学校里如果接待领导，或者是搞个什么学术研讨会之类的，都会安排在这里就餐，给小舅子创创收，变相地也巴结一下校长大人。这里饭菜的价格比较贵，平日里都是学校的老师、外教来这里吃饭。学生们偶尔也来这里，但肯定不会常来，只有搞生日聚会什么的，才邀上七八个好友，在这里摆上一桌。

当然，也有其他的特殊情况，比如哪位爷们要在女友面前显阔，又或者被辅导员抓了现形，到这里小小腐败地请辅导员他老人家搓上一顿之类。学生中也有常客，几乎天天光顾，要么是一水黑社会打扮的学生会干部，要么是那些社团的头脑们。真正有钱的人，倒是不常来这里。

胡一飞的运气有点背，刚坐下，就看到了熟人。

老猪腆着个滚圆的小胖肚，朝胡一飞这边开始运动，脸上挂着不怀好意的笑容。他被胡一飞那张介绍小姑娘认识的大饼忽悠了不下三次，就是再不长记性，也知道疼了。现在看见胡一飞跟梁小乐在一块，他觉得自己报仇雪恨的机会到了，今天不管如何，也得把这小子和梁小乐的美事给搅和黄了。

"对了，小乐！"胡一飞突然提高了声音问道，"你们寝室的那个刘晓菲有对象了没？"

老猪"咔嚓"一下就被定在了那里,竖起耳朵往前凑了一小步,想听听梁小乐怎么说。刘晓菲是老猪的梦中情人,可他至今还没跟人家搭上线呢。

"对象倒是没有!"梁小乐不明白胡一飞为什么突然问这个,"不过追求她的人倒是一大群,她现在都不知道该选谁了!"

老猪很想大喊一声"选我",但还是给憋住了,悄无声息地站在胡一飞不远处,搔首弄姿,扮作路人甲,想听点更多的关于刘晓菲的消息。

胡一飞叹着气:"这年头花言巧语、金玉其外败絮其中的人实在太多了,你可得让她擦亮了眼,别上了花心萝卜的当。"

"怎么,你想给她介绍对象?"梁小乐笑着,有点明白胡一飞的意思了。

"我有一哥们,绝对的老实人,喜欢刘晓菲很久了,在我这里求爷爷告奶奶地缠了很久,想让我帮忙给牵牵线!人长得还挺帅,就是英年早肥,有点小胖!唔,计算机水平不错!"

老猪一张肥脸都咧开了花,英年早肥,计算机水平还不错,这不明显就是说我嘛,胡一飞真够意思!

梁小乐皱了皱眉:"我先帮你探探口风吧,刘晓菲的眼光高得很,高矮胖瘦要求得都挺严格,不合她心意的话,就是开宝马她也看不上!"

老猪真是想得开,梁小乐这话落到他耳朵里,非但不会觉得刘晓菲的标准苛刻,反而觉得刘晓菲是位有道德、有品位,绝不趋炎附势、嫌贫爱富的巾帼好女子。

"那我就替我哥们先谢谢你了!"胡一飞不得不把戏做足,站起来给梁小乐添水。

"菲戈!"老猪此时装做巧遇的样子,走过了两步,却又突然回头,"我说怎么看着眼熟,原来是你,真是巧啊!"老猪平时都直接喊胡一飞名字的,现在来卖乖,胡一飞直接升格为菲戈了。那是胡一飞给自己取的雅号,有一阵子胡一飞迷足球,就天天穿着菲戈①的球衣在理工大的球场里晃荡。

"是老猪!"胡一飞赶紧放下茶壶,站起来寒暄道,"来吃饭?来来,坐下

---

① 菲戈:葡萄牙著名足球运动员。

一起吃！"

"不了不了！"老猪望了一眼梁小乐，顿时脸红脖子粗，外带心跳加速，赶紧转移视线，"菲戈，这是你女朋友吧？"

胡一飞很是欢喜，心说老猪这货还真有点眼色，你想让他说啥他就提前帮你说了。朝老猪投去赞赏的目光，胡一飞笑道："咋样？我俩是不是有点郎才女貌的意思！"

老猪点头笑着："那是那是，郎才女貌！绝对的！"就在几分钟前，他还在心里咒骂豺狼虎豹呢。

梁小乐冲胡一飞瞪眼："瞎说什么！什么女朋友，我可没答应！"

"那啥……"老猪赶紧岔开话题，"我们社团搞聚会，就在三号包间，我出来溜达刚好看到你了。你们菜点了没？没点的话，进去凑合一下，也没外人，都是熟人！"

"点了点了！跟我你还客气啥！"胡一飞大大咧咧地。

"再添俩菜呗！"老猪不由分说，扯着嗓子喊服务员，"给这桌加俩菜，炭烤鹿排、泡菜烧鱼，都记在三号包间上！"

胡一飞赶紧按住老猪："你这是干啥？菜我们都点好了，再加不就浪费了嘛！"

"咱俩谁跟谁，别客气！今天是碰上了，其实我早都想请你吃个饭了！"老猪到底肥，有一膀子力气，一推手就把胡一飞弄到了椅子上，亲自监督着服务员把那俩菜记上，这才放了心。"社团的人都还等着我呢，就不陪你了，回头咱再电话联系！"

"老猪你这人真是太……"胡一飞很是过意不去，"那回头我请你喝酒！"

老猪笑呵呵地走了，走两步，还回头朝这边看了一眼："那啥，吃好喝好啊！"

"你朋友？"梁小乐看着老猪的背影，有些疑惑。

"一哥们！"胡一飞答。

"他可真热情！"梁小乐笑着，心想自己这顿饭钱省下了，小胖子点的那俩菜就已经够吃了，幸亏自己还没点菜。

胡一飞一脸的高深莫测："没办法，关系铁！"

梁小乐倒也没瞎想,她压根没把刚才的小胖子和胡一飞要给刘晓菲介绍的对象联系到一块。刘晓菲那么高的标准,这小胖子根本入不了人家的法眼。

胡一飞心里直叹气,心说老猪你喜欢谁不行,偏偏喜欢刘晓菲,不是哥们我不帮你,实在是不忍心看你受刺激。你有啥想不开的,也不能去碰这个钉子啊!我要是真把你介绍给刘晓菲了,咱俩这哥们算做到头了,以后你指不定怎么恨我呢!

吃完饭,天已经黑了,胡一飞亲自把梁小乐护送回宿舍,然后又辗转送到了自习室门口,这才恋恋不舍地踱回了自己的寝室。

很难得,今天寝室里兵强马壮、人员齐整!段宇在QQ上跟小丽勾搭,老四守着电视看墨墨,老大正在胡一飞的电脑上继续干魔兽世界。

"都在啊?"胡一飞有点诧异,要不是想着明天是周末,他还以为又要上灭绝师太的课了呢。

老四扔了遥控器,叹气道:"完了,以后大红鹰网吧是不能再去了!"

"怎么回事?"胡一飞问着。

"别提了,Mini Cooper刚才杀到了大红鹰,我俩差点就被她逮到!"老四一脸丧气,"还好那个网管够义气,缠住了Mini Cooper,我和老大这才逃了回来。"

老大眼睛没离开电脑屏幕,嘴上却嘟囔了一句:"大不了明天把大红鹰的卡退了,以后去龙源网吧!"

"那妞还来真的啊!"胡一飞大感意外,他以为曾玄黎不过就是在网上发发狠罢了,没想到都杀到了理工大门口。不就是把她的QQ号告诉了别人,至于这么死缠烂打吗?

老四过来拍拍胡一飞的肩膀,很是同情:"情况还不算太坏,三个案犯至少跑了俩,我和老大都已经把这事给撇清了,她现在就死盯着你。你机灵点,千万别被她逮住了!"

"靠!"胡一飞竖着中指,再次把两个见色忘友的家伙鄙视了一番,跑到阳台上洗脸去了。

寝室门一开,老猪那张肥脸闪了进来,问:"那啥,胡一飞在不?"

老四看老猪有点脸熟,往阳台一指,说:"阳台上呢!"

老猪这才走了进来,手里提着两兜水果,扯着嗓子喊:"胡一飞,我来看你了!"

这架势把寝室其他三个人吓了一跳,心说这是咋回事呢?一下午不见,胡一飞是病了还是怎么?这探病的人提着水果都追到寝室来了。

胡一飞从阳台上露出个脸:"老猪啊,你先坐,我马上好!"

老猪把水果往寝室中间的大桌子上一放,找了把凳子坐下,跟老四打着招呼:"你也喜欢看墨墨的节目啊,同道中人,她的节目我期期不落。"

老四顿时对这个小胖子有了好感:"缘分缘分!我觉得墨墨今天这身不好,衣服的颜色跟她的肤色不配,她的皮肤本来就很白,根本不需要衣服来衬托,也不知道哪个脑残的设计师给找来的衣服!"

老猪顿时两眼发直,我靠,胡一飞寝室这都是什么牛人呐!竟然说墨墨根本不需要衣服来衬托,那得是让墨墨脱光了来主持节目?这货还真敢想。老猪讪讪笑着,不敢搭话,老四一句话就把他给震傻了。

看看胡一飞洗完脸出来,老猪就要拉着胡一飞去喝酒,顺便打听一下梁小乐那边有没有什么回音。刚才饭局上梁小乐说会先探探刘晓菲的口风,老猪回到包间,饭都吃得没滋没味,心里想的全是这事。他想着这事必须趁热打铁,最好今天就能落实了,所以饭局一结束,他就提着水果上胡一飞这里来了。

胡一飞看自己待在寝室也没事干,总不能跟老四抢电视看吧,便跟着老猪出门去了。

⑨ 男生宿舍楼围观事件

她这么一喊，楼上倒是立刻露出十多个脑袋来，一个个兴奋得像是打了鸡血，趴在窗沿上议论着："怎么个情况啊？胡一飞这小子干啥缺德事了？这都被美女堵到楼门口了。"再一看，就发现楼下叫阵的，还真是货真价实的美女，再再一看，那美女屁股后面趴着一辆Mini Cooper。这下就炸了窝，一个个呼朋唤友、狂嚎乱叫的，不到一分钟，阳台上就黑压压地挤满了脑袋，远远看去，甚是壮观，像是爬满了毛毛虫。

寒号鸟又搞了个新马甲，叫做"糖炒栗子"。

本来他打算以后都要绕着二当家的走，谁知他把那台被胡一飞入侵过的跳板服务器反反复复、仔仔细细检查了好几天，愣是没在上面找到丁点入侵过的痕迹，这让他非常困惑。这种事情，他头一次碰到，就是再高明的黑客，也不可能在几秒的时间里将一切都抹得毫无痕迹。寒号鸟按捺不住，便注册了这个新马甲，想先跟二当家的建立联系，以后慢慢套话，一定要把这个谜解开。

黑客有千般，这寒号鸟便是极其另类的一个。出道一年多来，他始终秉持"欺软怕硬"的四字斗争方针。打得过他就打，欺负完了再贴图为证；打不过的他就跑，以后看见也都绕着走。上次黑了国家计算机病毒中心的网站，他不就躲了大半年吗！

可惜，大家看到的都是寒号鸟的光鲜战绩，而对于他那能屈能伸的"好汉行径"，却没有几个人注意到。

不过，寒号鸟能混到国内头号黑客的位置，靠的并不是这套游击战术，他本身的黑客技术，在国内来说确实算得上数一数二。只是这次在二当家的身上看走了眼，让胡一飞那二百五的关机行为一吓，他竟死心塌地地认为对方是个高手，甚至连试探一下的念头都不曾想起。否则稍加试探的话，他就会发现，二当家的本事也稀松平常。

在论坛上搜索二当家的以前发表过的所有帖子，寒号鸟意外地发现了那篇求助帖。他心里只怪自己以前太大意，二当家的一张嘴就能扯出这些专业名词来，至少是个高手级别的人物。一般的小菜鸟能知道个屁，你就是把这些单词放在他们面前，他们也只能当拼音来念。

心眼子一转，寒号鸟就有了主意。他把胡一飞的求助帖给顶了起来："经鉴定，楼主是位高手！二当家的能够说出这些技术名词，足以说明本身已经达到了很高的技术层次。你所提的这些问题，估计整个'狼窝大本营'都没人能回答得出，以后请不要再拿我们这些小菜鸟们开玩笑！"

寒号鸟自问这番话写得得体自然，那二当家的看了，肯定会对自己这个新 ID 留下点印象，也方便自己以后去跟他拉关系。

胡一飞的求助帖子放到论坛上，就没一个人正儿八经地回复过，貌似这是个很低级的问题，谁也不屑于回答。所以寒号鸟的回复一出现，立时就得罪了不少人，帖子里一场混战：

"你自己不知道就算了，竟然敢说整个狼窝都没人能回答，太嚣张！"

"糖炒栗子，你妈妈喊你回家吃饭！"

"无知的人，总以为自己无所不知，悲剧啊！"

"寒号鸟，我的偶像，出来秒杀他吧！"

还有一个人更绝，也不知道从哪找来一大堆洋单词，往下面一回复，就开始问别人自己是不是高手。

一群人在帖子里跳来跳去，忙得不亦乐乎，把电脑前面的寒号鸟也看傻了眼。他没想到自己的回复会引起这么个后果,愣了半天,冷笑道:"妈的!你们说二当家的是新手,还不如直接说老子根本不懂电脑呢!一帮无知的家伙!"

胡一飞从床上爬起来的时候,正是半中午。

一抬眼,发现寝室已经空了,他这才想起一大早老大和老四就去了网吧,说是今天转移阵地,先去龙源网吧踩踩点;段宇也出门了,每个周末他都得到丽妃娘娘那里去报到,看看有没有什么拎包扛东西的力气活干,顺便再把小丽的那一大堆衣服送去洗衣房。

胡一飞昨天吃饭的时候就跟小乐约好了,今天一块到自习室去看书。他坐在床上给梁小乐打电话,谁知电话通了,梁小乐却说看不成书了,她临时有个兼职的活干,现在都已经在去市里的路上了。

"我日!"胡一飞挂了电话,又躺倒在床上,想着自己今天要做什么,是去自习室看书呢,还是躺在寝室看书,或者是去大街上看美女?

想来想去没个主意,胡一飞就下床开电脑,还是先玩会"二奶"再说吧。

从二手硬盘上倒腾出来的那十来个小工具,胡一飞现在差不多都搞清楚了。他水平有限,一边靠猜,一边靠网上的搜索结果,反正就这么凑合着,最后竟然差不多把那些工具的用途给搞明白了。

能用到的不多,有一个是用来分析网络数据的,至于怎么分析,分析出来的数据又说明什么,胡一飞就莫宰羊①了;有一款软件看布局,像是个格式转换工具,但具体能转换什么文件,胡一飞同样木鸡②;胡一飞还不懂汇编,所以里头那件用来反汇编的工具就被他顺手打入了冷宫,等以后能用到的时候再说吧。

有一款小巧的防火墙,用于防范黑客入侵。因为防火墙的策略是软件内置的,想修改都不可能,但只要打开了放在电脑上就可以,这便成了胡一飞唯一能弄懂而且会用的工具。不过估计也不会有什么人来入侵他的电脑,这件工具

---

① "莫宰羊"是闽南语中"不记得"、"不知道"的意思。

② 木鸡,粤语"不知"的音译,这里是作者的调笑之语。

能不能用到还另说，但胡一飞每次开机的时候，都会把这防火墙开启，不然显得自己不专业。

至于其他的小工具，胡一飞连看的兴趣都没有，不是说这些工具没用，而是目前压根就用不到。他把这些用不到的工具往存毛片的地方一塞，专门设了个文件夹，叫做"三个代表学习心得"，然后不再管了。存毛片的文件夹，名字更绝，叫做"线性代数"。

登录到"狼窝大本营"，胡一飞发现自己的陈年老帖被顶了起来，等看到糖炒栗子的回复，不由出了一脑门的白毛汗，心说你小子是啥眼神啊，这得要多少度的近视外加散光，才能把我看成高手啊！不过你小子打捞技术倒是不错，这种沉到太平洋底的帖子，都能捞起来。

再往下面看，胡一飞忍不住开始感慨：都说粮食危机，我看是放狗屁，没看这一个个欢实的，都是吃饱了撑的。这帮人真无聊，咬来咬去，最后还不是一嘴的毛，照样没一个人能站出来告诉自己学这些技术该怎么去做。

胡一飞索性关了"狼窝大本营"，从床头拿出那两本新买来的基础知识书，都是按照 Cobra 列出的书目买来的。胡一飞实在没事干的时候，就拿出来翻翻，他原来的计划是能学多少是多少，不强求。

翻开书刚看了两眼，寝室门开了，老大和老四像霜打了的茄子似的，蔫不叽叽进来了。

看到胡一飞在，老四顿时哭丧着脸，道："完了，这下跑不掉了！二当家的，你不是说要去自习室吗，怎么还在寝室啊？"

"没有美女陪着，我去干吗？"胡一飞晃荡着二郎腿，"你俩怎么回来了？"

老大叹了口气，上前拍拍胡一飞："果然'是福不是祸，是祸躲不过'！二当家的，别怪我们，我们这也是没办法！"老大说话的腔调，沉痛无比！

"你们俩这是神经了，还是上网上傻了？"胡一飞被弄得摸不着头脑，"怎么说话神叨叨的，能不能整句地球人能听懂的？"

"你到阳台上看看去吧！"老大往阳台上一指，就和老四齐齐地摇头叹息。

胡一飞一头雾水，站起来走上阳台，趴在窗户上往外瞅了瞅，第一眼啥都没有看见，路还是那路，楼还是那楼，校园还是那个校园，没有什么不同的。

胡一飞把视线拉近了，往下一看，顿时觉得眼前一亮。宿舍楼下停了一辆红色的Mini Cooper，很是扎眼球，车前靠着一个美女，飘逸的长发，火红的风衣，造型十分拉风。胡一飞把手指放在嘴唇上，准备打个流氓哨，结果定睛一细看，那不正是野性美女曾玄黎吗？

"我靠！"胡一飞赶紧缩回脑袋，扭过头就大骂，"你们怎么把她给引到这里来了！"

老四一脸无辜的表情："我们也不想啊，可不知道她是怎么找到的。早上我们到龙源网吧没多久，她就找上门来，把我们堵在了那里。我和老大对付女人都没有什么经验，想着你是高手，就给你带回来处理了！"

"我……"胡一飞要吐血了，这两个货还真是一对才人呐，带回来处理，亏他们能想得出来，"那你们就不会带到别的宿舍楼去？"

老大和老四如醍醐灌顶般地对望了一眼，然后齐齐看着胡一飞："忘了！"这还真不是瞎说，两人刚才就想着赶紧把她脱手转交给胡一飞，丝毫没有往别处想。

胡一飞彻底被打败了，心说这下完蛋了，这不是把鬼子带进村了嘛！被曾玄黎知道了老巢所在，自己躲得了初一，也躲不过十五。昨天老四跑来说这事，胡一飞没当回事，觉得曾玄黎不过就是在网上发发狠话罢了，反正号都卖了，她找来了又能把自己怎么样？没想到这妞玩真的，一转眼就杀到寝室楼下，打了自己一个措手不及。

楼下曾玄黎看见胡一飞探了下脑袋，又缩回去不见踪影，就在下面喊了起来："胡一飞，你给我下来！"

叫了两声，看胡一飞还是不露头，曾玄黎便生气了，直接骂了开来："胡一飞，你个王八蛋，别以为藏起来当个缩头乌龟就没事了，有种你给我下来！"

她这么一喊，楼上倒是立刻露出十多个脑袋来，一个个兴奋得像是打了鸡血，趴在窗沿上议论着："怎么个情况啊？胡一飞这小子干啥缺德事了？这都被美女堵到楼门口了。"再一看，就发现楼下叫阵的，还真是货真价实的美女，再再一看，那美女屁股后面趴着一辆 Mini Cooper。这下就炸了窝，一个个呼朋唤友、狂嚎乱叫的，不到一分钟，阳台上就黑压压地挤满了脑袋，远远看去，甚是壮观，像是爬满了毛毛虫。

不少人拿起电话：

"喂，张三，你起床没？起来的话，赶紧滚到二号宿舍楼来，有大热闹看，秦香莲大战陈世美！"

"喂，李四，二号宿舍楼有人求爱了！靠！你脑子被驴踢了？这是男生宿舍楼，怎么会有男的跑来求爱？这次不是摆蜡烛，是一美女开着 Mini Cooper 来求爱了，腿脚利索点，晚了可就看不到了！"

"东阳日报社吗？我要提供新闻线索……"

好事者这么一宣传，整个理工大的好事分子都开始往这边运动了。

还有人拿出相机："让着点，给我留个好位置，这种场面，老子可得拍下来！"

有的干脆把寝室的大桌子都搬到了阳台上，桌子的高度正好持平窗沿，宽度也刚合适。一个宿舍四个人，正好能一溜排开，蹲在那里往下看。

"胡一飞，听说你把那女的肚子给搞大了？"

隔壁寝室王老虎扯着嗓子喊，一阵风似的冲了进来，脸上的每颗痘痘都在激动地颤抖着。谁知话没说完，就被胡一飞一脚又给踹了出去，然后把门给插紧了。

王老虎并不生气，在门外面继续敲着门："菲戈，你把门打开，给我传授传授经验噻。都一个寝室的，你总不能看着我打光棍吧！楼下那女的身边还有什么好的资源不？你给我介绍介绍呗，好处少不了你，我请你到四号食堂去搓一顿！Mini Cooper 没有的话，雨燕也行！"

老大和老四面面相觑，这回闹大了，早知道会这样，刚才就是死在网吧，也不能把人往这里领。这里全都是一群憋疯了的老爷们，遇到个零星火花，也能炸出个原子弹的效果来。

楼下那些不明真相的群众，已经开始整齐地喊了："胡一飞，快下来！胡一飞，快下来！"

"马拉戈壁的！"胡一飞无语，走到阳台上，冲着下面大喊道，"吵什么吵，老子刷个牙就下来！"

这一下实在出乎意料，把下面震得顿时鸦雀无声。反应过来后，底下的人便各自准备好趁手的家伙，手机、相机、MP4，人手一机，只等胡一飞下来，就开始拍照摄影。

老大有些过意不去，走过来问道："你不会真的要下去吧？"

胡一飞拿起牙刷抹牙膏："我就不信她还能撕了我！怕个球！"嘴上这么说，胡一飞的眼珠子却滴溜溜地转个飞快，在想用个什么法子把这关给混过去。他倒是不怕下去，顶多就是被曾玄黎给暴揍一顿，可现在下面围了这么多人，算是怎么一回事？

下面的人等了一会，又开始喊了："胡一飞，快下来！"

胡一飞大为恼火，吼道："催个球！老子还得再洗个脸！"

底下的人哄笑不已，扭头去看那肇事者，却发现曾玄黎早已躲进了车子里。

曾玄黎此时被气得一脸茄子色，她没想到事情会变成现在这个样子。来时自己可是气势汹汹，想着要代表正义来审判这个无耻的家伙。谁知就喊了一嗓子，便引来天上地下好几百号人围观，个个对自己指指点点。有人说这是来示爱的，立刻就有人反对，说这肯定是被胡一飞给抛弃了，来做最后的挽救；还有人说自己是被胡一飞给那个了，跑过来要那个什么钱。

曾玄黎一双粉拳捏得死紧，恨不得用CS里面那杆大狙把这些人全部爆头。她逃进车子里，却仍然挡不住议论的声音继续钻进耳孔。勉强忍受了三分钟，她实在是抵受不住，顾不上声讨胡一飞，赶紧发动车子，鸣笛几次，落荒而逃，估计这辈子她都没有勇气再出现在理工大的校园了。

看见正主跑了，这让那些不明真相的群众感到非常失望。太遗憾了，自己预想中那狗血煽情的场景完全没有出现，群众们把一直不肯露面的胡一飞诅咒了好几遍，这才悻悻散去。

老四躲在窗帘后面，看见底下的人都散了，心里居然还有点觉着可惜。刚才他都想好了，要是胡一飞还想不出办法，他就准备对着窗户大喊一声"他还要再穿个衣服"，好为胡一飞再争取那么一点点的时间。可惜了，看戏的人就这么散了，一点没给自己表现的机会。

"二当家的，底下的人都散了！"老四回头看着胡一飞，还不忘一针见血道，"这帮人，真他妈的无聊！"

胡一飞看着下面松了口气，心里却是更为担忧。曾玄黎能自己走了当然最好，不过，这个梁子怕是要越结越深了。估计以后她不敢再来宿舍楼前叫阵了，但自己还是要小心一点，千万别被她再给逮到了。

"他爷爷的，小娘皮要是再敢来闹，老子就把她的 QQ 号码贴到海报栏，诚征一夜情！"胡一飞咬牙恨恨说着。在老大老四面前，他好歹得挽回一点高手的面子，今天这事实在是太狼狈了，不放几句狠话，倒显得自己一点招都没有。

"彪悍的理工大爷们万岁！"

二号宿舍楼的围观事件，迅速传遍了理工大的每个角落，就连那扫地的阿姨，议论起这件事来也是兴致勃勃。她们准备回家教育自家娃儿，千万不能学胡一飞那傻子，碰到这种事，就算对方姑娘长得磕碜点，冲那二十好几万的车子也不能拒绝啊！

事件传出 N 多个版本，但每个版本，都肯定少不了香车美女这两个元素。传到后来，那"威武能屈，富贵能淫，豪车能扔，责任能推"的胡一飞，俨然成了理工大一群老光棍们心中的偶像。特别是他喊出的那句"老子刷个牙就下来"，立刻被评选为理工大年度最流行语录。走在理工大那充满了学术氛围的校园中，不管是清幽小路，还是林荫深处，你随时都会听到"催什么催，老子先刷个牙"这样的吼声，声音中充满了阳刚之气！

"胡一飞同学，你让我说什么好呢！"辅导员此时正看着这偶像级别的人物，"你到网上去看一看，说什么的都有，对于我们学校的影响实在是太坏了。现在你的知名度，恐怕比咱们校长还要高嘞！"

胡一飞很是无奈，昨天他就知道这事闹大了，但没想到会闹得如此大，周一刚进教室，就被辅导员请来喝茶。不知道哪个王八蛋把这事给放到了网上，一夜之间，胡一飞就莫名其妙地成了什么教的教主，信徒数万众，门生遍天下。

一些八卦小媒体，还把电话打到了校办，学校根本不清楚发生了什么事情，应付起来很是被动，于是责令各个学院自查，学院又让各系自查，查来查去，最后查到了胡一飞头上。

胡一飞现在有口莫辩，这事根本解释不清楚。说和曾玄黎没什么关系，一点都不熟，可人家为什么会偏偏到楼下指名道姓地骂你呢？说和她很熟吧，那也不行，你俩到底是什么关系，为什么会发生这样的事情呢？追究起来的话，问题就更多了！

"看来你是不准备讲实话了，我以前怎么没发现你倒是个铁嘴巴！"辅导员生气地喝着茶，发出咕噜咕嘟的声响。

胡一飞有点郁闷，心说你请我来喝茶，却连一杯水都不给，原来传说中的喝茶竟然是这么回事，请我过来看你喝茶，简称请喝茶。

辅导员大学毕业就留了校，在理工大这种女生资源极其稀缺的地方混了几年，到现在快三十了，还是光棍。在找胡一飞过来之前，他已经断断续续从学生中打听到一些传闻，现在看胡一飞这副拽得二五八万的模样，心中真是妒火暗烧。这是个球世道啊，女的都瞎了眼吗？人家都把你给抛弃了，你还死乞白赖地缠着不放，自己这么一个优秀好青年，怎么就没一个开Mini的美女看上呢？

急怒攻心之下，辅导员就岔了气，一大口茶水猛灌下去，非但心火没被浇灭，人倒被呛得剧烈咳嗽了起来，茶水沫沫喷了对面的胡一飞一身。

"辅导员，你消消气！"胡一飞过去在辅导员的背后轻拍，笑着说，"你看，我的衣服又不会喝茶，你这上好的铁观音，都让它给糟蹋了！"辅导员泡茶的时候，胡一飞一眼认了出来，那茶叶还是上学期老四送的呢。

辅导员气刚顺过来一半，被胡一飞这话一激，顿时白眼一翻，再次岔了过去，憋得眼泪都出来了。

办公室里还有其他的辅导员，见状都笑了起来："小朱啊，你的这个学生很有意思嘛！我看差不多就行了，你都批了两小时了，多大个事啊，不就是谈个恋爱嘛，谁还能没有个年轻的时候呢！"

"对对，气大伤身，为我这点小事，不值当！"胡一飞顺着杆子往下爬，"辅导员，我已经认识到错误了，回去我就写检查，5000字，一个字都不少！"

理工大的学生守则里，倒还是有"不准谈恋爱"这条规定，可那都是几十年前的老黄历了，已经没有任何的现实指导意义，也根本不符合"与时俱进"的时代要求。

现在你随便到校园里走一遭，从东头到西头，估计至少能看到不下五十起的小两口悲欢离合。对此现状，学校也睁一只眼闭一只眼，只要不闹出什么破格的举动，一般不会管。

所以辅导员就有点头疼了。胡一飞这事不好解决啊，他这次闹的动静是挺大，可真要细细追究起来，却一点把柄都抓不到，传来传去好多个版本，都是些道听途说罢了。胡一飞现在一口咬定那女的是自己的朋友，她来学校看自己，在楼下开玩笑地喊了一句，就引来了围观。虽然有点牵强，但现在那女的没法找到，你说胡一飞在撒谎，却又拿不出证据来。

胡一飞看辅导员没说话，以为是默认了，很是感恩戴德："辅导员，那你忙着，我就先回去了！"

辅导员抬起手，还想说点啥，看到胡一飞胸前那斑斑点点，心里有点暗爽，你小子再牛气，还不是淋了一身老子的口水吗？便摆了摆手道："去吧去吧！检查一定要深刻！回头写好了，交到我这里来！"完了，辅导员就琢磨这事要怎么给系主任汇报。

"好，我马上去写！"胡一飞溜出了办公室，心里直道倒霉，自己这一身的茶水味带回去，估计没人不知道自己去喝茶了。

中午吃饭的时候，胡一飞的处理通知就下来了，贴在食堂门口的海报板上。

"昨日上午，我校计算机学院学生胡一飞，因个人感情纠纷问题，在二号宿舍楼前，制造一起围观事件，影响极其恶劣。念该生悔过态度良好，经学院研究，给予该生全校通报、记大过、留校察看处分！望广大师生以此为鉴，在今后的学习生活中，严肃校风校纪，遵守学校的各项规章制度！"

胡一飞一人独得三项处分，端的是风骚无比，那黄纸黑字的处分决定一贴出来，就引起不少人围观。大家对于这个处分决定很是不满，写得太模糊了，至少要把事情的前因后果介绍清楚吧，到底是女方示爱呢，还是女方被搞大肚子索要安胎费？这必须有一个明确的官方说法吧！

还有，胡一飞的照片也没贴出来，大家对于这个偶像人物，只闻其名不见其人，难免有些遗憾。

胡一飞从食堂里出来，缩着脖子猫着腰，想低调地从人群后面溜走，谁知刚走两步，就被人拦住了去路，抬头看，是梁小乐寝室的那个刘晓菲。

"因锅（个）人感情纠纷，制造围观事件！胡一飞，你娃儿耍涨老嗦（你很不得了）！"刘晓菲是个辣妹子，一口地道的四川话，说话的时候，笑得花枝乱颤。

在这种地方被熟人逮住，胡一飞有点尴尬，拱手讪讪笑着："美女，小声点行不行！"

"你娃儿还有这本事，以前倒是没看出来。"刘晓菲的个子跟胡一飞差不多，她很是豪气地在胡一飞肩膀上擂了一锤，道，"都说你娃儿搞大了MM的肚子，有没这回事嗦？你快告诉我！"

胡一飞狂汗，怎么所有人都对这个事情如此上心呢？自己得了三个处分，一上午就有十来号熟人过来"巧遇"，一句同情的话都没听到，全是来打听这个细节。胡一飞怕刘晓菲把自己的底给刨了，赶紧推着她往前走了一截："姑奶奶，别跟我开玩笑好不好，我这都快倒霉死了！"

刘晓菲笑眯眯地看着胡一飞，脸上很是促狭："这件事情要是被小乐知道咯，那你娃儿可就惨咯。"

胡一飞怕的就是这个，赶紧问道："这事小乐知道不？"

"我咋个晓得嗦！"刘晓菲看胡一飞那紧张神色，又笑了起来，"我看，这事还是要早点子让小乐晓得，也好看清楚你这个人的人面兽心！"

胡一飞苦着脸："要真是这样，那我也认了。关键是我和那女的根本不认识，我现在是黄泥巴掉裤裆，不是屎也是屎，白白得了这么多处分，我冤不冤啊！"

"你骗鬼哦!"刘晓菲白了一眼,"你要是跟人家MM不认识,人家为啥子偏偏就喊你胡一飞?"

"真的不认识!"胡一飞赌咒发誓,"就是在网吧里见过一面,我帮她调了一台机子,谁知道她是哪根筋搭错了,跑来闹我!"

刘晓菲只是想逗逗胡一飞,这家伙虽然整天看起来吊儿郎当、无耻猥琐,但说他搞大了美女的肚子不承认,刘晓菲倒是不信。如果说这小子拒绝了美女的示爱,那倒是很有可能,反正他总是没个正形,谁知道他又打的什么主意。"你真的没搞大MM的肚皮?"

"没有!没有!"胡一飞咬牙切齿。

"那好嘛,我就相信你一回!"刘晓菲眼中透着一丝狡诈,"不过,我相信也没啥子用,关键是要让小乐相信噻!"

"美女,帮帮忙,小乐跟你关系最好,你帮我解释解释呗!"胡一飞一副孙子状,嘻哈谄媚,谁叫自己现在求人呢!

"要说不让小乐生气,也不是没得法子……"刘晓菲说到这里一顿,话头一转,"胡一飞,听说你手上有个黑客的签名嗖?"

胡一飞大感意外,没想到刘晓菲会对这个东西感兴趣,心中不由大喜,原本还以为这妞至少要宰自己一个项链首饰什么的。反正自己有神器,Cobra的那书和工具倒是可有可无。不过,胡一飞还是装出一副忍痛割爱的样子:"美女,你这也太……我好不容易才弄到的。"

"那你好好考虑一下!"刘晓菲一副无所谓状,"一边是小乐,一边是黑客……"

胡一飞一咬牙一跺脚:"好,东西可以给你!不过,你得先帮我搞定小乐!"

"好嘛!"刘晓菲倒是不怕胡一飞抵赖,"我现在就去找小乐,你回去把东西准备好,等我电话!"说完,蹦蹦跳跳地走了,像一只欢快的小鸟。

胡一飞窃喜不已,有刘晓菲出马,梁小乐那边算是摆平了。只是想到自己平白无故地得了这么多处分,心中还是有些气闷,这些东西写进了档案,自己以后找个工作什么的,就很不好看了。

"妈的，这不是阻挡我进步的脚步嘛！老子还想入个党呢，这下没戏了！"胡一飞咒了两句，便朝宿舍溜达了过去。

进了寝室，老猪已经等在了那里，旁边还有个黝黑健壮的猛男。老大、老四照样不在，段宇坐在自己电脑前面，如老僧入定一般。

"菲戈，你回来了！"老猪脸上的肥肉笑得直打颤，"我们等你好半天了！"

"那啥，我刚才路上碰到了刘晓菲，就聊了几句……"胡一飞赶紧提这茬，吃喝了老猪那么多，不声不吭的，好像有点不厚道。

老猪指着他身边的猛男，道："菲戈，这是我一个哥们，咱们学院龙飞足球社的主席，王彪！"

王彪露出笑容："久仰菲戈大名，常听老猪说起你，知道你球技不错，还特迷菲戈！"

胡一飞很清楚自己有几把刷子，上球场也就是能跑两步，不被球绊死已经算是万幸，什么球技不错，纯属放狗屁。倒是特迷菲戈还有点沾边，自己是迷了菲戈一段，不是佩服球技，只是因为"菲戈"、"飞哥"念起来一个音。不过后来菲戈宣布退出国家队却又重返国家队，让胡一飞这个伪球迷有些接受不了。大老爷们的，就应该一个唾沫一个坑，咋能说话不算数呢？胡一飞没想到除了假球之外，还有假退，失望之余，黯然退出足坛。

"老猪的哥们，那就是我胡一飞的哥们！"胡一飞握着王彪的手使劲晃荡了两下，"随便坐，都不是外人！"

"菲戈！"老猪坐下往胡一飞这边凑了凑，艳羡道，"听说昨天在楼下，有美女哭死哭活地向你表白，被你拒绝了？"

胡一飞觍着脸："见笑，见笑！"要是这种事的话，估计没有哪个男的会不承认，胡一飞自然不能免俗，含糊着带过了。

老猪和王彪顿时肃然起敬，看胡一飞的眼神都带着一丝崇敬。真他妈的牛，那样的姑娘，那样的条件，你小子都舍得拒绝啊，真他妈的是畜生，不，是畜生不如！要是换了自己，一定会像大脚表哥一样："大脚啊大脚，你一定不可以放弃或者自卑，一定要厚着脸皮、极度无耻、不要自尊、死缠乱打、追不到誓不罢休，不要脸的我，一定会追到表妹的！"

"菲戈！"老猪又往前凑了凑，差不多都要贴到胡一飞身上了，"唠唠呗，有啥经验，你可别藏私！"

胡一飞很是不好意思地摆着手："这能有啥经验，不说了！不说了！"

老猪当然不肯答应，一番死磨硬缠。

胡一飞没办法，想起不知从哪看来的一段话，道："关键是个心态问题，你不能一看对方是个美女，自己先萎了。得挺直了腰杆不卑不亢，千万不能学那些小青年巴巴地往上赶。越是这样，她越看不上你，说不定还会嫌你烦。千依百顺，到头来你也就是个白马侍卫的命，等什么时候白马王子出现了，你就该下岗了！"

电脑前的段宇冷哼一声，有些不满。他怎么听，都觉得胡一飞这话像是在说自己。段宇心说，你小子装什么大尾巴狼，老大、老四早都把这事交代清楚了，老子只是不想拆穿罢了，你还好意思扯出什么两个白马的理论来！

再看老猪两人一副如沐春风的样，段宇更是不齿。这帮精虫上脑的老光棍，不就是小姑娘来楼下吼了两声嘛，这就成了示爱，改天要是来一母狗在下面叫两声，你们还不得扯出人兽情缘来！

段宇把那三人鄙视了一圈，又回到自己的QQ上："小丽，你就答应我吧，只此一回，绝无下次！"

⑩ 二当家的失心疯

"妈的！老子让你挂，挂个锤子！"胡一飞发了狠，干脆一不做、二不休，直接来了个硬盘格式化。这回他也不关机了，如果那些服务器在跟前的话，估计他都把服务器撕成碎片了。

被胡一飞关掉的服务器，大大小小几百个，有几家还是大型的门户网站社区。把这些服务器的消息陆续汇总到一起，就有人感觉出不对劲，这么大规模的服务器集中关机事件，肯定不是偶然。

"老猪，你今天过来，不会是搞采访的吧？"胡一飞说话的工夫，眼睛却望着王彪。

"不是不是，就是来讨教一下经验！"老猪嘿嘿笑着，"另外就是王彪有点事想请你帮忙！"

王彪清了清嗓子，笑道："咱们龙飞足球社，一直都缺一位像菲戈你这样的中场发动机，所以我这次来，就是诚意邀请你加入咱们足球社。你看这事……"

这话说得太假了，胡一飞精得跟猴似的，岂能让他给忽悠！心里一琢磨，就明白了是怎么回事。王彪这小子八成是想在自己身上做点文章，好给他的足球社拉点人。

理工大的足球社，大大小小有三十多家，以前倒是很辉煌，还拿过什么奖。

可惜好景不长，因为国足不争气，搞得理工大的爷们也不好意思再玩足球，全都改换门庭。下了课，满操场都是搞篮球的，最不济也搞个乒乓、羽毛，谁要是拿个足球出去，到外面让人用参观大熊猫的眼神一看，准得磕磕绊绊、连滚带爬地回来。

胡一飞对足球社没有丁点的兴趣，只是老猪跑过来当介绍人，他不好意思直接拒绝。

老猪此时在旁怂恿着："也不用每场比赛都到，你是压轴的，不是重要的比赛，就让他们自己去踢！"

胡一飞看老猪这么上心费事，知道自己要推的话，拉拉扯扯起来，怕是要成口水官司，便道："入社我看就不用了，以后要是有什么比赛，我去给你们站脚助威！"

那两人对视一眼，心想这样当然最好，你这臭脚丫子如果真吵吵着硬要上场，那才叫人难办呢，以后的球赛都不用踢了，铁定是个输。当下王彪喜不自禁，握住胡一飞的手："有你这句话我就放心了，菲戈你真是讲究人！"

"那我们就先走了！"老猪拽起王彪，"回头有比赛的话，我让王彪来通知你！"

胡一飞笑着点头，心里却说你们这如意算盘都打到我头上来了，等王彪下次再来，看老子认不认识他！

出了门，老猪很是得意地吹嘘："咋样，我说胡一飞和我是铁子吧，有我出面，这个忙他肯定得帮！"

"这下我们社可是有救了！"王彪激动地搓着手，"回头我就把海报贴出去，就凭胡一飞这三个字，至少能拉来不下五十个社员。咱理工大啥都缺，就是不缺光棍汉，海报的标题我都想好了，'信飞哥，不光棍'。"

"回头发了财，答应我的事可得兑现！"老猪一脸贱笑，不忘提醒。

王彪拍着胸脯："放心吧，等新社员的钱一收上来，咱们立刻就去月亮湾，我王彪糊弄谁，也绝不能糊弄猪哥你！"

老猪放了心，和王彪嘻嘻哈哈地走了。

送走老猪，胡一飞坐在电脑前一个劲地感慨。自己的名字刚上处分海报，这生意就找上门来了，连以前自己玩过足球的小隐私，都被人从犄角旮旯翻了出来。真他妈的好事不出门，坏事传千里，看来以后自己在理工大的日子，怕是不好过了。

"做人难，做名人难，做理工大的名爷们更难！"

打开电脑，胡一飞准备搜索一下，看看网上都在怎么传自己，早上辅导员说得那叫一个邪乎，也不知道是真是假。坐在那里想了一想，胡一飞输入了两个关键词：胡一飞，理工大二号宿舍楼。

一回车：

"怀孕两月惨被胡一飞抛弃，我就是理工大二号宿舍楼下的那名美女！"

搜索出的第一条结果，竟然是这么个标题，吓得胡一飞的叉腰肌差点闪掉。我日，曾玄黎这妞还真敢说，这不明显是造谣吗？也不怕坏了她自己的名声。

胡一飞点进去看了看，发现曾玄黎还真能掰，故事写得生动鲜活、婉转动人：年轻帅气的胡一飞，在火车上邂逅了美丽的女主角，两人一见钟情，然后迅速结合，拥有了一段美丽而甜蜜的快乐时光。谁知好景不长，小三前来挖墙角，胡一飞喜新厌旧，将怀孕两个月的女主角断然抛弃。文章声声控诉、字字带血，真是闻者伤心、见者落泪。

"没想到曾玄黎的文笔这么好，不去写小说，真是有点可惜！"胡一飞虱子多了不怕痒，看完之后还不忘发表一下自己的看法，只是这个故事貌似有点眼熟，不知道在哪里看到过。

等回到搜索结果往下翻，胡一飞就吐了血。他数了一下，至少有十六个自称是被胡一飞抛弃的受害者在那里控诉，而且每个版本都不一样。

"妈的！"胡一飞恨恨地咬着牙，"虽然老子伪装得不错，但却还是个原装的处男，什么时候糟蹋过这么多的黄花闺女啊！"

在这些血泪控诉之后，才是对围观事件本身的各种报道。昨天有人把照片发到了理工大的官方论坛上，后来这些照片又被转载到其他的八卦论坛，甚至一些小的新闻网站，还把这事当新闻录了进去。

和理工大校内一样，网上也是众说纷纭，有谴责的，认为胡一飞搞大别人肚子却死不认账；认为是女方示爱被拒的，则为女方鸣不平，顺带着酸酸地骂上胡一飞两句；有赞扬胡一飞的，认为女方是富婆，想要包养胡一飞，胡一飞誓死不从；有说女方是胡一飞包养的二奶，不甘被甩就跑来发飙；有说胡一飞是富二代，专门玩弄纯洁少女的感情。

各种版本汇总起来，也有二十多种。网上的人甚至还分为了两派，分别为男女双方辩护，在一个个论坛里捉对厮杀，激动得好像自己就是当事人一样。

胡一飞在搜索结果里翻了翻，意外发现"狼窝大本营"对这事还有报道，于是顺手点了进去，却发现这帖子是发在狼窝的反病毒版块里。

"小心！黑客利用理工大Mini门事件传播木马！"

"昨日，东阳理工大二号宿舍楼下发生一起围观事件，疑似某美女向男生表白被拒。一些地下黑客集团借机炒作此事，吸引网友们的关注。黑客对一些报道有此事件的网页进行挂马，并制作出大量的带有相关主题的网页，利用搜索引擎优化技术，将这些挂马的网页显示在搜索结果的前列，导致大量上网用户在不知不觉间感染木马病毒，严重威胁到用户的账户安全、虚拟财产安全。狼窝在此提醒广大狼友：珍爱生命，远离Mini门事件！"

帖子的下面，附了十多个被挂了木马的网页地址。

胡一飞一看，大吃一惊，在这些网址里面，赫然就有自己刚才点击的那个"怀孕两月被抛弃"的网页。

之前他以为那些狗血煽情的故事都是曾玄黎搞出来恶心自己的，心里没什么计较，心说你曾玄黎为了搞臭老子，不惜自己作践自己，那跟我胡一飞无关。可他绝没想到，这件事背后竟有人在故意搞鬼，借机传播木马，谋取利益。

胡一飞顿时一股怒火往上蹿，坐在那里气得身子都在发抖，牙齿格格作响。自己的事被人拿去恶意炒作，这种事情不管搁谁身上，肯定接受不了。胡一飞自问自己是有些卑鄙无耻，别人议论可以，但还绝轮不到这群更无耻的人来搬弄是非。

"好，你们不是要挂马吗？老子现在就成全你们，让你们挂个够！"胡一飞气极，也想不起先去检查自己的电脑是否真的中了病毒，直接拉出神器，按照帖子下面公布的网址挨个查了IP，然后就链接过去，全部关机！

关机这一套，胡一飞已经熟得不能再熟了，十来个服务器关掉，总共不到三分钟。弄完了，胡一飞还不罢休，他返回搜索引擎，按照那些搜索出来的结果，发疯似的一个个关了下去。

胡一飞是真疯了，他一个大老爷们，不怕别人议论几句，不管别人在网上怎么骂、怎么损，胡一飞都认了，那是自己活该，事情都是自己搞出来的，谁叫自己卖了人家曾玄黎的QQ号码呢！但曾玄黎是无辜的，这些无耻的黑客，为了吸引眼球，竟然把曾玄黎的照片挂在那里，以一个受害者的身份编排了那么多恶心的故事，这不是往人家小姑娘身上泼脏水吗，叫曾玄黎以后怎么出来见人？可想而知，这事会对曾玄黎造成多大的伤害。

事情因自己而起，已经有些对不住人家曾玄黎了，现在更让人家受了这种委屈，胡一飞在生气之余，心里更是愧疚得超级难受。如果知道结果会是这样，昨天他就痛痛快快地下楼去，大不了让人当众抽个大嘴巴，相信曾玄黎的气也该消了。

一路关下去，也不知道关了多少台机器，等回过头的时候，胡一飞发现那几个专门编排故事的服务器又开启了。

"妈的！老子让你挂，挂个锤子！"胡一飞发了狠，干脆一不做、二不休，直接来了个硬盘格式化。这回他也不关机了，如果那些服务器在跟前的话，估计他都把服务器撕成碎片了。

段宇看胡一飞在电脑跟前一副咬牙切齿状，倒是有点开心，暗道一声"神经"，又继续跟小丽在那里磨叽出去开房的事。

胡一飞的疯狂关机行为，很快引起了轩然大波。一些大的社区和新闻网站毕竟正规，自家的服务器莫名其妙地关机，不是断电，也不是高负荷下宕机，那肯定是要检查一番的。一检查，发现硬件没有故障，没有感染病毒，防火墙没有报警，入侵检测系统没有发现异常，日志里更是没有任何显示，一切都正常！

可服务器只要重启，很快又自动关机，这不是邪门了嘛，难道服务器还会自己关机不成？如此几次，网管们没辙了，只能求助于技术更好的专业人士来检查检查，有的给硬件提供商打电话，让派维修人员过来；有的给网站技术人员打电话，检查 WEB 服务器；有的给专业的安全公司打电话，看是不是有黑客入侵。反正能想到的招都想了。

被胡一飞关掉的服务器，大大小小几百个，有几家还是大型的门户网站社区。把这些服务器的消息陆续汇总到一起，就有人感觉出不对劲，这么大规模的服务器集中关机事件，肯定不是偶然。

前来检查的人一波波地来了，很快得出结论：硬件没毛病，服务器系统运行正常，没有黑客入侵痕迹，没有中毒迹象。

但是，毛病依然存在，服务器只要接入网络，很快就会自动关机。

狼窝向来是个消息灵通之地，有人就把这件怪事发到了论坛上，让大家分析是怎么回事。一帮资深人士在狼窝上研究来讨论去，各种可能都想了，但很快就得到发帖人的答复，全部无效。

⑪ 寒号鸟有样学样

　　电脑前的寒号鸟却是被气歪了鼻子,那个发广告的不是别人,正是刚才骂自己马甲"不懂就别再在这里瞎凑热闹,纯属添乱"的家伙。

　　这下他实在是忍不住了,老虎不发威,你当我是病猫!他设好跳板,用本尊登录了狼窝。论坛上的人还没反应过来呢,寒号鸟已经开始破口大骂,他指名道姓揪住那个家伙:"老子就一句话,我不信!如果你们非要说这次的关机事件是由病毒引起的,那就把病毒的样本、特征码发出来给我瞧瞧,拿不出来的话,可别怪老子砸你的脸!"

　　寒号鸟也在关注这件事情,这种没有任何迹象的关机事件,他自己倒是亲身体验过,所以看论坛上这些高手反反复复没个结论,他就慢慢怀疑到二当家的那里去了。

　　"究竟因为什么呢?"寒号鸟很是费解,二当家的如此高深的技术,却失心疯一样地去关别人的机器,总得有个缘故吧。

　　寒号鸟换上糖炒栗子的马甲,跑进帖子里掺和了一脚:"我觉得黑客入侵的可能性较大,对方只实施关机,却不实施破坏,很有可能是在逼一方妥协退让。我仔细看了一下,发现出现关机事件的服务器,都是一些八卦新闻较为集中的网站和论坛，我想极有可能是这些网站报道了什么令这位入侵者忌惮或者是反感的内容，建议从这方面入手查一查！"

按说糖炒栗子的分析还是有点道理的，但却很快遭到众位高手的围攻。他也是倒霉催的，那些高手们反正想不出什么有效的办法，烦都快烦死了，他一冒头，正好把大家的精力全吸引了过去：

"有这工夫，黑客就把那些内容自己删除了，干吗费这事让别人猜？你以为这是躲猫猫呢！"

"逻辑推理一点不严谨，纯粹是臆想，黑客入侵，总得留下痕迹！"

"不懂就别再在这里瞎凑热闹，纯属添乱！"

……

寒号鸟被炸得有些头晕，心想自己这个新马甲的名字肯定没起好，不谙五行，要不然怎么随便在论坛上放个屁，都能招来一群疯狗乱咬。

他有些气闷，索性不答理这些人，跑去给二当家的发了个论坛短消息："二当家的，对于这次的关机事件，你有什么看法？"

另外一边，几个地下黑客组织也乱了套，好端端的，服务器被人一脚踹掉了锅底，问题是还不知道对手是谁。这几个组织平日间为了抢夺利益，彼此间摩擦不断，开始都以为是对手干的，抄起家伙准备要报仇，却发现哥几个是难兄难弟，大家谁也没跑，服务器全让人给敲了。

一时大家就有些懵，想不明白怎么回事，是有人要对自己组织下手了，还是有更强大的组织要进入这个产业，先给大家来个下马威？！

这些地下黑客组织也是高手如云，眼线遍布，要不然早就被网监给打掉了。这次虽然只是被人打掉了几台外围服务器，不伤筋不动骨，但这么无声无息地就被人把服务器给格式化了，想起来后脊背还是一阵发凉。

对于真正的黑客高手来说，圈里是没有什么秘密可言的。很快就有人求到了寒号鸟这里，有做安全支持的，也有做地下黑客产业的。两下里消息一汇总，寒号鸟便知道自己的猜测有些沾边。

他给那个做黑客产业的家伙发去消息："最近两天，你们有没有搞什么动作？"

"就炒作了个理工大的 Mini 门事件！"

寒号鸟一个激灵："东阳理工大？"

"是！"

这下寒号鸟明白了，这事百分百是二当家的做的，能同时跟关机以及东阳理工大扯上关系的，除了二当家的，没有别人。还好，他老人家并没有赶尽杀绝！寒号鸟自己明白是怎么回事，但肯定不会告诉别人，只是回消息道："换 IP 吧！你们这次得罪强人了，以后凡是跟理工大三个字沾边的，你们都躲远点，别他妈的在厕所里头点灯，找死！"

那人得了消息，也不多问，再三称谢，便快速下线忙活去了。

寒号鸟坐在那里掐算了一下时间，又给那个做安全支持的家伙发去了答复："老骚，多余的话你也甭问了，照我说的去做就成，你把那些网站的数据恢复到 36 小时以前，我保你没事！"

老骚半信半疑，但看寒号鸟说得如此肯定，就抱着试一试的态度，选了两台服务器，把数据恢复到 36 小时前，然后再把服务器重新接入网络，自动关机的事情再也没有发生。

对于这种情况，老骚心里真是纳闷得不行，怎么也想不通这里面的缘故。但寒号鸟已经明确说了不会告诉他原因，他只能将心中的疑惑保留，然后迅速安排自己管辖下的所有服务器都按照这个方法去恢复。

半个小时后，那些被胡一飞关掉的服务器，有九成都恢复了正常，之前似乎还会愈演愈烈的关机风波，一下子就得到了控制。

"狼窝大本营"上的几位高手依旧在那里喋喋不休，对事件的真实原因作着各种猜测，只是得出的结论比寒号鸟还要离谱，扯来扯去，甚至把原因都扯到了 CPU 制造技术的不成熟上去了。

最后有人跑来告诉他们真相："我们公司的高手刚才去了现场，确定关机是由病毒引起的。黑客事先在服务器上安置了定时发作的病毒，这才导致没完没了的关机。经过我们公司技术人员的努力，很快弄明了病毒情况。今天中毒的服务器已经被清除病毒，恢复正常运行。事情的详细过程，请参考这里。"

下面附了一个网址链接。

点进去，是国内一家知名反病毒企业的官方网站："恐怖病毒来袭，导致网站服务器大面积瘫痪，我公司首发专杀工具！"

一看就是广告文，先是对病毒之威力、今天情况之紧急进行一番夸大描述，就好像世界末日到了一般；然后自家公司的技术人员救世主一样隆重出场，不费吹灰之力，以手到擒来之势瓦解了病毒攻击。文章的下面，附了一款小工具的下载，声称可以检查并查杀这种恐怖病毒。

狼窝上的几位高手不再争论了。原来是病毒闹的啊，还好，事情总算解决了，河清海晏，天下太平，几位高手顿时有些意兴阑珊，准备散场。

电脑前的寒号鸟却是被气歪了鼻子，那个发广告的不是别人，正是刚才骂自己马甲"不懂就别再在这里瞎凑热闹，纯属添乱"的家伙。

这下他实在是忍不住了，老虎不发威，你当我是病猫！他设好跳板，用本尊登录了狼窝。论坛上的人还没反应过来呢，寒号鸟已经开始破口大骂，他指名道姓揪住那个家伙："老子就一句话，我不信！如果你们非要说这次的关机事件是由病毒引起的，那就把病毒的样本、特征码发出来给我瞧瞧，拿不出来的话，可别怪老子砸你的脸！"

这一下论坛全疯了，就连那个发广告的家伙也傻了，不知道自己什么时候得罪了寒号鸟这个瘟神。

寒号鸟发飙，那威力自然是神仙放屁——非同凡响。好事者意识到这里面可能有事，有个专门研究病毒的高手，赶紧去下载了那个专杀工具，拿回来仔细一研究，还真吓了一跳。什么新病毒专杀工具，狗屁，就是拿几年前冲击波病毒的专杀工具换了张皮来忽悠的。

反正有寒号鸟在前面顶着，这家伙生怕事情闹不大，麻溜地就把自己的这个发现以及证据贴图，发到了狼窝论坛上，然后远远地给寒号鸟摇旗呐喊。

这家反病毒企业，在国内也算是排得上号的大企业，只是这两年搞得有些不太像话，甚至有点不务正业。他们不在自家反病毒引擎的升级完善上多下功夫，却每次在出现什么新的病毒木马时，搞出一大堆的所谓专杀工具来，然后都集成到自己的杀毒软件里面，搞得跟八国联军开会似的，企图用这个来掩盖自家反病毒引擎落后的事实。

业内人士对此早就有些看不惯，只是谁的屁股下没有两坨屎呢，大家不屑于拆穿它罢了。谁知道最后跳出来掀锅盖的，居然是出了名欺软怕硬的寒号鸟，真是跌破不少内幕人士的眼镜。

狼窝上的人统统站到了寒号鸟这边，对那家反病毒企业的做法展开口诛笔伐。它的几个竞争对手此时也闻风而来，准备收集第一手的资料，来个痛打落水狗。

寒号鸟看论坛上的热闹劲，刚才的怒气稍稍消减，心想做人还是得学二当家的，坐不改姓行不改名，从来不用什么马甲，谁惹了自己，马上就去敲谁，该发飙时就发飙，要不然枉费了这一身的好本事。

不过寒号鸟也有想不明白的地方，二当家的为什么会因为理工大的一件小事情而大动干戈呢？难不成他自己就躲在理工大里面？或者这件事本身就跟他有关系？可这又不符合黑客的规矩，二当家的在论坛上不用马甲也就算了，总不能连上网的 IP 地址都是真实的吧？

寒号鸟想不明白，对二当家的这高深莫测的行事风格，又添一丝敬畏。

反病毒企业的大佬很快通过关系，把话递到了寒号鸟这里，传话的人正是那个老骚："老大，你今天这是闹的哪出？司凯公司的老吴是我多年的朋友，他说如果有什么得罪你的地方，他先给你赔罪了！"

这么一说，寒号鸟的气便又消了几分。圈子里谁也不好把事做得太绝，他更不好意思说是自己的马甲被人欺负了，便道："我和他又没有过节，你告诉他，把那个专杀工具撤掉，这事就算结了！"

老骚听寒号鸟这么说，自然就把这事跟之前的关机风波联系到一起，心想难道这两件事还有什么内在的关联吗？于是问道："老大，你多少给我交点底，这次的关机事件，到底是哪位高人做的？"

"反正比我要高！"寒号鸟的回答模棱两可。

老骚一看问不出什么，就告退了，把寒号鸟的原话通知了司凯的老吴，也就是那家反病毒企业的大佬。

有了寒号鸟的准确答复，司凯的胆气不由壮了几分，只要寒号鸟不一个劲地纠缠，那就好办了。他们把那款专杀工具立刻撤了，对外声称是工作人员的上传失误，但对于病毒引起关机风波的事情，却是死不改口。

所有人都认为寒号鸟肯定还会跳出来再战，准备抢占有利地形看好戏，没想到寒号鸟就此销声匿迹，再也没有出现。这件事便成了狼窝上的一桩悬案，谁也不清楚寒号鸟究竟是因为什么发的飙，只是司凯最终也没再放出什么专杀工具来。

胡一飞折腾到晚上，发现网上关于这事的报道已经寥寥无几，这才放了手。

躺在床上，胡一飞缓了口气，心想自己卖个号码不过才赚了1200块钱，这钱还没能在兜里待几天就没了，最后却害得自己得了三个处分，还要累死累活地帮曾玄黎擦屁股，这生意做得实在是太亏本了。

想到这里，胡一飞又念起 Cobra 的话，如果自己能学到那硬盘上的技术，年薪好几千万，也不至于为这点小钱遭大罪了。

今天这一溜关机下来，对胡一飞还是有所触动的。自己的基础知识太差了，只会关机，虽然完全操控着那些服务器的生死，手底下却一筹莫展。本来，他是想到那些服务器上把关于曾玄黎的数据全部删掉，可一链接进去，他却成了睁眼瞎，什么都不懂，不懂网站架构，不懂数据库，甚至都不知道该到哪里找那些数据，最后只能又回到关机老本行。

当时胡一飞也没有多想，就希望自己哪怕一直关机，也要关到对方把那些数据都删除掉，没想到最后还真的成功了。侥幸之余，胡一飞就觉得学习基础知识的事情不能再耽搁了，一定要抓紧。

"自己不能总是关机啊！"

胡一飞长吁短叹。关机能有个屁威力，如果自己稍微有点真本事的话，今天肯定把那些故意炒作编排自己的无耻黑客们给刨了底，最不济也扒他们一层皮。格式化硬盘，真是便宜他们了。

胡一飞一下午都忙得没空去狼窝看看，所以不知道自己的关机行为，还弄出一场大风波。那些地下黑客组织的人更没想到，他们今天能这么容易就躲过去，不是因为"高人"点到即止，而是因为高人只会关机。

第二天从床上爬起来，胡一飞先到网上搜了搜，发现报道 Mini 门的帖子比昨天又多了一些，但没有恶意炒作的了。嘴巴长在别人身上，这种事情在所难免，只要不是恶意炒作编排，胡一飞也就懒得管了。

刚得了处分，他不敢再吊儿郎当，刷完牙洗完脸，便去上课了。这时候得夹起尾巴来做人，否则哪位老师看你不顺眼，随便抓个小辫子，那处分怕是又要升级了。再升级，就是劝退，以胡一飞现在的功力，还是抵受不了的。

平时上课，大家占座位都是松松散散，呈无规则的喷洒状；今天却一反常态，全都紧密团结在胡一飞的周围，簇拥得如同一朵盛开的月季花。胡一飞作为这月季花的花蕊，集万千宠爱于一身，不仅有周围花瓣们的拱卫，还有时不时就飞来光顾的小蜜蜂。就连台上的老教授，今天也点了好几次胡一飞的名字，让他来回答问题。胡一飞受宠若惊，心里不得不感慨名人的吸引力还真是非同一般。

快到中午吃饭时，胡一飞终于接到了刘晓菲的短信："小乐已经搞定，十二点半老操场，一手交人，一手交货！"

胡一飞心中大定，一下课就一溜烟地跑回宿舍，翻出 Cobra 的签名书和工具套装，然后直奔老操场而去。

老操场以前也是理工大的一块人气宝地，只是前两年学校新修了大操场，又建了体育中心，这里因为距离宿舍食堂都有点远，便开始有些冷清起来。月黑风高的时候，竟然还发生了几起校园抢劫案，于是就没落得更加厉害了。

"怎么搞得跟特务接头似的！"

此时正是吃饭的点，老操场上除了胡一飞，再无别人。胡一飞嘟囔着，心说刘晓菲也真是的，不就是拿个黑客工具吗？约这么偏僻的地方，不知道的，还以为这是在做地下军火交易呢！

找了个篮球架坐下，胡一飞翻开 Cobra 的书看着，一边等刘晓菲和梁小乐出现。

刘晓菲远远看见胡一飞，悄无声息绕到他背后，猛一拍他的肩膀："胡一飞，这么刻苦噻！"

梁小乐站在不远处，紧绷着个脸，不过却看不出有什么生气的样子。胡一飞心里不由大为放心，站起来嘻嘻哈哈道："两位美女吃饭了没，中午我请客！"

"那可不敢当，你娃儿现在是名人咯，跟你吃饭，我还怕传出啥子绯闻来！"刘晓菲笑着打趣，说完看着胡一飞手里的书，"小乐我可是给你带来了，把东西给我。"

胡一飞把书一合，连带着那工具套装直接往刘晓菲手里一塞，然后凑到了梁小乐身边："小乐，中午想吃点啥？"

"不想吃！"梁小乐依旧绷着脸。

"胡一飞，你娃儿不厚道噻，你咋个都不问我想吃啥，亏我帮你说了那么多的好话，口水都快干了。见色忘义！"刘晓菲对胡一飞的表现很不满意，埋怨他见了小乐，立马就把自己这个拉纤保媒的给扔到一边。

胡一飞恨不得掐断刘晓菲的脖子，刚才说不吃的是你，现在嚷着要吃的又是你。不过他不敢表现出丝毫的不满，脸上挤满笑："哪能呢，能请你吃饭，是我胡一飞的荣幸！"

刘晓菲对胡一飞这话还算满意，哼了一声，转身去捅梁小乐："咋个回事，刚才来的路上，你不是还说要吃穷胡一飞吗？现在咋又说不想吃？是不是我吃他一顿饭，你心疼了噻？"

梁小乐这下绷不住了，笑着伸手去抓刘晓菲："瞎说什么，你才心疼了呢！"

"我才不心疼呢！"刘晓菲这话说得理直气壮，一边挑衅道，"那就吃噻！"

"对对对！"胡一飞一旁帮腔，"俗话说，人是铁，饭是钢，一顿不吃饿得慌！俗话还说，吃饭不积极，心理有问题。俗……"

"俗话还说啥子？"刘晓菲瞪着眼。

胡一飞支吾道："说如果食欲不振的话，得去看医生。"

"你废话真多！"刘晓菲推了胡一飞一把，"前面带路，你再这么啰嗦下去，我们小乐都要饿死咯！"

胡一飞赶紧前面带路，目标四号餐厅，心说刘晓菲办事还真牢靠，她有这保媒说和的本事，不去做红娘真有点可惜，否则至少能让理工大少几百号的光棍。路上抽个空，胡一飞又凑近梁小乐："小乐，你不生气了吧？"

"我为什么要生气！"梁小乐剜了胡一飞一眼，"我又不是你什么人，管你！"

"那就好！那我就放心了！"胡一飞笑着，突然觉得这话说得有点问题，扭头去看，梁小乐已经对他怒目而视。胡一飞赶紧转移话题，去问刘晓菲："美女，你又不学计算机，要那黑客的东西干什么？别拿回去看不懂！"

"要你管！"刘晓菲白了他一眼，把那书和工具套装直接塞进了自己的手包，过去跟梁小乐叽叽喳喳讨论一会吃啥。

胡一飞两边都碰了一鼻子灰，干脆什么也不问，闷头带路。自己真是冤，平白无故就成了戴罪之身，现在谁都看自己不顺眼，一会自己只管吃饭付账就行了，别因为一句话再把这大好局势给破坏了。

直到吃完了饭，胡一飞看梁小乐脸色再无异常，这才觍着脸道："小乐，晚上去看电影？"

梁小乐的脸又绷了起来："不去，我要去看书！"

"那我陪你去看书！"胡一飞施展死缠烂打绝技。

梁小乐没答应，也没拒绝，算是默认了。胡一飞喜不自禁，一脸的春风得意。

"我也想去看书，晚上你们在哪里见面？"刘晓菲揉着吃撑了的肚子，看着两人。

胡一飞脸一黑："怎么干啥都少不了你，你个电灯泡，自己找地方去吧！"

"我拍死你娃儿！"刘晓菲跳起来要去拍胡一飞，胡一飞急忙躲开，然后一溜烟地跑走了，气得她站在那里大骂胡一飞见色忘义、过河拆桥。

下午上完课，胡一飞回到寝室，又去网上盯了一会Mini门事件。现在没有幕后黑手的故意炒作，这件事已经有了发冷的迹象，这让胡一飞大大松了口气。

登录到"狼窝大本营"，发现有两条论坛短消息。一条是糖炒栗子发来的，胡一飞对他有印象，就是那位眼神不好，错把自己看成高手的家伙。

看了糖炒栗子的消息，胡一飞才知道有关机风波这回事。到论坛上找了几篇所谓内幕人士的全程解析报导，然后再一对照，胡一飞大吃一惊。原来自己随随便便关几台机子，还能闹出这么大的动静，连偶像寒号鸟都被震了出来。

"意外啊，纯属意外！"胡一飞一脸的无辜，老子也是被逼无奈，谁叫我只会关机呢！

糖炒栗子如此谦虚地来请教自己这位"高手"，让胡一飞觉得很舒服，于是就回了一句："我认为你的分析很靠谱，其余的都是放屁！"胡一飞看了糖炒栗子的分析，既然人家把自己当做高手来对待，自己当然得投桃报李，不能亏待了人家。

另外一条消息，是一个叫狼蛛的人发来的："二当家的，请问你是从哪里知道了那些专业名词？"

什么专业名词？胡一飞坐在那里想了片刻，才想起可能还是那篇老帖的事。看狼蛛此时在线，便回复道："你是不是高手？"

"不是！"狼蛛的回复很快。

"那我就不告诉你！"

胡一飞此时还陶醉在一种高手情结里，一听对方不是高手，他就兴致寥寥，反正说了你这种小菜鸟也不会明白的，纯属浪费我"高手"的口水。

晚上还要陪小乐去看书，胡一飞就把那几本基础书又翻了出来，左挑右选，选出一本自己认为最基础的，然后准备关电脑出门。谁知论坛短消息又响了起来，还是那个狼蛛："那怎样才算是高手？"

"你能把我的电脑关了，就是高手！"胡一飞发完消息，啪啪点了两下鼠标，自己先来了个关机。

网络加现实的黑客攻击

入侵者打开这份登记表，在里面快速翻找了起来。很快，他就锁定了一个 IP 地址：10.50.0.120。只见入侵者拿鼠标圈了一下 IP 地址后面对应的信息：二号宿舍楼 319 室，胡一飞。

点击链接后，对方进入了另外一台电脑，运行了桌面上的一个快捷图标，叫做"东阳理工大学学生档案管理系统"，输入"胡一飞"三个字，点击查询按钮之后，胡一飞的档案便被调了出来。这档案，就是胡一飞以前也没见过，里面包括了照片、生日、电话、籍贯等信息。

第二天胡一飞从床上爬起来，刷牙洗脸后就要去上课，却看见段宇还在被窝里不动弹，才想起今天上午没课。

登录到"狼窝大本营"，胡一飞有好几条短消息，都是狼蛛发来的。他在短消息里大骂胡一飞是无耻懦夫，说好让他来关机的，却一直关机躲着不上线。

胡一飞是个彻彻底底的菜鸟，自然不懂黑客圈里的规矩。如果两个黑客对上了，发出挑战信号后，就不能随便关机了，除非分出胜负，或者有一方提出休战，这时候才可以撤退。

胡一飞昨天的那个回复，已经基本相当于明言挑战，可他随后却关机闪人，这种行为，很为高手所不齿。

"喊！"胡一飞很是不以为然，"说得跟真的似的，真把你自己当高手了！"胡一飞自那次发帖之后就深受打击，已经不相信狼窝上有什么高手存在了。平时一个个都拽得二五八万似的，放眼望去，全是他妈的高手，可一到关键时刻，就都是熊包。

胡一飞给狼蛛发去回复："好吧，我现在就开着机，你随便来吧！"完了，他也懒得守在那里，拿出看了一半的基础知识书，靠在椅子上继续看了起来。

过了近一个小时，胡一飞刚从手里的书中看出点门道来，音箱响起声音："您有新的消息，请注意查收！"

胡一飞点亮屏幕，发现是狼蛛上线了，他发来消息："那我就来了，如果我能关掉你的电脑，你要老实回答我的问题！"

"行行行，要来就来吧，啰嗦个啥！"胡一飞回了这句，又瞄了一眼，那个从二手硬盘里翻出来的防火墙工具正在运行，他就放了心，继续翻书去了。

到了中午快吃饭的时候，胡一飞的胃习惯性地发出饥饿的信号，这个感觉一上来，胡一飞顿时觉得头晕眼花，书也看不进去了。

他把书一扔，准备去吃饭，起身的时候，顺手晃了两下鼠标，电脑屏幕亮了。胡一飞不由大为鄙视："妈的，老子都等了一上午了，你还没进来！再等下去，电脑怕是都不耐烦了！"

胡一飞给狼蛛发去消息："要吃饭了，不等了！是你进不来，可不是我耍无赖！"

谁知道消息发出去没几秒，胡一飞刚关掉网页浏览器，机子上那个从来都没有响动过的防火墙突然叫了起来，弹出一个全新的界面："发现网络接入者，来自于IP38.187.121.35，接入者正在请求建立低权限通道！"

胡一飞吃了一惊，还真的有人入侵自己的电脑啊！虽然他不明白低权限通道是怎么回事，但也大概判断出对方只是意图入侵，目前并没有成功。

被入侵这种事情，胡一飞是大姑娘上花轿头一回，没啥子经验，不禁有些慌神，不知道该怎么应付。一时他都想赶紧关掉电脑算了，但好歹定住了神，心眼子快速转动，很快理出个大概的头绪："这不会是那个狼蛛吧？"

胡一飞有点郁闷，如果是狼蛛的话，自己就不好关机了。说好了让他来入侵的，如果自己再跑，又得被骂是懦夫了。但是，倘若入侵的人不是狼蛛，对方不关机，而是直接给自己的电脑来个格式化，那可就……

胡一飞左右为难，此时防火墙发出新的信息："请求信息具有欺骗性，被拒绝！"

过了几秒，防火墙又响起来："IP38.187.121.35试图从本机开放端口搜集信息，被拒绝！"

胡一飞一看，松了口气，这个防火墙虽小，但还挺管用。这下他不慌了，坐下来慢条斯理地琢磨起来。黑客入侵，这可是个稀罕事，除了上次在小阶梯教室见Cobra演示过一次SQL注入，自己再没见过。Cobra的入侵，原理自己弄明白了，可具体的操作却看得稀里糊涂，一头雾水，这事让胡一飞很是遗憾。

但现在不一样了，胡一飞觉得自己都啃掉半本书了，技术已是有所长进，如果此时再去参观一下对方的入侵过程，说不定会有所启悟，然后来个突飞猛进。胡一飞定心安神之后，突然觉得今天的入侵，对自己来说是个见习的好机会。

想到这里，他就拉出神器，输入了对方的IP地址。

屏幕一闪，胡一飞看到了对方的桌面，意外的是，他发现对方的操作系统是英文版的。

对方用一款扫描器，正在扫描胡一飞电脑上的漏洞，但返回来的可用信息几乎没有，应该是被胡一飞那防火墙屏蔽了。

胡一飞认得扫描器，他以前曾用扫描器对着理工大的网站服务器一阵狂扫，最后得到一份厚厚的扫描结果。那份报告让胡一飞终生难忘，至今都记忆犹新：大大的标题漏洞一，一大段深奥的英文；大大的标题漏洞二，一大段深奥的英文；大大的标题漏洞三，一大段深奥的……

从那以后，胡一飞就受了伤，再也不敢用什么扫描器了。

其实很多傻瓜式扫描器都是和攻击工具集合在一块的，专门扫描一种漏洞，扫描到漏洞后还可以即时攻击。可那时候的胡一飞不知道，他看了一篇叫做《黑客入侵步步走》的文章，说黑客入侵的第一步，就是扫描。于是他跑到狼窝上发帖子，问别人用什么扫描器最好。一位高人隆重地向胡一飞推荐了一款，说是业内最最最有名的扫描器，扫描速度最快、漏洞信息最全、辅助功能最强。

胡一飞如获至宝，兴冲冲地把这传说中的"三最"扫描器给下载了回去，却不知那是一款安全扫描器，得出的报告，也是安全报告。于是，一场阴错阳差的大悲剧就上演了！

对方的扫描持续了两分钟，得到了五条可用信息。胡一飞的水平也就能数清楚数目，那些信息具体代表什么意思，他是一点也不知道，心里不由得有点着急。

"妈的！"胡一飞骂了一声，他没想到自己都啃半本书了，照样看不明白。这观看无声表演的效果，远远不如Cobra那次，Cobra的演示虽然带有浓厚的表演痕迹，但有解说，自己好歹还能看出个热闹来，这回却是完全的睁眼瞎。

胡一飞很郁闷，自己颠颠地跑来寻求启悟，这能启悟出个球来！

那边的入侵者此时已经打开了命令行程序，一个黑乎乎的类似于DOS操作系统的界面，然后飞快键入了一些命令。这回胡一飞更傻眼了，明明白白的操作他都看不懂，纯命令行的字符就更糊涂了。他只能看明白一点，那就是对方键入的命令，全都指向了自己的电脑。

很快，执行结果出来了，失败！

胡一飞大喜，这个简单的信息他很容易就看懂了。

对方很快键入了新的命令，目标依旧指向胡一飞的电脑，但返回来的结果依然是失败。一连换了五六个命令，全都是执行失败。对方的操作静止了下来，似乎是在思考，寻找新的办法。

胡一飞的肚子咕咕叫了两声，刚才看对方一连好几个失败，他心里高兴，就把吃饭这回事给忘记了。现在对方十几分钟都没有任何动静，胡一飞的胃又开始闹腾了。犹豫了片刻，他站起来，到寝室中间的大桌子上翻腾了一遍，看看能不能找点东西垫一垫，不然太难受了。

找了半天，就翻出一块口香糖，还有两包板蓝根冲剂。胡一飞都快哭了。这两件东西看起来貌似都含糖，按照生物书上所讲，是糖都可以转化为能量，可这能量的载体似乎也太那个啥了吧！

胡一飞咬咬牙，把口香糖塞进了嘴里："妈的，就当是吃糖包子了！"努力回想着糖包子的味道。他又把那两包板蓝根冲剂拆了，拿水冲开，凑上去闻了闻，脸上写满深沉悠远："小时候，一听见黑芝麻糊的叫卖声，我就再也坐不住了……"

返回电脑前，那入侵者又开始动了。令胡一飞诧异的是，自己离开这么一会工夫，对方的操作系统居然变成了中文。由于没有看到对方刚才的操作，胡一飞不清楚发生了什么。他猜测对方八成是进入了另外一台电脑，跟自己使用神器有点类似。

对方的进一步行动，证实了胡一飞的猜测是正确的。他在这台中文电脑里翻了一会，找到一个文件，名字叫做"东阳理工大学学生上网登记信息表"。

胡一飞这才反应过来，原来这家伙入侵的竟然是学校里的其他电脑。存放这种信息的电脑，应该是学校网络管理中心了。

入侵者打开这份登记表，在里面快速翻找了起来。很快，他就锁定了一个IP地址：10.50.0.120。只见入侵者拿鼠标圈了一下IP地址后面对应的信息：二号宿舍楼319室，胡一飞。

胡一飞顿时全身的汗毛都竖了起来。坐在电脑前，看着别人一下调出自己的真实信息，这感觉实在太恐怖了，就像是被人施了蛊术一样，自己的小命在这一瞬间似乎全捏到了别人手里。

入侵者的攻击行为并没有停止，他迅速清理了日志，退出了网络中心的这台电脑，然后又去链接另外一台电脑。这次胡一飞看清楚了，对方使用的是一款跟自己神器界面差不多的小软件，叫做远程终端连接器。

点击链接后，对方进入了另外一台电脑，运行了桌面上的一个快捷图标，叫做"东阳理工大学学生档案管理系统"，输入"胡一飞"三个字，点击查询按钮之后，胡一飞的档案便被调了出来。这档案，就是胡一飞以前也没见过，里面包括了照片、生日、电话、籍贯等信息。

入侵者又拿鼠标圈了一下，这次圈中的是胡一飞的电子邮箱。过了几秒，对方再次清理日志，退出了这台电脑。

界面又回到了英文操作系统，对方打开了邮件工具，开始给胡一飞的邮箱撰写信件，标题叫做："胡一飞校友，来自母校东风实验小学的邀请函！"然后又把早就准备好的信件内容放了进去，全是代码，一看就是精心制作的。

这一系列动作让胡一飞看得叹为观止。对方太厉害了，这份心机很令人佩服。一般人看到这种标题的信件，肯定一点疑心都没有，只要点进去，怕是就要中招了。

对方写好之后，没有急着发送，而是打开搜索引擎，搜索关于东风实验小学的信息，最后找到了东风实验小学校长的信箱。他把这个邮箱地址写进发信人一栏，然后点击发送，把这封电子邮件发到了胡一飞的信箱。

"老子才不会去点呢！"胡一飞此时明白过来了。对方正面攻不下自己的电脑，就想起了曲线救国的路子，八成是想通过电子邮件给自己的电脑种木马。

对方发完邮件，就登录了"狼窝大本营"。这次胡一飞看得清清楚楚，对方的ID就是狼蛛。他给胡一飞发去论坛短消息："你的电脑很安全，我需要一点时间。"

胡一飞退出神器，给对方回了消息："那就三天吧，有效期三天，过期不候！"

"OK！"狼蛛的回复很是精短。

胡一飞笑得很淫荡，这个不要脸的狼蛛，想给老子下套，这下可倒好，把你自己给套住了。胡一飞也不担心狼蛛会来偷袭自己的电脑了，那小子绝对会老老实实待在电脑前守三天，好好等着吧，老子我三天不进邮箱。

胡一飞哼着小曲，出门吃饭去了。

在食堂吃饭的工夫，胡一飞脑子里想的全是刚才狼蛛的攻击过程。

前面的部分他虽然看不懂，但后面的部分却完全明白。狼蛛表现出的，正是黑客攻击的灵活性。他拿不下一台安全的电脑，却可以利用从不安全电脑那里得到的信息，来搞定那台安全的电脑，路线曲折了一点，但还是达到了他的最终目的。

胡一飞正想着，手机响了起来，来电号码没有显示，胡一飞犹豫了一下，还是接了起来："喂？"

电话里传来清脆的女声："请问是胡一飞校友吗？"

"嗯？"胡一飞愣了一下，不会又是谁来纠缠那个Mini门事件吧？现在这些小报记者，神通得不得了，"你是？"

"你好，我是你的母校东风实验小学的老师。"女声清了清嗓子，"是这样的，学校准备在下个月组织一次校友会，你是我们学校走出去的高材生，届时如果有空的话，我们希望你能来参加！"

胡一飞一听就傻了，怎么回事？学校真的要举行校友会？事情怎么会巧到这种地步呢！

"邀请函我们已经发到你的邮箱，关于此次校友会的详细介绍也在里面，如果你确定要来的话，请按照信件中的电话向我们确认一下。"

一提邮件，胡一飞一激灵，反应了过来，狼蛛，这肯定是狼蛛！一定是狼蛛怕自己三天内都不登录邮箱，于是打来这个电话故意引导自己。他看过自己的档案，自然知道自己的电话号码。胡一飞努力压住心中的震惊，道："好的，回头我就去看！"

"那再见！"对方客气一声，挂了电话。

胡一飞背后沁出了一层汗，妈的，这黑客也太神了，玩技术都玩到电脑以外了，要不是自己事先知道他下套的事，这回肯定百分百上当。胡一飞看着自己的手机，一时心里都有点害怕，以前接了那么多的电话，不知道这里面是否有黑客故意打来的。

想着这事，胡一飞突然意识到自己以前忽视了一个极重要的问题，那就是自我保护，否则不会被那个狼蛛得知了自己的真实信息。

黑客的第一守则，也是唯一守则，就是不能被人知道自己的真实IP，这是所有黑客千方百计要隐藏的东西，也是对黑客最致命的威胁。不管你的技术有多高，哪怕你强大到能瞬间让全世界的电脑都瘫痪，可一旦被人追踪到了你的真实IP，那你的黑客之路就变成了黑色之路，黑到连一丝光亮都没有。

凯文·米特尼克，这位仁兄够厉害吧，当年他大闹美国军方网络，端的是风骚无比，一夜之间成了无数人的偶像。可他本人最后却在四面墙内一边凄凄惨惨地唱着《铁窗泪》，一边啃着窝窝头接受改造。等凯文接受完改造，做了个良民，那个比凯文还要牛叉的加里·麦金农却进去了，这位史上最黑黑客，估计后半辈子都只能待在高墙之内搞自己的UFO研究了。

胡一飞虽说拥有了神器，可骨子里还是个小菜鸟，他没有那个自觉，也一点都不觉得自己黑，那条黑客第一守则，在他看来还很遥远。等自己的真实信息被人知道了，胡一飞才发现，原来自己早就黑了，前两天他还刚刚制造了一场关机风波呢。

"妈的，这下老子惨了！"胡一飞心中顿时悲切起来。老子还是个处男，看了那么多的毛片都没来得及实践操作；老子的文凭还没拿到，花了父母那么多的钱都没来得及偿还。苍天啊，你这哪里是给我送神器，你是把我往悬崖下推啊！

想到这里，胡一飞的饭都吃不下了，草草抹了嘴巴就去了教室。下午的课他一点没听进去，全在琢磨该怎么弥补自己以前的失误。

胡一飞的黑客知识欠缺，但好在脑瓜子灵活，琢磨来琢磨去，最后勉勉强强想出了半条亡羊补牢之计。

"既然那个狼蛛可以给自己下套，那自己完全也可以给他下套！"

胡一飞滴溜转着眼珠子，狼蛛不就是想让自己去点他那封精心炮制的邮件吗？那就将计就计，把他的信给点了，然后再在自己的电脑上作出一些假象，让他进来以后产生一种错觉，认为这电脑不过是一台被高手操纵的肉鸡罢了……

"呀嘿嘿嘿……"胡一飞一阵淫笑，对自己的这个计划很是满意。那狼蛛肯定想不到，在幕后操纵胡一飞电脑的高手，也叫胡一飞。

傍晚的时候，寒号鸟又登录了狼窝。他最近来得可勤快了，出道以来，他在狼窝露面的次数，加起来还不到八次，这几天之内，就已经是第三回了。

寒号鸟今天弄到了一台新的跳板，是东阳师范大学的公用上网服务器，现在他就是用这台跳板来登录狼窝的。他这次上来没有别的事，就是来显摆一下自己的这台跳板。自从那天看到二当家的IP来自理工大，寒号鸟就惦记上这事了。在他眼里，那二当家的就是超级高手般的存在，超级高手的做派他自然要紧紧跟随。这几天他把全国各大高校的公用上网IP筛选了一遍，最后选中了东阳师大。

寒号鸟在论坛上溜达了两分钟，屁都没留下，又下线了。

但很快就有内幕达人跳出来爆料，指出寒号鸟此次登录的IP来自于东阳师大，这和他以往登录必定使用国外IP的风格截然不同。果然是人的名，树的影，这么细微的东西，竟有人专门盯着研究。

论坛的八卦人士迅速云集，开始分析出现今天这种新情况的原因何在。

有人指出，寒号鸟的IP隐藏技术是一流的，他每次出现在公众视野时使用的IP都很玄妙，让人无从追踪。而这次他选择使用国内一家高校的公共上网IP，证明使用这种公用IP，比使用国外独立IP更加安全可靠，不易被追踪。由此可以断言，以后使用这种公用IP的方式将会普及，并成为黑客IP反追踪技术的主流。

这个分析得到了很多人的认同，于是大家纷纷开始罗列使用这种公用IP的好处。

寒号鸟换了马甲上来，看这群人在那里讨论得热火朝天，心中不免更是得意。可别说我不提携你们，老子这回可是把二当家的绝招都指点给你们了。

此时胡一飞正好上线，寒号鸟想着要跟二当家的聊几句，便顺手点开了二当家的资料。一看之下，寒号鸟就"靠"了一声，妈的，老子咋总也赶不上潮流呢？自己这才刚用上公用IP，那二当家的怎么又升级换代，不用这种IP了呢？

⑬ 会留下脚印的清理日志

"真是的，我怎么这么笨呢！"狼蛛后悔不已，这二当家的明显就是在耍着自己玩。还是论坛上那个糖炒栗子说得对，这家伙是个高人，专门捉弄菜鸟。

胡一飞吸取了教训，再也不敢使用真实IP来上网了。他专门在网上找了半天，找到一台提供免费代理服务的机器，设置好代理，这才登录了狼窝。

寒号鸟查清楚这个IP的底细，彻底郁闷了。之前二当家的使用理工大的IP上网，确实让他眼前为之一亮，可现在二当家的换了这种随便一抓一大把的免费代理，就让寒号鸟怎么也想不通了。这种免费代理，速度奇慢不说，还时断时续，用它来代理上网，简直就是一种折磨，比小猫拨号还要惨上几分，不知道二当家的抽的是什么风。

胡一飞瞪着电脑屏幕，一脸的木然。他都傻眼了，狗日的，这是什么代理服务器啊，自己活活等了有两分钟，可它只给显示个狼窝的LOGO，其余的什么都看不到。

再刷新一下，还是只显示论坛的标志。胡一飞开始抓狂了，他想到狼窝上去问问人，要怎样做才能让自己的电脑看起来更像是一台肉鸡。当然，这事得悄悄地进行，不能让狼蛛看见。可这代理的速度实在够恶心人，胡一飞甚至都怀疑这台免费代理服务器根本是用来玩人的，照这速度，等打开狼窝论坛估计都要过年了。

"妈的！"胡一飞终于忍受不了，咒骂一声关了网页，然后又去掉代理设置，准备重操旧业。

胡一飞拉出神器，手放在键盘上，想着要敲入什么IP，心里却有点犹豫。今天他看得清清楚楚，那狼蛛每链接一台电脑，退出之前都要清理一次日志。胡一飞能看明白对方在做什么，可他自己却不知道清理日志应该从何下手。

犹豫许久，胡一飞最后又放弃了，还是等自己研究明白清理日志的事，再用神器吧！让狼蛛今天这么一吓，他现在有点畏首畏尾，不敢再做那些二百五的新手行为了。他甚至还有点担心，自己前两天的关机行为，不会已经留下什么把柄在别人手里了吧？

胡一飞站起来，锁好寝室门往楼下走去，顺便给老大和老四打了电话，得知这两个家伙在大红鹰网吧，便奔那里去了。

老大和老四这两个货，知道曾玄黎不会再来堵自己，便又回到老根据地，已经两天没回寝室了，估计是怕见胡一飞的惨样。

胡一飞刚走进大红鹰，就有一个网管兴奋地搓着手凑上前来："中华哥，你来上网？"

"呃？"胡一飞愣了片刻，有点迷糊，老子啥时候又多了这么个称号？

"中华哥不认识我了吗？"那网管讪讪笑着，"你上次还给了我一包中华呢！"

"记得记得！"胡一飞打起哈哈，仔细一看，这家伙不就是上次借给自己胸牌的网管嘛，"真是巧啊，今天你值班？还有空位没，我来上会网！"

"有！有！我这就去给中华哥开卡！"网管看胡一飞认出了自己，很是高兴，直接把这事给揽了过去，麻溜地奔前台了。

胡一飞额上的汗都下来了，心说这网管起外号的手法还真是别出心裁，幸亏老子上次买的是中华，要是买盒芙蓉王，今天一进门怕是就要升级为"芙蓉哥哥"了。

"啊！"胡一飞不禁打了个冷战，赶紧败退，朝着老大的专座摸了过去。

老四看见胡一飞就大笑起来："二当家的，你真牛叉，现在还敢出校门，不怕曾玄黎追杀你？"

"老子先杀了你！"胡一飞一脚踹在老四的椅子上，牙根直痒痒，心说你小子还敢提这事，要不是你这货把她引到宿舍楼前，老子怎么会出这么大的笑话？

老四挠着头站起来，把机子让出来："你坐我这里吧！"

胡一飞也不客气，拉开椅子坐了下去，老四就站在一旁，扭着屁股开始活动腰骨。

老大正忙着在语音频道里指挥他的小弟们开副本，看见胡一飞，把手边一罐没打开的可乐扔了过去，便又继续忙活去了。

"二当家的！"老四凑过来，嘿嘿笑着，"我今天跟咱们学校的 MM 聊天，知道她们怎么议论你吗？她们说你肯定是亿万富豪的儿子，要不然不会把 Mini Cooper 都抛弃了。我说我认识你，她们就托我给介绍一下！咋样，你要不要去见一见？"

"我见个屁！"胡一飞瞪着老四，"老子身上能以亿万计的，只有精子！"

老四不放弃，继续鼓动着："见见吧，我都视频了，长得很不错。"

胡一飞看老四那贱样，大概能猜出是怎么回事。这小子肯定打着自己的旗号在网上勾搭 MM，否则以他的聊天水平，不把 MM 吓跑了才怪："要去你去，我肯定不去！"

老四开始拽胡一飞的椅子："你不去的话，那我再跟 MM 聊会！"软的不行，他准备来硬的，要把胡一飞从电脑前赶走。

此时网管刚好找了过来，把卡给胡一飞递过来："中华哥，你的卡！"

胡一飞很是得意，撇下老四那张椅子："你继续！"完了从兜里掏出钱，递给网管："麻烦你了，兄弟！"

"不麻烦！"网管把钱接过来，"给中华哥跑个腿，应该的！"

老四抓着椅子很是郁闷，他瞪眼瞅着网管，心里咒骂，平时看你小子很厚道，关键时刻坏我好事，搞得老子现在连个谈判的筹码都没了。

胡一飞在旁边又开了一台机子，嘻嘻哈哈地看着老四的糗样，心说你小子拿把椅子就想威胁老子，也不看清地方。这网吧只要掏十块钱，椅子随便挑，好歹你也得像上次那样，砸出三天的饭钱才像话嘛。

胡一飞登录到狼窝，就收到了糖炒栗子的短消息："二当家的真知灼见，我有朋友是做安全支持的，他告诉我这次关机事件确实是黑客做的。只是对方的技术太高明了，没有在服务器上留下任何的痕迹，现在也弄不清楚那位高手是如何入侵进来的。二当家的对此怎么看？"

"没有任何痕迹？"

胡一飞一下就抓住了这条消息中的重点。我靠，那老子辛辛苦苦地又是代理，又是网吧，岂不是白忙活了？原来这神器根本不会留下任何痕迹。

胡一飞很激动，糖炒栗子的话不但让他悬在心里的石头落了地，还让他又发现了神器的一个新功能，看来自己这半天白担心了。也对，如果真的留下了什么痕迹，估计网监早已经杀上门来了。胡一飞感到庆幸的同时，也有点后怕，亏得自己用的是神器，否则的话，自己现在就该和加里·麦金农一道蹲在监狱墙角画叉叉了。

高兴了没两秒钟，胡一飞突然反应过来，糖炒栗子为什么要告诉自己这些？就凭自己说出的那几个技术名词吗？可那帖子很多人都看到了，为什么别人不把自己当高手？退一万步说，就算糖炒栗子说的都是实话，可万一他的情报本身有误，或者他的那个朋友忽悠了他？

胡一飞的心又提了起来，今天狼蛛给他的印象实在是太深刻了。你根本就不可能知道那些狡猾的黑客会以什么样的面目和形式出现，不多留几个心眼，估计被他们吃了都不知道自己是怎么死的。就比如眼前这个糖炒栗子，说得倒是有板有眼，可谁能保证他不是黑客？谁又能证明他和狼蛛不是一伙的？他告诉自己这些消息，未必没有揣什么心思吧？

想到这里，胡一飞就谨慎了起来，想了想，才给糖炒栗子回复消息："那我就不知道了，如果你有什么第一手的消息，就告诉我。"

寒号鸟听见提示，才发现二当家的又上线了。看完消息，他摸着下巴在那思揣，看来二当家的还是对自己存有戒心啊。他第一次回消息，语气十分肯定，说自己的分析靠谱，又说别人的分析都是放屁，这说明他知道关机风波内幕。可现在他却又一下谨慎了起来，是不是自己太着急了，把话说得有些过了？

寒号鸟想了一会，给二当家的发去消息："我也是听朋友说的，上次二当家的说我分析得靠谱，我以为你能多知道点内幕呢。"

胡一飞这才意识到自己上次发那样的回复确实有点不妥，回复道："我哪有什么内幕，就是个小菜鸟，纯属瞎猜，刚好和你猜到一块了。"

发完这条消息，胡一飞不再答理糖炒栗子，开始在论坛上搜索了起来，一是伪装肉鸡，二是清理日志，这两方面的信息是他现在必须要了解的。

狼窝毕竟是国内最大的黑客论坛，这方面的信息不少。胡一飞翻了十几篇帖子，七拼八凑之下，就有了大概的思路。想要让对方认为自己的电脑是肉鸡，最简单的办法，就是在自己的电脑上开个后门。胡一飞把帖子中提到的后门工具名字全都记了下来，准备回去就下载几个装起来。而清理日志相对简单，论坛上有很多现成的这方面的工具，只要在被入侵的电脑上运行一下，就可以自动清除日志、擦除脚印，很是方便。

胡一飞拿起自己携带的小本子，上面记满了他摘录的要点和工具名字。胡一飞从头到尾又看了一遍，得出最后的结论：后门工具留着用处不大，等骗过狼蛛之后可以扔掉；而清理日志的工具则要随时携带，以后每次使用完神器，为防万一，还是要擦除一下脚印。

弄完这些，胡一飞拔卡关掉机子，起身招呼老大、老四。

老大此时刚好砍翻了副本里的小BOSS，得了一件不错的套装，周围几个战友围过来一番点评，很是艳羡，嚷着要让老大请客吃饭。

猛男老大是个厚道人，游戏里打出的装备从来不卖，留着自己用，或者是送会里的人，所以常常入不敷出，平时为了省钱充点卡，顿顿都是半饥半饱，哪有钱请客，一听这话腿肚子都软了。正所谓"马瘦毛长，人穷志短"，老大赶紧拽起老四，祭出胡一飞这张挡箭牌，趁机下机回了学校。

三人一起吃了饭，就踱回了寝室。老大去阳台上冲澡，老四则把小马扎支在大桌子上，爬上去蹲好，打开电视开始欣赏墨墨。胡一飞一看，赶紧掏出贴身小本，趁着这会没人跟自己抢电脑，赶紧把电脑伪装一番，除了开后门，还得把那些黑客工具啥的，全都转移走。

刚打开电脑，寝室门"咚"一下被踢开，段宇一脸怒气地走了进来。

"老三，谁惹你了？"老四很淡定地蹲在马扎上，居高临下俯视段宇，"你说出来，哥几个帮你去修理！"

段宇没吭声，坐到自己的电脑前，大口喘着粗气，胸部来回起伏，脸色阴晴不定，看样子很是憋屈。

胡一飞又把小本收了起来。早上他就看段宇这小子有些不对劲，现在果然出了事，胡一飞准备过去问问情况。

这边还没动，那边段宇却"腾"地站了起来，两步来到胡一飞面前，道："监控QQ聊天纪录，你到底行不行？"

胡一飞差点吐了血，我日，这小子早上还真问过这事，可你丫就不会把话说清楚点吗？害得老子琢磨了好半天，差点以为是上次借你的钱忘了还呢！

老大和老四瞪大了眼，表示了一下心中的惊讶，便洗澡的洗澡，看电视的看电视，不过还是在心里咒骂了段宇一下，妈的，你这不是没事找事嘛！

胡一飞当然不会说自己办不到，好歹自己也是声名在外的装系统高手，他吭吭两声，煞有介事地问道："你要监控谁的聊天纪录？"

"小丽！"

胡一飞非常意外，惊讶得嘴巴里都能塞下六颗鹌鹑蛋，心说你俩天天腻在一起还没嫌烦，居然还要监控人家的聊天纪录？有才啊有才。他用自己那目光深邃的三角眼，打量了一番段宇："老三，你这事让我很为难。要是别的我肯定没二话，但监控别人聊天纪录算怎么一回事？要是传出去，我胡一飞以后还怎么出去混！"

"小丽是我女朋友，我看看她的聊天纪录又咋了？"段宇对胡一飞推三阻四的态度很是不满。

胡一飞本想回绝，话到嘴边，突然想起一事，灵机一动，又把话给转了回来：

"老三你既然把话都说出来了,我不能不管,相信你这么做,肯定是有原因的。"

原因当然有,但段宇肯定不会告诉胡一飞,说这是自己开房要求屡次被拒,怀疑小丽另有所欢,于是打起监控聊天纪录的主意。段宇看胡一飞有所松口,脸色有些缓和,道:"其实也没啥,就是小丽的寝室人对我讲,说最近有人跟小丽聊得火热。当然,这只是个小道消息,如果二当家的为难,那就算了。"

胡一飞一拍段宇肩膀:"既然是这么回事,你不开口,我也肯定得帮忙。管它道德不道德,都欺负到我胡一飞的兄弟头上了,那别怪我胡一飞做事不讲究!"

段宇感激涕零,心想自己今天这心眼子算白耍了,到最后还是把丑事抖出来了:"二当家的,啥也不说了,等弄清楚这事,我请大伙去搓一顿!"

老四顿时两眼冒贼光,铁公鸡真的肯拔毛了,二当家的有手段。

"说这没用的干球!"胡一飞一摆手,"兄弟的事就是我的事,这事得抓紧,我看现在就开始弄吧,不过你得跟我换一下电脑!"

"换电脑?"

"是换电脑的位置!"胡一飞纠正了一下,"我的电脑搬你那边去,用你的IP地址。黑客这玩意有点玄,得谨慎,万一到时候让小丽发现不是平时的IP,那肯定就没法继续了!"

段宇搞不懂黑客,看胡一飞说得郑重其事,虽纳闷,但也点了头:"行,那咱现在就换过来!"

胡一飞心中大乐,还搞什么伪装啊,段宇的机子就是最好的伪装。这小子平时总是背着人上黄色网站,电脑三天两头中毒,他的QQ号码至今没被人盗走,也算是个不小的奇迹。只要把段宇的机子挪过来,换上自己的IP,管他狼蛛还是狗蛛,进来准得傻眼!

当下也不耽搁,胡一飞赶紧和段宇把电脑换了位置,趁着给段宇重新设置IP地址的工夫,他到信箱把狼蛛的那封邮件给点了一下。

狼蛛很快收到了链接提示,他在给二当家的邮件中夹杂了一个反弹式木马。这种木马对付理工大那种内网IP最管用,只要中招,木马就会主动向狼蛛提出链接申请，从而绕过内网的限制，也顺利躲过防火墙的追杀。大部分的防火墙都是对外强于对内，对自己本身产生的链接请求，控制没有那么严格。何况这个木马还是狼蛛精心制作的，就是顶级的防火墙，也未必能查出异常。

狼蛛心中不免一丝得意，他认为自己打电话的那招，简直就是神来之笔，称得上是黑客社会工程学的应用典范，这个二当家的看起来很厉害，现在不也中招了吗？

当黑客在技术上无法实现自己的目标时，使用社会工程学或许是一种能收到意外效果的好办法。上世纪曾有一名根本不懂计算机，却精通社会工程学的人，他利用银行工作机制上的漏洞，仅仅给银行的主管打了两个电话，就将一笔几千万美金的巨款，大摇大摆地从银行提走了，被誉为"史上最牛的银行黑客"，当然他也是"史上最牛的银行抢劫犯"。

狼蛛运行木马的控制端，与二当家的电脑建立了链接。很快，他就看到了对方电脑上的一切。

"呃……"狼蛛有点惊愕。对方的电脑看起来一点不像是高手使用的。杀毒软件明明显示过期了，病毒库都还是半年前的，他怎么都不续费升级一下呢？桌面上的快捷图标全是关于游戏、QQ、视频播放器的，连个基本的网络工具，或者是编程工具都没有。

狼蛛有点纳闷，难道自己链接错了电脑吗？他赶紧键入命令，查了一下对方的IP，显示出来的结果告诉他，这就是上午的那台10.50.0.120。理工大的IP既然是和学生信息绑定的，那就说明IP不能被轻易修改。

"奇怪！"狼蛛有点想不明白，这是怎么回事？稳妥起见，他决定先不关机，至少得确定这台电脑的身份再说，免得那个无耻的二当家的又不认账。

"小丽，你为什么不答应跟我出去开房？"忧郁的段誉此时有些愤怒，向彪悍的小丽娘娘发出了最后的呐喊，"我买的套套都快过期了！"

"过期了怕啥，留着以后给娃儿当气球吹！"

狼蛛一阵汗颜，不小心看到这东西，不知道自己的眼睛明天会不会长疮。他赶紧退出远程屏幕的监控，在对方的电脑上仔细翻了起来，看能不能找出可以证明这台电脑身份的东西来。

在 D 盘，狼蛛翻到一个叫做"照片"的文件夹，打开看了看，里面基本都是一个小姑娘的照片，狼蛛猜想这大概就是刚才 QQ 上的那个小丽。再往下有几张合影，几个人中间有个做鬼脸扮酷的家伙，和自己在学生档案上看到的那个胡一飞明显就是一个人。

狼蛛点点头，看来这台电脑应该就是胡一飞的了。

翻到 E 盘时，狼蛛很快发现了不对劲的地方。E 盘是 120G 的容量，此时显示已经被占用了 118G，可 E 盘上除了有一个暗黑破坏神的游戏文件夹外，就什么也没有了。

狼蛛查看了一下游戏文件夹的大小，发现本来只有 2G 左右的暗黑破坏神，在这里竟然有 118G 之大。狼蛛立刻明白过来,这文件夹里肯定还藏了其他东西。他打开隐藏属性，在暗黑破坏神里找到了两个新的小文件夹。

"秘籍宝典？"狼蛛顿时眼前一亮，心说这里面肯定是好东西，赶紧点了进去。很快，狼蛛又羞愧地退了出来，没想到啊没想到，里面都是一些诸如"老汉推车详解"、"如何制造一个完美的第一次"之类的文章。还真是秘籍宝典呐！

再看另外一个文件夹——"我的珍藏"，狼蛛有些胆怯，不敢再贸然点进去。但最后还是按捺不住好奇心，他快快地点开看了一眼。

"完了完了，这次眼睛肯定要长疮了！"狼蛛后悔不已，这文件夹里竟然是海量的毛片，颇为壮观。难得的是，电脑主人还做了很详细的分类，看起来一目了然。

狼蛛恨恨咒了两声，最后才去翻 C 盘。没想到结果更糟，一打开，自己的电脑倒提示受到蠕虫病毒的攻击。狼蛛急忙败退，连滚带爬退出了这台极品电脑。

狼蛛彻底无语了，这是什么电脑啊！上午自己怎么都攻不下，看起来安全性能超强，可现在攻下来了，却发现完全不是那么回事。里面除了自己的木马外，就是数量颇为可观的病毒，除此以外，啥都没了。

登录到狼窝，狼蛛又去瞧了一眼二当家的此时的 IP。太意外了，二当家的 IP 竟然跟上午一模一样，还是显示为理工大那个公用上网 IP。

胡一飞的 IP 地址没变，只是上网的方式变了一下。他现在学聪明了，不去找什么代理，也不去网吧，而是直接用神器链接到学校的上网服务器，然后就在那台服务器上登录狼窝论坛，IP地址的显示自然不会变。

"哈！这回你小子不晕头才怪呢！"胡一飞此时也看到狼蛛上线，于是在电脑前面奸笑不已。

"二当家的！"段宇在那边催着胡一飞，"你准备好了没？"

"好了，好了！"胡一飞顺手把一个压缩文件往段宇的QQ上传送，"你把这个东西收一下！"

段宇接收过来，问道："这是什么东西？"

胡一飞赶紧提醒道："你可别点！那是我精心制作的木马程序，你一会给小丽传过去，只要她打开一看，保证中招。"

段宇大喜，又把这文件给小丽传送了过去。

胡一飞心中暗笑，其实那文件哪有什么木马，就是一张很普通的图片，不过这表面工作还得做，不然怎么能把人糊弄过去呢？

那边的狼蛛此时却琢磨开了，难道自己找错了对象？他把上午的攻击过程又仔细回忆了一遍。当时他控制了理工大的公用上网服务器，在上面没有找到除了自己之外的其他入侵者的痕迹，于是判断二当家的应该藏在理工大的内网里面，可到底在哪一台机器上，就需要从上网服务器的数据里面去分析寻找。

好几千人共用一台上网服务器，可以想象那上面的数据得有多么庞大。狼蛛找了一上午，也没有办法确认二当家的究竟是在哪台内网电脑上。正在他准备放弃认输的时候，二当家的却发来一条论坛短消息，说是要去吃饭，这才让狼蛛一下揪出了那台电脑的所在。

狼蛛想到这里，突然恍然大悟："果然，我是上了那个二当家的当了！"现在想想，上午那条论坛消息来得实在太蹊跷，一定是二当家的事先在这个胡一飞的电脑上做好了布置，这才给自己发去消息，引诱自己去攻击这台电脑。当时他在电脑前积极防御，自己当然攻不进去，等自己误以为这台电脑就是他的真身所在，那二当家的就撤退了，顺手还去掉了这台电脑上的所有防御部署。

"真是的，我怎么这么笨呢！"狼蛛后悔不已，这二当家的明显就是在耍着自己玩。还是论坛上那个糖炒栗子说得对，这家伙是个高人，专门捉弄菜鸟。

⑭ 狼峰会

  第二天早上，胡一飞起了床，迷迷瞪瞪地登录狼窝，想看看那个狼蛛有没有回音。结果一登录，论坛上一张大大的海报映入眼帘：狼窝首届网络峰会即将召开，群狼聚首，再铸中国黑客辉煌。

  "二当家的！"段宇看胡一飞磨叽半天，手底下却一点没动弹，有点着急，"那东西都传过去了，你啥时候动手？"

  "就好，就好！"胡一飞安抚两句，准备动手，谁知此时 QQ 上弹出个新闻小广播：黑客无意入侵，揪出千万巨贪。

  胡一飞一看，顿时唏嘘不已："天意啊天意！"这都几十年没见过关于黑客的正面报道，现在自己正要出手，这条新闻就弹了出来，不是天意是什么？胡一飞心中大定，一拍段宇肩膀："放心吧，我揪不出巨贪，但揪个挖墙角的蠹贼还是绰绰有余。你去那边跟小丽一直聊，不要停，免得她怀疑，我在这边就动手！"

  段宇应了一声，赶紧去自己的机子，他现在可不敢聊什么开房的事，准备跟小丽扯扯人生，聊聊理想，别回头让他娘的胡一飞揪住自己什么小尾巴。

  胡一飞不忙不慌，先点开那 QQ 新闻，看看黑客斗巨贪到底是怎么一回事。说有一贪官，家里藏了千万巨款，怕被小偷惦记，于是就在家里装了一套监控系统。谁知监控系统没录下蟊贼行窃，倒是把他自己收钱、数钱、藏钱的画面给录了进去。一日，一名外号"白玉汤"的黑客无意侵入该监控系统，发现了这惊天秘闻，就把视频寄给了国内一个号称最牛叉最拉风的部门——有关部门——迅速采取行动，控制了贪官。

"悲剧啊！"胡一飞心中感慨万千，这个贪官太逊了，几千万，你整个结实强壮的保险柜多好，非要弄那不靠谱的监控系统，这不是在自己家里造监狱吗？估计这货现在肯定在局子里头抹眼泪呢，妈的，上高科技的当了。

胡一飞关掉网页，拉出神器，链接上小丽的电脑。

段宇听到胡一飞喊了一声，知道他已经监控起来了，急忙凑过来瞧瞧是什么效果。一看，还真是不假，小丽电脑上的操作一清二楚，她打的每一个字，还没发过来，这边就已经看到了。当下段宇笑着说："这木马太神奇了！二当家的，好学不，教教我呗！"

胡一飞把手头的书往段宇手里一塞："好学，你把这本《网络工程师教程》拿去看，看完估计就能会一半了！"

段宇盯着那书两眼直冒光，难道这就是传说中的《九阴真经》？急忙兴奋地翻开，看了没两秒，他就反应过来，胡一飞这不是在忽悠自己吗？段宇知道胡一飞不愿意教自己，撇下那书，悻悻走回座位。

段宇跟小丽探讨了一晚上的人生，胡一飞自然什么都没监控到。看看快要停电熄灯，两人赶紧关了机子。

熄灯后，段宇摸黑爬上床，还不忘嘱咐一句："二当家的，明天继续啊！"

第二天早上，胡一飞起了床，迷迷瞪瞪地登录狼窝，想看看那个狼蛛有没有回音。结果一登录，论坛上一张大大的海报映入眼帘：狼窝首届网络峰会即将召开，群狼聚首，再铸中国黑客辉煌。海报的背景，像是国内几大知名黑客的剪影。

胡一飞一下清醒了，赶紧点了进去，难道"狼窝大本营"要召开大会了？国内黑客可有年头没开会了。

国外的黑客圈流行玩帽子，经常开一些以帽子命名的大会，最有名的就是黑帽子大会，当然也有白帽子大会、灰帽子大会之类。好像黑客开会离了帽子，就显得不正宗了似的。

这股风有段时间也刮到了国内，不过，国内黑客开会的水平明显高很多，他们不吃帽子这一套，凡开会，则必定冠以峰会之名，这样才显得上档次，够大气。前几年，国内的黑客组织们按捺不住，搞了一些峰会出来，不过，这些峰会最后基本都以门事件结束，像什么"间谍门"、"招安门"、"恩怨门"、"破口大骂门"……要是开会不扯出个门事件来，都不好意思说这是黑客在开会。门事件之后，便很少再有什么峰会出现了。

沉寂了这么久，"狼窝大本营"突然发出号召，举办黑客峰会，且不说狼窝举办峰会的目的何在，单是狼窝本身是否具有号召力，能不能把黑客们请到自己的峰会来，就值得大家怀疑。

"国内黑客这几年固步自封，各自为战，硬是在连通全球的互联网上造出了一块禁锢自己的孤岛，导致黑客圈的话语权已基本被欧美黑客垄断，中国黑客辉煌不再。此种情况，实在是让人心痛无比，狼窝在此发出呐喊，号召群狼再聚一堂，我们只谈技术，不言其他！"

狼窝的峰会号召帖还是有点水平的，慷慨激昂，先是例举中国黑客过去的辉煌，再说明中国黑客之现状，然后对照国外黑客圈作了个同期对比，让人觉得惋惜，心里很是不甘。

这篇号召帖没有附上邀请函，也没有列出与会黑客的名单，而是这样说道："老牌黑客，已是明日黄花、英雄迟暮；后起之秀，难免名不符实、不能服众。故本届狼窝峰会不发一张请柬，不请一名嘉宾，能否与会，全凭各自本事！"

"他爷爷的！狂！"胡一飞嘴上这么说，手底下却竖起一根大拇指。在他看来，黑客峰会本来就应该是这个样子，明确地划出个道，谁进谁退，大家各凭本事，免得又跟以前那样，请一大堆人来，最后却闹出贻笑大方的门事件。

帖子的最后，是峰会的日程安排和资格获取规则。

所有想参加峰会的黑客，都必须参加一场奇特的资格获得赛。整个比赛就像是穿行一座迷宫，迷宫设有出口和入口各一个，黑客们从入口服务器进入，一路杀过11关,最后到达出口,只要在出口服务器上签下自己的名字,就算获得峰会的与会资格。不过,这可不是一件容易的事,狼窝只提供入口,但不提供具体的比赛题目,黑客需要拿下入口服务器,才能在那上面找到下一关的入口,以此类推,直到最后一关。不但每一关的难度很大,而且每一关还设有多向分支,一不注意,就会走上歧路,最后不是无路可走,就是重回起点。

整个比赛,狼窝将动用超过一千台的服务器,设置的题目,涵盖了黑客圈所涉及到的所有技术层面,但比赛的时间只有三天,难度之大可想而知。

14天后,狼窝将放出比赛入口服务器的IP地址,比赛进程在论坛以文字形式进行现场直播,获得资格的黑客名字即时公布。

17天后,峰会正式开始,获得资格的黑客以各自在"狼窝大本营"上的ID号登录到一台指定的服务器上。峰会将以网络在线会议的方式举行,会期两天,"狼窝大本营"将在此次峰会上公布十个0day。

所谓的0day,是指还没有被公布的网络或系统漏洞,这个诱惑力,不可谓不大。

胡一飞看完,开始掰手指头算了起来:

按一千台服务器算,那就是一千道题目,即便所有的黑客都是全才,精通全部的黑客知识,但三天72小时,要想把每台服务器都走一遍,一个小时就必须拿下13.9台服务器,平均四分钟攻下一台服务器,这还得不吃、不喝、不停歇。

胡一飞一算,脑袋都大了,心里不禁为那些黑客达人默哀了起来。这要是谁不走运,掉到迷宫里头,估计一年半载都出不来,运气再差点,边学习边闯关,估计抱孙子的那年,都有可能解脱不出来。

"还好,比赛只有三天的时间。"

胡一飞幽幽地叹了口气,不知道是在庆幸,还是在伤心。

⑮ 黑客庇护所

只要在规定时间内通过全部测试，就可以成为ZM的成员。好处非常多，首先，那里面全是技术疯子，每两周举行一次网络聚会，研讨的都是业界最尖端的安全技术；其次，ZM对自己成员提供保护，他们的防追踪技术是最先进的，目前来说，没人能抓得住ZM的成员。

狼峰会再热闹，也跟胡一飞无关了。

他磨磨叽叽算了半天，本来打算蒙混过关，准备到时候用神器在所有的服务器上都签下自己的名字，说不定瞎猫碰个死耗子，自己能入围最后的峰会名单。

可是一算，他发现这事基本没有可能。狼窝只公布一台入口服务器，自己根本就不知道另外的服务器地址是什么。就算论坛上有人慢慢发布，但发布出来的，肯定不会是最后的签名服务器。

"算了！"胡一飞倒也看得开，就算自己侥幸混进去了，到时候别人开会说什么，自己一句都听不懂，那不是找自卑去了吗？自己还是老老实实地看基础知识吧。

胡一飞胡乱抹了脸，抄起那本《网络工程师教程》就去教室。段宇紧跟其后，追上来问道："二当家的，你在狼窝论坛上的名字叫啥？"

"二当家的！"胡一飞把最后一个字狠狠咬了一下，弄了个强调式的重音。

段宇愣了片刻才反应过来，谄笑着打听内幕消息："狼窝上是不是高手很多，最有名的是谁？二当家的你在上面出名不？"

"有个锤子高手！"胡一飞想起这事就是满肚子辛酸，"我在上面，那就是高手！"这话胡一飞真没瞎说，那个糖炒栗子不就天天追在屁股后面喊老子高手吗？苍蝇似的，拍都拍不死。

中午回到寝室，胡一飞再上狼窝，发现此时论坛在线的人数，比平时多了七八倍，大家都在那里议论着狼峰会的事。一些性急的人已经在分析届时会有多少黑客入围；另外一些人则比较实际一点，他们在坛子里开帖招人，希望能够和别人组成临时的小团队，届时比赛的时候大家资料共享，避免走弯路。

胡一飞特意到江湖风云版块看了看，这里八卦人士云集，是外行们看热闹的地方。这里的议论焦点截然不同，大家关注的，一是狼窝此时召开狼峰会的动机何在，背后是否有什么东西在推动；二是此次峰会狼窝能否举办成功，达到群狼聚首的效果。

许多资深的八卦人士今天都冒了出来，他们普遍不看好狼窝。

狼窝的前身，是一个叫做"狼牙"的小黑客团体，是国内大黑客联盟时代结束后，分化出来的众多小团体中的一个，很不出名，在业内并没有什么号召力和影响力。现在突然搞这个狼峰会，又是以这种形式搞，摆明了是在藐视现有新老黑客的权威，峰会前景很不妙，届时没有人来捣乱已经是万幸，更不要奢望能有什么高手入围。

胡一飞对这些内幕人士的分析不屑一顾，这些人都他娘的闲得蛋疼，技术不行，搬弄起是非倒很在行。你们要是能给人家提点好的改进意见，那你们就提，提不出来又没人把你们当哑巴。这种风言风语谁不会说，难道还必须是你们这些专门的资深人士才能说？靠这种行为来抢出镜率，也不怕掉了你们的身份！

想到这里，胡一飞就有点看不过去，他对这次狼峰会的选拔规则非常赞赏。于是他开了新帖，阴损地贬低了一下这些八卦人士，顺便大喊一声"狼窝我挺你"，结果瞬间被这群八卦人士反轰杀至渣。

"妈的！"胡一飞大骂两声，只得败退。没办法，自己势单力孤，哪喷得过一大群人，再喷下去，怕是就要使用人身攻击这种核武器了，搞不好自己这个 ID 都要被封杀。

此时论坛短消息弹了出来，胡一飞点开一看，又是那个糖炒栗子发来的，上面只有几个字："二当家的，我挺你！"

胡一飞一看，发现糖炒栗子在自己的帖子里做了个回复，态度明确地支持自己，此时也被一群八卦人士骂得狗血淋头。

"患难见真情啊！"

胡一飞顿时对糖炒栗子的看法大为改观，一副"英雄"惜英雄的样子。不管这家伙是谁，能够路见不平吼一声，那就是个性情中人，比起那些只会泼冷水的家伙强了很多。胡一飞郑重其事地给糖炒栗子回了消息："兄弟，谢了！"

糖炒栗子很快回复过来消息："不用谢！我和二当家的看法一致。这次狼峰会的选拔规则很公平，完全履行了他们的峰会宣言，只谈技术，不言其他。"

胡一飞大喜，这是碰见了明白人啊，糖炒栗子的话完全说到了他的心里。胡一飞来了兴致，把自己的看法乱七八糟打出好几百字，准备跟糖炒栗子作一番深度交流。

谁知此时论坛又提示有新的短消息，胡一飞下意识地顺手点了一下，结果却坏了事，新的消息弹出来了，可他刚才打的那堆字却被刷新没了，重要的是，他还没有保存。

"我日！"胡一飞很是郁闷，再看那消息，是狼蛛发来的："二当家的，我关不了你的电脑，我认输。你现在有空没，我能不能问你另外一个问题？"

胡一飞对狼蛛的这条消息恨得牙痒痒，想都不想，直接回了一句："没空！老子忙着呢！"等消息发出去之后，他又后悔了。胡一飞知道狼蛛是个确确实实的高手，原本打算以后谦虚点，跟人家学点真东西，现在一时手快，把这条消息发出去了，看来这个高手自己是得罪定了。

只一会工夫，胡一飞就办了两件郁闷的事。

"乐极生悲啊，人生的又一大悲剧！"胡一飞抓着头，也没心情跟糖炒栗子探讨了。

狼蛛的消息回了过来，看样子他并没有生气，而是问道："是忙狼峰会吗？"

胡一飞来了劲，看来事情还有挽回的余地，于是赶紧道："是啊，就是在忙这件事！"

"这种比赛形式早就有了，也不新鲜，难道二当家的没有参加过 ZM 的比赛吗？"

胡一飞大感意外，他不清楚 ZM 是什么，之前他还以为这种比赛形式是狼窝首创，没想到早就有了。怕在狼蛛跟前露了馅，胡一飞先去搜索了 ZM 一下，结果一无所获，搜索出来的结果没有一项跟黑客有关。

"没参加过，这个 ZM 是什么？我第一次听说！"胡一飞不得不谦虚起来。

"很奇怪，以二当家的技术，我以为你应该知道的！"狼蛛先是诧异了一下，随后又发来消息，"ZM 是全球最顶级的黑客俱乐部，不过业内都称它为'黑客庇护所'，当年加里·麦金农被美国军方通缉时，曾向 ZM 提出庇护申请，可惜被拒了，因为他还达不到 ZM 成员的入选标准。"

胡一飞的眼珠子差点飞出去，这个狼蛛是不是有点吹过头了，居然说加里·麦金农都不够 ZM 成员的入选标准，这怎么可能呢？在胡一飞认知范围之内，再也揪不出一个比加里·麦金农还要牛叉的黑客了。

糖炒栗子此时又发来消息："二当家的，你对这次狼峰会的前景怎么看？"

胡一飞正想着狼蛛的话，于是反问了一句："你听说过 ZM 吗？"

糖炒栗子虎躯一震，高手啊，绝对的高手，二当家的一张口就能说出 ZM，显然是高手中的高手。可他为什么要问自己这个问题呢？糖炒栗子皱眉思索着，二当家的此时提起 ZM，难道说他也参加过 ZM 的成员资格选拔吗？不知道他过了几关，那个测试可比狼窝的这个麻烦多了。

谨慎起见，糖炒栗子又祭出挡箭牌："我听朋友说起过！"

"能不能详细给我说说，ZM 很厉害？"胡一飞不敢再问狼蛛，狼蛛的口气让他觉得自己很无知，只好逮住糖炒栗子来问了。

糖炒栗子给弄懵了，他刚才以为二当家的是想考一考自己，可现在一看，似乎又不像。二当家的不会真的没有听说过 ZM 吧？不应该啊，以二当家的水平，就算不能通过 ZM 的全部测试，至少也能杀过九成的环节。"

"具体的我也不是很清楚，只是听朋友说他以前参加过 ZM 的测试，测试的方式和现在的狼峰会有点类似，只是难度更大，三个月的时间要通过 108 关！"糖炒栗子有点郁闷，他参加了三次，最好的成绩是通过 78 关。

胡一飞心里有点底了，狼蛛的话看来还有点靠谱，但那个 ZM 是不是真的像他说的那么牛，就不晓得了。胡一飞给糖炒栗子发去消息："参加测试有没有什么好处？我可不可以也去参加一下？"

糖炒栗子一听就来了兴趣，不管是什么原因导致二当家的之前没有听说过 ZM，但现在知道也不晚，对于二当家的表现他很是期待，所以顾不上犹抱琵琶半遮面，直接道："当然可以，只要在规定时间内通过全部测试，就可以成为 ZM 的成员。好处非常多，首先，那里面全是技术疯子，每两周举行一次网络聚会，研讨的都是业界最尖端的安全技术；其次，ZM 对自己成员提供保护，他们的防追踪技术是最先进的，目前来说，没人能抓得住 ZM 的成员。"

两个人这么说，不由得胡一飞不信，原来黑客圈里真的存在这么一个庇护所。胡一飞催糖炒栗子："你把参加测试的方式和规则都详细给我说说！"

糖炒栗子赶紧把这些东西都给二当家的交代了一下，规则确实和狼峰会有些类似，都有固定的入口和出口，都要求在固定的时间段内完成固定数目的题目，但又略有不同。

狼峰会的 11 关虽然每一关的题目都不同，但这 11 道题目却是固定的，就算有测试者在半路找错了服务器，返回来之后，以前的题目还在，只需在第二次测试时重新修正攻击路线，多加注意，就可能会顺利地通过全部 11 关。

ZM 的测试则只有一个题目——拿下服务器的最高权限，108 关，关关如此。不同的是每台服务器上留给测试者利用的漏洞只有一个，有可能是系统漏洞，有可能是硬件驱动漏洞，也有可能是第三方软件漏洞，你必须找出这个漏洞，才能顺利实施入侵的第一步，之后还要通过各种手段提升权限，直到你拿下那台服务器的最高权限。每个人进入 ZM 的迷宫时，会在入口服务器上生成一个身份令牌，测试者凭着身份令牌参加测试，身份令牌不同，则所参加的测试就不同。也就是说，你每次进入迷宫，看到的都是截然不同的景象。ZM 共使用了超过 5000 台的服务器来布置迷宫，失败后身份令牌立即失效，等再进入时身份令牌会被重置，你想碰到上次的服务器，概率基本是零，而且越往后，服务器的漏洞就越不好找，安全策略也更变态，三个月的时间，根本不够。

糖炒栗子说得非常夸张，在他眼里，世界上最难的事莫过于此了。

可等胡一飞弄清楚了规则，差点没把牙给乐掉，这跟中了 500 万没有什么区别嘛。自己有神器在手，ZM 的迷宫反而比狼窝的好对付，只需要用神器链接过去，输入身份令牌，就能自动知道下一关的地址。一直这样链接下去，怕是都用不了一个小时，就能杀到 108 关了。

而狼窝的地址获取方式就有点麻烦，需要从上一关的题目中去找，题目那么乱，不一定是让你拿下服务器的最高控制权，就算你关关都能拿下，也不一定能得到正确的地址。碰上这样的事情，胡一飞就是有十件八件的神器，也没有办法。

"二当家的，你准备什么时候参加 ZM 的测试？"糖炒栗子很是关心。一个黑客的实力到底有多强，只要看他能通过多少关就知道了。自己虽然只过了 78 关，但这个成绩，在 ZM 的历史纪录中也能排到前 100 名，准确点说，是第 100 名。

"下午还有课，晚上就搞！"胡一飞很兴奋，一下就说漏了嘴。

"上课？"糖炒栗子多精明一个人物，立刻反应了过来。如果二当家的这句话不是故意迷惑自己，那他真的可能是理工大的学生，或者是老师。

胡一飞也很快意识到了这点。不过这回他倒不担心，反正自己现在都是用神器直接在公用上网服务器上登录狼窝。你们谁爱追踪就追踪去吧，大不了再让你们免费参观一下老三的珍藏毛片。老子连狼蛛都对付了，难道还对付不了一颗小栗子？

"那狼峰会，二当家的参加不？"糖炒栗子不再继续试探，追踪高手没什么，可要是被高手反追踪了，那就麻烦了。

"参加！"胡一飞说得很肯定，其实心里一点这个打算都没有。在糖炒栗子跟前，他觉得自己有必要摆出一副高手的架势来，不然真的对不起人家天天"高手、高手"地喊。"言出必行！我挺狼峰会，可不光是嘴上挺！"

胡一飞说实话的时候，糖炒栗子觉得那是在忽悠自己，可胡一飞真开始忽悠了，他反而觉得人家不是在忽悠自己。

糖炒栗子很是汗颜，看来自己跟人家的差距，不光是技术上的，自己不能只是用小马甲不痛不痒地喊喊，得来点实际行动，缩小一下和高手在道德情操上的差距。糖炒栗子很会给自己脸上贴金，心想就算不是为了拍二当家的马屁，狼窝这次的峰会也是一件好事，自己作为国内头号黑客，完全应该给点支持！

"我也准备参加，用实际行动支持狼峰会！"糖炒栗子给二当家的回复道。

"不是支持狼峰会，是支持技术！"胡一飞此时坐的是段宇的位置。他看见段宇的书架上有本《三国演义》，随手翻开看了两字，大有感悟，就对糖炒栗子指指点点："天下之势，分久必合，合久必分。国内黑客分得太久了，应该在技术这个角度合在一起！"

糖炒栗子虎躯二震，二当家的在他心里的形象顿时无限拔高。自己虽然也曾反思过国内黑客圈的事，但怎么也说不出"分久必合，合久必分"这样提纲挈领的话，一时感慨万千，二当家的话总能给人很多启悟啊。

啥也不说了，糖炒栗子直接下线换了本尊号，上论坛开了一帖，就几个字："我参加，狼峰会见！"

论坛上的人顿时就疯了，刚才那些痛揍糖炒栗子的专业人士却傻了，等反应过来，纷纷掉转口径，开始看好本次狼峰会，建议广大狼友逢低补仓。

"二当家的，我能问你另外一个问题吗？"狼蛛倒是锲而不舍，又把这条消息发了过来。

胡一飞弄明白ZM是怎么回事，心中大定，也不自卑了，也不觉得自己无知了，回复起来底气十足，道："好，你尽管问吧！"

"你那篇帖子中，提到了几个很奇怪的单词，令我有些启悟的感觉，但又无法抓住那种感觉，你能不能给我解释一下这几个单词的准确意思？"狼蛛附上了那几个单词。

"呃……"胡一飞傻眼了，本以为狼蛛还要跟自己扯 ZM，没想到又扯回去了。胡一飞很后悔，看来那篇帖子自己早应该删掉了，正因为自己不知道那些单词的意思，所以才跑到论坛来求助，怎么弄着弄着，到最后反而是别人跑来请教自己？这是个什么世道啊，还让不让菜鸟活了！想了想，胡一飞回复道："你已经输了，凡是和那个帖子相关的问题，你都不能再问，除非你能关掉我的电脑。"

"这么说，赌约会一直有效？"狼蛛问道。

"一直有效！"

狼蛛便放弃在这个问题上的追究，转而又问："你要参加狼峰会？"

"参加！那个 ZM 的测试，我也准备参加！"胡一飞逮到机会，又把问题扯回到 ZM 上，顺便还装做很内行的样子问了一句，"你有没有参加过？108 关，你过了几关？"

这话似乎问到了狼蛛的伤心处，过了好半天，他才回复消息道："39 关。"

胡一飞一看就想笑，这狼蛛攻击自己电脑时，手法多得让人眼花缭乱，连打电话这样的招数都用到了，没想到他才过了 39 关，不过如此嘛，还害得自己敬畏了好半天。胡一飞的自卑此刻统统飞掉，还不忘安慰狼蛛几句："没事，你下次一定能多过几关的。"

狼蛛估计更郁闷了，得到胡一飞的"安慰"，就直接下线消失了。

胡一飞一句话把狼蛛给气走了，心中得意无比，先把自己的那篇老帖删掉，顺手刷新了一下论坛的帖子列表，显示结果一出来，他就一下从电脑前跳了起来。太激动了！寒号鸟真不愧是自己的偶像，关键时刻，他总是不会让人失望，这与会宣言实在是太帅了，太酷了，和自己都有得一拼！胡一飞不忘给自己贴金，他真是没有看错人啊！

"我也参加，狼峰会见！"

胡一飞模仿寒号鸟的样子，开了一个新帖，谁知刚发上去，就沉得不知所踪，连个小水花都没泛起。胡一飞很是尴尬，同样的一个屁，自己放出去别人就躲

得远远的,而偶像放出去,立刻有一群人上来围个水泄不通,生怕让仙气给漏了。

胡一飞很是不屑,撇着嘴:"妈的,都一群二百五!"

下午课结束后,胡一飞回到寝室就忙活参加 ZM 测试的事。

按照糖炒栗子所说,胡一飞来到那台入口服务器。这台服务器任何人都可以看到,做得跟网站差不多,只是知道这台服务器地址的人很少,而且它也不会在任何搜索引擎上显示。

上面有个历史纪录,凡是参加测试而没有通过的,过关纪录都会被保留在这里。胡一飞打开看了看,排名第一的纪录,过了 102 关,但那个人的名字胡一飞根本没听说。加里·麦金农排在第 12 位,通过了 99 关。前面有好几个人都死在了 99 关这里,ZM 会根据这些人过关时间的长短进行差异排名。

榜单上的名字,胡一飞基本都没有听说过,在第 34 位,他终于找到了一个中文名字,叫做"黑天"。一看就是自己人,只是不知道这位大哥姓甚名谁,国内黑客圈里,可从来都没有听说过这号人物啊!

再往下,胡一飞就看到一个很熟悉的名字——寒号鸟,通过 78 关。在二十多个通过 78 关的人中,寒号鸟所用的时间最短,排在这些人的前面,但在总榜中排到了第 100 名。

"卧虎藏龙啊,真正的高人,都是神龙见首不见尾!"胡一飞发着感慨。他以前一直认为加里·麦金农是最厉害的黑客,没想到在这里就有 11 个人排在他前面,而且都失败了。那些成功通过 ZM 测试的人,就不知道有多少个了,可惜 ZM 不公布通过的名单。胡一飞本想靠神器一路通关到底,现在看了这份名单,不禁心都凉了半截。神器再厉害,怕也厉害不过偶像寒号鸟吧?

想起还有狼蛛,胡一飞就继续往下翻,终于在第 742 名的位置找到了狼蛛的名字,紧跟在狼蛛后面的,居然是国内一位非常有名的黑客。胡一飞大为意外,看来能通过 39 关,也不是一件容易的事,心里那没凉的半截子,此时也都凉透了。

胡一飞从这份榜单中还发现了一些规律,黑客的实力似乎也分段位。这些失败的黑客,九成以上都卡在了 8 或者 9 这两关,比如加里·麦金农的 99,狼蛛的 39,还有寒号鸟的 78。似乎 ZM 的题目难度是故意这么设置的,十道题目为一个轮回，十道题目里，也是从简到难的顺序。

关掉历史纪录，胡一飞又回到首页，来到"领取身份令牌"那里，点击之后，ZM 提示测试者必须提供一个名字，以便日后显示在通关纪录中。这个功能，似乎专门为黑客排名所做，这份通关纪录比起媒体所评出的十大超级黑客榜更有说服力。

"用什么名字呢？"胡一飞想了半天，没敢用"二当家的"这个号，自己中午刚鄙视过狼蛛，万一成绩还不如他，岂不是要被笑话死了？当然，比起这个，胡一飞更怕有人追踪自己。上次差点被狼蛛捉到活人，他现在有点草木皆兵。

最后，胡一飞想到一个名字——糖炒栗子。是你这个家伙告诉我 ZM 是怎么回事，也是你把我领到这里，老子跟 ZM 一不熟二没交情，就用你的名字，权当是拿出一封介绍信了。

"老子是糖炒栗子介绍来的，老子是糖炒栗子介绍来的！"胡一飞默念了几遍，这才领取了一个身份令牌，同时得到第一关的地址，看 IP 应该是一台位于澳洲的服务器。

"这就算是开始了？"胡一飞惊诧地看着这 IP，心中竟有点怀疑，传说中黑客界最难的测试，怎么搞得如此简陋？至少也要看起来稍微隆重、正式一点吧！

⑯ 我挥一挥衣袖，把衣袖留下

> ZM 的成员差点疯掉，这算怎么一回事？清理了日志，却把清理日志的工具留了下来。你到底是想让人知道你入侵过服务器，还是不想让人知道你入侵过服务器呢？

胡一飞等了一会，确认再没别的新花样，这才失望地摇摇头，拉出神器，输入了第一关的 IP。点击链接之后，很快显示出一个桌面，只是这个操作系统是英文的。

"不会吧,这么容易？"胡一飞本以为神器会在强大而神秘的 ZM 面前失效，没想到和平时没什么两样。摸着鼻子想了一会，胡一飞认为第一关大概就是比较容易，ZM 不能让那些前来参加测试的黑客们太没面子，第一关大概是免费赠送。

桌面上有个身份令牌验证器，胡一飞运行之后，输入自己的令牌号码，上面就显示出了通关纪录，第一关用时 1 分 24 秒，在以往所有通关者中速度排名第一，下面还显示出第二关的 IP，依旧是一台位于澳洲的服务器。

"这就算是过关了？"胡一飞再次惊诧，过关都没个奖励的画面，这和那个简陋的开始简直没有任何区别。

胡一飞记下第二关的 IP 地址，准备关机退出，突然想起自己就这样退出会不会显得有些业余？犹豫半天，他打开网页，把一款日志清理工具下载了回来，运行那个工具之后，胡一飞这才心满意得，放心地关机离去了。

本以为第二关会难一点，结果和第一关没什么区别，神器一连，全部接通，简单得跟达·芬奇画零一样。胡一飞连续弄了几关，终于适应了，原来ZM的测试不过如此。他快速地连通，快速地输入身份令牌，又快速地清理完日志，关机闪人，不到半个小时，就超过狼蛛的39关，不到一个小时，又撑上了寒号鸟。

胡一飞在这里停滞了一会，为偶像寒号鸟默哀了一分钟：我可不是故意要超过你的，其实我的水平还很菜，距离你有三万英尺的距离，我就是想试试这个神器到底能通过多少关。

默哀完毕，胡一飞继续链接，很快又超过了加里·麦金农的纪录。胡一飞心想，当年加里要是有神器的话，或许就能过了ZM的测试，也不至于现在被关在墙角画圈圈了。

"悲剧啊！"胡一飞叹息一声，继续链接第100关。不到两分钟，便杀到了107关，胜利眼看就在眼前了。

胡一飞激动得手心都开始出汗了。老子要是真的加入了ZM，算不算作弊呢？等他们开会的时候，我要是听不懂可咋办？胡一飞把手放在裤子上蹭了两下，把汗擦掉。这不是自己吓唬自己吗？又不是课堂，不存在灭绝师太点名叫你回答问题的事，担心个球。"唔，没事没事，听不懂装懂就是了！"胡一飞这样安慰着自己。

运行了107关的身份验证器，胡一飞输入身份令牌，上面很快显示出来："你已经通过107关，此关用时26秒，在历史通关纪录中排名第一！"

往下再看，胡一飞愣住了。咦？关键时刻你出问题，怎么不显示第108关的地址呢？

"啪！啪！"

胡一飞伸手在显示器上拍了两巴掌，低头看看，还是不显示。他站起来又去检查了一下网线、网卡，发现都是好的，指示灯亮着。回来重新运行了一下那个身份验证器，再次输入令牌，提示胡一飞已经通过这一关，但就是不给显示下一关的 IP 地址。

"日啊，不会是玩老子的吧！"胡一飞抓狂了，头发都被拔掉了两三根。莫名其妙地惨死在最后一关，这比狼蛛死在第 39 关还要让人郁闷。

胡一飞现在陷入纠结之中。放弃吧，前面的 107 关算是白过了，实在不甘心；不放弃吧，又不知道上哪去找第 108 关的地址，总不能就这么耗着。又试了好几次，还是无法显示最后一关的地址。胡一飞爆了，妈的，这不是浪费老子的时间嘛，一个多小时搭进去了，一点成果都没有。

"你爷爷的，什么 ZM，全是狗屁！"胡一飞现在已经基本认定，这里根本就没有 108 关，估计以前也没有人通过 108 关，全都是 ZM 搞出来忽悠人的。什么黑客庇护所，都是扯淡，我就不信还有人能给被通缉的黑客提供庇护。自己也是脑子秀逗了，竟然连这种话都信，还跑来参加测试，真晦气，平时都是自己耍别人，今天倒被人给耍了。

胡一飞很生气，在对方的桌面上留了四个字："都是狗屁！"然后运行了清理日志之后直接关机。

站起来喝了口水，胡一飞还是郁闷得不行，抄起那本《网络工程师教程》溜达了出去，准备到外面透透气，散散心。

糖炒栗子用一个多小时的时间从第一关一口气杀到第 107 关，这件怪事迅速在顶尖的黑客圈内传了开来。起初大家还不信，跑过来一看，全都被震住了，ZM 的通关纪录基本是以每几十秒一次的速度在做着刷新。来晚的，只能看到糖炒栗子的名字高高挂在第一名的位置上，后面写着他的通关纪录，一小时零六分钟。掰手指一算，三分钟之内，糖炒栗子竟然能拿下 5 台服务器，这还是人吗？

寒号鸟正坐在电脑前喝着咖啡，思考着参加狼峰会的事情，心想自己今天是不是有点冲动了？被二当家的一怂恿，就参加了这个没什么分量的峰会，这明显不是自己的风格啊。

"鸟神，快出来，出大事了！"老骚的消息此时突然冒了出来。

寒号鸟放下杯子，滑到电脑跟前拉出键盘："出什么事了？关机狂又来了？"

"关机狂算个屁，你快去看 ZM 的通关纪录！"老骚发完这句就闪了，没了下文。

寒号鸟一阵纳闷，ZM通关纪录的前一百名已经半年没动过了，有什么好看的？但看老骚那么激动，他还是输入了ZM入口服务器的地址。一点开通关纪录，寒号鸟差点从椅子上掉下来。他的第一反应是：妈的，ZM被人黑了吧？老子上一次参加测试都是九个月前的事了，怎么现在突然排到第一名了？

回过神来，寒号鸟抽了自己两个嘴巴。真他妈的自作多情，想出名想疯了，那糖炒栗子是自己的马甲号，可自己从来就没用这个马甲参加过ZM的测试，这明显就是另外一个人。

想到这个跟自己马甲一个名字的家伙蹿到了第一，寒号鸟先不是关心这人是谁，而是为自己悲哀。妈的，那老子不是被顶到101去了吗？这次的超级黑客评选，自己怕是又没戏了。

"鸟神，咋样，够震撼吧！一小时零六分就杀到107关，你猜他通关要多久？"老骚又冒了出来，问着寒号鸟。

寒号鸟这才注意到对方的通关纪录，他使劲揉揉眼睛，很是艰难地咽了口唾液，这不是恶作剧吧？怎么可能有这种事情发生呢？难道真让自己说中了，ZM让人黑了？

所有知道消息的黑客都在来回刷新着榜单，想看看这个糖炒栗子能用多久杀过108关。

与此同时，ZM内部紧急召开临时会议，所有成员聚集一堂，研究着这次的糖炒栗子通关事件。

ZM的开会方式很特别，所有成员隐去了名字，只用代号显示。

19是最后一位，他一直负责成员入选测试所涉及的5000台服务器的维护与升级，他对糖炒栗子所攻陷的107台服务器已经做了初步的调查，正在向其他成员做着汇报。

"这个人的通关速度我就不说了，我只说发现的疑点。第一，107台服务器被通关之后，全部被他关机，目前还不清楚这个行为与他快速通关之间是否存在什么关联；第二，每台服务器上都没有留下任何入侵的痕迹。但奇怪的是，每台服务器上都留下了一个用于清除入侵日志的小软件。"

ZM 的成员差点疯掉，这算怎么一回事？清理了日志，却把清理日志的工具留了下来。你到底是想让人知道你入侵过服务器，还是不想让人知道你入侵过服务器呢？

正如那首诗所写：

悄悄的我走了，

正如我悄悄的来，

我挥一挥衣袖，

不带走一片云彩！

但你狗日的却把衣袖留了下来。

19 已经查到了那款清理日志工具的来历，继续说道："这款日志清理工具，来自中国，工具的制作者叫做'乡下土豆'，这个人的技术水平……"19 不知道该怎么说这个问题，想了一下，才道，"唔，和他的工具一样业余。"

ZM 的人谁也没笑，19 的这句话等于是废话，稍微专业点的人都不会闹这种低级笑话。

为了能够彻底地擦除脚印，日志清理工具在运行之后会先清理掉入侵日志，然后再把自身给删除掉，这样就不会留下任何的痕迹，这是标准日志清理工具所必须具备的两个功能。像糖炒栗子那样"大意"地把清理工具留下，已经算是个极大的笑话。而乡下土豆做出的这款日志清理工具，在行家眼里，更是笑话中的大笑话，它居然不会自我删除。额滴神，这还能算是日志清理工具吗？就像买回来一台双筒洗衣机，结果打开一看，好神奇呀，洗衣机的两个筒居然都是用来洗涤的。

ZM 陷入了沉寂之中，他们可不敢笑话糖炒栗子的业余，如果 ZM 的测试连一个业余黑客都可以轻松杀过，恐怕这才是最大的笑话吧。

"第三，糖炒栗子已经杀过了 107 关，他只需再往前走一小步，就可以将我们的数字序列推到 20。"19 顿了一下，不解地道，"奇怪的是，他却停下来了，没继续，他在 107 号服务器上关机消失了。"19 很是悲痛，自己这个千年老末看来还得再当一段时间了。

ZM 的人此时有些动容，这算怎么一回事？107 关都过了，为什么糖炒栗子单单不过最后一关呢？最后一关明明是免费赠送的，只需要轻点鼠标，运行桌面上一个叫做"个人资料"的图标，就可以成为 ZM 的成员了，为什么他不继续呢？

是藐视 ZM 的这个测试，还是不屑于加入 ZM？ZM 的成员们沉默不语。

胡一飞轻松拿下第一关的时候，还曾开玩笑说那是 ZM 免费赠送的，殊不知，人家免费赠送的不是第一关，而是最后一关。ZM 的测试到 107 关就算结束了，此时输入身份令牌，就会在桌面上生成一个新的文件，运行之后，输入你的一些简单资料，就会收到 ZM 的正式邀请，从而成为他们的成员。

可惜胡一飞一路杀得太快，连续 107 次"神器链接——输入身份令牌——通关——关机"地弄下来，已经形成了一种惯性，注意力全放在那个"身份令牌验证器"上，压根没注意到桌面上多了一个新文件。

ZM 的人都是技术疯子，沉默寡言是他们的风格，看看没人说话，19 又道："除了那款日志清理工具，糖炒栗子还在 107 关的服务器上留下一条消息：'都是狗屁！'"

1 号终于开口了："看来这是有人向我们发出了挑战！"

其他成员都不说话，在心里默认了 1 号的判断，这件事没有更好的解释了。

"对方能够这么快速地通关，显然是已经掌握了一种通用的过关方法，让我们的安全策略全部失效。"1 号沉吟了片刻，做出了决定，"19，关闭所有的测试服务器，只保留入口服务器！"

"好！"19 答应着，这是目前最好的办法了，必须尽快把对方的通关手段分析出来，否则 ZM 积累起来的威信就会丧失，"那对方的身份令牌呢？"

"107 号服务器保留开启状态，身份令牌三个月内有效！"1 号的语气很是沉稳，"如果在这期间对方要求加入我们 ZM，我们绝对欢迎！"

"好，我这就去做！"19 说完，他的号码就从 ZM 的网络会议室消失了。

寒号鸟刷新了两遍通关纪录，糖炒栗子的名字依旧显示在第一位。如果他杀过108关，名字就会从这份榜单里消失。

回到首页，寒号鸟突然发现领取身份令牌的按钮消失了，ZM发出公告，成员测试活动终止，开启时间不定。但奇怪的是，糖炒栗子的状态依旧显示为"正在参加测试中"。

"鸟神，那个糖炒栗子，你有没有他的资料？"老骚又发来消息，"我崇拜死他了！"

崇拜个屁，老子的马甲也叫这个名字。寒号鸟没有理会老骚，他心想，这个糖炒栗子会是谁呢？对方起中文名字，显然是自己人，寒号鸟岸上岸下都很熟，却从未听说过国内黑客圈里有这么一号人物。

琢磨了片刻没有头绪，寒号鸟拉出键盘，给一个人发去消息："黑哥，你有糖炒栗子的资料吗？"

黑哥就是那个在ZM通关纪录中排名34的黑天，他手眼通天，消息最全面，圈内都说此人是网监的技术大拿，但一直没得到证实。

"我也是刚看到ZM的新通关纪录，正想问你呢！"

寒号鸟一看就知道，黑天也没听说过糖炒栗子，更不要说有什么底细资料了。

"还有谁的消息更灵通呢？"寒号鸟端起咖啡，一尝，凉了，悻悻放下。突然，他脑子里灵光乍现，哎呀，自己怎么把他给忘了呢？——二当家的。

寒号鸟迅速键入狼窝的地址，想登录上去看看二当家的在不在。噼里啪啦输入账号密码，正要点登录按钮，寒号鸟突然脸色一白，额头上的冷汗都冒了出来。他双眼直直地盯着自己的狼窝账号——糖炒栗子。

"不会吧？"

寒号鸟心里咯噔一下，突然想起二当家的中午的那条消息："下午还有课，晚上再搞！"寒号鸟擦着脑门上的汗，妈的，我怎么把这件事给忘了？二当家的说要去参加ZM的测试，那自然不会是随便说说，这个糖炒栗子，难道就是二当家的？

寒号鸟越想越觉得有这个可能，除了自己的马甲，国内圈里根本没有这号人物。再说事情也太巧了，二当家的亲口对自己的马甲号说要去参加ZM测试，时间上也都吻合，以二当家的水平，成绩自然比自己高，只是这通关的速度……

寒号鸟赶紧打开 ZM 的通关纪录，一页一页翻了下去。他得找一下，看看有没有二当家的名字。

一直翻到最后一名的纪录是通过了两关，但从时间上看，已经是三天前的事情了。从头到尾，没有看到"二当家的"这个名字。

寒号鸟明白了，这事多半真是二当家的做的。他赶紧又用自己以前的那个马甲"我是读书人"登录到狼窝，想找二当家的求证一下。谁知登上去，却发现二当家的不在线。寒号鸟就守在狼窝，一遍一遍刷新，等着二当家的上线。

胡一飞此时正在校园里溜达，他觉得自己得了病，只要一看见什么带有"身份"、"令牌"字眼的东西，自己的手就开始发痒。刚才有个人拿着一张身份证走了过去，胡一飞差点没冲上去点击两下，看看里面有没有第 108 关的地址。

"妈的！"

胡一飞骂了一声，到路边草坪上找了块石头坐下。没过关，还差点落下毛病，真是晦气。他把自己今天的过关情况仔细回忆了一遍，心中很是满意。老子今天的入侵看起来比以前专业了很多，明显有进步。就说那款日志清理工具吧，那可是自己千挑万选出来的，费老劲了。

当初胡一飞从网上下载了清理日志的工具，回来运行一下，结果发现工具不见了。他还以为是那个工具不能用，于是又下载了其他的回来，结果还是一样，一运行就消失，害得胡一飞差点以为自己的电脑中了木马。亏他有毅力，最后不知道在哪个犄角旮旯里，终于找到这么一款运行之后不会消失的日志清理工具。胡一飞如获至宝，将它妥善保存，以便在自己入侵的时候能用到。

"看来以后得多看看狼蛛的入侵！"胡一飞做着总结，多观摩高手的入侵，自己才能做得更专业一点。

寒号鸟在电脑前守得眼睛都花了，终于看到二当家的上线，急忙发了一条消息："二当家的，你上线了，我等你好半天了。"

电脑那边的胡一飞却大吃一惊，我靠，很是不妙啊，这追账的怎么又上线了！心说你小子怎么死缠着我不放？老子搞不定你的那个问题，你的 1000 块我不要了还不行吗？至于这么没完没了吗？胡一飞现在感觉自己像是欠了别人1000块钱的外债，他怕我是读书人又要跟自己纠缠那个问题，趁着对方还没提出来，赶紧拉出神器，把对方干了下去，嘴里庆幸道："妈的，差点就尴尬了，好歹保住了高手的脸面！"

寒号鸟很郁闷，心说这二当家的速度越来越快了，自己的第二条消息还没来得及发出去，电脑提示跳板服务器关机了。他以为二当家的还跟自己的那个马甲较真，纠结了半天，决定冒一次险，用糖炒栗子的号再上一次。

重新设好跳板，寒号鸟忐忑不安地上了线，一登录狼窝，就提示收到了很多短消息。寒号鸟一看，全是熟人，个个都是安全界的大拿，心里感慨搜索引擎的威力真大，一会的工夫，就全都追到这里来了。

打开一看，这些人发来的消息都差不多，说话也很谨慎，就是打个招呼问个好。估计他们的心思，大概和自己当初勾搭二当家的时候一样，先建立个联系，然后再慢慢鉴别。

只有一条消息比较独特，里面附了一个网址："我今天才知道，原来国内最牛的黑客是这个人。"

不用点开，寒号鸟就知道那个网址挂了马。再看发信人，寒号鸟差点气晕头，是老骚的马甲。他老以为别人不知道那个马甲是他，其实是头猪都能猜出来。

老骚技术不错，就是人比较天真一点，可没想到他居然会天真到这种程度，还想靠这个手段来追踪糖炒栗子。幸亏老子不是那个糖炒栗子，否则你小子现在就该哭了。寒号鸟嘴角勾出一丝奸诈笑意，他决定给老骚一点教训，就回复了一条："是老骚吧？OK，你现在被我盯上了！"

看完了这些消息，寒号鸟赶紧给二当家的发去消息："二当家的，你中午不是说要参加ZM的测试吗？情况咋样？"

"靠，你还好意思跟我提这个，老子今天可算上了你的洋当！"胡一飞到现在都还一肚子火，正愁没处发泄，看到糖炒栗子冒头，就直接自己先爆了，"哪有什么108关，我辛辛苦苦杀到107关，最后一关却连个影子都没有，白白浪费我一个多小时时间，郁闷成球了！"

寒号鸟给震傻了，这事真是二当家的做的啊！之前心里虽然那么想，毕竟只是个猜测，还不觉得震撼，现在得知真相，则又是另外一种感觉。寒号鸟像被施了定身术一样僵在电脑前，二当家的用一个小时就杀到107关，这能说是辛辛苦苦吗？我日啊，老子这么多年的黑客技术算是白学了，太打击人了。

回过神来，寒号鸟又开始诅咒，心说你不用自己的本尊号去参加测试，偏偏用我的马甲，真是流年不利。老子好端端的两个马甲号，还没养大，全废到你手里了，以后干脆叫你"马甲杀手"算了。不过，这话他也就是心里想想，不敢对二当家的说出来。

"那个……我也是听朋友说的，应该不会没有第108关吧？"寒号鸟觉得二当家的话很奇怪，二当家的肯定不会说谎，但ZM应该也不会搞假。这事邪了门，不知道以前那几个通过108关的人是怎么杀过去的。

"你再去找找你朋友，问清楚到底是怎么回事？"

寒号鸟顿时头大了，心说我上哪去找一个通全关的朋友，我自己都才过了78关呢！想了一下，他又试探性问道："二当家的当时是不是太心急了，所以没有注意到最后一关的地址？或者是刚才ZM的测试系统出了错？"寒号鸟觉得第二种可能十有八九是真的，否则ZM为什么要关闭测试系统呢？

胡一飞琢磨了一会，觉得也有这种可能，发来消息："那我再去试试吧！"

运行了神器，胡一飞又登录第107关的服务器。入眼一看，好像跟刚才没有什么区别，自己之前留的文件都还在，打开一看，里面的四个字没变。胡一飞运行了那个身份令牌验证器，输入身份令牌，结果依旧提示他已经通过107关，下面有一块本应该显示第108关地址的，照样是一片空白！

"妈的！"胡一飞这回彻底绝望了，在文件里又补了四个字："还是狗屁！"然后再次关机闪人。

回到论坛，胡一飞怒气冲冲："我又去看了一下，根本没有第108关的地址！"

寒号鸟瞪大了眼，脑子半天转不过弯来。这好像还不到一分钟吧，难道ZM的服务器是纸糊的吗，二当家的说去就去，说走就走？

胡一飞还不忘指点那位走入"迷途"的糖炒栗子："我看那个ZM的测试

根本就是骗人的，天底下哪有那么玄乎的事情？你回去告诉你朋友，让他以后别费劲了，根本没有108关，纯属浪费时间！"

寒号鸟不知道该怎么回复，他不明白二当家的为什么一口咬定没有第108关，ZM的威信在顶尖黑客圈是有口皆碑的，不会拿这种事来扯谎。"你确定真没有108关？"

胡一飞心中悲叹，一个人上当了并不可悲，可悲的是他不认为自己上当了，然后一次又一次地上同一个当。胡一飞对糖炒栗子很有好感，因为他和自己所见略同，还挺过自己，他当然不能看糖炒栗子就这么被糊弄下去："那你自己去看吧，我把地址和身份令牌给你！"

寒号鸟呆呆地看着那地址和身份令牌。不会吧，二当家的居然把它给了自己！107关啊，距离成功仅有一步之遥的成绩，他居然给了自己？寒号鸟受宠若惊，想要推辞一下，却发现二当家的已经下线了。

冷静下来，寒号鸟觉得这一切有点不太真实："二当家的不会是忽悠我吧？"

稳妥起见，他跑到ZM的入口服务器，那里有个查询功能，只要输入身份令牌，就可以查到自己的历史通关纪录。ZM的测试周期长达三个月，这个查询功能是专为那些健忘的黑客准备的。

寒号鸟有些激动，把身份令牌连续输错了好几次，好容易输正确了，按下回车，通关纪录显示了出来。这下他一点怀疑都没有了，确确实实过了107关，107关的地址也和二当家的发过来的一模一样，不光如此，前面每一关的通关纪录也都显示了出来。

"妈的，这次发达了！"

寒号鸟在电脑跟前一阵痉挛，差点晕了过去。如果自己把108关杀过了，岂不是就成了ZM的成员？寒号鸟拉出工具就要开工大干，一愣神，却又变成了一副哭不出来的表情。人和人的差距怎么这么大呢？那108关的地址不还得从107关去找吗？二当家的是牛人，他能轻松进去107，可自己要靠什么拿下107呢？

寒号鸟正在悲苦着，一条新消息弹了出来，老骚哭天抹泪地找来了："鸟神，你得救救我啊，我让糖炒栗子给盯上了！"

⑰ ZM的绝版榜单

用一个小时杀过107关，二当家的已经证明了自己那种近乎恐怖程度的强大实力，此时怕是没有人会相信二当家的杀不过最后一关。过不过最后一关，只是二当家的想或是不想一念之间的事情了。

"二当家的这是打ZM的脸啊！"

ZM把糖炒栗子过关的那些服务器左三遍右三遍地犁了个透，除了那款日志清理工具，再也没能找到他入侵时留下的任何痕迹。真没想到，这个业余工具会清理得如此干净。

为了弄清楚糖炒栗子快速通关的秘密，ZM在第107关服务器布下了天罗地网，严防死守。他们相信，只要糖炒栗子再来一次，肯定就能抓住他的尾巴。等来等去，没想到等来的又是关机。等启动服务器再看，那个日志清理工具又回来了，消息下面还多了四个字。

这下ZM的人更震惊了，糖炒栗子在自己的眼皮子底下进来，关了机，清理日志，还留了消息，自己刚才难道出现幻视了吗？否则这么大的动静，为什么一点异常都没有发现呢？

ZM确认糖炒栗子可能真的掌握了某种通用的漏洞。紧急商议之后，他们在入口服务器又发布了新的公告：目前的测试系统将永久性关闭，通关纪录保

留，ZM 会在不久后启用新的成员选拔方案。

榜单上所有正在参加测试的黑客，状态瞬间就变成了测试结束，只有那高挂在第一名位置上的糖炒栗子，状态依旧显示为"正在参加测试中"。

"绝版榜单！"

寒号鸟看到 ZM 新公告时的第一反应就是如此，眼前的榜单，很有可能成了目前业内黑客实力排行的一份绝版榜单了。

不用猜，寒号鸟也清楚 ZM 为什么会在这么短的时间内连续发布两则公告。先是将测试系统暂时关闭，随后又永久性关闭，时间刚好都发生在二当家的入侵之后。看来应该是二当家的那种如履平地式的入侵，让 ZM 这套业内最具难度也最具权威的测试系统失去了存在的意义。

二当家的一路畅行无阻地到达了 107 关，为什么不去踢那最后一脚呢？寒号鸟想不通，难道真的是找不到第 108 关的地址？他觉得这说法实在有点荒谬，可能二当家的故意给 ZM 难堪，抑或是二当家的根本瞧不上 ZM。

用一个小时杀过 107 关，二当家的已经证明了自己那种近乎恐怖程度的强大实力，此时怕是没有人会相信二当家的杀不过最后一关。过不过最后一关，只是二当家的想或是不想一念之间的事情了。

"二当家的这是打 ZM 的脸啊！"

寒号鸟叹息一声，又想起一个更重要的问题，二当家的把身份令牌给了自己又是怎么一回事呢？他是鼓励自己去把最后的一关杀过吗？寒号鸟兴奋了起来，他觉得很有这种可能，否则为什么二当家的不用他自己的本尊号，偏偏用了糖炒栗子呢？看来自己的拍马屁策略还是有效果的，二当家的应该比较欣赏自己这个马甲号才对。

寒号鸟万分激动，他觉得自己眼前一片光明，能入了二当家的法眼，可比进入 ZM 还要值得庆贺。静下心来，寒号鸟准备仔细对付这台 107 号服务器。二当家的把它交给自己，是鼓励，同时也是对自己的考核，三个月的时间，难道自己还拿不下这最后两台服务器吗？

又到周末，胡一飞起床的时候，寝室里照旧只剩他一个。

"没人陪的周末真是无聊啊！"胡一飞趴在阳台上，看下面亲密的人儿一对一对地走过，不禁叹息道，"好羡慕这些狗男女啊！"

梁小乐的兼职真是做不完，一到周末比总理还忙，这周不但自己去做，还把刘晓菲也拉出去了。胡一飞觉得自己很忧郁，跟美女在一块就是有压力。

胡一飞趴着看了一会，觉得没意思，决定去自习室看书，还是那本《网络工程师教程》。顺手又从褥子下面拽出几页纸，那是打印好的硬盘笔记，胡一飞有空的时候就会打印几页出来，然后慢慢翻译。走到门口，想了想，胡一飞又返回来，把书架上那本厚厚的《英汉大词典》也抽了出来。

最近没什么考试，又是周末，自习室里的人寥寥无几。胡一飞没费劲，就找到了一个左右无人的好位置，拿出打印的笔记，开始翻译了起来。

今天拿的这份笔记，似乎不牵扯什么具体的技术，更像是硬盘原主人的感悟心得。胡一飞翻译了第一句，便被吸引住了："自从小莫里斯将第一个蠕虫病毒投到互联网中，黑客精神便不复存在……"

胡一飞想了想，觉得这句话很有道理。黑客精神都是几十年前定义下来的，可现在没有一个黑客能严格遵照传统意义上的黑客精神来做事。看看新闻上关于黑客的报道就知道，黑客已经差不多沦落到人人喊打的地步了。

"过去的十年，黑客们为权限而奋斗，几乎所有的黑客攻击，都是围绕着夺取系统最高权限而进行。与之对应，安全也以权限为壁垒，做着防守反击。但今后的十年，这种局面会有所改变。随着霸主微软新系统的问世，以及更加成熟的权限限制策略的运用，黑客攻击的方向可能会随之发生变化……"

"这段话似乎……也有点道理。"胡一飞拿笔挠着头，一边翻着大辞典，斟酌着这些东西该怎么能翻译得更准确一些。以他的认知程度，这第二段话虽然能够勉强理解，但还是有点吃力。

胡一飞的英语还算不错，但毕竟不是专业做翻译，他翻译过来的文章磕磕绊绊，一点也不顺畅。再加上他的技术本来就差，再往下面读，就开始感觉云山雾罩了。

"一飞哥！"

胡一飞正在皱眉，突然听到有人在背后轻轻地叫自己，扭头去看，一个文静的小姑娘很腼腆地站在那里，肩上挎一个包，笑眯眯地看着胡一飞。

"丁二娃？怎么是你！"胡一飞笑了起来，赶紧招手示意姑娘坐下，"你也来看书？坐我这里吧！"

丁二娃的名字叫丁荟，和胡一飞是很正宗的老乡。两人家住得很近，从幼儿园开始，一直到大学，两人都是铁杆的校友，只是胡一飞永远比丁荟大一届。小时候，丁荟这丫头很野，大人小孩都管她叫丁二娃，胡一飞那时候整天挂着鼻涕溜溜，跟在丁二娃屁股后面。等再大一点，情况就反过来了，丁二娃收了心，人也不野了，上学放学的时候，喜欢安安静静地跟在胡一飞后面，跟了两年到了高中，丁二娃便不好意思再跟了。

丁荟把包往桌上一放，坐到胡一飞旁边，开始往外掏书。

"二娃，家里最近都好吧？你平时也不跟我联系，要是有啥事需要帮忙，就给我打电话，你一飞哥分分钟就到！"胡一飞笑呵呵看着丁荟，"我的电话你知道吧？"

人家一个斯斯文文的小姑娘，胡一飞也好意思一口一个丁二娃地叫，搞得自习室里的人，人人侧目而视。

丁荟点着头说："知道，一直都记着呢！"她往胡一飞这边瞅了一眼，道，"一飞哥，你在翻译什么呢？"

胡一飞掐着笔皱眉："唔，网上找的一点外文资料，关于编程的，今天没事干，就把它先翻译出来！"

"我来帮你译吧！"丁荟说这话的时候，眼神亮了起来，带着一丝期盼。

胡一飞抓着头。丁二娃专业学英语，水平相当高，大一的时候就过了六级。不过计算机英语稍有不同，就怕她翻译过来词不达意。不过胡一飞一看丁荟那眼神，推辞的话就说不出来，只好道："你要是不嫌麻烦，就帮我翻译吧！"

丁荟顿时笑颜如花，从胡一飞手里把笔记接了过去，先前后通读了一遍，然后提笔刷刷地译了起来。十来分钟的时间，胡一飞打印出来的那几页笔记就翻译完了。

"一飞哥，你看看我译的。"丁荟把译好的笔记往胡一飞这边推过来，脸上有点愧疚，"有七八个单词我没见过，不会译……"

"没事，没事，我已经感激不尽了！"胡一飞赶紧接住，拿起来读了一遍，竟然非常通顺，比自己查字典翻译过来的要好很多，至于剩下那七八个无法翻译的单词，怕是得上网去查了。他当下喜不自禁，道："二娃，你这英语六级真是没得说，比我翻得好多了，早知道你译这东西内行，我就不用带字典来了。"

丁荟的脸红了起来："哪有你说的那么厉害。我学过计算机英语，所以能译一些简单的。"

"这还简单啊！"胡一飞在鼻尖上挠了挠，"刚才我自己译都头大死了！"

丁荟道："要是以后再有这种东西要翻译，你就来找我。"

胡一飞咧嘴笑着："好啊，好啊，只要你不觉得麻烦，我那里有一大堆这种文章要翻译呢！"胡一飞不想让更多的人知道硬盘的秘密，在寝室人面前，他都伪装几下。但丁二娃是从小一块长大的铁杆，熟得不能再熟，让她来翻译的话，胡一飞很放心。不过，即便如此，交给她翻译的文章还是要筛选一下。胡一飞现在有点怕，要是再把什么尖端技术名词之类的拿出去，回头再招来狼蛛那种变态黑客就麻烦了，一个莫名其妙的电话，说不定自己就"身首异处"了。

"不麻烦，不麻烦！"丁荟急忙摇着头，然后又问道，"那我什么时候去拿？"

"不着急！"胡一飞把译好的笔记排好顺序，准备再仔细读一遍，"这些文章都是我从网上找来的，杂乱得很，回头整理一下，整理好了，我就找你翻译。"

"那好吧！"丁荟看了一眼胡一飞，便低头啃起自己的书来。

胡一飞接着刚才的地方继续往下读：

"'有漏洞，无危险'，将是下一代操作系统的基本安全目标。这一目标的实现，将终止持续了十年的权限之争。黑客将不得不放弃对系统漏洞的研究和利用，转战其他战场，比如第三方软件，比如硬件驱动，比如交换通讯设备……

"再往下十年，免费的操作系统将最终战胜强大的微软，这是趋势，不可阻挡。网络操作系统此时会成为主流，人们随时随地都可以进入网络，网络操作系统快捷得甚至连开机时间都可以省却。

"再往下的时间里，超大型计算机开始出现，运算能力强大到只需要一台这样的计算机，就可以胜任一个国家，甚至整个地球上的所有运算处理任务。此时，人们手上的终端电子设备，其计算能力将会大大削弱，它们只能进行一些简单的运算。人们可以在终端设备上设计和发布各种各样的计算任务，但超过额定运算次数的任务，只能由超大型计算机来完成。

"这可能并非是危言耸听，计算机尖端领域里的技术垄断格局已经慢慢显现，如果没有任何意外发生的话，垄断势力会在潜移默化中促使这种局面形成。

"安全界的魔道之争此时也该划上了句号，黑客们将不会再为攻取任何一台终端设备而沾沾自喜，那没有任何意义。他们将会为属于自己的计算权而战斗，而抗争。我无法预知这场战斗最终会是谁获得胜利，但战斗可能会持续五十年，或者更久。

"今时今日，我的工作是对付黑客，但我却希望在那场战斗里，黑客们可以取得胜利。"

胡一飞抓着头皮，怎么回事？开头看着像是一篇技术感悟，可后面怎么越看越像科幻小说了呢？胡一飞把笔记拿起来抖了抖，又快速地翻了一遍，这回是真懵了。硬盘原主人的这篇文章写得丝丝入扣，有理有据，循序渐进，真不好说他是在科学推断，还是在科学幻想。只有一点可以肯定，这人的忽悠水平明显比胡一飞要高，短短几百个字，就一竿子支到几十年后，你就是不信，也没地方求证去。

"一飞哥，你说以后真的会像这篇文章说的一样吗？"丁荟此时凑过来，轻声问着，她刚才翻译的时候，心里就存了个不小的问号，"我觉得……"

"难说！"胡一飞摇着头，"这只是一个科学推断，谁知道真假！几十年以后，我们都老成啥样了，关心这些干吗！"

跟丁荟在自习室啃了一天的书，胡一飞终于把那本《网络工程师教程》粗粗地翻完了第一遍。为了恶补基础，他现在属于填鸭式地硬塞，看完感觉一半明白一半糊涂，脑袋都搅得昏昏沉沉，糨糊一样。

回到寝室，胡一飞顺手打开电脑，同时把书往书架上插，轮到《英汉大辞典》时，胡一飞又把那翻译过来的笔记看了一遍，这次倒是有点新的感悟。如果给这篇文章起个名字的话，胡一飞认为叫《黑客之路》很适合。

几十年前，黑客是绝对的褒义词，是很多人敬重和羡慕的对象，正是因为他们追求自由和完美的黑客精神，才促进了互联网的出现和发展，打破了人们在空间上的交流障碍。当互联网技术逐渐成熟，并出现了许多依托于互联网的产业后，黑客们也投入到产业化的浪潮之中。一开始他们或许认为自己就是在为自由和完美而战，但慢慢地，所有人都会不知不觉被利益所驱使。安全界的魔道之争，其本质，纯粹就是黑客之间的利益之争。不管站在哪个阵营，他们破坏和保护的，无非都是利益。这种利益上的争斗，让技术重新开始竖起了壁垒，自由的灵魂开始变质，黑客们的目光也变得短浅狭隘。

照这种情况发展下去，最终获胜的不会是任何一方的黑客，而是利益，而且只会是利益！当有一天，黑客们突然发现自己连最基本的计算权都丢失了，安全界的魔道之争便会结束，黑客们会再次走上回归之路，向利益宣战，为自由而战。

"轮回啊，这就是轮回！"

胡一飞终于明白了这篇文章的主题，不得不感叹作者的睿智，他一眼就看透了本质，利益之争，利益为王。可惜，就算心里明白，也没人能阻止这个趋势继续下去，芸芸众生，又有哪个不是为利益所驱动？

胡一飞头一次发现自己平时上课听来的那些哲学、意识形态的东西，并非是一点用处都没有，不抽象点，还真无法理解这篇文章的主题。

胡一飞看着这篇文章，连道了几声"可惜"，心说硬盘的主人那么牛，连神器都造得出，却也无法阻止这个趋势延续，反而寄希望于几十年后的黑客能胜利。自己一个小小菜鸟，又有什么用？几十年后，自己怕都成古人了。

等思路轮回了一圈，胡一飞又回到了起点。他把那笔记放进柜子里锁好，心想这玩意也不是一点用都没有，至少自己以后学黑客技术的时候，知道往哪个方向走，多关注关注第三方软件漏洞啥的，免得还没成为高手，就被提前淘汰了。

天生欠揍

　　曾玄黎揍完了胡一飞，出了气，自然心情大好，笑呵呵地走进来："看不出你脾气还挺大的嘛！"曾玄黎也学着刚才胡一飞的样，从兜里拿出50块钱："吆，这钱你拿着，买点跌打损伤药！"

　　回到电脑跟前，胡一飞上了QQ，意外发现小丽竟然在线上。

　　平时段宇让他去监控，胡一飞推三阻四，有点为难，现在人家不催了，他倒来了劲，当下输入了小丽的IP就链接了过去。

　　画面上小丽正跟一个叫做"小帅"的家伙聊天，胡一飞顿时来了精神，有情况，他还是首次发现小丽跟段宇以外的男人聊天。

　　小帅："周小丽，我有女朋友了！"

　　小丽："什么时候的事？我怎么不知道？"

　　小帅："我们好了一个月了！"

　　小丽发大怒的表情："你这个贱人，为什么不早点告诉我！"

　　胡一飞惊讶地咽了一口唾沫，这是啥意思呢？小帅有多帅？他为什么要把自己有女朋友的事情告诉小丽？小丽为什么要生气，还大骂小帅为贱人？胡一飞此时化身福尔摩斯，展开了强大的推理。

　　"奸情，肯定有奸情！"胡一飞一个激灵得出结论，这太有可能了。他赶紧把这个画面按键截屏，保存了起来，万一以后出点啥事，这可是证据。

等其他三人回了寝室，胡一飞赶紧把这个情况告诉了大家，四个人一起商量怎么调查清楚这件事。老四自告奋勇要了小帅的 QQ 号，跑去网吧假装成小姑娘跟小帅聊天来查出实情。

早上天刚亮，寝室的门就被敲得咚咚响。段宇大概被这件事搞得一晚上没睡，满脸沧桑地爬起来去开门。

老四站在门外打着呵欠，看见段宇就兴奋了起来："老三，那个小帅的来历我搞清楚了！"

这一喊，寝室的人都起来了。

段宇一把扯住老四，激动得嘴唇不住抖动："你快告诉我！"

老四把段宇推进寝室，关上门，嘻哈笑着："你们肯定想不到那个小帅是谁。我知道真相的时候，差点栽倒在网吧的椅子里……"

"废话别说，就说是谁！"老大从床上顺下来，穿着鞋子，"弄清楚那货在哪儿吗？咱这就过去开揍！"

"你要是揍了小帅，老三肯定跟你急！"老四哈哈笑着，"那个小帅，叫做周小帅，我这么说，你们明白了不？"

段宇若有所悟："你是说，他叫周小帅？难道他是……"

"是你小舅子！哈哈哈！"老四笑得前俯后仰，"周小丽的双胞胎弟弟，那货真好玩，我冒充女的一逗他，他就要抛弃现在的女朋友，来东阳找我……"

段宇脸上的沧桑萧条顿时不见踪影，焕发出一种吃了春药才会有的活力。他激动地把老四抱起来："老四，四郎，我爱死你了！"

"不用，不用！"老四谄笑着，"那啥，今天晚上月亮湾呗？"

段宇的笑容瞬间冰封，打着哈哈："晚上再说，晚上再说！"

"也算好事，以后就不需要我再监控了！"胡一飞松了口气。正好老爹打来电话，告知这个月的 500 块生活费汇过来了，胡一飞很高兴，赶紧去银行取钱，他现在就怕老爹知道处分的事后对自己实行经济制裁，身上得多备些现金才行。

取了钱，摸着兜里那扎实的存在，胡一飞心情大好，踩着路沿，扭着屁股，往学校的方向开始晃悠，一路哼哼着："小姐呀小姐你多风采，君瑞呀君瑞你大雅才，风流不用千金买……"这本是胡老爹平时唱的戏词，胡一飞不知道怎么就想起来了。

正哼得美，突然听到前面的人冲着自己大喊一声："小心！"胡一飞反应快，眼光一瞄，发现斜后方有辆车快速冲自己杀了过来。他大叫一声，一下就跳到路边那有半腿高的花圃上。

"吱啦"一声，那车一个紧急刹车，倒是稳稳当当停在胡一飞之前站脚的地方。车上的人推门下来，吼道："胡一飞，你别跑！"

胡一飞一听，差点从花圃上栽下来。开车的不是别人，正是曾玄黎，那车不就是她的 Mini Cooper 吗？

"你要是想揍我，就快点动手，旁边可有不少人看着呢，别一会再整出什么围观事件来，你不怕，我还怕了呢！"胡一飞抱着头冲着曾玄黎哼哼。

曾玄黎现在恨胡一飞恨得骨头都疼，可真要让她当街撒泼，又打又踹，她又做不出来，一时呆在那里。

胡一飞苦着脸："姑奶奶，打又不打，走也不让走，那你这么死缠烂打地找到我，又是为了什么？你到底想做什么，总不会就这么一直在大街上站着吧？"

这一下倒把曾玄黎给问住了，自己辛辛苦苦逮住这个家伙，到底想做什么？痛揍他一顿？好像揍死他也消解不了自己心中的怒气；代表正义宣判这个家伙的无耻？可这样又似乎太便宜他了。曾玄黎站在那里，一时竟是怔住了，她也不明白为什么没逮住胡一飞之前，自己恨得浑身都难受，可逮住他了，却又不知道该怎么办。自己劳心费神，死死揪着这事不放，到底是为了什么？

胡一飞看曾玄黎没动静，倒自己凑上前来，伸手在兜里抠抠索索半天，掏出一张皱巴巴的 50 块钱钞票："呶，这个钱你拿着！"

曾玄黎没明白胡一飞是什么意思，疑惑而又敌视地看着他。

"是卖你 QQ 号码的钱！"胡一飞倒也拿得出手，1200 转眼成了 50，"你不揍我，那这钱你拿着，咱们两清了，谁也不欠谁。"

曾玄黎差点喷出一口血来。胡一飞太无耻了，把卖自己QQ号码的钱又还给了自己，这算怎么一回事？算自己卖了自己的号码吗？再说，那家伙竟然只卖了50块钱，难道老娘只值这么一点银子？为了这50块，还搞出那么多乌七八糟的事情来，看来自己不揍胡一飞一顿都不行了。

"你跟我上车！"曾玄黎丢下这句话，返身往车上走。

胡一飞一咬牙，把钞票又装了起来："上就上，难道你能吃了我？"说完钻进副驾驶的位置，"开车！"

曾玄黎剜了他一眼，老娘不着急，你小子倒有点急，等到了地方，看你还牛不牛，嘴巴还硬不硬。曾玄黎一踩油门，车子疾驰而去。

车子一直驶进东阳市人民体育场，下车进了一座楼，就看见二楼的楼梯口放着一张拳王泰森的巨幅海报，下面写着招牌"泰森拳击俱乐部"。胡一飞咽了咽口水，再捏捏自己那"强壮"的肱二头肌，暗道自己失策，没想到曾玄黎这小姐如此歹毒，还以为她外强中干呢。

进到拳击馆里面，有个教练走上前来："玄黎，今天怎么有空过来？"

曾玄黎指了指后面的胡一飞，说："我去换衣服，你给他弄一套装备换上！"

等胡一飞换好短衣、短裤，扎上拳套、护头出来，馆内中间一个拳台已经空了出来，曾玄黎就站在上面。她的头发此时扎成马尾，看起来更加英姿飒爽。

教练露出一副不忍看的神色，叹息一声，喊了一声："开！"

胡一飞没玩过这玩意，走上台去，还没反应过来，就被曾玄黎飞起一脚踹在了胸口，跌倒在拳台上。胡一飞使劲揉着胸口，疼得心脏差点蹦出来了。等缓过劲来，他撅着屁股趴在那里，朝着教练支吾："怎么还带上脚的，这犯规了啊！"

教练很是同情地看着胡一飞，爱莫能助："虽然我们这里是拳击俱乐部，但主要练散打！"

"我日！"胡一飞骂了一声，又爬了起来，强打精神，像猴子一样，左跳右蹿，躲避着曾玄黎的殴打。曾玄黎气力不足，但毕竟接受过训练，做几个假动作，照样能把胡一飞打翻在地。胡一飞四处蹦跳躲避，外带着挨打，只一会，就感觉喘不过气，其中几次摔倒在地，还是因为他蹦得太猛，自己把自己绊倒。

十分钟后，曾玄黎也没力气了，盯着胡一飞直喘气："小子，这回爽了吧？"

胡一飞趴在台上龇牙咧嘴，但却死不悔改："太爽了，跟按摩一样，舒筋活骨！再来几下会更爽！"

曾玄黎气极了，也不等胡一飞站起来，直接把他按在台上又是一顿暴揍，揍了十来下，曾玄黎胳膊都累得抬不起来了，只得作罢，站起来踢了胡一飞一脚："记住，这次只是个小小的教训，以后再犯贱，可就没这么容易了！"

看着曾玄黎跳下台去，胡一飞还趴在那里叫唤："有种别走，再来几下！"

教练在拳台下伸着头："小子，被揍成这样了还嘴硬，你牛！下来吧，我帮你按摩按摩，抹点跌打损伤膏！"

"我要是能站起来，就不趴着了！"胡一飞翻了个身，仰面躺着说，"还看什么看，赶紧上来扶我一把！"

教练也不生气，摇着头无奈地跳上拳台，把胡一飞提溜起来。

胡一飞被教练按摩之后，觉得浑身又酸又痛，一点力气也使不出来，只好趴在更衣室的长椅子上。过了一会，更衣室的门打开，曾玄黎站在门口，道："趴在那里干吗，装死呢？"

"曾玄黎，我警告你，咱们之间现在两清了，以后别用这种口气跟我讲话！"胡一飞好歹坐了起来，很是不满地看着曾玄黎。

曾玄黎揍完了胡一飞，出了气，自然心情大好，笑呵呵地走进来："看不出你脾气还挺大的嘛！"曾玄黎也学着刚才胡一飞的样，从兜里拿出50块钱："呶，这钱你拿着，买点跌打损伤药！"

胡一飞瞪了曾玄黎一眼，像一座要爆发的火山，可一转眼，他又把那钱收了起来。

曾玄黎的眼珠子都快跌了出来，没想到胡一飞真的收下了钱。人竟然可以没皮没脸到这种地步，真令人叹为观止，曾玄黎从鼻孔里冷哼了一声，不屑道："够不够啊？不够再给你50！"

胡一飞不理曾玄黎，站起来去找自己的衣服，一边骂骂咧咧道："老子这回亏大发了！卖你个破 QQ，挨了一顿暴揍不说，学校里还得了三个处分，最后还要在网上到处删帖子，帮你擦屁股！"拽出自己的衣服，胡一飞回头冲曾玄黎吼道，"看什么看，还不出去，老子要换衣服了！"

曾玄黎让胡一飞这么一吼，下意识地往后退了一步，等反应过来，就问道："你刚才说删帖子是怎么回事？"

胡一飞只当曾玄黎不存在，坐在那里开始换衣服。短裤刚扒一半，他扭头一看，曾玄黎已经吓得跑了出去。

"这妞下手真狠！"胡一飞换了衣服，疼得又冒出一身冷汗，呲牙咧嘴地出门。看见曾玄黎站在门口，胡一飞没答理她，跟那边的教练抬手示意后，便直接朝外面走去。

曾玄黎跟在后面："喂！胡一飞，你刚才说的删帖子是什么意思？"

胡一飞好像根本没听见这话，两腿扭着内八字出了体育馆，心里划算着自己到底是赔了还是赚了。算来算去，胡一飞都觉得自己赔了。卖了 QQ 号码，赚了 1200，加上今天的 50，是 1250。可自己失去的太多了，那三个处分写进档案，就成了自己这辈子的污点，现在又挨了一顿打，虽说不伤筋动骨，但疼上个十天八天是肯定的，又不会有人替自己疼。

"妈的！灾星！"胡一飞在心里把曾玄黎划入灾星之列，自己见她一次就倒霉一次。好在这事总算过去了，以后都用不着再见她了，不然自己迟早会被她折腾疯。

曾玄黎还想追上去问问删帖子的事，看胡一飞的态度不好，她便拉不下脸，等开车出来的时候，胡一飞已经挤上公交车跑没影了。

胡一飞鼻青脸肿地回到寝室，老大正在胡一飞的电脑上打魔兽，看到他的惨状吓了一大跳，蹦起来问道："你让人打劫了？"老大依稀记得胡一飞早上出门是取钱去了。

胡一飞摇着头，过去往床上爬："哪个歹徒不长眼才会打劫我，我身上就几百块钱，至于动手动脚吗？"

"那你是咋了？"老大赶紧扶着胡一飞，"让人揍了？"看胡一飞不说话，老大还以为自己猜着了，当时就爆了，"马拉隔壁的，你告诉我是谁，我现在就去废了他，活腻了他！"

老大一吵吵，把老四也弄起来了，他睁眼看到胡一飞的熊样，差点没直接从床上栽下来。老四下床穿了衣服，又在大桌子的抽屉一翻，找出一把大钳子往兜里一塞，说："走，灭了他！"

胡一飞累得连说话的力气都没了，一摆手："要去你们去吧，是曾玄黎揍的！"说完，他就直接贴在床上，半点不想动弹了。

老大和老四顿时面面相觑，傻站在那里不知道该咋办。当初卖曾玄黎QQ号他们也有份，见到曾玄黎，他们怕只有站着挨揍的份，哪敢替胡一飞去伸张"正义"？

追踪变态偷窥狂

"你行不行?"梁小乐心里很是怀疑,"警察都没办法追踪到那个变态!"

胡一飞一拍胸脯,疼得差点吐了血,他使劲揉着胸口,道:"警察叔叔都忙死了,哪有空理这种小案子!这事放心交给我吧,我铁定把那个变态狂揪出来!"

回到寝室,打开电脑,看见狼蛛上了线,胡一飞抱着试一试的态度,给狼蛛发去消息:"如果只知道一个人的电话号码和邮箱地址,想要追踪他,都有什么办法?"

昏昏沉沉睡了一觉起来,已经是傍晚了。胡一飞起身的时候觉得浑身都疼,下了床在寝室里咬牙活动着筋骨。老大和老四都跑了,大概是觉得愧疚,在寝室的大桌子上留下了云南白药和跌打止痛膏。

胡一飞拿起药膏看了看,举起手比划了比划,最后又龇牙咧嘴地放了下来:"妈的,也不帮我贴好再跑,我自己又贴不到背后去!"胡一飞只得拿着云南白药乱喷一气,然后忍着痛开始揉。

揉完了,就打开电脑登录到狼窝,胡一飞还在关注狼峰会的进展情况。狼窝论坛最近一直保持着极高的在线人数,大家都期盼着十来天后的选拔开始,至于最后的峰会,倒是没什么人去关注,毕竟那只是极少数人的事情。

由于寒号鸟明确表态要参加本次狼峰会，让本来不怎么被看好的狼峰会一下就热了起来。今天高手们组团抽风，一下跳出十来个，都学着寒号鸟的样子，表态自己要参加狼峰会。

一般的高手都不敢这样做，要是自己在论坛上放出话参加峰会，最后却没通过选拔，岂不是搬起石头砸自己的脚？所以能够站出来做表态的，都是高手中的高手，对自己的技术有着极度的自信。

胡一飞看着那十来个要参加峰会的人的名字，心里原本不怎么强烈的与会意愿，一下变得强烈起来。这些人在国内都是排得上号的黑客达人，论名气和威望，一点都不逊于寒号鸟，如果在狼峰会能够一下看到这么多牛人，那可真成了国内黑客圈的一大盛事。胡一飞想着自己无论如何都得混进狼峰会去，哪怕只是看一眼都值了，不枉自己做了这么久的黑客梦。

可胡一飞很清楚自己的本事，除了靠神器作弊，他没有别的好办法。现在的问题是，狼峰会的比赛规则，让胡一飞的神器很难发挥作用。

"该怎么办呢？"胡一飞很自然地去挠头，结果一伸胳膊，一阵酸痛传来，害得他吱呀吱呀地叫了两声，然后又把曾玄黎咒了几遍。

看论坛上再没什么新鲜事，也没有人给自己发短消息，胡一飞就退出狼窝，把那些笔记都翻了出来，开始慢慢筛选整理，争取尽快拿出一部分交给二娃去翻译。

笔记刚翻出来，梁小乐就打来电话。她搞兼职回来了，叫胡一飞一起去吃饭。

胡一飞嗯哈地应了，起身却直奔阳台，拿起小镜子，仔仔细细地把自己那英俊而充满猥琐气质的脸庞打量了一番。洗了脸，抹了油，他把有淤痕的地方都遮了遮，然后换了身衣服，这才朝食堂溜达了过去。

刘晓菲远远瞥见胡一飞，捅了一下梁小乐，说："胡一飞今天怪怪的，人模狗样！"

梁小乐抬头看了一眼，笑道："没什么区别，还不是那样吗！"等胡一飞走近了，梁小乐也终于发现他和平时有点不一样。胡一飞以前跑来吃饭约会，很少特意打扮，今天却油头粉脸，连衣服都是新换的。

"胡一飞，你娃儿的脸是咋回事？"刘晓菲的眼真尖，一下就盯住了胡一飞脸上的青淤，"自己撞门上去了哈？"

"你才自己撞门呢！"胡一飞瞪眼瞧着刘晓菲，没想到自己特意遮掩还是被这小妞一眼看了出来，"我这是踢球的时候不小心被人铲倒了。"

"你不是菲戈嘛，中场发动机噻，也能被人铲成这个惨样？"刘晓菲咯咯笑着。她每次看见胡一飞，总免不了找点茬。

胡一飞不理她，看着梁小乐："今天做什么兼职啊？他们都不管饭吗？"

梁小乐笑着："有个公司开产品发布会，我和晓菲举着他们的产品站了两小时就结束了，下午我们逛街来着。"

"好了，好了，先吃饭，吃完再说！"刘晓菲敲了敲桌子，"胡一飞，你快去端饭，我要个鱼香茄子的盖浇饭，小乐要个玉米猪骨煲。"

胡一飞对这个电灯泡恨得牙痒痒，偏偏刘晓菲一点都没有身为电灯泡的自觉，什么事都要跟梁小乐凑一块，梁小乐也很喜欢带着刘晓菲，搞得胡一飞很是被动，哼了两声，他只得起身去排队端饭。

十来分钟后，三个人的饭菜终于搞齐了。刘晓菲闻着香气搓了搓手："好香，我先吃了。你们要是有啥子甜蜜的话要说，尽管说，当我不存在噻！"

话音刚落，刘晓菲的手机响了起来。她拿起来看了一眼，脸色顿时沉了下来，把手机往饭桌上一扔，好像在跟谁生气。

"怎么了？"梁小乐看着她，很是关切地问了一句，"又是那个变态追踪狂？"

"变态追踪狂？"胡一飞来了兴趣，把脸伸过来，想瞄刘晓菲手机上的内容，"怎么回事？给我说说。"

梁小乐拿筷子朝胡一飞好奇的脑袋打过去："你不要幸灾乐祸好不好？晓菲都快愁死了！"

"我哪里幸灾乐祸了？"胡一飞揉着头，梁小乐那筷子刚好碰到了他的伤处，"我这是关心好不好？快给我说说是怎么回事。我对付变态最有经验，不管他有多么变态，哪怕他能变成奥特曼，我也能把他打成痴呆！"

梁小乐剜了他一眼，胡一飞这个玩笑话一点都不好笑。她看了看刘晓菲，见刘晓菲没说啥，这才对胡一飞道："晓菲以前和一个男的交往过一段……"

"什么时候？我怎么不知道？"胡一飞这句话问出口，就看梁小乐怒视自己，赶紧闭口，"你继续说！"

"那男的是一家大科技公司的经理。刘晓菲给他们公司做礼仪兼职的时候和他认识了，他就开始追晓菲。交往了大概有两个星期，晓菲发现那男的已经结婚了，就断绝了跟他的交往。"梁小乐顿了一下，沉声道，"从那以后，就有个变态追踪狂，天天缠着晓菲，每天半夜给寝室打电话骚扰。后来我们拔掉电话线，他又开始给晓菲的手机发短信、打电话。晓菲一连换了几个号码，但隔不了两天，他就能再次找过来。他还在网上骚扰晓菲，害得晓菲现在连网都不敢上……"

"这么厉害？"胡一飞有点意外，心说这家伙追踪得太离谱了，这哪是变态追踪狂，这是追踪狂里的变态啊。

"他打电话不说话，只是嘿嘿笑，很阴森的那种。"梁小乐说这话的时候，还打了个冷战，"然后就是往手机、QQ、邮箱里发一些很恶心的文字和图片。"

胡一飞摸了摸鼻子："那就是说，你们也不知道这个变态是谁！"

"多半就是那个男的！"梁小乐很肯定地说，"晓菲再没得罪过别的人。她去报警了，可警察也没办法，对方的手机号码什么的都是隐藏的。报警之后，那变态反而骚扰得更厉害了。"

"唔——"胡一飞一副很认真的样子，在那里思考了足有半天，最后得出一个结论，"小乐，你说得很有道理！你们把那人的资料给我，这事我肯定给你弄清楚！"

"你行不行？"梁小乐心里很是怀疑，"警察都没办法追踪到那个变态！"

胡一飞一拍胸脯，疼得差点吐了血，他使劲揉着胸口，道："警察叔叔都忙死了，哪有空理这种小案子！这事放心交给我吧，我铁定把那个变态狂揪出来！"

梁小乐看胡一飞说得那么肯定，心中不由信了几分，她知道胡一飞平时说话没个正经，但在正事上还算靠谱。梁小乐扭头去看刘晓菲，这事还得刘晓菲自己拿主意。

刘晓菲沉脸想了片刻，把那人的手机号码、公司名称和姓名都告诉了胡一飞。然后她盯着胡一飞，道："胡一飞，这事我告诉了你，你要是敢告诉别人，我叫你娃儿好看！"说着还伸了伸拳头。

"晓得！名节要紧，我晓得！"胡一飞嘿嘿笑着，又是那副没正形的样子。

梁小乐不放心，又叮嘱了一遍："你能查出来最好，查不出来，也不要把这事闹大。"

胡一飞点着头："吃饭，吃饭，我心里有数！"胡一飞把这事记在了心里，好歹刘晓菲帮过自己大忙，无论如何，自己也得帮人家把这个问题解决了。在他想来，现在有个怀疑对象，加上神器，要查清楚这事，应该不会很难。

晚上一回到寝室，胡一飞就开始搜索那人的资料。那人叫赵兵，是东阳市大道科技公司网络部门的经理。大道科技公司是东阳市鼎鼎有名的企业，据说是一个香港人投资创建的，主要做生物科技，在全国各地都有分公司，东阳是大道的总部。这些资料都很好查到，但关于赵兵的搜索结果却几乎没有，这个人在互联网上没有留下任何痕迹，不开博客，也没有公布过电话、办公邮箱之外的其他信息。

胡一飞有些挠头，自己的神器再嚣张，也得知道对方的 IP 地址才行，看来追踪赵兵并不是一件简单的事。

趴在电脑前琢磨了半天，胡一飞突然想起上次狼蛛给自己下套的事来，再看对方的邮箱地址，他就有了主意："我也给他发个带圈套的邮件不就行了？"很快胡一飞又回过神来，自己只知道有这么一回事，但却不会制作邮件木马，甚至连它的原理都不清楚。

"我靠！"胡一飞抓着头，空有想法有什么用，关键得手里有技术才行，要是自己有十个八个脑袋就好了，可以赶紧先把那些基础知识看完。

胡一飞又去大道科技公司的网站看了看。一个很简单的网站，只是一些公司介绍，连个可以提交数据的地方都没有。他本想试试这个网站是否存在 Cobra 上次演示的那个 SQL 注入漏洞，一看这架势，怕是对方的网站根本就没使用数据库。

郁闷地关掉对方的网站，胡一飞登录到了狼窝，开始搜索关于邮件木马制作的方法。狼窝上这样的资料倒是不少，但要么一笔带过，简略得不得了，要么就是一大段代码，看得胡一飞云山雾罩、不知所云。

最后实在受不了了，胡一飞索性关了电脑睡觉。这事不是一时半会就能解决的，最好能够找出一条切实有效的办法，然后一劳永逸地解决掉这个追踪狂。

第二天早上到教室，一群人正坐在那里闲聊，看见胡一飞，就有人招手："菲戈，菲戈！"

"早啊！"胡一飞只得走过去，装做一副很感兴趣的样子，"聊什么呢？"

"昨天咱们理工大的网站被黑了！"小四眼是班里的百晓生，理工大的任何风吹草动，他全都知道，"黑客换掉了首页，还在上面留下了名字，很嚣张！"

胡一飞大感意外，好久没上理工大的网站了，这个消息他真不知道，心想总不会是哪个小子看了 Cobra 的报告会，回来就跟理工大的网站较上劲了吧？"小四眼，那黑客叫啥？总不会是校长大人的老情敌吧？"

小四眼一副严肃的表情，胡一飞的玩笑话都没逗乐他："黑客叫二当家的……"

胡一飞顿时石化，后面的话他根本没听进去，脑袋像被雷劈了一样，嗡嗡的。不是吧？哪个王八蛋冒充老子去黑了学校的网站？这不是把老子往绝路上推吗？上周刚挨了三个处分，要是再让学校查出来二当家的就是我，老子还不得立刻卷铺盖滚蛋！

"菲戈！菲戈！"有人推了胡一飞一把，"你是电脑高手，给分析一下，这个二当家的会是谁？他是利用什么手段黑掉学校的网站？"

胡一飞镇定下来，没理会这人，追问小四眼："这是昨天什么时候的事？"

"上午十点多，接近十一点的工夫！"小四眼的话很是严谨，"昨天学校网络中心有老师值班，第一时间发现网站被黑，就做了恢复，不过很快又被那个二当家的给黑掉了。现在学校的网站已经彻底关闭，网络中心的人正在查这件事！"

胡一飞一听放了心，昨天上午十点多，那不正是老子挨揍的时间吗？这回不怕了，老子有不在场的证人，拳击俱乐部的教练就可以作证。"那查出什么结果没？"胡一飞没了担心，倒是八卦了起来，继续追问。

"指望网络中心的人能查出来，还不如指望猪呢！"小四眼有点气愤，"他们根本没查，直接认定是咱们学校的学生干的，把计算机协会的人叫去喝茶。结果一问，发现十个寝室里，至少有五个二当家的，天知道是谁干的！"

胡一飞大喜，原来自己这个二当家的不是独一份，刚才还觉得那黑客是在冒充自己，说不定人家也是地地道道的二当家。胡一飞此时故作一副无辜样："有这么多二当家的？我还以为只有我才是二当家的呢！"

小四眼一拍桌子，道："我就是我们寝室的二当家的。妈的，昨天让网络中心的人审了大半天！我要是有那本事，肯定再黑他们十遍八遍的！"

胡一飞大跌眼镜，难怪小四眼今天一副毛不顺的样子，还知道那么详细的内幕，原来这小子是重大嫌疑人兼事件当事人。他是计算机协会的人，又是二当家的，昨天肯定被网络中心的人来了个三查五查，茶水估计没少喝。胡一飞仔细观察了一番，发现小四眼的衣服上倒是没茶水味，不过眼镜比平时光亮了很多，难道是被茶水喷的？

"淡定！淡定！"胡一飞安慰着小四眼，"你受的苦，我们所有二当家的都铭记在心，二当家们不会忘记你的！"

上课铃响了，老教授迈着四平八稳的步子走了进来，关于二当家的讨论算结束了。

胡一飞坐在那里，脑子里继续琢磨着这事。他倒不是认为理工大就没有别的高手存在，而是觉得这事太奇怪了。俗话说兔子不吃窝边草，理工大的爷们难道抽风了吗？把学校网站黑掉一次就算了，怎么会一直黑到学校不得不关闭网站呢？这得是多大的仇啊！要是传出去，理工大爷们的脸上也没什么光彩啊。

"不对！不对！"胡一飞摇着头，总觉得这事不对劲。

台上的老教授放下课本，盯着那边一直在摇头的胡一飞，心中怒火中烧。老子可是这领域的权威人士，能给你们讲课已经是你们的荣幸了，你小子还一副不以为然的样子，是在藐视我的权威吗？

"那位同学，请你站起来！"老教授终于忍无可忍，点名让胡一飞站起来。

胡一飞此时正准备静下心来琢磨琢磨追踪变态狂的事情，没想到会被点中，不得不先站起来应付老教授。

"你对我刚才讲的话有什么异议吗？"老教授看着胡一飞。

胡一飞急忙摇头，这老教授可是计算机学院的压阵之宝，自己连人家刚才讲什么都没注意听，哪来的异议？"没有，没有！"

"那你怎么一直在摇头？"老教授可不容易被糊弄过去，反以一种更谦虚的态度问道，"是不是我刚才讲的有什么错误？"

胡一飞羞愧难当，有错误自己也听不出来啊，赶紧又摇头说："其实是我发现自己以前的想法是错误的。以前我一直认为C语言这门课学了没什么用，今天听讲，突然发现我错了，所以才会摇头。"从小学到大学，胡一飞都用这招来糊弄老师，基本没有失误过。

老教授大感兴趣，自己刚才只是讲了一个很简单的例程，竟然能让学生有如此大的启发，看来不是这个学生有慧根，就是自己的讲课水平又有了提高。他脸色稍微缓和，问道："那你说说，你现在觉得学习C语言有什么用处？"

胡一飞快哭了，心说以后上课走神，千万不能再摇头。以前没跟这个老教授切磋过，哪知道他还是个打破沙锅问到底的主。胡一飞当下很是尴尬，支吾道："只是个感觉，还……还总结不出来！"

老教授这才点头，示意胡一飞坐下："这位同学说得好，C语言是一门很重要的课程，尤其是对你们这些计算机专业的学生来说。我知道你们在座的很多人之所以来听这门课，并不是出于喜欢，而是因为它的三个学分决定着你们能否毕业。你们知道C语言诞生多久了吗？"

教室里鸦雀无声，摸不准老教授的意思。好像课本第一页的序言就讲了这个问题，胡一飞此时怕老教授会打击报复，因此急于表现，就举起了手："有三十多年了！"

老教授对胡一飞的回答很满意，微微颔首："没错，三十多年了。它的年龄比你们在座的每一位都要大，所以，你们应该尊重它。"

胡一飞的打岔，似乎打开了老教授的话匣子，他放下课本，在教室里踱来踱去："我知道你们年轻人喜欢玩游戏，有一句常说的话：没有最糟糕的游戏，只有最糟糕的玩家。这句话同样适用于计算机编程语言：没有最糟糕的语言，只有最糟糕的程序员！C语言从诞生到现在，有三十多个年头了，不敢说它是最好的编程语言，但它绝对是最有耐力的语言，历久弥新，长盛不衰。

"就拿你们常玩的游戏来说吧，你们肯定不知道，九成以上的游戏引擎，都是用C语言来编写的；操作系统和设备的驱动程序，比如Linux①系统的内核，也是用C语言来写的；任何里面有微处理器的设备，也都支持C语言，从微波炉到手机。"老教授看着下面的学生，继续说道，"如果你们要在一个固定的平台上开发应用软件，尽管C语言可能不如别的高级语言，但它可以让你们更接近计算机，更接近本源，可以培养你们严谨的思维，以及自由的灵魂！"

坐在下面的胡一飞，此时突然想到那篇刚看过的硬盘笔记，似乎和老教授说的这些话有异曲同工之处。许多高级语言，确实更加简洁实用，但却让程序员放弃了对底层的控制，远离了计算机本源，最后被限制在一个既定的平台内。再者，老教授说写驱动要用C语言，Linux系统也是用C语言写的，而笔记中提到未来黑客的攻击方向可能在驱动上。免费的操作系统必将最后获胜，不管是不是指Linux，总之，自己朝这里走，方向应该不会差！

胡一飞对硬盘主人的佩服是盲目性的，有了这个联系，他就开始考虑是不是要好好学习一下这个编程语言。昨天晚上他想弄个邮件木马，空有想法却缺乏执行力，说到底，不也是因为没有掌握编程吗？他的目标可不仅仅是邮件木马，见识了神器的威力，胡一飞还幻想自己以后也能做出如此厉害的大杀器。

"天意啊天意！"胡一飞感慨万千，没想到今天上课这一摇头，倒是发现了自己必须得掌握一门编程语言。

---

① Linax是一类unix计算机操作系统的统称。unix是一个强大的多用户、多任务操作系统，支持多种处理器架构，按照操作系统的分类，属于分时操作系统。

C语言是这学期才开的课程，胡一飞上了两回实践，发现就是在黑漆漆的界面上敲代码。第一次是让编个程序，计算从 1 到 100 相加的和是多少；第二次又搞它们的乘积是多少。胡一飞怕了，心想这玩意学会了能干啥？和自己平时见到的软件完全不一样，因此决定捞够 60 分就算了，上起课来便不是很积极。

老教授很阴险，似乎为了验证胡一飞是不是说谎，一上午十几次点名，全翻胡一飞的牌子，搞得胡一飞胆颤心惊，坐在那里老老实实地听课，以应付老教授的突然袭击。如此反复"切磋交流"之后，老教授很满意，他觉得胡一飞是真的迷途知返，心悦诚服地拜服在自己的权威之下，这才放过了胡一飞。

临到下课，老教授还专门叫住胡一飞："你这个学生不错，有没有兴趣读我的研究生？要是以后有什么问题，尽管来办公室找我，也可以登录我的博客给我留言！"

胡一飞夹着屁股点头，目送老教授离开，这才擦了擦头上的白毛汗，心说我被你折磨一早上，心脏病都快搞出来了，要是再被你弄去折磨几年，还不得英年早逝？

段宇大一就开始为考研做准备，到现在都还没决定报考哪个教授，看这场景心中不无酸意，道："二当家的，你最近魅力大涨啊，连中老年的教授都不放过！"

胡一飞点着头，恨恨道："还是知识型的，男性！"他把最后一个字的发音咬得很重。

中午回到寝室，胡一飞打开电脑，先去理工大的网站瞧了瞧，发现网站依旧处于关闭状态，链接不上。胡一飞掰指头算了算，好像自从跟梁小乐实现线下接头后，自己就很少在理工大的BBS上露脸了。想当年，自己在论坛上也是一个风云人物，经常混理工大 BBS 的人，哪个不知道咱二当家的名头！

想到这点，胡一飞突然有点警醒，寝室里虽然大家都是"二当家的、二当家的"叫，可把这个字号拿到网上用的，似乎只有自己一个。至少不管自己到哪个论坛去注册，键入"二当家的"四个字，基本都是一路畅通，没人跟自己抢。

胡一飞意识到自己有点高兴得过早了，没准那个黑客真是冲自己来的。这人会是谁呢？

胡一飞第一个想起的，就是我是读书人，自己在网上真正得罪的，只有这小子。他大前天刚上线，又被自己给K了下去，回头学校的网站就被黑了，如果真是冲自己来的，那这小子的嫌疑最大。

第二个想起的，是狼蛛。上次靠和段宇换机子，虽说骗过了他，不过狼蛛毕竟是个高手，如果回过头来意识到自己上了当，难免会恼羞成怒，做出一些出格的举动，那都是可以预见的。

胡一飞抓着头，心想自己还没成为黑客高手，就已经得罪了不少人，真要是成了黑客，还不得人神共愤啊。

可惜这一切都只是怀疑，胡一飞瞎琢磨了一阵，最后认为自己的魅力还不足以让别的黑客高手来冒充自己，于是就放弃了猜测，跑去办正事。他得赶紧把变态追踪狂的事情搞定，否则没法跟梁小乐和刘晓菲交代。

胡一飞把关于赵兵和大道科技公司的资料重新搜集了一遍，依然理不出个头绪，手头上只有赵兵的电话号码和邮箱地址，神器再牛逼，也不能入侵这两样东西！胡一飞很头疼，总不能让自己来个现实版的追踪吧，自己没有做狗仔的天赋啊。

正烦闷着，忽然看见狼蛛上了线，胡一飞抱着试一试的态度，给狼蛛发去消息："如果只知道一个人的电话号码和邮箱地址，想要追踪他，都有什么办法？"

胡一飞是真心真意地求教，他亲眼见过狼蛛的追踪本领，在他眼里，狼蛛是绝对的高手，而自己只是个小菜鸟，现在遇到难题了，向人家高手请教一下，是很正常的事，胡一飞丝毫不觉得羞耻，选择性地把之前打赌的事情给忘记了。

可这条消息却把刚上线的狼蛛吓得不轻，他在电脑前使劲琢磨着二当家的发这条消息到底是什么意思。自己上次追踪二当家的，可不就是利用邮箱下套，然后再打电话诱使他来上套的吗？

"难道说，自己的意图早就被他发现了？"

狼蛛心中非常震撼，他一直都认为自己上次之所以会误入段宇的电脑，是因为一开始就受了二当家的误导，以至于自己找错了攻击对象，这只能说明自己大意轻率了。可如果对方预先就判断出自己的所有行踪，然后再一步一步地给自己下套，那就太可怕了，这不仅仅是技不如人那么简单了。

但是现在距离上次追踪已经过去好几天了，为什么二当家的早不提晚不提，偏偏今天才发来这条消息呢？狼蛛心里咯噔一下，总不会是自己攻击理工大网站的事也被二当家的给发觉了吧？

上次打赌关机，最后却误入毛片之地，狼蛛由此得出一个结论。他认为二当家的不在理工大之内，只是故意用理工大的公用上网 IP 来隐藏自己真实的 IP。

谁知胡一飞从那天开始，换了新的方式登录狼窝，这导致狼蛛再用以前的办法，无法继续追踪下去。但除了理工大这个 IP 外，他再也没有关于二当家的任何信息，只能在理工大的几个 IP 上转来转去，寻找线索。偶然转到理工大的 BBS，狼蛛意外发现这里面也有一个同样 ID 的人，这让他恍然大悟，立刻又推翻了自己先前的判断。这个二当家的绝对就隐藏在理工大之内，上次他误导自己，只是想转移自己的视线罢了，好一招明修栈道、暗度陈仓啊。

狼蛛反应过来，立刻想到了继续追踪的办法。他在理工大的网站服务器布置了追踪策略，然后又故意打着二当家的旗号黑掉它。

根据他的判断，二当家的应该是校内的学生或者老师，他把理工大的网络当做自己的地盘来经营。自己地盘上的网站被人这样指名道姓地黑掉，已经相当于是下帖挑战，如果他不想暴露的话，就一定会伸手来管，只要他一伸手，自己马上就能揪出他在理工大的真实 IP。

狼蛛的思路没错，错的是，他所有的判断，都建立在"二当家的是一位高手"这个前提之上，却没有想过对方有可能是个白痴级别的菜鸟。因此，他没有等来二当家的应战，倒是等来了二当家的论坛短消息。二当家的提的这个问题，明显就是在拿上次的事羞辱自己，警告自己。

不过，狼蛛也不是没有任何收获，至少确认了二当家的确实隐藏在理工大之内。

狼蛛快疯了，不知道自己该怎么去应付这个变态到极致的黑客。他竟然使用同样的 ID 到处溜达，IP 也基本不做伪装，可自己就是追踪不到，两次下套都被对方识破，这样的情况，以前还从来没有碰到过。

想了想，狼蛛回复道："我不知道！"他这样回复，基本等于是认输了，他今后不打算再追踪这个变态二当家的，更不企望从他嘴里得到什么。

很快，二当家的发来回复："那一个问题换一个问题吧，你回答我一个问题，我就回答你一个问题。"

"呃……"狼蛛差点惨死在键盘上，之前自己只是搞不清楚二当家的为什么能提前识破自己的圈套，可现在，自己连对方究竟是不是高手都弄不明白了。邮件木马，随便拉个网吧黑客出来都会做，二当家的却如此郑重其事地提出交换，不知道是在逗自己玩，还是在逗他自己玩呢？

狼蛛还在犹豫，二当家的消息又发了过来："你要是不信的话，就让你先问我吧！"

"你不是在开玩笑？"狼蛛终于忍不住心中的好奇，作了个回复，他想不明白二当家的究竟想干什么。

"我是认真的！"胡一飞这就算是作了回复，还不忘提醒道，"你已经问了一个问题了，现在轮到我了！如果只知道一个人的电话号码和邮箱地址，想要追踪他，都有什么办法？"他又把刚才的问题重复了一遍。

狼蛛吐了血，没想到这就算是一个问题了。既然二当家的不是在开玩笑，狼蛛只好打起精神，老老实实地应付道："这个问题太笼统了，具体的追踪得具体分析，除了电话号码和邮箱地址外，你应该还有那人的其他信息吧？"

"唔，这是第二个问题了！"胡一飞很是无耻，把这个问题也算到狼蛛头上，他把赵兵的资料发过去，问道，"就比如说追踪这个人，如果是你的话，你会怎么做？"

狼蛛郁闷得想去砸键盘，这个问题怎么能算到自己的头上？"我不会无缘无故地去追踪一个人！"狼蛛恨恨发了这条消息，却看着赵兵的资料，顺手放到搜索引擎上搜索了一下。

"我只是打个比方！"胡一飞早料到狼蛛会这么回答，"你就当是技术切磋嘛，或者是指点一下新手。"

狼蛛若有所悟，难道二当家的是想跟自己做一下技术上的交流吗？他把赵兵的资料理了一下，回复道："如果想追踪这个人的话，眼前掌握的信息已经足够了，有很多种方法可以实施。"

胡一飞一看傻了眼，这个狼蛛太无耻了，老子只不过才骗了他两个问题而已，他就已经学会反制了。胡一飞不得不把自己的问题又重复了一遍："那么请问，你会怎么做？"

狼蛛终于等到这个翻身的机会，当然不会放过，得意道："你现在可是欠了我一个问题！"

"嗯，我知道，你说办法就行了！"胡一飞心中有些郁闷，真是人比人，气死人，自己一个办法都没有，人家却说有很多种办法。

"要追踪这个人，其实不难，这公司不用网站办公，不代表他们不用网络办公。有两个最简单的办法：第一，冒充大道公司的客户，给他们打电话，说是有一份资料要传过去，可以在资料中做点手脚，只要反馈回他们公司办公用的IP地址就可以了，此后可以逐步渗透入侵，进入他们的内网，找到赵兵这个人；第二，先攻陷大道公司的网站服务器，在上面布置追踪策略，然后挑选一个下班的时间，作出攻击大道公司网站的假象，此时冒充公司人员给赵兵打电话，要求他来维护……"

"我靠，奸诈啊！"

胡一飞不得不服，狼蛛就是比自己这个菜鸟要强。两个方法，不管用哪个，都能追踪到赵兵。第一个能追踪到他在公司的电脑，第二个则能追踪到他在家里的个人电脑。不过这小子似乎对打电话这招情有独钟，两个方法都少不了打电话的环节，还真是个奇怪的嗜好，难道是电话控？

狼蛛的方法，同时也让胡一飞的思路大为开拓。他没想到离了邮件木马，还有这么多种方法可以实施。由此他也想到好几个其他的方法，只是比起狼蛛的办法猥琐了很多。比如给赵兵寄一个快递，里面放一张夹杂了木马的毛碟；或者让老四冒充女的，给赵兵的手机发短信，套出他的QQ号码，然后再得到他的 IP；最好是冒充猎头公司的人，给赵兵打电话，说要介绍他进微软公司，让他提供一下个人的详细联系方式，包括 QQ。

胡一飞被这么一点，思路一下变得天马行空起来，各种各样的点子都冒了出来，一个比一个奇怪，让人防不胜防。

狼蛛看二当家的半天没动静，就发来消息："你欠我一个问题，现在轮到我来发问了！"

"你问吧，不过我要补充一点，提问的范围仅限于技术，涉及个人隐私的问题请不要提问。"胡一飞心里的算盘打得叭叭响。反正自己没有什么技术，如果只是提技术问题的话，自己怎么都不会吃亏。

狼蛛郁闷，没想到二当家的还会在事后补充条件，真是无耻。他本想求证一下自己的判断，问问二当家的究竟是不是在理工大内，现在却提不出来了。不过二当家的这个条件提得很正当，狼蛛只好默认，转而问另外一个问题："你是怎么发觉我的行动计划，知道我用电话号码和邮件来追踪你？"

胡一飞还想装做一副惊讶的样子，告诉狼蛛说自己根本不知道此事，字都打好了，他又突然反悔，重新回复道："其实从你进入理工大服务器的第一刻起，我就发现了。我看着你分别入侵了网络中心和学籍中心的服务器，查看一个叫做胡一飞的学生的档案。"

狼蛛心中惊骇得无以复加，果然和自己猜想的一样，对方一开始就发现了自己的追踪。真是奇怪，自己当时已经非常谨慎了，根本没有发现任何被反追踪的痕迹，二当家的又是通过什么方法，对自己的行动了如指掌呢？狼蛛纳了闷，难道自己的技术真的有这么差吗？

"对了！既然你说起了，我就把我的邮箱地址给你，你刚才所说的那两个方法，有没有具体的技术资料，或者是教程，都发到我的邮箱吧！"胡一飞发了一个备用信箱地址给狼蛛。狼蛛说的方法是稳妥的，也是从技术角度去解决的，可自己即使知道了方法，也没有能力去执行，最好趁这个机会把这方面的技术资料搞到手，关于怎么从外网渗透到内网，或者怎么设置追踪策略。

狼蛛现在真弄不明白二当家的到底是高手还是新手了，他把邮箱地址给自己,摆明了不怕自己暗中捣鬼,可他的追踪技术已经强悍如斯了,还要这么基本的资料干什么?狼蛛想了想,又想起最初引起双方打赌的那个问题:"资料我随后就发给你。我再问你一个问题,你在论坛删掉的那个帖子,其中提到的技术名词,能否给我解释一下?"

"不能!因为我现在不欠你问题了!"

"那我先欠你一个问题吧!"

"万一我以后再也没有问题要问你呢!"胡一飞在电脑前面笑得前俯后仰,这个狼蛛在技术上狡诈无比,但论到斗心眼,却差了自己很多,太好糊弄了。

狼蛛无奈:"好,你再有问题,就随时来问我!"他到现在脑子都还没转过弯来,自己总共三个提问的机会,莫名其妙被胡一飞黑掉了两个,剩下唯一的机会,还得到个毫无意义的答案。胡一飞压根没从技术角度去回答,只是他被胡一飞的答案给震住了,一时半会回不过神来。

胡一飞的目的已经达到,赶紧下线闪人,不给狼蛛回味的机会。坐在电脑前,他把刚才的所有思路都整理了一遍,得出结论,狼蛛的办法无疑是最可靠的,一步步靠技术追踪,赵兵根本无从怀疑,而自己的办法一旦被拆穿,就不可能再有第二次机会了。

想了半天,胡一飞决定先等狼蛛的资料传过来,自己利用两三天的时间突击学习一下,看看能不能掌握,然后从技术角度去追踪。要想知道对方是不是变态追踪狂,只能到对方的个人电脑上寻找证据。

过了半个小时,狼蛛发来了邮件,里面打包了好几篇详细的技术资料,都是介绍如何设计追踪策略,如何从外网渗透到内网的,甚至还附送了几个小软件,估计都是他说的那两个方法所要用到的工具。

"这小子倒是言而有信!"胡一飞坐在那里,为自己欺负老实人忏悔了十秒钟,然后又装模作样地把这些东西查了查毒,确认没事后,才打开慢慢欣赏。谁知一看傻了眼,狼蛛发过来的资料全是英文的。

上次胡一飞看狼蛛用的就是英文版操作系统,没想到这小子看个资料也只看英文的。这让胡一飞很不爽,他生平最恨别人在自己跟前卖弄洋墨水,当然,二娃除外。

"妈的，电话控，二鬼子！"胡一飞骂了两声，心说你小子那么爱显摆，咋不把自己论坛的名字也用英文，叫"Zhu Lang"，简称"Zhu"。

胡一飞摸出自己的 U 盘来，把这些资料都拷了进去，准备打印出来，然后趁下午上"马政经"的时候翻译过来。

揣着 U 盘，胡一飞出门直奔打印室而去。路过行政楼的时候，他看见两个人站在一辆银色 Polo 旁边，身影很熟悉，多瞅了一眼，发现其中一人竟是 Cobra。

胡一飞绕了过去，跟 Cobra 打招呼："惠老师，你好！"

Cobra 诧异地打量着胡一飞，觉得眼熟，却又想不起来："你是……"

"上次惠老师来开讲座，我去听了，你还送了签名书给我！"胡一飞很尴尬，他一直以为自己很有魅力，没想到才隔了几天，就被人遗忘了。

"你好！"Cobra 朝胡一飞伸出手，笑呵呵道，"我记得你！你是讲座现场唯一一个听过我名字的人，还给了我一个很高的评价。"

胡一飞这才有点欣喜："惠老师又来开讲座吗？上次你讲得太好了，我很受启发。"

Cobra 摇头说："这次不开讲座，是你们学校网络中心的老师给我们公司打电话，说是学校的网站服务器出了点问题。我是被公司派过来的，谁知刚好赶了个下班时间，楼里没有一个人，现在我都不知道该去找谁了。"

"这得去网络中心，我带你去吧！"胡一飞很是热情地帮 Cobra 带路，"我认识网络中心的一个老师，我给他打电话，帮你联系一下负责人！"

"那太谢谢你了！"Cobra 这人真是儒雅，非常客气地向胡一飞道谢。

胡一飞边走边打电话联系，过一会挂掉电话，道："联系好了，他们的负责人就在网络中心等着，我带你过去就行了！"完了看着 Cobra 旁边的那人道，"这位一定也是你们公司的技术高手吧，不知道怎么称呼？"

Cobra 觉得胡一飞非常有意思，就笑着介绍道："这是我的朋友，赵兵！一会查完你们的服务器，我还得赶到他们的公司去做个安全规范的讲座！"

赵兵嘴角露出一丝淡淡笑意："我可不是什么技术高手，怕是要让你失望了！"说完，从兜里掏出一张名片说，"很高兴能认识惠老师的粉丝！"

胡一飞接过来一看，心里道了一声"我靠"，这赵兵竟然就是刘晓菲说的那个赵兵。胡一飞刚才没细看，现在重新打量了一番赵兵，还真是吓了一跳。儒雅的金丝眼镜，飘逸的长发，端正的五官，再加上和蔼的笑容，凑到一块，那就是传说中变态狂的面相啊。

"英雄"救美

胡一飞看刘晓菲不说话，就知道她是什么意思了。"行，那我知道咋办了！"挂了电话，胡一飞直接召唤老大，"老大，带上老四，还有你的魔兽军团，五分钟内赶到小操场，一会能看到一个斯文败类走过，打扮得人模狗样，长发带金丝，找个茬给我拦下。"

老大正在砍魔兽，一时没反应过来，问道："咋回事？"

"看他不顺眼！"胡一飞在电话里吼着。

胡一飞是个以貌取人的家伙，在他眼里，凡是比自己帅，而又很有斯文气质的，那不是变态，就是君子贱了。他把赵兵的名片塞进兜里，咧嘴笑道："你太谦虚了！"

一路送到网络中心，胡一飞找到自己认识的那个老师，把 Cobra 转交，准备撤退："惠老师，我下午还得上课，就先回去了！"

"太谢谢你了！"Cobra 笑着道谢，"上次给你介绍的书都看了吗？有什么问题，尽管来问我！"

胡一飞赶紧道："正在看！我基础太差，看得很慢。"

"不要好高骛远，现在学计算机的人多，你要是为好找工作，就挑个冷门的方向，比如 Linux、Unix，或者是 PHP，入手容易、好学，而且这方面的人才需求量大，薪水也比较高。"Cobra很热心，作为业内人士，给胡一飞提了些建议。

胡一飞大为感动，连声道谢："谢谢惠老师！你先忙，回头我要是有什么问题再请教你！"

"好的，好的！"Cobra微笑颔首，看着胡一飞转身走远。

"这个小孩挺有意思！"赵兵此时才插了一句话。

"嗯，人挺好，很热心！"Cobra回了一句，"上次我被严胖子拉来开讲座，要不是这小伙，差点就冷了场，太尴尬了。"

"你去查服务器吧，我在他们校园里转转，一会电话联系。"赵兵拍拍Cobra肩膀，跟在胡一飞后面走了出去。

胡一飞出门没走多远，就听见后面有人喊自己，回头一看，是那个赵兵，便站下来，等赵兵走近了才道："赵老师怎么这么快就出来了？"

"叫我赵哥就行！"赵兵客气着，"我又不是安全公司的人，查服务器用不到我！"

"你太谦虚了！"胡一飞第二次用这个词，"你是大公司的网络经理，水平肯定也很高！"

赵兵这次只是笑笑，不置可否："你们学校13号楼怎么走？"

13号楼？那不就是梁小乐和刘晓菲她们宿舍楼所在吗？胡一飞心里明白，嘴上却揣着糊涂："赵哥你在理工大有熟人？他在13号宿舍楼，还是13号教学楼？"

赵兵很是诧异："你们理工大还有13号教学楼吗？"

胡一飞点着头说："有啊，新建的！"胡一飞说起谎话脸不红心不跳。理工大只有宿舍楼排顺序，教学楼都冠以名字，比如某某学院楼。要是赵兵说找13号教学楼，给他随便指个楼就是了。

"我朋友在13号宿舍楼！"赵兵道。

胡一飞心里暗骂，什么朋友，是你追踪的对象在13号楼吧！当下指着前面说："你往这个方向走，看见红色小楼左拐，看见图书馆再左拐，最后看到个小操场，右拐，往前再走 500 米，就是了！"

赵兵皱着眉："很远？"

"不远，不远！"胡一飞摆着手，"几分钟就能走到！"

"谢谢你了！"赵兵又笑了起来，"那我先走了，去找朋友！"

"好！再见！"胡一飞顺势往旁边小路一拐，走出一截，赶紧掏出手机，给刘晓菲拨了过去，"美女，我看见赵兵了！就在咱们学校里头！我正忽悠他满校园转圈呢，要不要我帮你出出气？"

刘晓菲本来还想耍笑，一听这个，不再说话了。

胡一飞看刘晓菲不说话，就知道她是什么意思了。"行，那我知道咋办了！"挂了电话，胡一飞直接召唤老大，"老大，带上老四，还有你的魔兽军团，五分钟内赶到小操场，一会能看到一个斯文败类走过，打扮得人模狗样，长发带金丝，找个茬给我拦下。"

老大正在砍魔兽，一时没反应过来，问道："咋回事？"

"看他不顺眼！"胡一飞在电话里吼着。

老大一激灵，扔下键盘，说："收到，马上办！"当下起身招呼老四，又扯着嗓子喊了一声，"兄弟们，有情况！"网吧里瞬间站起十来号人。

听说是十多个对一个，魔兽部队主动请战的气氛异常炽烈，没等老大下令，就浩浩荡荡簇拥着他直奔小操场而去。"看他不顺眼"是寝室里的暗号，这暗号的来历还跟老大有关。猛男大一向小姑娘表白被拒的时候，天天烦躁，有一天跟人打了起来，胡一飞带着人马赶到现场，那被打的小伙很是委屈，追问老大为啥打人，老大丢下一句"看他不顺眼"，把在场的人都给震翻了。

胡一飞奔到打印室，把 U 盘里的资料打印好，看看表，琢磨着时间差不多了，就奔小操场而去。到那一看，赵兵正被魔兽们包围着，眼镜也飞了，衣服也歪了，那长发也飘逸不起来了。

老大正推搡着赵兵："你甭说那么多废话，我就不信那么大一活人你看不见，好好的路你不走，往人手上踩，眼睛瞎了？"

周围魔兽们群情激愤，手上推着，脚下绊着："我看你小子就是欠揍！"

老四在一旁被两人按着，还不住地跳着脚："妈的，都别拽我，我揍死他！"

胡一飞一看心中暗爽，这场面他太熟悉了，这招还是他教会老四的呢。趁人过来把球直直地一扔，然后装做捡球，跑过去顺势把手往对方脚底一塞，起身就开始揍人，说对方把自己的手踩了。此时大部队冲上去，立刻分成两派，一派劝架，一派起哄。推拉之际再占点便宜，这样事态就会控制得刚刚好，不大不小，只能算是争执，不能算是闹事。胡一飞观察了一会，心说老四这货真没出息，同样的招数，老子从来不用第二遍，这货肯定有受虐癖，往人脚底下塞手指，还他妈的塞上瘾了。

看看差不多了，胡一飞这才出场，远远装做看见赵兵，大吃了一惊，然后一路小跑到跟前，把众人全都拉开，嚷道："干什么！想打群架啊！"

老大有些愣神，没明白胡一飞唱的是哪出，好在那边老四机灵："妈的，这小子还找了帮手。老大，我们也叫人！"

"操，你小子还敢叫人！"老大明白过来，"咚咚"给了赵兵两拳，"兄弟们，叫人！"周围魔兽迅速拿出手机，开始 Call 人。

赵兵一看急了，心说自己今天真是倒了血霉。刚走到这"荒无人烟"的小操场，就飞来横祸。那小孩非说自己踩了他的手，上来就是几拳，还好旁边有人拉架，不然自己现在就惨了。想着好汉不吃眼前亏，扔几个钱了事算了，谁知道来了个熟人胡一飞，一嗓子又把事情喊大了。

"谁喊人了！"胡一飞大眼一瞪，把老大往后推了一步，"丢人不丢人，你们这么多打一个，老子那是看不惯！"

"你算哪根葱，也轮得着你看不惯！"老大大手一推，把胡一飞推了个趔趄。

胡一飞站稳后就跳了起来："妈的，你丫找打架是不是！也不打听打听我胡一飞是干啥的！"

周围魔兽部队顿时一惊："胡一飞？我靠！名人呐。"

老大一听有点熊："你……是胡一飞？"

"上二号楼打听打听去，谁不认识我胡一飞！"胡一飞一指赵兵，"这位是我朋友，有什么事冲我来！"

那边老四也不叫了，傻傻地站在一旁。

老大好歹得撑着门脸，想了一会，道："你朋友把我兄弟的手踩了，看在你胡一飞的面子上，道个歉，这事就算完了！"

胡一飞从兜里抽出昨天刚取的500块钱，说："道歉没门！不就踩了一下吗？手又没坏，要么把这钱拿去，要么就都站着别动！"

老大没法了，看老四，见他沉着脸点了头，这才道："好，今天这事就这么算了！"说完把胡一飞手里的钱一接，示威似的冲赵兵瞪了瞪眼，然后招呼着魔兽部队撤退了。

魔兽们边走还边回头看，有人问道："那人真是胡一飞？"

胡一飞看着那群人走远，心想这魔兽部队战斗力还成。五分钟的时间，居然还能搞来一只篮球，虽然破了点，但也算是有模有样，就是人数不对头，打个全场才需要十个人，刚才那堆他娘的少说也有十七八个，超编了一大半，太不专业了，好歹弄两只篮球嘛。

胡一飞在地上找了找，发现赵兵的眼镜掉在了八丈远的地方，赶紧捡过来递给赵兵："赵老师，你没事吧，要不我带你去医务室看看。"

"不用，不用！"赵兵摇着头，脸色阴沉，"他们也没怎么动手，就是胸口上挨了两拳，没事的！"

"这帮畜生，今天算便宜他们了！"胡一飞恨恨地说着，"换了平时，我非揍死他们不可！"胡一飞不依不饶骂了两句，回头问赵兵，"赵老师，你是要去13号楼吧，我送你过去！"

赵兵此时哪还敢去13号楼，回头别再遇上那帮小子！今天这事，看来只能自认倒霉，左右一个人都没有，要不是让胡一飞碰上，自己免不了被人饱揍一顿。别人打完一跑，自己上哪找去？连个人证都没有。

"刚才谢谢你了！"赵兵终于想起了要道谢，"幸亏遇到你了！"

"这事不管谁遇上，都得管，赵老师你不必客气。"胡一飞摆着手，"那要不我送你回网络中心？"

赵兵现在灰头土脸，也不好意思回网络中心，就问道："附近哪有可以洗漱的地方？"

胡一飞指着不远处的一栋小楼，说："那边的外教楼就可以，我带你去吧，正好我也要去那边！"说完，胡一飞还把刚打印出来的英文资料拿出来在赵兵眼前晃了一下，"老师给了份资料，让我送到那边的外教楼去翻译，幸亏是这样，要不还遇不上这事呢。"

赵兵暗道运气，心里哪有丝毫怀疑，跟着胡一飞向那边的外教楼走去。走出一截，他突然想起一事，急忙掏出钱夹子，从里面捏出一沓钱，塞到胡一飞手里："小胡，这个你拿着，是你刚才替我出的！"

"没这么多！"胡一飞分出一半，剩下的又往回推。

赵兵非要塞给胡一飞，两人推推搡搡到了外教楼下。胡一飞得拿出学生证登记，赵兵趁机把钱塞到胡一飞的兜里。走进楼里，胡一飞指着旁边的洗手间，说："赵老师，你先去洗洗，我上楼把资料送去！"

等赵兵洗完，把身上的灰都拍掉了，胡一飞正好从楼上下来，手里的资料没了，倒是多了一些创可贴。外教楼的二楼设有医务室，胡一飞在那花十块钱买来一大堆，下来全都塞给赵兵。"我从老外那里讨来的，你看看哪里有伤口，先贴着！"

赵兵感动得不行，这胡一飞真是又仗义又细心，难怪 Cobra 对他赞不绝口，当下道："我的电话刚才给你了，以后要是到市里的话，就来找我！"

"我平时很少去市里头的，赵老师有 QQ 没？我回头加上，要是有什么问题，我可以在网上向你请教！"胡一飞趁着赵兵晕头，赶紧讨 QQ 号码。

"有，你记一下，8033××××！"赵兵看着胡一飞记到手机上，又说，"有事给我留言就行！"

"看来以后免不了要麻烦赵老师了！"胡一飞笑得很是憨厚，心中却窃喜不已，原来制造偶遇事件也能黑客啊，这可比狼蛛的办法高级了好多倍。

"客气什么！"赵兵轻拍胡一飞的肩膀，叹气说，"那我今天就不去找朋友了，直接回公司，在公司里等 Cobra！"

"我送你吧！"胡一飞赶紧前面带路。

"你在你们学校好像很出名？"赵兵路上突然问道。

胡一飞尴尬地笑："让赵老师见笑了，我那是丑事做多了，人就出名了！不过赵老师以后要是再来理工大，提我胡一飞的名字，保证没人敢找你麻烦。"

赵兵一下想起前几天网上闹得沸沸扬扬的理工大 Mini 门事件，好像男主角就叫胡一飞。难怪那十来个人听到这名字，全都灰溜溜地走了，这胡一飞在理工大还真是名人呐。

胡一飞一直把赵兵送到行政楼前，看他钻进那辆 Polo 走远，这才露出一脸淫笑，心想姓赵的你完了，QQ 号码落在我手里，你的苦难日子这才算是刚刚开始。

伸手进兜，摸到那沓子钞票，胡一飞的脸笑开了花。他把衣服一撩，从皮带里抽出那叠打印好的资料，得意洋洋踱着小步，朝教学楼走了过去，嘴里还哼着小调："拿了我的给我还回来，吃了我的给我吐出来……"

欺骗纯洁少女的感情，那是要付出代价的！

接下来的时间，胡一飞一直忙着翻译资料，翻译完，就在那里学习资料里所提到的技术。狼蛛的资料讲得很详细，从原理到最后的实践操作，每一步都有解说，正好适合胡一飞这样的菜鸟学习。

快下课的时候，胡一飞接到刘晓菲的短信："晚上请你吃饭。"

胡一飞的兜里有赵兵给的钞票，底气十足，回复道："四号食堂，我请你和小乐吃饭！"

下课后，老师前脚刚走，老大和老四后脚就跑了进来。

老四邀着功："二当家的，我表演得咋样？弄个金鸡奖能成不？"

"二当家的，那小子咋得罪你了？"老大到底稳重，"我看他好像不是学生，没啥问题吧？"

"没问题，放心吧！"胡一飞笑着，"这小子不老实，在咱理工大泡妞被我发现了！"

"日！"老四很是愤怒地拍着桌子，"早知道我就多揍他几拳。妈的，咱理工大资源本来就少，他还跑来抢，我看纯属就是欠揍！"理工大爷们最痛恨的事莫过于此。

老大从兜里掏出 200 块钱，递给胡一飞："每人一盒烟，还剩 200！"

胡一飞没接："这钱又轮不到我出，肯定得那小子来出，你要还，就去找他吧！"

老大一听，又把钱装了起来，嘿嘿道："看来这钱不花都不行了！"

三人一起出了教室，往寝室的方向走。拐个弯，胡一飞又碰到了熟人，Cobra 正从网络中心的方向走了过来。胡一飞想着那个入侵学校网站的黑客可能跟自己有关系，就迎了上去。

"惠老师！忙完了？"

Cobra 站住脚，笑着点头："嗯，忙完了！准备回去呢！"

"上课前我又碰到赵老师，他说先回公司了。"胡一飞笑得很舒心。

"嗯，今天在你们这里耽误了点时间，他可能等不及，就先回去了！"

胡一飞赶紧抓住话头："入侵服务器的黑客查出来没有？网络中心的老师说是学校里的学生做的！"

Cobra 摇着头："没有查到，对方的水平很高！你们学校里的学生肯定达不到这水平。我判断不是冲你们学校来的，很有可能是两个黑客之间的比拼，先入侵的一方在服务器上布置了追踪策略，好像在等着另外一方来入侵。"

"不是吧！"胡一飞大眼瞪得溜圆，"还有这种事？"

"呵呵。"Cobra 拍拍胡一飞的肩膀，"黑客圈里的怪事很多，你好好学，以后有机会入行的话，就会接触到很多。好了，我得赶回公司做一份报告，先走了！"

胡一飞目送 Cobra 离开，心中诧异不已。竟然会有人故意在理工大的网站服务器上布置追踪策略，难道真让自己猜对了，这事就是冲自己来的？奇怪！胡一飞很是纳闷，自己只是个小菜鸟，如果离了神器，根本拿不下学校的服务器，对方劳心劳神想揪自己出来，究竟是为了什么呢？本以为对方是冒充自己黑掉网站，栽赃给自己，现在看来，事情还要更复杂一些。

闷闷地回了寝室，胡一飞怎么也想不明白这个事，想来想去，他甚至还想到之前的关机风波，觉得是网监来追踪自己了。

"万幸啊万幸！"胡一飞此时倒是很庆幸自己那天出门去取钱，又被曾玄黎拉去痛揍了一顿，否则自己当天要是知道这事的话，肯定会按捺不住好奇心，跑到学校的网站去看看，说不定这一看，自己就要倒了大霉。胡一飞决定，以后再上网，坚决不用理工大的 IP 了。

距离吃饭的时间还早，胡一飞打开电脑上 QQ，决定先把赵兵加上。搜索了一下，发现赵兵的 QQ 昵称叫做"与狼共舞"。胡一飞摸着鼻子，心说看这货的昵称，自己的判断应该八九不离十，也不知道这货与狼跳的什么舞，国标、华尔兹，还是探戈？是公狼还是母狼？

加了赵兵后，没过几分钟，系统提示通过对方的验证。看来赵兵应该已经在公司上班了，他倒是很敬业，轻伤不下火线。

胡一飞用的 QQ 版本能显示隐身用户和 IP，他给赵兵发了个消息，随后就得到了对方的 IP 地址。胡一飞赶紧抄了下来，心想这大概就是他们公司的 IP 地址，回头自己就用狼蛛资料上的办法，渗透进内网去看看。

赵兵回复消息说："我正在上班，加上你了，以后有问题的话，你就给我留言！"

胡一飞应了一声，便下了 QQ。赵兵的技术肯定很高，自己追踪他，得从长计议，免得打草惊蛇。胡一飞认为自己现在的头等大事，是找一台稳定的服务器。理工大的 IP 不能再用了，但免费的代理肯定不行。想来想去，他又把视线瞄到这些大学的公共上网服务器上，速度快，又稳定。全国那么多大学，就算有人要追踪自己，自己一天换一个不就行了吗？有本事你把这些大学的网站都黑了，在上面布置追踪策略。

想了一会，胡一飞挑中了距离理工大不远的东阳师大。早听人说师大的网速更快一些，而且那里的美女也多，说不定自己还能碰到美女黑客这种稀罕人物。胡一飞邪恶地想着，然后搜索出师大的 IP，用神器链接上去，顺手还在人家的服务器上实践操作了一把，按照狼蛛资料中的方法，布置了一个追踪策略。

他主要是怕有人再追踪自己，而自己都不晓得。

弄完了，胡一飞不放心，在自己的机子上也做了追踪策略，然后就拿着狼蛛给的资料在那继续琢磨。他得熟悉所有的操作环节，免得自己上手的时候，还得带着一本攻略，就跟校长大人讲话时带草稿一样，看起来很不专业！

挨到吃饭的点，胡一飞给梁小乐打电话，约好了四号食堂见面，便出门朝那边踅摸了过去。

路过一片小竹林时，胡一飞往竹林里随便一瞅，吓了一跳，躲起来再往里面细细观察，不由眼睛直了。段宇正搂着小丽，两人坐在小竹林里的长条石凳上打着kiss。

胡一飞赶紧绕着走开，心想还是老三牛啊，干什么事都能抓住"重点"，直入主题。虽说天天让小丽训得跟孙子似的，看起来像是一对仇人，但人家有收获，这都打上啵儿了。自己天天跟梁小乐油嘴滑舌，看起来很亲密，但那都是漫无目的的游击战，到现在连手都还没拉上呢。

"日啊！"胡一飞的手顿时有点按捺不住，他想起梁小乐那玉润白皙的小手，啥时候自己能摸到呢？

到达四号食堂，梁小乐和刘晓菲已经在那里等了。两个人随便拉一个出来，都美得惊人，坐在一起的话，那效果就又翻一倍，达到了惊神。自然引得周围的人都没什么心思吃饭了，动不动就往这边瞥，特别是那些领了妞过来装款的，感觉自己太亏了，今天这钱花得冤，怎么着也得领一位跟那边美女差不多水平的吧。

胡一飞走进门，刘晓菲就站起来招手："胡一飞，这边，这边！"

这一喊，顿时搅得大厅内骚动不已。胡一飞这个名字，着实要比两位美女坐在一起还要风骚。大家争先恐后地看过来，都想瞅一瞅那传说中的菲戈长啥样，一看之下，顿觉见面不如闻名，原来菲戈竟是一个猥琐男。

众人心中咒骂不已，这是什么世道啊？一个猥琐男，先是让一个美女开着Mini Cooper在楼下哭死哭活，再是让两位美女坐在那里等着他吃饭。还有没有天理了？还给不给俺们这些英俊小生们活路了？

胡一飞一看众人的眼神，赶紧夹着尾巴溜过去，道："美女，能不能别替我宣传，不知道我是名人呐！"

刘晓菲捂了一下嘴，似乎才想起这事："我给忘了，对不起！"

梁小乐笑着说："你还知道自己现在臭名远播啊！"

胡一飞尴尬地笑："管他臭的香的，出了名就算。你们点菜了没，赶紧点吧！"

点了菜，刘晓菲就让胡一飞说说今天下午是怎么回事。她很好奇胡一飞怎么碰上了赵兵，又是怎么替自己出气的。

胡一飞就把来龙去脉讲了讲。当然，他是有选择性地讲，能展现自己智慧和正义感的，比如如何发现赵兵，如何灵机一动，又是怎样布下天罗地网，自己如何南征北战，左突右冲，这些他就添油加醋地讲；等到了猥琐的、会影响自己在美女心中形象的部分，他就自动失忆，绝口不提，好像那事没有发生过一样，比如黑了赵兵的钱。

等讲完了，两位美女已经被忽悠得眼睛、嘴巴一齐张大，连吃饭都给忘记了。回过神，刘晓菲道："下午收到赵兵的短信，说他就在13号楼下，吓得我都不敢去上课。后来没了动静，原来他是狼狈地逃回去了。"

胡一飞很得意："今天这只是对他欺骗你感情的小小惩戒，算是便宜他了。等查清楚他是不是那个骚扰狂，看我怎么治他。"

"你要怎么查？"刘晓菲对这个很感兴趣。

"山人自有妙计！"胡一飞捋着自己那光溜溜的下巴，好像那里长了山羊胡似的，"你就等着我的好消息吧，两三天内，肯定能查清楚！"

刘晓菲便不再问。吃完饭，她擦完嘴巴站起来，道："我还有点儿事，先回去了，就不打扰你们两个了噢！"

胡一飞一听，顿时感激涕零，激动得差点掉眼泪，心想自己总算没有白帮她出气，这个千年电灯泡终于有点自知之明，知道要回避回避了。胡一飞笑着摆手："快走，快走！"

梁小乐脸上飞起一丝红霞，道："我也要回去。晓菲，我们一起走吧！"

胡一飞哪放过这个机会，凑近了，压低声音道："我刚才来的时候，路过小竹林，看到了一件非常稀罕的事情，你肯定没见过，我带你过去看一下。"胡一飞的表情非常夸张，明明是段宇跟小丽在打啵儿，让他这么一渲染，就像看见了外星人打 kiss 似的。

刘晓菲本来好动，顿时来了兴趣："啥子稀罕事，我也要去看！"看胡一飞朝自己直瞪眼，她才极不情愿地改了口，"我还是办事要紧，小乐，你就过去看看是啥子稀罕事，回来给我讲讲哈！"

"嗯！嗯！"胡一飞点头如捣蒜，"绝对稀罕！保证看了绝不后悔！"

三人在食堂门口分手，梁小乐就跟着胡一飞往小竹林那边溜达。此时天色已经全黑，整个校园笼罩在夜色里，通往小竹林的路静谧曲折，在朦胧的路灯光中，散发着温馨浪漫的气息。

"到底是什么事？你是不是又在骗我？"梁小乐问道。胡一飞说瞎话从来都不打草稿，她有点不相信。

"绝对没有！"胡一飞摇着头说。看看快到小竹林了，他就蹑手蹑脚地顺边遛了过去，往中间的石凳一瞅，诧异地说："咦？怎么不见了？"

梁小乐气得在后面拍他："就知道你小子在骗我！还装模作样，跟真的似的。"

胡一飞嘿嘿笑着，指着那边的石凳说："我没有骗你，刚才明明就在那里的，谁知道又不在了！"

"那你到底看见了什么？"梁小乐问道。

"我刚才来的时候，看见有两只蛐蛐趴在石凳上。"胡一飞道。

梁小乐差点岔过气，瞪着眼道："两只蛐蛐也叫稀罕事？"

"关键是个头大，得有这么大！"胡一飞比划出一个鸡蛋的大小，"两只蛐蛐在落日的余辉中，闪闪发着金光。我走过去一看，还是一公一母，在那正打着 Kiss。"

梁小乐笑得肚子都有点疼："你就瞎说吧，蛐蛐还能分出公母吗？"

"当然分得出来！"胡一飞一本正经的口气，"它们翅膀上都写着名字呢。左边的那只叫胡一飞，右边的那只叫梁小乐，我当时看得仔仔细细……"

"仔细你个头！"梁小乐伸手去拍胡一飞，"你这是转着圈占我便宜呢！"

胡一飞躲过了，回头笑着，道："我说了你又不信，要不我们就坐在这里等一等，看看那蛐蛐还会不会再出来？"

梁小乐哪有胡一飞奸诈，往那里一坐，道："好，就等十分钟，如果蛐蛐不出来，我就把你揍一顿。"

"太暴力了吧！"胡一飞笑着，顺势坐在梁小乐旁边，"你不是淑女吗？"

"不揍你也行，那我抓只蛐蛐来，要是你分不出公母，就把它吃下去！"梁小乐坏笑地看着胡一飞。

胡一飞作呕吐状："太恶心了！那我宁愿被揍一顿。"

往凳子上一坐，周围的建筑仿佛消失了，四下里只有飒飒作响的竹子在风中摇曳生影，竹林圈出来的小小一方夜空，正有一轮明月高高挂在那里。梁小乐抬头看了看，道："这里好美，我以前怎么都没发现呢！"

胡一飞点着头，道："其实，关于这个小竹林，还有一个美丽的传说！"

"你又要瞎说了！"梁小乐看着胡一飞，美丽的笑脸映在月光中，竟别有一番韵味。

胡一飞一时看得有些如痴如醉，到了嘴边的话都忘记说出来。

梁小乐踢了踢胡一飞的脚："在干什么？不会是现编那个传说吧？"

胡一飞摇着头："我哪里会编故事，这可是毕了业的师哥、师姐们给我讲的！"

"那你说说看！"

胡一飞清了清嗓子，娓娓道来："他们说，如果在月圆之夜，有男女坐在这小竹林的石凳上，他们就会成为一对恋人，以后能修成正果！"

梁小乐一怔，似乎想要站起来，最后还是坐在那里没有动，狠狠地踢了胡一飞一脚，嗔道："这肯定是你自己瞎编的，我从来都没有听过这个传说！"

胡一飞心中很激动，这故事是他瞎编的，不过梁小乐没有站起来却是真真实实的，这不已经相当于她默认了恋人关系嘛！胡一飞一时都不知道该说啥，他很想放声地大唱，就唱那首他最熟悉的——"等了好久终于等到今天，梦了好久终于把梦实现……"

"怎么不说话了？"梁小乐看着胡一飞，"被我说中了吧！嘿嘿，就知道你在骗人！"

"反正我相信这个传说是真的，时间会证明一切！"胡一飞盯着梁小乐的眼睛，"你呢，信不信？"

梁小乐被胡一飞那炽热的眼神盯着，心里如同小鹿乱撞，赶紧撇过脸去，平复着自己的心情。认识胡一飞以来，这还是她头一次听到胡一飞能够如此认真地讲话，这一句远远胜过很多句的分量。

"你不说话，我就当你是相信了！"胡一飞又恢复了平时的模样，坏笑道，"别人都灵了，到咱们这里肯定更灵！"

"少瞎说，谁和你咱们……了。"梁小乐这句话，开头气势汹汹，只是一个字比一个字声音低，到最后，连她自己怕也听不清了。

胡一飞大乐，突然一指夜空："快看，有架飞机飞过来了！"

梁小乐此时心神已乱，哪疑有诈，抬头去看，除了一轮明月，什么都没有看到，便问道："在哪呢？我怎么看不到？"

"那不是吗！"胡一飞拿手指着，嘴里还在大叫，"快看！快看！一闪一闪的，还在往前飞，速度好快啊！"

梁小乐只得靠近，差不多贴到胡一飞的身上，顺着他手指的方向看去，还是没有看到飞机。"在哪呢？"

"哎呀，你这什么眼神！"胡一飞很着急的样子，一把抓住梁小乐的手抬起来，给她指着，"那不就是吗？"

梁小乐的手被胡一飞一捏，顿时全身一紧，这才有些回过神来，抬眼发现夜空中还是那轮明月，知道自己上了当，大叫道："胡一飞，我杀了你！"

胡一飞早已跳着跑开两步，站在那里哈哈大笑："刚才明明就有的，难道是UFO吗？跑得太快了，跟流星似的。"

"有种你站那别动！"梁小乐从椅子上跳起来，追着胡一飞跑了过去，"敢趁机占我便宜！我一定要杀了你！"

胡一飞哪会站着不动，一蹦一跳蹿出了小竹林，气得梁小乐在后面喊杀喊打，朝宿舍楼的方向追逐去了。

"小姐呀小姐你多风采，君瑞啊君瑞你大雅才……"胡一飞哼着小调，一副心满意足状，踱着小八字步进了寝室。

寝室里只有段宇在，看见胡一飞的贱样，随口道："二当家的，插管管回来了？"

胡一飞今天心情好，被提起伤心事也不气恼，他过去趴在段宇的显示器上，笑呵呵地盯着段宇，仔仔细细地打量着他的脸。

段宇被他怪异的眼神看得心里直发毛，有点坐不住了："你看我干什么，我又不是梁小乐！"

"老三，我发现你今天和平时有点不一样啊！"胡一飞一脸深沉地说。

段宇急忙摸着脸，道："没什么不一样啊！"

胡一飞又看了两眼，一本正经地说道："唔，好像嘴巴有点肿了！"

段宇的脸当时红得跟猴屁股似的。妈的，这胡一飞的眼睛忒他娘的毒了，连这都能看出来，赶紧摆着手，道："那……刚才在床沿上磕了一下！"

"噢——"胡一飞拖着长音，不忘嘱咐一句，"以后小心点，可别再磕到了！"说完，又迈着小八字步奔阳台去了。

㉑ 监控到地下黑客组织

"有人在狩猎自己！"

胡一飞被自己的这个推论吓得不轻，心说老子也没做什么坏事，值得你们这么大动干戈吗？不就是关了几台电脑，一没有搞破坏，二没有赚取非法利益，三是为民除害。这个狩猎者到底是个啥玩意？你非咬着老子不放干吗？还有那个鸟神，究竟是个什么怪物？

夜半惊魂的，不只是二当家的胡一飞。寒号鸟半夜起来开工，登上东阳师大的服务器，发现服务器被人设置了追踪策略，当时差点没吓哭了。

胡一飞在阳台上花痴了很久。后来段宇跑上阳台要进卫生间，被那团黑影吓了一跳。半天没有动静，他以为胡一飞出去串门子了。

"二当家的，你趴那干啥？"段宇小心翼翼地问。

"吹吹风而已！"胡一飞定住了神，才想起还得帮刘晓菲追踪变态狂，就起身进寝室打开自己的电脑。

上了QQ，发现赵兵此时在线，胡一飞就拉出神器，直接链接了他的IP地址，顺手还把这个IP记在了本子上。

赵兵桌面上的QQ图标闪来闪去，只是消息没有人来收，桌面上没有任何操作，可能赵兵此时不在电脑跟前。胡一飞刚想进入工作模式，到对方的电脑上翻一翻，看看有没有骚扰刘晓菲的证据。谁知手刚动，对方桌面上的鼠标移动了起来，胡一飞只好先耐住性子，观察对方的 QQ 聊天。

QQ 消息点出来，是一个叫罗成的人发来的，他问道："风狼，你还在东阳吧？听说昨天东阳理工大的网站被人黑掉了！"

"这事我知道，下午 Cobra 还被理工大请过去调查原因！只是个小网站，你怎么会对这个感兴趣？"赵兵问道。

"Cobra？我跟他不熟，不过你告诉他，最好别掺和这事！"

"怎么回事？你知道这里面的内幕？"赵兵的打字速度快了很多，显然对罗成的话感兴趣。

"内幕没有，不过鸟神说了，理工大里有超级黑客，千万别往那里伸手！"

"鸟神说的？不太可能吧！"赵兵似乎还惦记着下午的事情，"理工大那破地方，除了出土匪，还能出黑客？"他显然不大相信。

"做咱们这行的，得多加小心，各方面的高人都得打点到，否则不知道啥地方惹了高手，就莫名其妙进了局子。"罗成发完，又叮嘱了一句，"鸟神可不是随便说说，前几天的关机风波你总知道吧，就是因为我们炒作理工大的 Mini 门事件，结果惹怒了高人。那些网站还好，只是被关机，可我的外围盘子都被踢了，还有银熊、朱七戒、十进制，他们跟着炒，盘子也都被踢了。要不是鸟神指点，我们那次估计得全完蛋！"

"我靠！"胡一飞一拍桌子，大感意外，没想到监视赵兵，竟然还能监视到炒作 Mini 门事件的幕后真凶。他赶紧把那个罗成的 QQ 号码抄了下来，心说等抽了空，老子再去收拾你们。

胡一飞又把罗成提到的银熊、朱七戒、十进制这三个名字也都记了下来，心想这些也不是什么好鸟，等以后自己搞罗成的时候，看看能不能把这三个家伙的联系号码弄到手，到时候一起把他们收拾了。

写完了，瞥着名单上的四个名字，胡一飞突然反应过来。罗成嘴里所说的理工大高人，可不就是在说自己吗？是自己格式化了他们的服务器，然后又制造了关机风波，所有的事情都能对上号。

这个念头刚起，胡一飞的后背顿时冒出了冷汗。一直以来，他都以为这些事情自己做得神不知鬼不觉，却从没想到别人非但知道，而且是人尽皆知。

"那个鸟神到底是谁？"胡一飞的脑子开始乱了。不应该啊，他怎么会知道关机风波和 Mini 门之间的联系呢？又怎么那么肯定自己就在理工大之内？自己的一举一动，似乎全在这个鸟神的眼皮子底下，可自己却根本就不知道这个人是谁、在哪里。这种感觉，比上次亲眼看着狼蛛把自己揪出来还要恐怖！

"如果理工大的高手真的那么厉害，那黑掉理工大网站的人又是谁？"赵兵反问。

罗成发了个笑脸："鸟神说是狩猎者！反正都是神仙打架的事，咱们惹不起，还是躲远点吧！"

赵兵一连发了好几个叹号："狩猎者？这不可能吧！"

"狩猎者？"胡一飞目瞪口呆地盯着屏幕，怎么又冒出个狩猎者？这是个什么玩意？是另外一个高手的名字吗？真奇怪，自己和他根本没有一丁点的交集，无冤无仇，他为什么要冒充自己的名号黑掉学校网站？还在上面布置追踪策略？更为奇怪的是，他们怎么都知道自己是二当家的？

罗成发来消息："我看你在东阳，所以想着你大概会有这方面的内幕消息，没想到还是鸟神的消息比较灵通一点。那你今后多关注一下理工大，如果知道那超级黑客是谁，千万要告诉我，好让我躲着一点！"

"我明天找 Cobra 问问去，他下午去查了理工大的服务器，可能会有所收获！"

罗成便告辞："那我先闪了，回头你要是有什么好的作品，记得卖给我！"消息发来，头像一黑，罗成消失了。

胡一飞的脑子现在彻底乱了。他是来监控赵兵的，而眼前看到的每一条消息，却都与自己有关，每一个字都让他惊骇不已。

电脑上的赵兵又调出另外一个 QQ，给 Cobra 发着消息："下午你查理工大的服务器，有没有什么结论？"

Cobra 很快回复消息："有人在上面布下了追踪策略，我想可能是黑客之间的恩怨吧！"

赵兵这下彻底信了罗成的话，心说鸟神真是他娘的神，没有去看那服务器，就已经知道是怎么回事。赵兵给 Cobra 回复道："我听到消息，说布置追踪策略的，很有可能是狩猎者！"

"不像是！"Cobra 亲自查验过服务器，自然最有发言权，"我检查过了，虽然上面的追踪策略设置得很精明，但还不能展现出一个狩猎者应有的水平。而且下午我恢复网站之后，服务器再没遭受到攻击，如果真是狩猎者，怕不会轻易罢休吧！"

"我也就是听说而已！不是最好，不然江湖就不太平了！"赵兵回应着，却没有告诉 Cobra 关于这个狩猎者的推论是鸟神说的。

"江湖传言而已，不足为信！一个小小的理工大，怎么可能存在狩猎者的目标！而且这也经不起推敲，那些曾经栽在狩猎者手里的黑客，有哪一个不是强人？如果狩猎者提前公布狩猎目标，怕是一个也逮不住。"

"说得也是！"赵兵发完消息，"好，那你早点休息吧，明天我们公司的培训，可不能再耽误了。"

"好的，明天上午见！"

胡一飞此时的心情，怕是都不能用惊骇两个字来形容了。Cobra 的话，让他明白过来，狩猎者很有可能不是一个人，而是一种职业的代称，就像猛男嘴里的猎人，或者街头小混混嘴里的条子。而且很明显，狩猎者的狩猎目标，就是二当家的。那不就是自己吗？

"有人在狩猎自己！"

胡一飞被自己的这个推论吓得不轻，心说老子也没做什么坏事，值得你们这么大动干戈吗？不就是关了几台电脑，一没有搞破坏，二没有赚取非法利益，三是为民除害。这个狩猎者到底是个啥玩意？你非咬着老子不放干吗？还有那个鸟神，究竟是个什么怪物？他不但知道自己干了些什么，而且还知道有人在追踪自己。更为神奇的是，这鸟神事先可能都没有去查理工大的服务器，他为什么能知道一切呢？

好在 Cobra 的结论让胡一飞稍稍有些宽心。他现在只能寄希望于 Cobra 的结论是正确的，否则还真是麻烦，黑客恩怨总比莫名其妙来的狩猎好吧。

胡一飞此时哪还有心情再去追踪赵兵，赵兵似乎因为今天下午在理工大受了刺激，和 Cobra 聊完，就关掉 QQ，关机了。

看着屏幕回到自己的桌面，胡一飞的心情还是平复不下来。今天这事真是离谱，自己去监控别人，却发现和自己毫不相干的人在聊着自己。如果不是答应刘晓菲去追踪变态，那岂不是自己一直都要被蒙在鼓里？到最后可能自己是怎么死的都不知道。

一直到寝室停了电，胡一飞躺到床上，脑子里还在琢磨着这事，也不知道过了多久，才迷迷糊糊地睡着。睡觉从来不做梦的他，晚上竟然噩梦连连，总是梦见自己被人追，追着追着，背后的人又变成了野兽，张着血盆大口咆哮不已，自己从沙漠跑到城市，又从城市跑到森林，一刻都不能停歇。

胡一飞慌不择路，最后跑到了悬崖边，背后的野兽又变成了人，手里拿着死亡的镰刀，阴笑不止。

走投无路，胡一飞反而发狠了，回头冲着追自己的人吼道："老子和你拼了！"说完就奔着对方冲了过去。

"咚"一声，胡一飞醒了，脑袋撞在了墙上，疼得他直搓额头。"妈的，做个梦使这么大劲干什么！"

骂了自己两句，胡一飞再也睡不着了。他起身下床，坐在那里想着刚才的梦，心想自己这是怎么了，不就是被人追踪了一下吗？这又不是第一回，上次狼蛛把自己的真实资料都翻了出来，不也被自己糊弄过去了吗？再说，自己又没做什么见不得人的坏事，追踪自己干球！退一万步说，那人大张旗鼓地在理工大的网站上布置追踪策略，不也正说明他还没有追踪到自己吗？

"可能是没有想到有人会在暗中追踪自己，自己不知道对方在哪里，所以心里不踏实！"胡一飞想了半天，得出这么个结论。他想起一位哲人说过的话，人类所有的恐惧，都源于未知。自己不知道对方是谁，追踪自己要干什么，所以心里才会有一丝恐惧。

胡一飞这么一想，心中淡定了一些，此时再回想着晚上的事情，才慢慢地琢磨明白了，也知道自己心中的未知究竟是什么。

这世界上没有神，也没有先知，只要确定了这点，就能知道，那个鸟神也不会无所不知。他对自己的行为一清二楚，必定是自己有什么尾巴被他捏在了手里，这样才符合逻辑。

自己是个小菜鸟，什么都不明白，却突然得到一款和自己认知水平完全不相称的神器，纵然自己能够无往而不利，也可能因为某些细节上的不足而留下蛛丝马迹。自己想不明白鸟神他们为什么能追踪到自己，其实是自己根本不知道什么时候把马脚露在了行家眼底，说到底，还是因为自己的基础太差了。

"看来是着了神器的魔！"胡一飞终于找到了根子。自己什么都不懂，万事依赖神器，非但水平不会增长，一旦被人追踪，所有的弊端都会暴露出来。别人能追踪自己，自己却不会追踪别人，甚至连一点反追踪的措施都拿不出来，只能坐等着自己暴露在众人视线之内。黑客当成这样，已经失败得不能再失败了。

胡一飞站起来，从褥子底下摸出一截铜线，又从大桌子里找到钳子，这是他偷电的工具。现在睡不着了，他准备接上电打开电脑，无论如何，今天晚上都得把硬盘上的笔记整理出来，让二娃尽快翻译。

夜半惊魂的，不只是二当家的胡一飞。寒号鸟半夜起来开工，登上东阳师大的服务器，发现服务器被人设置了追踪策略，当时差点没吓哭了。

东阳师大的服务器是他上次明摆着在狼窝上亮出去的，相当于是他的阵地。他把这服务器经营得铁桶一样，这几天前来骚扰服务器的人倒是不少，但还没人能轻易地拿下来。

寒号鸟查看了服务器的日志，自己下线这段时间的日志是完整的，没有任何其他用户登录过的痕迹，追踪策略是凭空多出来的。再仔细一找，发现一个日志清理工具，寒号鸟明白了，是二当家的！上次我是读书人被踢下线，回头他也发现了这个日志清理工具，当时还心想二当家的真新潮，竟然用这法子来迷惑人。现在再看到它，意义就不一样了，这工具大概是二当家的标志！真牛，入侵之后还留下独门标志，不是一般的牛。

趴在电脑前琢磨了半天，寒号鸟没想明白二当家的给自己留这个标志是啥意思，是他要霸占这台服务器？还是路过看一看？又或者是别的什么意思？

他为什么要设置这个很低级的追踪策略呢？寒号鸟觉得二当家的应该不会这么无聊，肯定是自己哪里得罪了二当家的。想了想，寒号鸟觉得可能是自己嘴巴不牢靠，这两天到处宣传理工大有超级高手，还说有狩猎者来追踪，这不明摆着得罪二当家的吗？

"万幸啊万幸！"寒号鸟心里一阵后怕，幸亏二当家的只是稍微警示一番，他要是真下狠手，自己可就麻烦了。

寒号鸟坐在那里想了想，弄出了亡羊补牢的办法，这才定住了心神，最后拉出工具，开始干正事，继续朝那个107号服务器发动进攻。

接到服务器的报警提示，19瞥了一眼，然后露出一脸愁容。他已经快被这个糖炒栗子搞崩溃了。这服务器除了加强监控措施外，和之前没有任何区别。糖炒栗子明明可以轻松侵入的，却非要煞有介事地摆出一副正规作战的姿态，天天测试来测试去，侦查大队都派了好几十拨，可后面的大部队还是远远看不到人影。不知道他这是演给谁看，偏偏还锲而不舍，每天都要派侦察大队过来骚扰一番。

19彻底被绑在了这台服务器上，别的事都不用干了，只能专门盯在这里。他的任务是搞清楚对方的快速入侵之谜，因此，他连眼睛都不敢眨一下，生怕对方趁自己不注意的时候溜进来。

很快，屏幕上的数据开始刷新了。19一看，痛不欲生地抓着头，狗日的，又来了，又是这种不痛不痒的侦查扫描，你烦不烦啊，都侦查几十遍了，闲得蛋疼吗？19此时真想掐住糖炒栗子的脖子大吼：你他妈的装什么矜持，床都上了两回，现在屁股擦干净，才想起装纯洁，一副小手都不敢拉的样子！

侦查了一番，那数据又消失了。19看了一下入侵检测系统的报告，没有对方侵入的痕迹。19都快哭了，心说兄弟你行行好，就当是做好事，你赶紧把这服务器入侵了吧，一天入侵十遍都行，只是千万不要再侦查了，老子实在受不了了，一听这报警的声音，前列腺炎都发作了。

胡一飞上午走进教室的时候，小四眼正在召开新闻发布会："大家听说了没？那个黑掉咱们学校网站的二当家的已经出现了！"胡一飞吓了一跳，赶紧凑过去听个仔细。

"怎么回事？"有人问，"是不是咱们学校的爷们干得？"

"不是！"小四眼摇着头，"是南方电子科技大学的一个混蛋，他向咱们学校挑战！昨天半夜，他在网上公布了战绩截图，叫嚣说咱们东阳理工大服务器的安全性是如何如何垃圾，说咱们理工大都是酒囊饭袋，拿这种破服务器出来丢人现眼！"

在场诸位爷们纷纷谴责。妈的，这小子太嚣张了，服务器再垃圾，也只能我们学校的人来黑，什么时候轮到你个外人说三道四？一点江湖潜规则都不懂。

"小四眼！"胡一飞插了一句，"你不是计算机协会的高手吗？把他们学校的网站也黑了！"

这一提议得到大家的响应，诸位爷们纷纷怂恿小四眼，激将法、苦肉计、美人计一起招呼。

小四眼涨红个脸，他没那本事，只能在那里义正辞严声明道："我们计算机协会今天上午要开理事会，专门研究这个事，不黑掉他们的网站，我们誓不罢休！"

众人这才放过小四眼，同时不忘嘱咐："可别光说不练啊！理工大的这张脸，就全靠你们了！"

小四眼拍着胸脯，道："他们都骑到我们脸上了，估计这回我们协会的老大肯定亲自出马！"

胡一飞笑着，道："对，咱们要让大当家的出马，不然他们就不知道鸡毛山上谁是老大！"

众人哄笑着散开。胡一飞拉住小四眼："那啥，这事真是南电搞得？你从哪得到的消息,我怎么不知道!"

"狼窝!"小四眼也是一个标准狼友,"早上我起来开电脑看到的。那小子贴出战绩图,正在那里得意。不过论坛上好多人都说那图是 PS 的,结果吵来吵去,不知道怎么就把狼窝的老大给弄出来了。他在下面回了帖,说查了那小子提交的入侵数据,战绩是真的,大家这才不吵了!"

"狼窝的老大都出来了啊!"胡一飞啧啧称奇,狼窝的老大叫狼牙,露面的次数比寒号鸟还少,"对了,南电那小子在论坛上叫啥名,回头我开马甲去骂他!"

小四眼极度鄙视地看着胡一飞,教育道:"骂人有什么用,那样只会显得我们懦弱,我们要在技术上让他们知道厉害,这才是正道!"小四眼的口气很得意,好像自己在技术上打败了对方似的,"那小子叫'我是读书人',你去骂也行,可别说自己是理工大的!"

胡一飞连连点头:"知道,知道!"一回头胡一飞却喜上眉梢。什么鸟神,搞得跟阿拉丁神灯似的,到处闪人,还害得自己做了一场噩梦,到头来全是扯淡,这明明就是普通的江湖恩怨。胡一飞之前就曾猜测可能是我是读书人搞的,现在一听全明白了,真是虚惊一场!

"还是 Cobra 牛啊!"胡一飞坐回位子上,心里感慨着,那 Cobra 一看服务器,就知道是黑客恩怨,不存在狩猎者的事。他敢说这话,还是因为技术牛,所以底气十足,自己要是能学到 Cobra 那样的本事,大概就不会虚惊了。

胡一飞掏出一本书,这也是 Cobra 给推荐的,他准备好好读读,希望能学到一点精髓。

"二当家的!"段宇此时凑过来,"你不也是高手吗?怎么样,能不能黑掉南电的网站?"

"我那技术算个屁!"胡一飞撇着嘴,"也就下个木马能行,黑服务器还差得很远!"

段宇听了,心中暗爽。胡一飞脑瓜子灵、手腕多,在寝室里似乎没有他办不成的事,这让段宇郁闷了好久,暗中没少较劲。刚才小四眼一说,他就想刺激胡一飞去黑南电的网站,好让胡一飞碰一鼻子灰,没想到胡一飞倒是主动认了怂,让段宇准备好的说辞都用不上了。

胡一飞上完课回到寝室,专门去找了一下小四眼说的帖子,还真是有截图、有真相。我是读书人挺风骚的,竟然惹得狼牙这种闲云野鹤级别的人物都半夜出来为他作证,这让胡一飞艳羡不已,心想自己什么时候也能拿出一份真正的战绩贴图来。

再到南方电子科技大学的网站去看,胡一飞知道坏了,事情怕是要横添许多波折。南电的网站上黑乎乎一片,什么内容都没有,下面几个红色的小字:"出来混的,迟早要还!"落款"东阳理工大"。

"靠!"胡一飞摸着鼻子,心说我是读书人这个傻蛋,你要是报复老子就报复老子,有种就来踢我下线,为啥非要扯到理工大的头上?理工大两万人,总得卧点龙藏点虎,这下可好,事情闹大了,看你小子咋办!

胡一飞觉得自己平时小瞧了理工大的爷们,没想到真有强人存在,早上我是读书人才跳出来承认,下午南电的网站就被黑了。这位爷们到底是谁呢?出手如此迅速,如果自己能认识他就好了。

南电的网站黑乎乎挂了半个小时后,就关闭了。东阳理工大的 BBS 却突然涌来很多新注册用户,清一色"东阳理工大我 × 你"开头的 ID,在 BBS 上疯狂叫嚣挑衅,说要再次黑了理工大的网站。估计都是南电的爷们,让网站被黑事件给刺激的。

理工大的网站服务器昨天 Cobra 刚查过,安全性应该没什么问题,估计他们只有嘴上喊喊的份了。

胡一飞在理工大 BBS 上转了一会,觉得没意思,就关掉网页去整理那些笔记。他觉得自己现在最要紧的,就是赶紧补充基础知识,至少要让自己看起来像一个专业的黑客才行,然后是把硬盘上的笔记都吸收消化掉。这些笔记应该跟传说中的"独孤九式"差不多,是不可多得的武林秘籍,等自己学会了,也就"纵横天下、但求一败"了,那时候谁还敢来追踪自己?

想到昨天监控中提到的鸟神和狩猎者,胡一飞心中暗自告诫自己,这件事虽然只是虚惊一场，但自己以后要尽量少用神器，免得思维被神器束缚了，最后沦为工具的奴隶。自己要做的可不是这样的黑客，好歹得达到硬盘主人的一半水平才行。

硬盘上的笔记，胡一飞现在大概分为了三类：第一类是代码类，只要看见里面有大篇幅的程序代码，胡一飞就把它们放到一边，这得慢慢来研究，好在他发现里面很多的代码是用 C 语言写的，想必学好这门课，这些程序类的笔记就能解决掉一大半；第二类是问题解答类，这种笔记开篇必定会先提出一个问题，然后在下面设定出好几种解决思路，分别进行实践研究，最后得出最有效的结论，胡一飞把这些归到了一起；第三类是感悟类，就像丁二娃之前翻译过来的那篇一样，不涉及具体的技术细节，只是对现行的技术架构的点评总结，顺便还有一些方向性的预测。

第三类是胡一飞现在唯一能看懂的，他准备先把这部分让丁二娃翻译出来。自己对硬盘主人的技术有个大概的认识，以后学习起来能事半功倍。

晚上吃饭的时候，胡一飞又约了梁小乐。有了昨天的成功，他觉得自己必须趁热打铁。谁知到了食堂一看，电灯泡刘晓菲也在，胡一飞恨得牙直痒痒，看来今天的摸小手计划，怕是要让这个刘晓菲给破坏了。

"你不是要减肥吗？"胡一飞咬牙看着刘晓菲，"还吃？"

刘晓菲哪会听不出他话里面的意思，纠正道："注意你娃儿的用词，我只是节食，不是减肥！"

梁小乐本来跟刘晓菲有说有笑，看见胡一飞，却低下头吃饭，大概是想起昨天的事，不好意思抬头去看胡一飞。

"刚才你们说什么呢？好像很热闹的样子！"胡一飞主动找话题，哪能冷场呢？他从来都不是冷场王子。

"你听说没？咱理工大现在正跟南电进行网络混战呢！"刘晓菲兴致颇高，"先是南电的一个家伙黑了咱们理工大的网站，在网上挑衅，结果咱们学校的高手今天又把南电的网站给黑了，南电的人就跑到咱们学校的 BBS 上来叫骂。我们刚才出门的时候，南电的网站恢复了，理工大去了不少人到那边叫阵！"

"这事我倒是知道！"胡一飞点着头，"不过觉得没意思，就没怎么关注，你怎么会对这个感兴趣！"

刘晓菲眼一亮，道："你说咱们学校的那个高手会是谁？出手太帅了，BBS上的人都说是计算机协会的老大！"

胡一飞摇着头："不清楚，我和计算机协会的老大不熟！"

"胡一飞，你娃儿好歹是学计算机的，这么大的事你都不关心？"刘晓菲恨恨地插着饭。

胡一飞心想，我最关心的就是你这个电灯泡什么时候走。"吃你的吧，你又不是学计算机的，这种事哪轮得着你来关心？"胡一飞反将了她一军。

刘晓菲剜了胡一飞两眼，闭嘴安心吃饭。

胡一飞看着梁小乐，谄笑着："小乐，你还要吃什么，我去帮你拿！"

梁小乐摇着头："不要了，我都吃饱了，你赶紧吃吧！"

"那一会吃完饭我们去散步！"胡一飞提议着，"去看电影也行，好久没去看了！"胡一飞说话的时候，情不自禁地流露出一丝奸笑，心想看电影是最好的。

梁小乐一听散步两字就红脸，急忙摆着手："要去你去，我可不去！"

刘晓菲也瞪着胡一飞，道："你不要插队好不好，懂不懂得预约噻？我早和小乐约好了，今天晚上去练形体！"

胡一飞想掐死刘晓菲的心都有了。你这个电灯泡，晚一天练不行吗，非得挑今天？老子一个好端端的趁热打铁、巩固战果的机会就这么没了。

吃完饭分手，刘晓菲还不忘嘱咐一句："记得我的事，今天那个变态没骚扰我，我看八成就是那个赵兵！"

胡一飞眼巴巴瞅着梁小乐，希望她能留下来，梁小乐却跟着刘晓菲走了。走出十几步，梁小乐突然回头看胡一飞，正好碰上胡一飞那可怜巴巴的眼神，梁小乐展颜一笑，然后又赶紧扭头躲开了。就这回眸一笑，让胡一飞站在那里回味了良久。

回到寝室，段宇已经回来了，正在跟小丽网上聊天。看见胡一飞进来，段宇提了一句："二当家的，我听说咱们学校的高手把南电网站给黑了。"

胡一飞点着头，心说怎么所有人都在关心这事啊。

"你知道那高手是谁吗？"段宇问。

胡一飞摇头："不知道，我听人说是计算机协会的老大！"

段宇啧啧两声："明天上课，我得找小四眼求证一下！"

胡一飞打开电脑，顺便到学校的 BBS 上瞄了一眼。他发现实际情况比刘晓菲说得还玄乎，不光南电的人跑来挑衅，还跑来诸多类似"东阳师大观摩团"、"南方外国语大学考察团"的不明生物体。在每个帖子后面，他们都顶了一句："××团前来观摩！""××团代表××人民进行慰问！""火星人民发来了贺电！""不明真相地球人前来围观"……

胡一飞看得目瞪口呆，不知道这些神仙都是从哪疙瘩冒出来的。翻了一会，他发现除了对骂就是围观，一点实质性的东西都没有，好歹放几句狠话噻。胡一飞顿觉无趣，关了网页，继续整理笔记。

刚整理没一会，段宇使劲敲了敲键盘，扭过脸问胡一飞："二当家的，你那里能上网吗？我的机子怎么掉线了？"

"能啊！"胡一飞点着头，"刚才我还看网站来着！"说话的同时，胡一飞顺便又打开一个网页，谁知一刷新，却显示无法打开。

网吧"黑客"

胡一飞等的就是这个，赶紧问道："那都需要怎么做，才能隐藏真实 IP 呢？"

"一般都是使用跳板服务器！"农大的小伙倒是很厚道，拿出一张纸，给胡一飞画着图，"比如说要攻击一台机子，假定它是 A，为了不暴露自己，高手一般都会先登录到 B 这台机子上，再从 B 登录 C，从 C 到 D，如此跳转很多次，最后可能是在 X，或者 Y 这台机子上，发动攻击，入侵 A。"

"邪门！"胡一飞挠头，"刚才还行，现在不行了！可能是学校的服务器又抽风了。等等吧，说不定一会就好了！"

段宇有些生气，来回刷新着网页："网络中心的这帮老师真官僚，每次断网，都不提前来个通知，害我又聊了一半！"

胡一飞没在意，他现在整理笔记，用不到网络，等自己整理完毕，估计网络中心那边也就维护得差不多了，自己刚好继续监控赵兵。

"菲戈！"隔壁寝室的王老虎从门口钻了进来，"那啥，我的机子好像中毒了，网速超慢，一会有一会没有的，你给过去看看？"王老虎摸出一个大苹果，放在胡一飞的桌上，"老家刚捎来的，甜得很，你尝尝！"

"我这边也上不了网，可能是网络中心在维护设备。没事，你回去等会吧！"胡一飞没抬头，继续整理自己的资料。

王老虎听说不是机子的事，放了心，反正回去也上不了网，索性坐下来跟胡一飞闲聊："刚才我们寝室的人正在聊咱学校和南电搞黑客大战的事，机子就突然不能上网了，你说这断网不会是黑客搞的吧？"

胡一飞倒让王老虎给提醒了一下，他放下手里的资料，又去刷新网页，嘴里道："很难说，你说的有可能，我看看！"

胡一飞摆出一副很专业的架势，连续刷新了几下网页，他发现这不是掉线，而是网速超慢，而且网络很不稳定。有网速的时候，网页能打开一点点，打开一半，网速没了，就提示网页无法打开，不像是设备维护的样子。胡一飞从兜里摸出手机，道："我给网络中心打个电话问问！"

王老虎点着头，在一旁等着结果："你问问他们网络什么时候能修好。今天晚上要是修不好，我就去网吧，都在游戏里和人约好了一起做任务的！"

胡一飞给自己认识的那个网络中心的老师打过去，还没把情况说完，那边的老师就开始叫："学校里头就是有一些学生不老实，好端端的学人家搞什么黑客！现在可好，学校的网关服务器遭到数据攻击，已经基本接近瘫痪状态。隔壁几所大学也受了攻击的影响，网络时有时无，现在全都跑来埋怨咱们理工大！你们还想上网，上个锤子吧！"

"那你先忙，你忙……"胡一飞赶紧挂了电话，心说这又不是我攻击的，冲我发火顶个球用。听老师话里的意思，网络中心那边全乱套了，拿不出什么应对的措施。这黑客还真厉害，竟然不黑网站，改为直接攻击网关服务器，让大家都跟着一起完蛋。

"怎么说？"王老虎急忙问着，"什么时候能修好？"

胡一飞叹气道："还真让你这乌鸦嘴给说着了，学校的服务器受到攻击，现在全校网络瘫痪。什么时候能好，老师们说了不算，得看人家黑客什么时候心情好！"

"我靠！"王老虎从凳子上蹦了起来，"这黑客太牛叉了吧，偶像啊！"叫了一声，才觉得自己的反应不对，又恨恨补了句，"狗日的，害得老子连网都上不了！"王老虎一副气急败坏样，扭头准备闪人，"菲戈，那我先走了，趁现在还没几个人知道是怎么回事，我先去网吧占台机子，去晚了估计都抢不到了！"

段宇一直在那等着网络恢复，现在一听也慌了，道："老虎，等我，咱们一起去！"说完匆匆关了电脑，跟着王老虎奔网吧去了。

胡一飞现在真想到狼窝上去骂那个我是读书人两句，心说这小子气性太小了，不就是一桩小小的个人恩怨吗？竟然搞得满城风雨，不知道事情闹大了，对你有什么好处？

寝室停电熄灯的时候，网络还是没有弄好，所以一停电，理工大的爷们就暴动了。这是理工大一项历史悠久的传统，每隔两三周，就来上这么一回，而今天暴动的导火索，就是停网。

理工大男多女少，阳刚之气很重，别的学校是一有风吹就草动，到了理工大，全得升级。理工大的风，从来就没有小的，随便一吹都是台风级别。至于说草在动，那绝不是因为风吹的，而是因为草下面的地在颤抖。

最先不知道是哪栋楼的爷们摸黑吼了一句："我操，老子的毛片只下了一半！"紧接着，其他几栋楼就传来呼应之声，几位爷们开始隔空对骂，随后有更多的人加入，开始组团隔空对骂，外带惊天地泣鬼神的超音波攻击。

对骂之中，就有人开始扔东西。先是小纸片、书本，然后迅速变成脸盆、暖水壶，这些都扔完了，平时积攒的空水瓶子就派上了用场，灌上半瓶子自来水往下撒，发出"砰砰"的声音，在夜空中回荡不已，很是震撼。于是大家开始回归到老套路上，几栋楼互相比谁扔得响。重量级的道具开始出场，楼道里的垃圾桶被人从窗户上推了下去，甚至还飞出去好几张门板。当然，那不是自己寝室的。

据说有一年，理工大的一个爷们在暴动中还把暖气片扔了下去。事后大家都很震惊，那么大的一个家伙，不知道他是怎么拆下来的。不过，随着那位爷们被理工大开除而黯然离校，此事成为一桩未解之谜。

胡一飞赶紧把散落在墙角旮旯里的垃圾，还有床底下、桌子底下的臭袜子、臭鞋都一股脑地撇了下去。每次暴动，就是胡一飞的大扫除日。出门扔到垃圾桶，不还得走几步吗？太费事了！这下全省了，保洁员都不用上楼来收拾，明天早上在下面归拢后扫一扫，就 OK 了。

持续了将近一个小时，寝室里能扔的全都扔完了，扔无可扔，大家这才安静下来，只是偶尔听到几声不甘寂寞的嚎叫。

胡一飞从褥子底下摸出铜丝，准备偷电。硬盘上的笔记太多了，他还是没有整理完，准备再加加班。刚撬开墙上的风扇盒子，手伸进去要挂铜丝，寝室门"砰"一声被推开了，吓得胡一飞差点被电到。

"妈的，太凶猛了！"段宇很是狼狈地进来，身上被水溅得湿了一块一块的。

胡一飞拍拍胸脯定住神，道："你这是咋了？"

"别提了！跟王老虎上网回来，刚走到楼下，就碰到楼上扔东西，砸得我跟王老虎东躲西藏，好不容易才逃出了危险区，猫到现在才敢上楼！"段宇脱了衣服，继续道，"还好老子跑得快，不然脑袋都得开瓢！"

胡一飞无奈地摇头："那王老虎没事吧？"

"没事，就是屁股上挨了一水瓶子，还好不是暖水瓶！"段宇坐在凳子上连道好几声晦气，又问胡一飞，"对了，寝室的网好了没？"

"好了还能扔东西？"胡一飞反问。

"狗日的黑客！"段宇兀自念念不休，"晚上网吧里都挤成肉夹馍了，排队都排了一百来号人。回来的时候，我看网吧老板的脸都笑肿了。"

没有网的日子，让人没法活下去，尤其对于理工大这些闲得发慌，只能靠上网来打发时间的家伙来说，网是天，网是地，网是人的命根子，除了网，没有真理。

早上起来的时候，大家又去开电脑，发现网络还是那破样，都是一肚子郁闷，走在校园路上还拉着个脸，好像别人欠了自己八吊钱。此时估计谁要是敢在校园里喊出"南电"两个字，都能被人活活撕掉。

胡一飞走到教学楼下，看见王老虎的处分海报端端正正地贴在那里，崭新崭新，连上面的墨迹都还没有风干，估计是哪位老师刚刚"生产"出来的。

"哈哈，王老虎这个锤子！"段宇笑得嘴巴合不拢，"这回算是出名了！"

昨晚王老虎回到寝室，想起自己屁股上白挨了那一水瓶子，怎么都气不顺，在寝室里翻腾了半天，发现能扔的都被别人扔了，最后一咬牙，点了自己的枕巾扔了下去，还大喊一声："我操你奶奶！"结果，保卫科的人数着窗户进来抓住了王老虎。

保卫科的人比较奸诈，大家都扔东西的时候，他们不会出现，等大家都不闹了，他们就守在楼下。这时候再有人零星往下扔东西，他们就立即拿手电筒一照，看清楚是几楼第几个窗户，然后带着"黑社会"上来抓人，王老虎就是这样被抓住的。保卫科每次都会抓一两个典型，这样才好跟校长大人交差。这次王老虎成了战利品，被送到保卫科写了一晚上的检查，早上才灰头土脸地回来。

进了教室，小四眼正被一群人围着。"你们计算机协会不都是高手吗？怎么搞来搞去，搞得我们都不能上网了？"世上没有不透风的墙，现在好多人都已经知道断网跟黑客攻击有关。

胡一飞没好意思围上去，说到根子上，这事还是因为自己引起的呢。

小四眼到底做惯了职业的"新闻发言人"，此时不慌不忙，道："昨天南电的网站不也被我们黑了吗？至于断网，那是他们不讲究，黑不了咱们的网站，就用垃圾手段。我们老大说了，如果他们再不停止这种攻击的话，我们就会以牙还牙，让他们也断网！"

"那你们到底什么时候动手啊？我昨天下午种的菜，到现在都还没收呢！"班里为数不多的几个女同学，都对本校计算机协会这种不痛不痒的嘴上反击很是不满。

这话立刻引起不少人的响应，估计都是种菜族。有人还说："早上我师大的老乡给我打电话，说咱们理工大真窝囊，让人家南电攻击得集体断网不说，还连累周围好几个学校的网络也出了问题。他让我问问咱们学校到底行不行，如果不行的话，他们准备替咱们来讨这个公道！"

看来恼火的不光是理工大的网虫，对方的恶意数据攻击，不但瘫痪了理工大的网络，也导致整个东阳市的教育网不堪重负，好多高校的网络此时都慢如小猫拨号。

小四眼依然很淡定："我刚才都说了，我们不是没有反击能力，只是不首先使用核武器罢了！"

中午的时候，南方电子科技大学的官方BBS上出现了一封郑重其事的声明，落款是东阳市七所高校的计算机协会。他们要求南电的人立刻停止对东阳市教育网的恶意攻击，否则将会以同样的手段还以颜色。

这帖子刚一贴出，就被南电的版主置顶，供南电的学生们嘲笑讥讽，以及其他学校不明真相的群众前来组团围观。东阳的学校此时都处于水深火热之中，前来支持的人自然寥寥无几，那份声明，被当做一则笑话被人观赏。

下午再上课的时候，小四眼终于挺直了腰杆，发布最新的公告：东阳市七所高校的计算机协会经过严肃认真的讨论后决定，如果南电的攻击今晚八点前仍不停止，七家计算机协会将派出高手，于八点半发起针对南电的攻击，让对方也断网。

这一决定，终于让憋疯了的理工大爷们觉得还算勉强能够接受。在大家看来，根本不用等到晚上，现在直接开战都行，让南电的那帮孙子也尝尝断网的滋味。

胡一飞拽住小四眼，问："晚上在哪里搞？我能旁观吗？"

小四眼摇着头，道："地点还没确定，正在寻找，不过可能不能旁观吧！"

胡一飞放过了小四眼，这小子在计算机协会只是一个低级马仔，等下了课自己直接问老猪就行了。胡一飞还惦记着昨天黑掉南电网站的那个理工大高手，如果真是计算机协会的老大，自己一定得去旁观一下，这可是不可多得的学习机会。上次Cobra的入侵虽然很精彩，毕竟带了一些表演成分，很不专业，事后连个脚印都不擦。

胡一飞现在想见识的，是真正的黑客攻击，主要是看他们在攻击之前都是怎么做准备的，如何隐藏自己的行踪，防止被人追踪。至于入侵之后的事，胡一飞觉得自己已经明白了，无非就是清理日志，擦除脚印，然后关机……

下午回到寝室，胡一飞给老猪打电话。老猪承诺尽量带胡一飞去旁观，但地点到现在都还没确定下来，因为七所学校现在的网络都不正常，想找个合适的场所，还真是不容易。

等来等去，一直等到了吃饭的点，没等来老猪的电话，倒是等来了老大的电话，他问胡一飞吃饭没。

"没呢，正要去吃！"胡一飞应着，"你这电话打得真是时候。"

"那快来吃！"老大电话里催促着，"我和老四正在吃，先帮你点一份，你来了正好能吃到。吃完了咱们去网吧看热闹，我已经订好了前排的位子！"

胡一飞一头雾水，心说网吧里有什么热闹，竟然还需要提前订位子？"怎么回事啊？我怎么听不明白？有人来网吧搞演唱会？"

"你先过来，边吃边说！"电话里说不清楚，老大直接挂了电话。

胡一飞锁好门，出门直奔食堂。到的时候，老大和老四已经吃完了，正坐在那里剔着牙打饱嗝。有了赵兵支援的200块钱，两人这几顿都是往撑了吃。桌上还放了一份蒜苗回锅肉盖浇饭，显然是给胡一飞准备的，只是里面的回锅肉都没了，只剩蒜苗。

"到底怎么回事？晚上网吧里有什么热闹？"胡一飞硬着头皮，把蒜苗拿过来啃着。

"计算机协会在网吧里搞活动，说是要黑了哪家网站，一下在网吧包了30台机子！"老四很兴奋，"这事没几个人知道，是网管悄悄告诉我们的。我跟老大订了最靠近的位置，一会咱们去看黑客！"

"咳——"胡一飞被米饭呛得直翻白眼，半天喘不过气来。老猪他们挑来挑去，最后竟然挑了网吧，还真是个才人，难道这就是传说中的网吧黑客？

老大嘿嘿笑着，道："反正没事，去瞅瞅热闹也好，一来长长见识，二来给咱们东阳的学校站脚助威！"

三人吃完饭，就朝网吧的方向溜达了过去。虽然觉得高手大概不会在网吧这种人多眼杂的地方出手，但胡一飞还是抱着万一的希望，决定去看看。

毕竟是七所学校自发组织的联合行动，专业水准应该低不了。再说现在大家都急了眼，断网一天，如同要了人的小命，不直接过去南电搞真人PK，对理工大的爷们来说，已经是极大的克制了，至于在哪里举行反击行动，实在顾不上什么体面周到。

南电这一回算是跟东阳市所有的大学都结下了梁子。就连段宇这种闷骚男，今天都放出了话，说以后自己的娃儿要敢报考南电，就把他的腿打断了接上，等好了再打断，一副仇深似海的架势。

出了校门，便看见大红鹰网吧门口挂着红色显眼条幅："热烈欢迎我市七所大学计算机协会来我网吧参观指导！"

胡一飞目瞪口呆，问老四："不是说悄悄的吗，怎么横幅都挂出来了？"

老四也很纳闷："我不知道，出来吃饭的时候还没有呢！"

三人进了网吧，就见网吧已是人满为患，不少人专门跑来看这个热闹，路远的甚至打车过来。胡一飞心想，世上果然没有不透风的墙，不过看大家这热情，还真有点恐怖，一会攻击成功了还好说，要是失败了，怕是……

不经常露面的网吧老板，今天也专门站在柜台，一脸笑眯眯。他的算盘打得真是精明，学校断网对网吧来说绝对是好事，但他也明白这网不可能一直断下去，顶多三天就得恢复。所以下午一听网管给自己汇报这事，他当即决定，30台机子全部免费赞助，另外挂个横幅出去，再把网吧里的价目表都洗刷干净，会员充值优惠的小传单印上几百份，进来一人发一张，现在网吧里已经是人手一张了。

这就叫人气，眼下趁着大家同仇敌忾、义愤填膺的时候，施以小恩小惠，最能拉人气。做网吧当然也需要人气，人气高了，就算距离十几里地，别人也会打车来你这里上网。再说，这七所大学平时总得举办不少活动吧，只要大红鹰能拉来一半，以后必定是天天爆满的局面。

老大订的机子，就在那30台的对面。他指着对面道："一会就在那里举行，咱们这里看得一清二楚。不是老客户，绝对订不到。"

胡一飞看到了小四眼，小四眼捧着一个键盘，威风凛凛站在一台机子旁边。

胡一飞凑过去问道："小四眼，你拿着个键盘干什么？一会你也要出手吗？"

小四眼趾高气扬，不屑地看了胡一飞一眼，道："这是我们老大的专用键盘，一会要换上去的，现在我替老大看着！"说完拍拍衣兜，"这里还有专用鼠标，都是黑帽子大会推荐的黑客专用键鼠，全是网上订购的！"

胡一飞大开眼界，下巴差点没跌碎。以前只听说过游戏专用键鼠，黑客键鼠还是头一回听说，难道自己孤陋寡闻吗？不知道这键鼠有啥特殊功能，是不是接上就能自动攻击？要是这样的话，人手一套，岂不是全民皆黑客，世界还有太平吗？胡一飞伸手去摸，纳闷道："看起来跟我的微软套装没什么区别嘛！"

小四眼拍掉胡一飞的手，道："别乱摸，一会还要用呢，摸坏了咋整？"

胡一飞只得悻悻地回到自己的位子上，心说等会自己一定得会一会那传说中的计算机协会老大。不知道他是怎么调教的，竟然让小四眼像崇拜神灵一样地崇拜着他老人家，捧了一个破键盘就跟捧着一件圣物似的，别人摸都摸不得。

老猪的电话此时打过来："菲戈，你快来大红鹰网吧。我们一会就在这里搞活动，我费了老大的劲才给你争取来一个旁观的名额，来晚了就没了！"

"我已经在里面了！"胡一飞笑着，挂了电话。

一会就见老猪颠颠地找了过来，看见胡一飞坐在对面，不禁有些尴尬："还是菲戈消息灵通，这前排的 VIP 专座都订好了！"

"这事不得悄悄搞吗？你们怎么搞这么大？"胡一飞问。

"本来我们是想悄悄搞，可是走漏了风声，弄得所有人都知道了，再遮遮掩掩就没什么必要了。"老猪叹气，好像怪大家没让他低调成功，"没办法，这都是群众的呼声。去年我们跟政法学院搞的时候，也是这个样子！"

胡一飞点头，依稀记得好像是有这么回事。那次因为网上的口角之争，最后两个学校在网上大打出手，理工大获得了全胜。"我问你，昨天黑掉南电网站的，真是你们老大？"

老猪凑到胡一飞耳边，压低了声音道："别人问的时候，老大没承认也没否认，不过我看着不像，他的计算机水平比我好不了多少！"老猪当年竞选计算机协会老大，仅以一票落败，至今念念不忘。

胡一飞瞪大了眼，很是惊讶，他还想再问那一会谁来出手，是不是另有高手，结果看见七所大学的高手们在网吧老板的陪同下入场，老猪起身招呼自己的老大去了。

三十名黑客高手都是一脸肃然之色，看样子是事先商量过的，进来之后没有丝毫杂乱，各自找了自己的位子坐下，做着攻击前的准备。有的从网上下载工具，有的则插上早就准备好的U盘。理工大计算机协会的老大，在人群之中是最为拉风的一个，黑衣、黑裤、黑鞋、黑头发，就连镜框都是黑色的，真有点《黑客帝国》的架势。

胡一飞头一回看见如此明目张胆、人多势众的黑客攻击，顿时按捺不住地激动，探着身子，仔细观察着对面一位高手的动作，还不忘跟他打招呼："兄弟，哪个学校的？"

"农大的！"那人继续搞着自己的准备。

"幸会，幸会！"胡一飞攀着交情，"我有好几个老乡都是农大的，经常去你们那里！"

网吧里此时群情沸腾，有人激动地喊着："一会出手别客气，揍死丫的！让他们尝尝理工大爷们的厉害！"

计算机协会的老大站起来招手示意，道："大家放心！东阳是我们的东阳，理工大是我们的理工大，我们不喊谁喊，我们不干谁干！"

此话一出，网吧叫好之声不断，直夸纯爷们。胡一飞觉得这话好熟悉，想了半天才记起来。当年红客联盟的老大就是用这句话振臂高呼，从而创造出有史以来世界上最大的黑客团体——中国红客。

黑衣老大抬起手腕，露出黑色的表盘，看了一眼，道："现在是七点五十分，如果十分钟后对方再不停止攻击的话，那么我们就会在八点半准时发起攻击！"

这话说完，小四眼就代表七所大学，把倒计时的帖子挂到南电的论坛上去，这大概算是下战书了吧。

网吧里议论纷纷，这么强大的阵容，让大家信心爆满，只等着看南电的人一会怎么哭。

"兄弟，攻击之前是不是还得做些准备？"胡一飞继续请教自己的问题。

农大的高手终于停下手里的活计，侧头看了一眼胡一飞，问道："哦？兄弟你也懂黑客？"

胡一飞摆着手，笑道："我哪懂这个，不是在请教你这个高手吗！"

对方被扣了一顶大帽子，很是欣喜，反正距离开始还有一段时间，看胡一飞一副真心求教的样子，索性跟他吹了起来："从技术角度讲，黑客攻击之前是要做一些准备，最重要的一个工作，就是隐藏真实IP。"

胡一飞等的就是这个，赶紧问道："那都需要怎么做，才能隐藏真实IP呢？"

"一般都是使用跳板服务器！"农大的小伙倒是很厚道，拿出一张纸，给胡一飞画着图，"比如说要攻击一台机子，假定它是A，为了不暴露自己，高手一般都会先登录到B这台机子上，再从B登录C，从C到D，如此跳转很多次，最后可能是在X，或者Y这台机子上，发动攻击，入侵A。"

胡一飞明白了，这跟自己用神器登录到学校的服务器，再从服务器上登录狼窝论坛是一个道理。只是别人比自己多绕了许多圈而已，自己绕圈为上狼窝，别人绕圈为攻击。

"理论上讲，使用的跳板越多，链越长，攻击的人就越安全。"农大的小伙扶了一下眼镜，"但受到网速以及效率的影响，这个链并不能无限制地长，一般两三个跳板就够用了。所以真正的高手，非常重视跳板的选择。跳板不一定非要是一台电脑，高手会在跳板中加入一台路由器或者交换机，知道是为什么吗？"

胡一飞白痴似的摇头："不知道，为什么？"他很诧异，路由器还能入侵吗？在他印象里，那东西就是个插着网线的方盒子，连屏幕键盘都没有，也不知道装没装操作系统，怎么能入侵呢？

"因为路由器上的日志一旦被清除，就不能再恢复了，而电脑上的日志被清理后，是有办法恢复的！"

胡一飞大吃一惊，怪不得有人能追踪到自己，难道别人把自己清理掉的日志又恢复了？再一想，胡一飞又觉得不对，使用神器不会留下日志，他还是没弄明白那个鸟神是怎么发现自己的。

"那啥？路由器也能入侵吗？"胡一飞满怀期望地看着小伙，"兄弟你有没有路由器的跳板，能不能给我看看长什么样？"

农大的小伙顿时有些不耐烦，摆摆手道："没看我正忙着南电的事嘛，哪有时间给你看这个！"

胡一飞不气馁，觍着脸求道："高手你就弄一下，让我长长见识呗。弄好了跳板，你一会攻击的时候也能用到！"

"弄什么跳板！"农大的小伙扭过头看着电脑，嘟囔道，"对付南电，根本不用跳板，就要让他们明白地知道是我们干的！"

胡一飞没法，探着身子挤来挤去，把三十位高手的屏幕都瞄了一遍，据目测的结果显示，还真没有一个人使用跳板。高手们此时好像已经做好了准备工作，登QQ的登QQ，看网页的看网页，其中还有四五个忙着农场偷菜。一天不能上网，估计把这些高手憋坏了。

左看右看，还是那位农大的高手最正经。他在一个安全网站上点开一份最新的纯英文安全报告，很认真地看着。

胡一飞压低了声音，又去叨扰那位农大的高手："我瞄了一圈，还是兄弟你最专业！"

农大的高手很得意地扶了一下眼镜框，嘴上却谦虚道："我还差得很远，算不上专业，凯文·米特尼克是我的目标！"

胡一飞笑着，道："你太谦虚了！专业的黑客，入侵的时候除了弄跳板，还有什么要注意的？"

"这个说起来就多了！"农大小伙听胡一飞这么问，又有了谈兴，"做跳板、清理日志，那都是最基本的。专业的高手，一般不会用自己的电脑入侵，而是会选择一些人员流动比较大的公用机子。"

"就比如网吧？"胡一飞反问。

农大的高手点头："正是！"

胡一飞纳闷，怪不得这些人选来选去，最后选了网吧，不过这网吧可都装了摄像头。

"当然，找不到网吧，使用虚拟机系统也行，这个你懂吧？"

胡一飞摇头："不懂！"

"回头到网上下载一个，研究研究就明白了！"高手空过这个问题，"登录到跳板的时候，还得看看那台机子有没有其他的入侵者，抢别人的跳板，也是黑客的大忌！"

"怎么查看有没有其他入侵者？"胡一飞有点明白了，自己被鸟神追踪，说不定就是被他这样发现的。

"有个命令，叫做net……"高手"奶特"了半天，后边的却说不上来，脸色有点尴尬，一拍脑门，"平时老用来着，今天一说，反而想不起来了！我给你查查！"高手说完，关掉英文报告，登录了自己的博客，找到一篇转载来的《黑客入侵须知》，打开看了两眼，道："NetUser, ShowUser 这两个命令，你记一记！"

胡一飞被对方的"奶特油"和"兽油"给吓住了，他刚才随便一瞄，竟然瞄到那文章后面写的东西，似乎跟高手刚才讲的一样，心里就咯噔了一下，这位爷不会是个纸上谈兵的高手吧？胡一飞顿时没了提问的兴趣，跑回去坐在自己的机子上，打开南电的网站看了看，发现南电的人都在嘲笑：别说八点了，明天八点我们也不一定停止攻击，你们有什么手段尽管放马过来。

到了八点半，黑衣老大一招手："对方既然不给面子，咱们就不用客气，攻击开始！"

网吧里的人顿时都往跟前挤，想看看黑客攻击是什么样子。老四本来坐在前排，此时前面突然横生出好多人，把他的视线给挡住了，他只得站在了椅子上往下看。老大太肥，站上去准得报销一张椅子，只得蹺着脚往前伸脖子。

胡一飞看了看，发现三十位高手的攻击方式各不相同，都运行了之前准备好的工具，然后就在那里很严肃地盯着屏幕。

众人看了半天，看不明白是怎么回事，心说盯着屏幕就能把南电盯断网了吗？于是嚷嚷道："怎么样？怎么样？现在是在攻击什么呢？南电的网断了没？"

黑衣老大正在运行一款扫描器，站起来道："别着急，攻击哪有那么容易的，得先找出漏洞，然后才能进攻！我们有完整的作战计划，首先攻击的是对方的网站，一会大家就能看到南电的网站打不开了！"

这么一说，人群散开不少，都去各自电脑前来回刷新着南电的网站，看看有没有被攻击得挂掉的迹象。

南电的人此时已经在论坛上极尽讽刺了："东阳的爷们，你们那里的地球不转了么，还在八点二十九分吗？""地球当然还在转，是人家的表选择性地停转了！"

网吧里的人大怒，开始敲击键盘还击："准备好纸巾吧，别一会断网的时候把自己的内裤抹湿了！""内裤弄湿不要紧，可千万别把电脑打湿了，会短路的！"

众人还击的时候，就盼着高手赶紧把对方的网站干掉，出出气。结果时间过去一个小时，对方的网站依旧健在，大家还击的力度慢慢弱了下来，几近于无。脾气爆的爷们，已经开始指桑骂槐："妈的，这么长时间，造个电脑都够用了，到底能不能黑啊？"

老大也拍了键盘："日，等了一小时，都够老子下趟副本了！"

胡一飞多少还算懂点，心想自己今天多半是要失望了。那农大的高手还算靠谱，运行了一款自动攻击器，只要填入对方的IP就能自动让对方的机子蓝屏死机。IP地址也对，工具也不是不管用，只是有一点，攻击的对象必须是Win98系统才行。但那种老古董的系统，胡一飞打用上电脑那天起，就没见到过。

时间再过一点，众人质疑的声音越来越大。黑衣老大已经顶不住，额头上开始冒汗，扭头跟其他学校的负责人商量怎么办。

政法学院的老大跟自己的小弟一阵嘀咕，道："我兄弟说他有个工具，绝对管用！"

黑衣老大赶紧把自己那烫屁股的位子让出来："让他来试试！"

那小弟很是得意，过去坐下，拿出早就准备好的U盘插上，找到一款工具，填入了一个IP，然后就点了"攻击"按钮。

"好了！南电的网站打不开了！"马上有人喊了一嗓子。

胡一飞赶紧转身去刷新网页，果然，南电的网站打不开了。神器啊！胡一飞大喜，心想自己一会过去哪怕软磨硬泡，也一定要把那人的工具搞到手。

网吧里终于发出了欢呼声，众人咆哮："南电的孙子，这下知道爷爷的厉害了吧！"

"127号！127号机子的人在干啥呢？"网吧里的广播突然传来网管的怒吼，"妈的，网吧被你攻击得掉线了！"

众人目瞪口呆，再去刷新网页，这才发现不光南电网站，所有的网站都打不开了。随之，"我日"、"我靠"之声在网吧里此起彼伏，好多人都从游戏里被踢了出来。

网管冲过来，一把揪住127号机子上的那家伙："你丫干啥呢？"

"我……我攻击南电网站！"那小弟心理素质真好，此时仍然不慌不乱。

"你攻击个锤子！"网管点开桌面上运行的那款工具，"你眼睛瞎了，工具的名字你看不见吗？局域网ARP攻击器，妈的，局域网、广域网都分不清，还他娘的是高手呢，锤子！"

众人哗然，然后开始大骂，真他娘的浪费感情，白白激动了一晚上。

网吧老板此时铁青着脸，空欢喜一场，他免费提供机子，可不是请人来攻击自己网吧的，当下不阴不阳地说："就这水平还敢出来丢人现眼，到我这里当网管都不要！"

一群高手面色通红，灰溜溜地出了网吧。黑衣老大这回也不用小四眼帮忙了，自己拆下那黑客专用键鼠，夹起来就走。

"把门口的条幅给老子撕了！"网吧老板大怒，训着网管，"再派个人，去找他们把这几个小时的网费都要回来！"

23 南电&东阳PK事件

只是南电的叫嚣行为依旧没有停止，好事分子守在理工大的BBS上挑衅嘲讽，"八点半"这个词也一下走红，成为其他高校嘲笑理工大的一个笑柄，论坛上到处都有人在问："八点半了没？"

有没有底气，说到底还是要看你有没有实力。理工大的计算机协会不争气，理工大爷们和对方辩起来自然底气不足。理工大的BBS差不多已经成了南电的第二官方论坛，在上面溜达的全是南电的人。理工大的人只要一冒头，就会有人立刻喊："快看，八点半来了！"理工大的爷们见此情景，除了破口大骂，也只能是落荒而逃了。

上课的时候，胡一飞捧着一本《网站的架设与结构》在翻着。

他对昨天七所大学联合搞的反击行动很失望，简直是太丢人、太极品了。难怪去年理工大计算机协会能把政法学院揍得毫无还手之力，原来人家政法的人根本分不清局域网和广域网，你都不用去揍人家，人家说不定就已经先把自己给揍了，这叫不战而屈人之兵。

理工大的计算机协会，此时也被大家骂成了鸡协——公鸡协会，只会打鸣叫唤，不会下蛋办实事。小四眼今天上午被人嘲笑了半天，终于发火了，喊了一句："妈的，谁知道其他学校也不派高手！"

胡一飞这才明白过来，原来这几所大学计算机协会的老大们都打着同样的主意，都想让别人出高手，自己出风头。结果凑到一块，全变成了出风头的，各个纸上谈兵，手底下一点真本事都没有。

只是没有看到那黑了南电网站的高手，胡一飞多少有些遗憾。不过想想也是，估计没什么高手会无聊到去参加什么计算机协会，连自己这种装系统的高手都不屑于到那里面去，整天除了吃吃喝喝，就是忽悠和拍马屁，进去能学到个屁啊。

不过，七所学校的联合行动倒不是完全没有收获，他们没有惊到南电的爷们，却把几所学校的校长大人们给惊到了。这还了得，自己手底下竟然有这么一大批无法无天的暴民，聚在公众场所里搞这种活动，悍然攻击国家的教育网，这不是想造自己的反吗？校长大人们发了怒，当即打电话给网监报警，要求他们立刻派人解决东阳市教育网的问题，并且追查攻击凶手。

被惊到的还有南电的校长，他也在那边报了警，两边的网监同时行动，那躲在暗地里的攻击行为便突然停止了，消失得无影无踪。东阳市的教育网经过抢修修复，终于在今天上午恢复了正常运转。

只是南电的叫嚣行为依旧没有停止，好事分子守在理工大的BBS上挑衅嘲讽，"八点半"这个词也一下走红，成为其他高校嘲笑理工大的一个笑柄，论坛上到处都有人在问："八点半了没？"

有没有底气，说到底还是要看你有没有实力。理工大的计算机协会不争气，理工大爷们和对方辩起来自然底气不足。理工大的BBS差不多已经成了南电的第二官方论坛，在上面溜达的全是南电的人。理工大的人只要一冒头，就会有人立刻喊："快看，八点半来了！"理工大的爷们见此情景，除了破口大骂，也只能是落荒而逃了。

胡一飞实在看不下去了，人争一口气，佛争一炷香，被南电的人欺负到这种地步，他也是憋了一肚子的火，本想拉出神器直接把对方的网站干掉算了，可一想自己只会关机，没什么震慑力，只能作罢。于是他跑去找人借来一本关于架设网站的书来参考，准备回头有针对性地报复一下南电，让那帮孙子闭嘴。

网站的架设和结构本来就不难，尤其对于胡一飞的报复目的而言，更不需要深入研究。反正他又不是去做一个网站，只要知道对方的网站文件藏在哪里就可以了。

看了一整天，胡一飞自信绝对能够搞定对方的网站，于是下午课一结束，他就匆匆回到了寝室，迫不及待地想实践一把。拉出神器，本想按照昨天农大"高手"的专业理论，天南海北地转一大圈弄个跳板，不过又想起对方说删除掉的东西能够恢复，胡一飞怕自己用神器弄跳板，会被人把神器恢复了，索性就用自己电脑直接进了南电的网站服务器。怕啥，就是要让他们知道是你理工大的爷爷干的！

进入之后，胡一飞倒是很专业地"奶特油"了一下，发现没有别的入侵用户，这才在对方的硬盘上快速翻腾了起来。有了书本的指点，要找到对方的网站目录并不是很难，胡一飞没有花费多大力气，就在 D 盘下找到了对方架设的网站目录。换了以前，他就是看见了，也不知道那里面是对方的网站文件。

"还是读书好啊！"

胡一飞感叹一句，想着怎样做才能让南电的人乖乖闭嘴，直接把网站文件都删掉，还是把他们的首页抹黑？胡一飞没有这方面的经验，一时倒有些为难，不知道该咋办。不过他觉得这些办法似乎都有点太平常，自己得来点新意才行。

胡一飞把对方的网站文件一个个打开看。当打开其中一个文件时，发现里面只有短短二十多行代码，有一句话引起了他的兴趣："网站版权归南方电子科技大学所有！"

胡一飞眼睛一亮，有了个主意。他跑到对方的网站上专门看了看，发现这句话几乎每个页面都有，而且只显示在网站的最下方，要是不注意的话，还真看不到。大家平时打开网站，都是看上面的图片、新闻什么的，根本不会在下面这个小东西上浪费丁点的视线。

"嘿嘿……"胡一飞一脸淫荡，动手在对方的文件里改了一个字，保存好之后，就开始清理日志。

心想这次可不能关对方的机子，免得打草惊蛇，胡一飞便起身拔了自己的网线。等了两秒,神器自动丢失链接,退出了对方的网站服务器。胡一飞又赶紧插好网线,过去打开网页,急不可耐地去观摩对方的网站,只见最下面的字已经变为:"网站版权归南方电子科妓大学所有!"

"哈哈哈哈!"胡一飞在电脑前乐不可支,为自己的阴损拍手称快,心说这次大家可扯平了,以后你们敢笑我"八点半",我就笑你"版权科妓",看看谁更有杀伤力。

胡一飞按键截图,把这个经典"证据"保存了起来,然后来回刷新了几遍网页,发现对方还没有发现这个改动,他便决定先不把这个消息公布出去,且看对方能把这个字挂上几天。

奸计得逞,胡一飞一下午的心情都极度畅快。段宇回来的时候,他忽然想起这小子答应过月亮湾请客的事,胡一飞现在想喝点小酒庆贺一下,便道:"老三,月亮湾我们可是等了很久了,择日不如撞日,我看就今天吧,我现在给老大、老四打电话。"

段宇扭扭捏捏,道:"过两天再说,最近手头有点紧!"

胡一飞暗道,你小子明明昨天才领了生活费的。胡一飞也不跟段宇辩驳,坐在那里对着空气讲话:"等倒是可以等!只是昨天老四还跟我说,他在网上跟小丽聊天,差点把小舅子的事说了出去!"

段宇一听流汗不止,捏着钱包权衡了半天,咬牙道:"好,那就今晚吧!不过钱不宽裕,我们只喝啤的!"看来他不止一次去过月亮湾啊。

胡一飞电话打过去,老大、老四很快冲进了寝室,洗脸、刷牙、刮胡子,又换了一身人模狗样的行头,四人这才结伴下楼去了。

刚到楼下大厅,老四腿一哆嗦,扯了扯胡一飞,道:"二当家的,今日不宜出门!"

胡一飞朝楼外看去,发现曾玄黎就站在门外,只是没有开她的车。此时她也看见了胡一飞,站在那里不由直了直身子。

猛男有点发怵,想起胡一飞前几天被揍得鼻青脸肿,也赞同道:"要不咱明天再去月亮湾吧!"

段宇大喜，心想钱能在自己兜里多待一天也好啊。

谁知胡一飞皱着眉，道："怕啥，就当没看见！"说完，他一马当先地出了楼，路过曾玄黎时，还真是一副没看见的模样，大摇大摆地走了过去。

后面的两人一看，松了口气，敢情曾玄黎这次不是来找麻烦的，就夹着屁股准备尾随前进。

谁知曾玄黎此时开口了："胡一飞，你给我站住！"

老大、老四闻声腿一软，差点掉头跑掉。

胡一飞置若罔闻，继续走自己的路，一边还招呼老大他们："你们走快点啊！"

"胡一飞，你再走一步试试！"曾玄黎气极，跟上两步道，"再走我就喊了！"

后面三人一听，迅速做好了撤退的准备。自己还是躲远点吧，万一她一喊，再整出个围观事件来，那处分就指不定落在谁头上了。

"你还想怎么着？没完没了了是不是！"胡一飞最受不得人威胁，语气立刻爆了起来，回过头来看着曾玄黎，道，"曾玄黎，别以为我怕了你，我胡一飞敢做就不怕你来找麻烦。无论对错，我做了就不会后悔，想要听我道歉，绝不可能！"胡一飞把这几个字咬得很重，"还有，咱俩已经扯平了，你要是再纠缠的话，别怪我不客气！"

"我没说你怕！"曾玄黎听了胡一飞的发飙，非但没生气，反倒笑了起来，"我也没说要让你道歉！"

"那样最好！"胡一飞哼哼两声，"那就恕不奉陪了！"转身又要走。

后面三人看得目瞪口呆，心想胡一飞真风骚，卖了人家的QQ号还如此理直气壮，美其名曰从不后悔，绝不道歉。这要是换了自己，肯定心虚得早都退避三舍了。

"你站住！"曾玄黎看胡一飞要走，又急了，"我也得告诉你一件事！"

胡一飞不丁不八地站在那里，一副我很忙，你有话就说，有屁就放的样子。

"你做事后悔不后悔，跟我无关！但我曾玄黎做事也有一个原则，从不欠别人人情！"曾玄黎看着胡一飞，"我今天来找你，就是问你上次说的那个删帖是怎么回事！"

"什么删帖？我不清楚！"胡一飞一句话把曾玄黎堵了回去，"你要是没有别的事，我就走了！"

"你走也可以！"曾玄黎双手插兜，无所谓地耸着肩，"那回头我就去举报，说那次的关机风波，是你搞出来的！"关机风波的事她早就知道，当时还纳闷怎么有人在帮自己，可惜一直都没搞明白是怎么回事。后来胡一飞在拳击馆那么一提，她就上了心，回去专门找人问了，弄清楚来龙去脉，这才杀上门来。

胡一飞恨得只想踢曾玄黎一脚，站了半天，道："好吧，那事是我花钱请人做的！你要是想知道是谁泼你的脏水，我可以告诉你。但如果你要问我请的是谁，就免开尊口，我不会说的！"

曾玄黎站在那里不说话，依旧耸着肩，眼里还带着一种怪笑。

"罗成、银熊、朱七戒、十进制！"胡一飞把这几个名字说了一遍，道，"你要是想亲自报仇的话，我就把他们移交给你，也省得我再去花钱找人！"

"OK！"曾玄黎晃了晃身子，点着头，"你小子还有点良心，上次拳击馆的事，算我欠你一个人情，什么时候你想兑换这个人情，就来找我！"

胡一飞看了看，确认曾玄黎再没别的事，便道："以后你不来找我，便是两清了！"说完，朝那边的三人招手，"走了！"

四个人在前面走，曾玄黎就在后面一副漫不经心状地跟着，从二号宿舍楼一直跟到理工大的后门。

老四都快哭了，心虚道："二当家的，你真的确认没事吗？我的心怎么扑通扑通地乱跳，这妞不会是来者不善，给咱们下什么套吧？"

胡一飞瞪了老四一眼，回头看曾玄黎："你跟着我们干什么？"

"谁跟着你们了，这路只有你们能走吗？"曾玄黎坏笑着，手一扬，就听远处传来"滴滴"两声。

众人去看，却是曾玄黎的那辆红色 Mini Cooper 正在闪来闪去。看来真是误会人家了，人家就是过来取车的。

曾玄黎过来看着这四人人模狗样的打扮，便笑道："要去月亮湾？"

四人都环顾左右，不作回答。

"不请我也喝一杯吗？"曾玄黎又问。

胡一飞直接拒绝："不好意思，请客的不是我！"

"真小气！"曾玄黎嗤了一声，转身奔自己的车而去。

段宇看着那辆 Mini Cooper 消失了踪影，这才收回了视线，心中很是失落。他倒是不怕花钱，非常想请曾玄黎喝一杯，可看胡一飞一副拒人千里之外的样子，哪敢开口，只得眼睁睁看着美女走了。

回头再看胡一飞那一脸的淡定，段宇头一次觉得自己有点崇拜胡一飞。这女人果然是不能给好脸的，否则就会蹬鼻子上脸，骑在你头上作威作福。看看人家二当家的，卖了美女的 QQ 号不算，还一副牛气哄哄的样，老子绝不道歉，你少来烦老子。越是这样，那美女反倒像见了蜜的苍蝇，拍都拍不死，真是让人好生羡慕！

"走，我们进去吧！"段宇招呼着，还专门看着胡一飞，笑道，"一会想喝什么就随便点，都不要跟我客气！"

晚上回到寝室，老四躺在床上絮絮不休："妈的，原来传说中的月亮湾就是那球样，东西死贵不说，还吃不饱，喝了一肚子水回来，就花了好几百！"说完，他狠狠地咬了一口从楼下小卖部买来的火腿，"以后打死不去了！都说那里有艳遇，我瞅了一晚上，一个漂亮妞都没见到，到处都是色狼那饥渴难耐的眼睛在闪着绿光。"

猛男摆弄着大桌子上的泡面盒，顾不上接老四的茬，他也觉得肚子里不瓷实，想垫巴一点。

"那地方本来就是卖人肉包子的，专杀你这种闷骚男，你还指望能吃饱？"胡一飞坐在电脑前笑着，"偶尔腐败一次就行了，不过你小子今天也算开眼长见识了！"

胡一飞打开电脑，先到南电的网站看了看，发现"版权科妓"依然健在，乐得又笑了好一阵，暗赞自己这个法子就是牛，比直接黑掉他们网站首页还要解气。看一眼，活血化淤；看两眼，养神提气；看三眼，滋阴壮阳。

上 QQ 看了看，发现赵兵不在线，胡一飞只得先放弃追踪这个变态，跑到狼窝上去关注狼峰会的事。现在距离狼峰会的资格获得赛，已经没有几天了。

就在理工大断网的这一天里，一个叫做"The 9"的组织跑到狼窝论坛上放下豪言，声称三天之内，可以攻破狼牙布置的一千台服务器。届时他们还会把迷宫内所有服务器的地址以及通关方法进行公布，要让所有的人都把名字签在最后的出口服务器上。

这已经相当于赤裸裸的威胁了，目的就是要搞臭狼峰会、搞砸狼峰会！

狼窝的老大狼牙在第一时间作出了回应，宣布狼窝接受The 9的挑战。狼峰会的资格获得赛会按期举行，而且不会进行任何临时性的安全修改，因为狼窝有实力、有信心做好这次峰会，不惧怕任何人的破坏。

胡一飞没听说过The 9，也不清楚这个第九组织是从哪里蹦出来的。他心想，难道以前狼牙撬过人家的媳妇，不然怎么会有这么大的怨气？他正想搜索论坛上八卦达人的帖子，看看这个第九组织到底是什么来路，论坛的短消息却在此时弹了出来。

是狼蛛发过来的："二当家的，你今天有问题要问吗？"很是急切！

初级狩猎者

狩猎者是黑客们自己的叫法，其实应该叫他们为反追踪专家。他们各个都是追踪高手，负责对越线的黑客进行追踪。每年评选出的全球十大超级黑客，基本有一半都会栽在狩猎者的手里。正是因为有狩猎者的存在，才让黑客们不敢越雷池半步，不能将自己的手伸到政府以及军事、金融、交通这些民生领域。之前那些越过雷池的黑客，不管技术再牛，最后全都躲不过被狩猎的下场。

"没有！"胡一飞想了一下，觉得自己现在真没什么需要问的。

狼蛛似乎有点失望，过了一会，又发过消息来："我知道你就在理工大校内。昨天我重新扫描了你们的校内网络，发现我上次入侵的时候，有两台机子调换了位置！"

胡一飞惊骇莫名，自己真他娘的嘴贱，当初为什么要和狼蛛打这个赌呢？没想到这小子是那种执著得有些过分的人，到现在都死咬着自己不放。不怕二愣子，就怕一根筋，胡一飞真怕了狼蛛，这小子不把自己揪出来，看来是不准备停手了。

"你怎么发现的？"胡一飞问道。他很不明白，换机子这种事情对方怎么也能察觉出来。

"很简单啊！我把扫描到的各台电脑的基本信息与上次的扫描结果做了对照。IP 末位 120 的机器本来是我入侵的目标,我上次扫描的时候,这台机器的名字显示为 HYF,而在我入侵之后,这台电脑却突然变成了 Duan,与此同时,IP 末位 121 的机器却变成了 HYF,这就说明它们调换了位置。之前我忽略了这个细节,昨天对照扫描结果的时候才发现的。"

胡一飞挠着头,妈的,一个小小的电脑名字就把自己给暴露了。看来以前的想法是对的,自己就是在一些小细节上露了马脚,才被真正的高手一眼识破。关键是自己太菜鸟了,根本不知道以前露了什么马脚。

"你很细心嘛！不过,你就那么确定你的判断是正确的吗？"胡一飞此时只好打肿脸硬充胖子,尽量迷惑对方。

"我能确定你就在理工大之内,这点毋庸置疑,但我无法确定你究竟在哪台机子上。我上次入侵之后的每一步行踪你都了如指掌,这两台机器之间的调换也有可能是你的恶作剧！"狼蛛回复道。

胡一飞擦擦脑门上的汗,还好对方不是那么自信,不然自己真的完蛋了。"你能做到这一步,已经很不错了！"胡一飞很是心虚地"安慰"着对方。

这一安慰,倒把狼蛛弄晕乎了。他没想到对方这么轻易就承认了,是他真的就在理工大之内,还是在故意迷惑自己呢？从事情上看,对方绝对是位超级高手,他能监控自己所有的入侵行为,就足以证明这点。可为什么他在言谈上却丝毫体现不出这点呢？他问的说的,全都是一些菜鸟级别的问题。

"你刚才已经问了我两个问题了,现在是不是轮到我来问了！"狼蛛只好再回到正题上来。他的想法很简单,只要对方能解释清楚那些尖端名词的来历,肯定就是高手。

胡一飞很纳闷,不知道狼蛛为什么要一直纠缠自己的那篇老帖子,不过他还是赶紧先给对方做了个限制条件,免得一会自己吃亏。"好,你问吧！如果涉及到具体的技术名词,一次只能问一个！"

"你现在欠我两个问题,那我一次性问两个吧！"狼蛛提了两个单词,都是上次胡一飞那帖子中涉及到的,"你能给我解释一下这两个词汇的具体意义吗？"

"不能！"胡一飞刚才还煞有介事地给狼蛛提着限制条件，一副要遵守约定回答问题的样子，谁知说反悔就反悔。他努力想着上次 Cobra 的话，道："这两个词汇都涉及到了尖端的技术，和我问你的问题不对等，我岂不是很吃亏！"

狼蛛汗颜，这二当家的明明早就知道自己要问什么，之前他不提不对等的事，等他自己的问题问完了，却用这样的借口来反悔，真是让人恨得浑身都痒痒。"那你认为怎么样才对等？"

"这样吧，十个问题换一个，我再问八个，就回答你一个！"胡一飞这回很厚道，倒是没把狼蛛已经到手的两个问题吃掉。

狼蛛沉默了好一会，在想二当家的话到底靠谱不靠谱。自己可是三番五次上当吃亏，按道理讲，还真的是不对等，二当家问的那些乱七八糟的问题，一百个加起来都顶不上自己的一个问题，即便是十个换一个，自己也不吃亏。狼蛛想了想，决定还是接受二当家的这个提议。"好吧，就十个换一个！"狼蛛觉得自己碰上了个高明的猎手。二当家的真是太聪明了，总给你一点点希望，诱使你一步一步走向他挖好的坑里，偏偏你还无法反抗，因为那希望看起来是那么的触手可及。

"好吧，我正好有几个问题要问你！"胡一飞立刻笑了起来，"你能不能给我提供一些关于入侵路由器和交换机的资料，就像你上次的那些资料一样，越详细越好。"

狼蛛看到问题的时候，都快崩溃了，自己斗心眼真不是二当家的对手，他明明有问题要问，却偏偏就能抻着不问，等到自己妥协了他才问，偏偏还又是这种低级问题。狼蛛只好道："好，三个问题了，回头我把资料还发到你上次的那个信箱去！"

"你知不知道狩猎者？"胡一飞又问道。

狼蛛这回有点纳闷了："你怎么会问这个问题？"等消息发出去，狼蛛暗道坏了，自己怎么问了一个问题呢？眼看七个问题就变成了十七个。

果然，胡一飞发来消息："你问了一个问题，现在倒欠我七个问题。不过，鉴于你对新规则不熟悉，只要你把狩猎者的详细信息给我讲清楚，这个问题就算你没有问！"

狼蛛吐了血，按照这样的速度，自己什么时候才能攒够十个问题呢？自己的问题作废，那二当家的问题自然也就作废了，他都不知道现在是该庆幸还是该痛恨了。"狩猎者是黑客们自己的叫法，其实应该叫他们为反追踪专家。他们各个都是追踪高手，负责对越线的黑客进行追踪。每年评选出的全球十大超级黑客，基本有一半都会栽在狩猎者的手里。正是因为有狩猎者的存在，才让黑客们不敢越雷池半步，不能将自己的手伸到政府以及军事、金融、交通这些民生领域。之前那些越过雷池的黑客，不管技术再牛，最后全都躲不过被狩猎的下场。"

胡一飞这才明白狩猎者是怎么回事。原来黑客界也有潜规则，谁违反了这个潜规则，就要付出代价。难怪自己总是听周围的人喊着自己的游戏账号被盗、装备被扒，却很少听人说自己的网上银行账号被盗。而报纸、电视上但凡报道落马的黑客，则必定要说他们盗取银行账号，原来是这么回事。黑客再猖狂，却也有一道不能随便逾越的雷池；狩猎者再牛，也不会对所有的黑客赶尽杀绝，这大概是安全界的另外一种魔道之争吧。

"我的老师就是一位狩猎者，他曾经狩猎到五名超级黑客，是狩猎超级黑客最多的一位狩猎者！"狼蛛继续说着，提起自己的老师，他显得很自豪。

胡一飞大感意外："那你也是狩猎者了？"

"我只能算是一个初级狩猎者！"狼蛛回复道，"我最近正在追踪一个蠕虫病毒的作者，如果我能追踪到他的话，才能成为一名合格的狩猎者。"

胡一飞心里算了一下，发现如果按照狩猎者的出手标准来算的话，自己竟没有一件事能达到那个标准。要是这样，那自己被狼蛛揪出来岂不是还沾了光？毕竟人家可是正牌的狩猎者，狩猎的对象都是超级黑客，自己这也算是提前享受了一番只有超级黑客才有的待遇。

胡一飞真无耻，连这种事都要转着弯地给自己脸上贴金。不过心里虽然这么想，他决定以后还是少在狼蛛面前露脸显摆，免得人家真把自己给狩猎了。这也提醒胡一飞问了一个很重要的问题："你是狩猎者，那追踪反追踪的技术一定都不错，这方面的资料能不能给我提供点呢？也不要高深的，就入门的、基础的就行！"

狼蛛不知道二当家的是真菜鸟还是假菜鸟，不过人家既然愿意装菜鸟，自己也只能跟着装，看谁玩得过谁。他使出了跟胡一飞一样的招数，道："你这个问题涉及的技术太多，不对等！"

"一个顶五个！"胡一飞开出了价码。

狼蛛很快有了答复："成交，回头我把资料发过去，你去邮箱接收！现在我还差两个问题就可以提问了！"

然后狼蛛就在那等着二当家的继续提问题。谁知等了好半天，都没等到动静，他又发来消息："我还差两个！你继续问吧！"

"今天不问了！"胡一飞回复，"我没问题了！"

狼蛛这回是真吐了血，看起来希望总是触手可得，实际上却总是触不到。他心里不禁有了一丝怒气："那你什么时候会有问题？"

"请注意，你又问了一个问题！"胡一飞怕狼蛛这个一根筋真咬着自己不放，上次的招数已经被他识破，再来的话，自己可就没地方躲了。于是胡一飞又道："不过不涉及技术，我就不给你计算了！我再多问一个问题，你刚才说你正在追踪一个蠕虫病毒的作者，是谁？"

"我要是追踪到了，就告诉你！"狼蛛无语，心说自己要是知道是谁，还用得着追踪吗？

胡一飞早知道自己这个问题是废话，道："好了，现在你差最后一个问题了，不过我今天真的没有问题要问了！"

狼蛛也不好意思再纠缠下去，二当家的明显是白送给自己一个问题，自己再纠缠下去，只怕问题越来越多，只好悻悻道："好，我等你问最后一个！"

总算是摆脱了一个大麻烦，胡一飞长出一口气，想着自己是不是要把电脑的名字改一下。琢磨了半天，他觉得没必要，既然人家已经注意到了，自己再改，岂不是此地无银三百两！反正他自己都还迷糊着呢，索性就让他继续迷糊下去算了。

"只要一根筋不搬他老师过来就行！"

胡一飞掰着手指，心说能给一根筋当老师的，那肯定就是死脑筋了，不知道这个死脑筋到底狩猎过谁，是凯文·米特尼克呢，还是加里·麦金农？每年的十大超级黑客榜，有很多人都是重复上榜，一年能换上两个新面孔就不错了，这死脑筋一下就干掉了五个，真他妈的没人性！

回到论坛上，胡一飞搜索关于 The 9 的消息，发现论坛上的八卦达人竟然都说不出这个 The 9 的来历。小菜鸟们则兴奋地搬来所有能和 The 9 扯上边的信息，有的说国内有家游戏运营商，刚被人撬了墙角，叫做九城；有的说好莱坞刚出了一部科幻大片，叫做《机器人九号》……

胡一飞瞠目结舌，心说挖九城墙角的又不是狼窝，要咬也咬不到这里来；还有那个机器人九号，长得跟小麻袋包似的，再过几十年也不一定能造出来，这都哪跟哪呀！胡一飞虽然不是高手，但也知道这事不会那么简单，三天之内拿下一千台服务器，对方下这么大的本，不可能仅仅就是为了搞砸狼峰会，肯定还有别的动机。只是这真相，怕是要等到开赛那天，才会大白于天下。

国内的黑客圈似乎真的逃不出门事件的魔咒，狼窝也不例外，论坛上已经有人把这次的事件称之为——"9门事件"。

当然，狼窝上也有关于理工大和南电互攻的报道。有八卦达人把那些公鸡协会搞出来的闹剧当了真，在分析"八点半"事件时一副痛心疾首状，说国内的第三代黑客已是不注重基础，只会使用工具了；而理工大的学生却用强悍的事实告诉我们，第四代黑客已经逐渐形成规模，这些人彻底脱离了基础，变得连工具都不会使用了，国内黑客出现了断层。

胡一飞觉得脸皮一阵发烧，赶紧退出了狼窝。"八点半"现在几乎成了理工大的代名词，人人嘲笑，估计再过一段时间，都能成为人身攻击的词汇。以后走在大街上，说不定就能听到有人骂："你是八点半，你全家都是八点半！"

到邮箱看了看，发现狼蛛已经把资料寄了过来，有关于路由器、交换机的，也有关于追踪反追踪的。和上次一样，都是英文资料，还附了一些简单的小工具。

"一根筋还真是好忽悠啊！"胡一飞现在都觉得自己有点不厚道了。仔细想想，好像自己什么都没有告诉狼蛛，而狼蛛却送了一大堆资料给自己，自己下次要是再不给他一点甜头的话，实在说不过去，搞不好能把死脑筋给招来。

胡一飞把追踪反追踪的资料下载下来，准备先研究这部分，他想知道那些高手都是根据什么来追踪对手的，这样自己就清楚如何来反追踪。而且，他现在觉得自己只有神器没用，如果别人使用了跳板，自己用神器链接过去，只是进入对方的跳板而已，自己根本不知道如何继续追踪下去，找到对方的本源所在。

一直弄到寝室停电，胡一飞才发觉今天赵兵没有上线，不由摸着鼻子在那琢磨，看来仅靠QQ追踪赵兵不行。这个IP是不固定的，不能做到随时监控，最好还是按照狼蛛的办法，从大道科技公司的网络上做点文章。

第二天，胡一飞把整理好的硬盘笔记送去给丁二娃翻译，然后顺便把狼蛛的资料也打印出来，这些他准备一边翻译一边学习。

中午去食堂吃饭，胡一飞被海报栏那边的情况给吓了一跳，远远看去人山人海，把食堂的入口都给霸占了一大块。胡一飞不由加快脚步冲过去，心说今天有什么重量级的新闻吗？看这架势，难道是中国男子足球队战胜了巴西女足？

"兄弟，前面是怎么回事？"胡一飞挤不进去，只好求教着前面的人。

"南电篮球队要来咱们学校打比赛，刚贴出来通知！"

那人刚说完，后面就有人喊了："我靠，学校还真是办了一回好事啊，到时候肯定叫这帮孙子来得回不得！"他的话立刻得到不少人的响应，个个都是咬牙切齿。现在理工大的爷们出了校门都抬不起头，不敢告诉别人自己是理工大的，丢人呐。

胡一飞在那里逗留了一会，听到前面有人在念海报："为提高我校篮球运动水平，丰富广大师生的业余生活，现特邀南电篮球队来我校进行联谊赛事。南电是全国大学生篮球联赛的四强队伍，水平高，素质硬，届时一定会带给大家一场精彩的比赛。希望我校师生及运动员，本着'增强了解，加深友谊'的宗旨，文明观赛，积极备战，力争取得比赛成绩与精神文明的双丰收！比赛地点：我校体育综合馆；比赛时间：周五晚上八点半。"

"我靠！时间你他妈也念！"后面一群人直接开骂，把那念海报的家伙训得跟孙子一般。现在大家最怕听到的，就是八点半。

胡一飞暗道，两位校长大人一番良苦用心怕是要打水漂，真是脑子让狗熊屁股给压了，这个时候搞比赛，不是火上浇油刺激大家吗？到时候谁输谁赢都是个问题，不打个血溅赛场已是万幸，难道还指望打出一场和和气气的比赛，化解两校之间的梁子吗？

"回去准备家伙！"

理工大的爷们脾气爆，得了消息连饭都顾不上吃了，直接回宿舍准备家伙什去了，到时候南电输了还好，要是赢了，那……唉，只怕是要悲剧了。

我只是友情提示

　　胡一飞那一嗓子真是非同凡响，把球场内所有的人都给震愣了。回过神来，大家手机能上网的就开始上网，不能上网的就麻溜地打电话，让别人去南电的网站看看是怎么回事。对面南电看台上的人也乱作一团，人人掏着手机打电话。

　　赛场上的球员直接傻掉，他们从来没遇到过这种情况，球场上的观众不看球，而是都忙着打电话。

　　接下来的几天，胡一飞都在忙着学习狼蛛的资料，不过进度超慢，碰到一些名词弄不懂，他还得返回来查找关于这方面的基础资料。反反复复之后，胡一飞就感觉到了其中的枯燥，看来想要成为高手，绝非一日之功啊。

　　"如果能找个高手带一下自己就好了。"

　　胡一飞又打上了这个主意，只是不知道到哪里去找这个高手，而且高手未必肯带自己。当然，这几天也不全是枯燥乏味的事，南电的人一直都没发现胡一飞改的那个字，胡一飞每次打开网页看一回，都要乐上好一阵。

　　周五这天，理工大的校门口突然来了许多不明真相的围观团，要求围观南电与理工大之间的比赛。校长大人很生气，这是他精心准备的和气赛事，怎么能让这些人过来挑事呢？他当即宣布封校，一个外人都不许放进来，进来的也要清理出去。

其实就算能进到学校，也是进不去体育馆的。

校长大人为这次的比赛定了调子，要求"友谊第一，和为上"。于是，赛事门票就被内部分配了，轮到每个班上，也就三四张票的样子，还要分给那些平时比较乖巧听话的班干部。在班干部里头，还要再优先女生。真正的理工大爷们，基本都被排除在了体育馆的门外。为了分流，校长大人还使出了绝招，宣布学校的娱乐场所，今天全部免费开放：电影免费看，网球场随便进，游泳池不收门票……

胡一飞不是班干部，也不乖巧，按照校长大人的筛选标准，属于绝对不能放进去围观比赛的那类。可惜校长大人实在低估了市场经济的威力，一天之内，理工大的黄牛票交易市场就颇见规模，有买有卖，很是红火。胡一飞兜里有赵兵赞助的钱，很容易就淘到了一张门票。

拿到票，胡一飞便去约梁小乐，两人商量好晚上吃完饭后一起去看比赛。梁小乐的票早早就拿到了，美女总是有特权的，而且她本来就很乖巧，完全符合围观的要求。

晚上胡一飞准备停当，就朝体育馆溜达了过去，到了那里一看，被眼前的阵势给吓住了。学生会的人里三层外三层站得满满当当，警戒线一直拉到百米开外。凡是进入体育馆的人都要接受检查，别说是什么攻击性武器了，连水瓶子都不让带，胡一飞看见好多人都给拦在了那里。理工大的安检标准直追北京奥运会，但待遇标准就不去追了，奥运会好歹还提供一纸杯水，这里只能空手进，渴了就忍着。

等待梁小乐的工夫，胡一飞看到五辆大巴车缓缓驶来，车身都漆着"南方电子科技大学"字样，南电助威团的人，看样子也来了不少。

第一辆车上下来的是运动员，个个人高马大，后面车上的人，则都是一副文弱萧条的样，一看就是按照同样的围观标准筛选出来的。但进入体育馆的时候，他们看着理工大的人的眼神，分明带着一些趾高气扬的味道，搞得入口处顿时弥散着浓浓的火药味。嘴上的口角肯定少不了，要不是黑社会在维持秩序，估计都能开战了。

"版权科妓！"胡一飞暗自骂了一声，心说你们得意啥，这块牌子老子发给你们一个星期了，你们不是挂得挺舒心嘛。

梁小乐一会就走了过来，身边还跟着千年灯泡刘晓菲。胡一飞开始吹胡子瞪眼，心说刘晓菲这刺头怎么也能拿到票？最后才想到，人家刘晓菲个子高，是他们学院篮球队的替补。

"你是来提高篮球运动水平的？"胡一飞见面头一句话，就噎得刘晓菲翻了白眼。

梁小乐剜了胡一飞一眼，道："那你是来干什么的？"

"我来增深一下兄弟院校之间的友谊！"胡一飞倒是恬不知耻。

刘晓菲看着黑压压的"安检"人员，道："啥子友谊嘛，有这个样子的友谊吗？"

"走吧，赶紧进去，晚了都抢不到好位置了！"胡一飞说着，在前面带路。黑社会仔细检查了一番，发现胡一飞没带铁榔头，没带水瓶子，就连手机钥匙扣之类的都没带，这才把他放了进去。

刘晓菲看得眼睛都直了，心说胡一飞能是这么老实的人吗？她去看梁小乐，发现梁小乐也同样一脸的纳闷。胡一飞买了高价黄牛票进来，不会真是来交流感情的吧？那些被黑社会拦在外面的人，可是被查出不少的家伙来。

八点钟的时候，理工大和南电的校长同时走进了会场，站在场地中央，亲切地回忆了一番两个兄弟院校之间几十年来的友好情谊、密切交流，升华了一下这场比赛的意义，最后鼓励运动员在赛场上要积极拼搏、发扬风格、尊重对手、顾全大局，要打出友谊，再打出水平。

讲话完毕，两位校长竟然拉着手和蔼地坐在了赛场边，这下把理工大的爷们给震住了。他们好不容易躲过安检，加塞带进来一些零碎的材料，准备一会对付南电的人，可现在校长就坐在下面，没法下手了啊！

比赛开始之前，黑社会也撤进了赛场，过道上站得满满当当，并友好提示在座观众：不许喧哗，不许吹口哨，不许骂人，不许扔东西。放眼望去，整个看台上女多男少，要不是自己清楚自己是哪个学校的，胡一飞差点以为自己是来观看两个外国语学院之间的篮球比赛。

等比赛一开始，谁还记得那四个不许，理工大硕果仅存的少许爷们发出怒吼："进攻！""砸烂他们！""理工大雄起！"不过言辞还算文明，算不上人身攻击，过道上的学生会干事也就不予理睬。

理工大的球员主场作战，在观众的吼叫声中，频繁出击，开局还算打得顺手。按理说，理工大的篮球水平不比南电差多少，好歹也是几届入围八强的队伍，每年从全国各地要招不少的体育特长生。

第一节比赛，大家打得中规中矩、和和气气，犯规的哨子裁判都没舍得吹一下。第一节结束，理工大领先南电两分。

两位校长对此情况很满意，各自留下压场的人，相伴着离开赛场，估计是找地方叙友谊去了。

第二节一开赛，少了顾忌，大家喊话的分贝开始直线上升，言语之中的攻击味道就浓了一些。学生会的人此时开始行动，再次提醒大家注意文明观赛。南电的助威团也有将近两百人，但似乎是因为客场作战，底气不足，一个个坐在那里，不喊也不叫。

突然，南电的看台伸出一张牌子，上面写着"8:30"。乍一看，好像是比分，再一看，妈的，这不是讽刺我们"八点半"吗？紧接着，对方齐刷刷举起了近两百块牌子，上面清一色的"8:30"。看来是早就私底下商量好了，只要理工大的人开骂，他们就举牌子。从理工大的台子看过去，一整片整齐的牌子举在那里，颇有些气势。人家这叫做沉默的力量，举着牌牌，文明观赛。

理工大这边的看台顿时有些骚乱，有人站起来破口大骂，但随即被学生会的人按住，有继续闹的，就被直接拽出了赛场。学生会干事迅速传达上峰口令：谁敢挑头闹事，开除！看来他们早就做好了各种预案。

一位理工大的爷们终于爆了："妈的，爷不看了还不行！"完了直接退场，呼啦一下走了几十号人。少了挑头的，赛场一时陷入了一种沉寂状态，竟然只能听到砰砰的拍击篮球声。此时看台上的人估计没有一个人观看下面的比赛，全都怒气冲冲地瞪着对面的牌牌。人家默举，理工大的人只好默视了。

"恼火噢！"刘晓菲终于待不下去了，"你们两个还看？"说完站起来准备走人。

"别着急啊！"胡一飞这才把手伸进了兜里，"要走也得先办完事！"说完，他从兜里掏出三个叠好的四方块。

"早就知道你娃儿不老实，肯定有准备！"刘晓菲伸手拽过一个展开，发现是一个和对面差不多大小的纸牌牌，上面写着四个大字"版权科妓"。刘晓菲一皱眉："这是啥子？"

胡一飞很尴尬地把那张又要了回来，递给她另外一个，道："这张给你举着！"完了又把最后一个塞给梁小乐，"你举这个！"

说完，胡一飞把手里"版权科妓"的牌牌高高举起，一下引起不少人的注意。只是大家谁也不明白这是啥意思，说骂人却不骂人，说不骂人吧，似乎还沾点边。大家只恨自己失策，之前也有人带了牌子标语过来，有木头的，有铁的，刚到门口，就被黑社当做攻击性武器给没收了。早知道咱也带张纸得了，叠好塞兜里就是钞票，进来拿出来展开就是攻击武器。

刘晓菲展开自己的一看，发现也是四个字——"友情提醒"，便很痛快地举了起来。众人依旧是一头雾水，不过两人的牌牌倒是万花丛中一点绿，很轻易就把对面南电助威团的视线给吸引了过来，彼此对视着。

等梁小乐的牌子举起来，大家才看出点意思来了。三张牌子凑在一起，居然是："友情提醒，网站下方，版权科妓！"

胡一飞扭脸看着梁小乐："咋样，我够意思吧，还是友情提示呢！"

学生会干事迅速包抄过来，道："干什么呢？把牌子放下！"

"南电的举牌子，你们怎么不管？"胡一飞说得理直气壮，"看到没？咱这是友情提醒，友情你们懂不懂？难道你们要破坏兄弟院校之间的友情吗？"

学生会干事哪有工夫和胡一飞磨牙，上来就抢牌子："老实点，不然请你出去！"不过他们只是针对胡一飞，旁边梁小乐和刘晓菲虽然也举牌牌，但内容一点看不出不和气的地方。

胡一飞的牌牌被当场没收，他也不生气，道："你们可别后悔啊，我这可是纯粹为了和南电的友谊！"

"啰唆什么，出去！"学生会干事一看胡一飞就不像个好货，没收了牌牌之后，要清他出场，免得这小子再惹什么事端。当下两个学生会干事一左一右护住了胡一飞，准备"送"他离场。

"我自己走，这破比赛老子还不稀罕看呢！"胡一飞一甩胳膊，推开那两个学生会干事，很是风骚地站起来，像领了两个小跟班似的，大摇大摆朝门口走去。

两位学生会干事松了口气，这小子倒是挺配合，当下也不紧跟，就在后面看着胡一飞自行离场。

谁知刚走上过道，胡一飞突然一个转身，冲着对面开始大喊："一群八点半，先到你们自己的网站上搞清楚状况再来举牌子吧，回头要是想感谢我，爷叫胡一飞……"话没喊完，就被学生会的干事冲上来拽出去了。

胡一飞被学生会的人一直推到体育馆的大门口："赶紧走，要闹别的地方闹去！"说完，把胡一飞的牌牌往地上一扔，几个人守在门口，防止胡一飞再冲进去。

旁边一人看样子也是学生会的，一副干部模样，上来拍拍胡一飞的肩膀，递上一根烟："兄弟，来，消消气！都是理工大的，说实话，我也看着来气。可是没办法，人在江湖身不由己，校长大人下了命令，咱就得执行！你给我点面子，别闹了，要闹去别的地方，只要不在体育馆就成！"

胡一飞揉揉胳膊，站直了身子，也不答理那干部，捡起自己的牌牌径自走了。

走出没多远，就看见刚才被轰出来的几十号爷们正聚在一块商量，准备把南电大巴车的轮胎给扎了。看见胡一飞过来，那帮人便拉胡一飞入伙："爷们，你也是被赶出来了吗？扎轮胎敢不敢？"

"靠！"胡一飞骂了一声，"有这商量的工夫，十个轮胎都扎完了！"说完，胡一飞扭头便奔那边的大巴车去了，看得一群爷们直愣眼，敢情碰到一个比自己还横的。

胡一飞走到大巴车跟前，抬手拽起车上的雨刷，把那张"版权科妓"的牌子"咔嚓"一下就夹在了挡风玻璃上。

"日！"一群爷们全晕倒，还以为你小子是去扎轮胎呢，原来就是贴个纸条，浪费爷们的感情。

胡一飞贴好牌牌准备闪人，刘晓菲和梁小乐这时也追了出来。

"胡一飞，你娃儿举那牌牌到底是啥子意思？"刘晓菲到现在都还一头雾水。

"你们到南电的网站上看看就明白了！"胡一飞笑着，"要看得抓紧，晚了可就看不着了！"

梁小乐多少猜出是什么事，不禁有点担心："你可得小心点，学校恐怕要找你麻烦。"

"没事！我心里有数！"胡一飞满不在乎，没把这当一回事。王老虎在自己学校放火闹事，不过是个学院通报批评；公鸡协会聚众攻击教育网，最后只是被口头警告；老子只不过搞个友情提醒，还揭的是别人的丑，撑死了，也就是个全校通报批评。

"放心吧，校长大人心里对南电的人也很恼火呢！"刘晓菲催促着，"快走，我们回去看看南电网站的热闹去！版权科妓，哈哈……"

三人相伴着，很快消失在了朦胧夜色之中。

那几十号爷们回过神来，有人就问道："刚才那人是菲戈胡一飞？"

"嗯，好像是！"有人点头。

众人翻白眼，什么叫做好像是，能让两位极品美女追着，那肯定就是了。

有人又问："南电的网站上有啥热闹？"

"不知道！"有人摇头。

"靠，那还愣着干啥，回去看看呗！"众爷们顿时作鸟兽散，也没人提什么扎轮胎的事了。

胡一飞那一嗓子真是非同凡响，把球场内所有的人都给震愣了。回过神来，大家手机能上网的就开始上网，不能上网的就麻溜地打电话，让别人去南电的网站看看是怎么回事。对面南电看台上的人也乱作一团，人人掏着手机打电话。

赛场上的球员直接傻掉，他们从来没遇到过这种情况，球场上的观众不看球，而是都忙着打电话。第二节比赛，大家打得比第一节还要和气，失误频出不说，那球好像也变成了烫手山芋，到了自己手上直接往外扔，抽着空，大家都往看台上瞅，不明白这是咋回事。

等中场休息的时候，球场内所有的人都知道是怎么回事了。从学生会到观众，再到下面的学校球员以及裁判，全都在议论这事。听外面的人传回消息，说是这"版权科妓"的字都在南电网站上挂了好久了，搜索引擎提供的三天前的网页快照，就已经是这个样子了，要不是今天有人好心出来"友情提醒"一下，南电估计还得把这个字继续挂下去呢。

有人说这是理工大的高手黑了对方的网站，故意改的；有人说是南电的老师打字的时候手哆嗦了一下，就变成了这样。球场内嗡嗡吵杂，"版权科妓"四个字不绝于耳。南电助威团的人彻底蔫巴了，八点半的牌子再也举不出来。人生最大的悲剧，怕是莫过于此了吧。笑话别人穿开裆裤的时候，却突然发现自己忘了穿裤子。

第三节一开赛，南电球员的战斗指数在观众的笑声中彻底崩溃，尴尬得都快把脑袋伸进了裤裆里，恨不得比赛马上结束，省得别人像看笑话一样看着自己。而理工大的球员则士气大振，趁机报仇雪恨，赛场上顿时一边倒。

比赛结束的时候，南电篮球队带着建队以来分差最大的一场失利，在理工大观众"和蔼友善"并且充满了兄弟情谊的目光中，黯然离去。

与此同时，理工大的爷们也在网上发起了绝地反击，一举收复了自己的地盘，还顺势占领了南电的BBS，"版权科妓"的旗帜插遍了大江南北。形势一夜之间就来了个如此大的转变，攻守互换，一时跌破了不少围观团的眼镜，大呼不可思议。

胡一飞再次成为了名人，一句"爷叫胡一飞"，彻底巩固了他理工大头号爷们的地位。

周六一大早，辅导员气急败坏地敲开了胡一飞寝室的门，校长大人精心安排的和气比赛没有达到预想的效果，这还了得！辅导员顾不上什么双休日，直接杀过来，亲自请胡一飞去喝茶。

"我是看他们网站时发现的,几天前我就给他们的网站信箱发了邮件,提醒他们修改错误,谁知道他们根本不理睬!"胡一飞早有准备,把证据一样样摆了出来,跟辅导员诉苦,"我纯粹就是想给他们提个醒,本以为他们还能感谢我呢,谁知道会落这么个下场!我冤不冤啊!"

辅导员可不是来听胡一飞诉苦的,他也不关心那个"版权科妓"是怎么回事,他现在最担心的是自己的前途。校长大人三令五申,并且亲自抓的一项亲善赛事,竟然出了这么大的差池,而自己就是闹事学生的直接负责人,乖乖,这不是要了自己的小命吗?自己若不赶紧行动,作出个重视的态度出来,等到校长亲自过问,自己怕是就要完蛋了。

"好!这事我清楚了,你回去吧!"辅导员恨不得掐死胡一飞这个惹事精,却不得不压住心里的忐忑不安,强自镇定着,"回去写一份检查,周一早上交到我的办公桌上!"

胡一飞赶紧告退,没想到事情这么轻松就结束了。

等胡一飞一出门,辅导员擦了擦头上的汗,赶紧把胡一飞刚才讲的,还有拿来的所谓证据都整理成一份完整的报告,最后一咬牙,写上自己的意见:"建议开除该生!"然后起身,马不停蹄地奔系主任家里去了。

周一早上,校长大人刚进办公室,助理就把下面学院送来的报告放在了他的办公桌上。

校长大人拿起来一看,开始皱眉,道:"怎么开除个学生也要拿给我看?"

"是那个在赛场举牌牌的学生!"助理小心回应着。同时他在心里把那些学院的领导们鄙视了一番,心说细究起来,这学生也没犯什么校规校纪,就因为搞砸了校长大人亲自抓的一场球赛,下面的头头脑脑立刻把这学生踢了出来,恨不得打死而后快,好跟这个学生划清界限。这不,报告都送到了这里,就是要跟校长大人表个态。

"开除?"校长看着这个结论,"有这么严重吗?"

"这学生已经是留校察看了!"助理补充了一下。

"哦!"校长大人哼了一声,拿起笔,准备在上面签字。谁知桌上的电话此时响了起来，接起一听，正是南电的校长。

电话那头怒气冲天："你们的学生是怎么回事？公众场合怎么可以做出这样的行为？这是明目张胆地破坏兄弟院校之间的友谊，无组织无纪律，这样的学生，你们必须严惩！"

挂了电话，校长大人一脸的黑气，"啪"一声把笔摔在桌上，厉声道："要说举牌牌，那也是他们的学生先举了牌牌。他们工作人员自己的失误，搞出了笑话，怎么能怪到我们学生的头上？真是岂有此理！"校长大人太生气了。能不生气吗？大家都是校长，凭什么用这样的口气跟我说话，你说严惩就严惩，那你来给我当校长好了。

"那这报告……"助理看校长不高兴，准备把报告抽走。

"退回去！"校长大人发了火，"怎么搞的，动不动就要开除学生，那还要我们学校干什么？我们搞教育的目的，不就是惩前毖后、治病救人吗！"

"好，我这就给他们传回去！"助理抽出报告，给校长倒了杯茶，然后轻轻地合上门，退了出来。

下面学院的领导都在等消息，看到报告被打了回来，出了一脑门的汗，暗道天威难测，赶紧又作出弥补措施。学院给了意见，从轻处理；系里揣摩一番，不好下结论，也弄个从轻处理；皮球又被踢回到辅导员这里，辅导员头疼了一上午，最后用了个最轻的处理，把胡一飞叫来办公室，予以口头警告！

胡一飞感激涕零，心说理工大什么都差劲，唯独在维护自己学生这点上，真是没得说。

㉖ 漏洞交易平台"胡萝卜"

　　在胡萝卜的交易纪录里，经常可以看见软件企业、安全企业的技术人员把自己产品的漏洞卖给黑客，供黑客牟取利益；也能看到黑客将漏洞卖给软件商、安全商，让这些产品更加安全可靠。这是一个纯粹为了利益而聚合到一起的组织。

　　"如果老子也能像黑天那样拉风就好了，直接吓死胡萝卜，唉！"胡一飞叹息着。

　　要不是南电校长的那个电话，胡一飞现在怕是哭都哭不出来了。他并不知道自己已经在鬼门关上走了一遭，还以为自己料事如神、算无遗策。中午他特地到食堂叫了双份的鱼香荷包蛋，犒劳了自己一番。

　　迷迷糊糊看了一下午狼蛛的资料，下课出了教学楼，他又看见了Cobra，心里顿觉不妙，难道学校的网站又被人黑了吗？

　　胡一飞紧走两步，追上Cobra，道："惠老师，真巧啊！你又来查服务器吗？"

　　Cobra回头看是胡一飞，便停下脚步笑道："每次来都是查服务器，你们学校的老师怕是要头疼死了！"

　　胡一飞松了口气："那你是来办事？"

　　Cobra点点头："我来做个实地调查，了解一下你们学校的网络情况。"说完，Cobra稍微解释了一下，"你们学校这回算是出了名，和南电之间的网络攻击，引起了很多部门的重视。现在教育部要求所有高校加强自身的网络安全，开展网站内容自查活动。东阳市这次被点了名，所以准备搞一个高校网络安全会议，要拿出一个提升安全措施的章程，还要建立一套防范网络攻击威胁的预案机制。"

"惠老师就是厉害！"胡一飞伸出大拇指，"这么重要的安全项目，肯定要由惠老师来操刀设计。"

Cobra 笑着摆手："我水平有限，是有人点了我的名，没办法，只好把这摊子事负责起来！"

"那我送你去网络中心吧？"胡一飞又揽着带路的活。他现在对 Cobra 更加佩服，就因为 Cobra 那精准的判断，一下说出理工大网站被黑与狩猎者无关。

"你忙吧，这回不用了！" Cobra 客气着，"都已经跟他们约好了！"

"没事，顺路！"胡一飞跟在 Cobra 后面两步远的地方。突然他想起一事，问道："惠老师，你们公司招实习生不？"

Cobra 回头看着胡一飞："怎么？你想去？"

胡一飞点着头："对，我对网络安全很感兴趣，就是没人领路！"

Cobra 稍微思索了片刻："我上次介绍给你的书，你看了几本？"

"看了两本！"胡一飞就看完了一本，还是一知半解，此时却不得不打肿脸充胖子，机会难得，必须得抓住。他把手里的资料拿出来，道："你看，我还从网上找了很多相关的资料来看！"

Cobra 拿起胡一飞的资料看了一眼，问道："你能看纯英文的资料？"他把视线移到内容上，扫了一页，点头道，"不错，你找的这些资料都很专业，看来你很用心！"

"那你看能不能给我安排个实习生的活？"胡一飞巴巴地看着 Cobra，"我平时要上课，就周六周日过去，工资不用开了，我就是想跟着高手学点东西。"

Cobra 把资料还给胡一飞，道："公司以前没招过实习生，更没招过你这样周六周日的实习生，我不敢给你保证。这样吧，你把电话留给我，我回公司给你申请一下，能成的话，我就通知你！"

胡一飞大喜，赶紧把电话号码报给了Cobra。Cobra记了号码，便跟胡一飞分道扬镳，径自去了网络中心。

"终于朝着黑客的终极目标迈进了一步！"胡一飞心里对这事充满了期待，考虑着晚上是不是再犒劳一下自己，三号食堂的鱼香荷包蛋就是好吃，百吃不厌。

晚上打开电脑，胡一飞登上狼窝看了一眼，这才突然意识到，狼峰会的资格获得赛已经开始了。他这几天都没怎么上网，把自己伪装成一副鹌鹑状，生怕有人把自己和南电网站被黑的事情联系到一起。谁知压根就没人提这茬，理工大上上下下关心的是校长大人怎么想。而南电则早已得出结论，说自己网站的安全没有任何问题，错别字是工作人员的失误造成的。

狼窝论坛上此时非常热闹，狼窝及时发布着关于比赛的最新进展情况，从凌晨比赛开始到现在，已经有超过三千名的高手参与了活动。目前进度最快的人，已经杀过了七关；通过六关的，也有近二十人；通过五关的，则有一百多人。从时间进度上看，这些人都很有希望获得狼峰会的入场券。

狼窝只公布通关进度和人数，对于其他的信息，却不透露。虽然少了一点透明度，但却给那些参与比赛的人留了一丝面子。万一哪位高手前面挺顺的，到后面却失了手，你把人家名字公布出来，岂不是打高手的脸吗？

只公布最后的通关人名，能够极大地刺激更多的人来参与比赛，反正失败了不会有人知道。从这点上讲，ZM的比赛就要残酷和真实一些，连加里·麦金农那样的人，也被挂在了通关失败的名单里。ZM是很牛，但在胡一飞眼里，却是个骗子。

论坛上有不少人在公布自己通关失败的经历，讨论通关心得，被这些人公布出来的服务器地址，有五六十台。现在前两关已经基本属于平趟着过了，因为有人把前两关的地址和过关方法公布了出来。

狼窝对此不予管束，愿意公布只管公布就是了，他们也知道就算在狼窝上砍掉这些帖子，那些人也会在别的地方公布出来的。

胡一飞还惦记着前几天那个蹦出来的第九组织。在论坛上来回翻了几遍，却没有发现 The 9 的踪迹，他心里感到非常奇怪，不是说要公布所有服务器的地址和过关方法吗？怎么只见电闪雷鸣，不见炮弹开花，难道放了一记空炮不成？

论坛上的八卦达人自然也不会放弃这个话题，他们对 The 9 今天的未露面，做出了多种分析：一、The 9 赛前威胁，赛时失踪，只是为了扰乱狼峰会的部署；二、The 9 知难而退，三天之内拿下一千台服务器，属于不可能完成的任务；三、The 9 是在潜伏，等待最佳的时机，给予狼窝致命一击。

胡一飞觉得第三种可能性大一些。如果自己来做，也会选择在最后关头再公布出来，让狼窝一点反应和反制的时间都没有，瞬间就被秒杀。

正在溜达，糖炒栗子上线发来消息："二当家的，你还没有出手吗？"

胡一飞清楚他是在问参加比赛的事，回复道："最近比较忙！"

寒号鸟知道二当家的本事，一个小时能通关 ZM，狼牙的这 11 关，怕是分分钟就过了。他赶紧又发了另外一条消息："我收到一个内幕消息，是我朋友告诉我的，说有人准备破坏这次狼峰会！"

胡一飞吐血，心想这还用你费劲去听说吗？人家 The 9 前几天就在论坛上叫嚣过了。"你朋友怎么那么多消息？"胡一飞纳了闷，这家伙老是听朋友说。

寒号鸟擦着汗，难道二当家的怀疑自己这个号是马甲了？他急忙解释道："我认识的圈里人比较多！这条消息是狼牙的人说的，关于 The 9！"

胡一飞来了兴趣："那你说说，这个 The 9 到底是什么来头？"

"The 9 前几天下了战书的时候，狼牙的人就对这个组织进行了追踪，他们怀疑 The 9 很可能是胡萝卜的人搞出来的。"

"胡萝卜又是什么来头？"胡一飞问道。他是真不知道这个胡萝卜是什么玩意。

寒号鸟彻底晕了，不知道 ZM，也不知道胡萝卜，二当家的不会是故意说笑吧？

如果有一个黑客组织，它的成员能够横跨软件商、安全商、黑客三者之间，并且还能有一个合法的身份，那么这个组织非胡萝卜联盟莫属。

胡萝卜联盟大概是这个世界上最为奇特的一个黑客组织。它的所有成员，既是组织内的渠道客户，也是组织的终端客户。这些成员把自己手里的0day卖给胡萝卜，同时又从胡萝卜这里购买其他的0day。

在胡萝卜的交易纪录里，经常可以看见软件企业、安全企业的技术人员把自己产品的漏洞卖给黑客，供黑客牟取利益；也能看到黑客将漏洞卖给软件商、安全商，让这些产品更加安全可靠。这是一个纯粹为了利益而聚合到一起的组织。

胡萝卜联盟创建六年以来，始终以打造全球最大0day交易平台为目标，现已成为一个超级黑客集团，成员团体遍布全球四十多个国家。仅去年一年，经胡萝卜联盟交易出去的0day销售额就高达9亿美金，平均每天都有数个不同级别的安全漏洞被交易。至于黑客们转手再利用这些0day获得的利益，则庞大到无法计算。

可就是这么一个奇怪的组织，居然堂而皇之获得了合法的地位。

不管是黑帽子大会[①]，还是白帽子大会，近几年所有全球性的重大安全会议，都少不了胡萝卜联盟的影子。它们利用自己成员在安全界的话语权，大声呼吁必须建立一个合法的漏洞交易平台，声称这样会让安全变得可以控制。

在今年年初的时候，胡萝卜联盟终于如愿以偿，共有十多家世界级的软件商加入了它的交易平台。今后凡是涉及到这些软件商旗下的软件漏洞，在胡萝卜的平台上将不允许被交易，而只能交易给软件商。胡萝卜联盟在黑客界的地位一时超然无比，它攥住了很多黑客的钱袋子。

胡萝卜联盟很清楚，如果自己并不能将那些软件商的安全风险保持在可控范围之内，那它们现在得到的支持也会随时失去。所以在获得软件商支持后，胡萝卜立刻开始了新的计划。

---

① Black Hat，即黑帽技术大会，是一个具有很强技术性的信息安全会议，参会人员包括各个企业和政府的研究人员，甚至还有一些民间团队。Jeff Moss在1997年创办黑帽并于2005年将黑帽以1400万美金卖给CMP Media。

它们利用自己成员的话语权和影响力，在安全界发起了一场轰轰烈烈的行动，抵制以任何形式免费公布 0day。这直接导致了今年以来的多个安全会议技术含量严重不足，大家都坐在会场里畅想未来，实际的东西一点都没有。胡萝卜甚至开始打击其他渠道的漏洞交易，好几个在网上私下兜售 0day 的黑客，已经被胡萝卜送进了小黑房。

胡萝卜的这一系列行径，可谓霸道之极，逼着所有的漏洞交易只能在它自己的平台上进行，就算你不想、不乐意赚这个钱，愿意免费公布自己手里的漏洞，那也不行。

不久前，狼窝宣布召开峰会之时将免费发布十个 0day。胡萝卜随即派人前来核实，确认十个 0day 中的四个涉及到了自己平台上的软件商，其中一个还是最严重级的漏洞，便警告狼窝不能把这些漏洞公布出去。

狼窝自然不尿这个胡萝卜，胡萝卜再强横，势力范围也仅限于欧美，国内黑圈它暂时还插不进脚。谁知随后就冒出来一个 The 9 前来捣乱，这个 The 9 很有可能是胡萝卜在国内的代言人。

"乖乖！"

胡一飞使劲掐了一下大腿，确认自己不是在看童话故事。他有些目瞪口呆，没想到黑客圈居然还有这么一个怪物存在。糖炒栗子关于胡萝卜的介绍，太让他吃惊了。

"今天比赛虽然风平浪静，但我从狼牙那里得到消息，他们精心部署的一千台服务器，到现在已经被攻陷了七百多台。The 9 很有可能是在等待一个合适的时机，将狼峰会彻底搞砸！"寒号鸟继续汇报自己从"朋友"那里听来的消息。

胡一飞挠着头，心想你给我说这些有什么用，狼峰会砸不砸的，跟我有球关系，那都是高手们的事情。"好，我知道了！"胡一飞漫不经心地回复。

寒号鸟看二当家的半点表示都没有，有些急了，道："二当家的，狼峰会可是你宣布了要参加的，我的许多朋友现在可都等着到时候能聆听你的教诲。The 9 这帮孙子暗中搞破坏，实在是太不给你面子了！"

胡一飞差点被噎死，心道这糖炒栗子还真是纯洁无比，愣把自己当成了高手。自己是个屁高手，只会关机，老子说参加狼峰会，不过是响应偶像寒号鸟的号召，应应景罢了，还真指望自己去听那些高手白话天书一百单八回吗？那不是找自卑嘛！如果换了梁小乐讲，老子或许还会考虑考虑。还聆听教诲呢，老子有啥可教诲的？到时候万一手一哆嗦关了机，哭死你们吧。

寒号鸟知道二当家的要参加狼峰会，暗地里没少忽悠一批人前来参加，不是捧狼窝的场，而是捧二当家的场。他心想二当家的既然来参加峰会，那肯定不会空手来，只要届时指点上自己一点半点，绝对能让自己的水平大有长进。

没想到本来挺顺当的一件事情，半路却跳出个小九九，这让寒号鸟很不爽。他没把 The 9 放在眼里，可也不会轻易去得罪人，尤其这个第九组织身后还站着个胡萝卜。现在狼窝硬撑着不发求援书，寒号鸟便没有替人出头的理由。眼看狼峰会就要泡汤，他便打上了二当家的主意，只要二当家的能站出来哼一声，自己就算豁出去也要干翻那捣乱的小九九。"二当家的，这事我都看不下去了。我在黑客圈的朋友多，只要你发句话，我保证给你号召一大帮人，绝对揍得 The 9 把肠子都悔青了！"

胡一飞没想到这个糖炒栗子真执著，一时也不好意思说自己不是什么高手。能够有一个这么死忠的粉丝，那也证明自己人格魅力强大嘛！平时的丑事，胡一飞都能给自己脸上贴一层金，现在碰到美事，自然不想拆穿。胡一飞挠着头，心想该怎么应付糖炒栗子，才不至于伤了他这颗稚嫩的追星之心呢？想了半天，胡一飞放了句很硬气的话："不就是个第九组织嘛，小小喽啰而已，敲打他们有什么意思？"

寒号鸟顿时闻声知意，道："二当家的是准备敲打胡萝卜？"

"嗯！"胡一飞只好继续扯谎，心想糖炒栗子这种小菜鸟也就是听朋友说说胡萝卜罢了，不可能跟胡萝卜搭上线，又道，"只是我跟他们不熟，你帮我给他们带句话，如果小九敢搅了我的狼峰会，我就腌了他们的胡萝卜！"

寒号鸟大为振奋："好，二当家的，有你这句话，我就知道咋办了！"说完，竟忘了给二当家的请安告退，直接下线闪人。

"这小子不会真的有门路吧？"胡一飞傻了眼。要是这小子真给胡萝卜传了话，回头自己腌不了胡萝卜，可咋办呢？

抓耳挠腮半天，胡一飞叹气道："可惜了，一个伟大的巨星正在冉冉升起呢，却被一头牛给顶翻了！"郁闷的是，那牛还是自己吹上去的。

胡一飞悻悻退出狼窝，回头上了QQ，发现赵兵此时在线，便给赵兵发了消息："赵老师，在呢？"

赵兵回复过来消息："在忙事，稍后聊！"

"忙事？"胡一飞顿时警觉起来，赵兵可能正在忙着干什么变态的事情，于是他赶紧拉出神器，按着QQ上显示的IP地址链接了过去。

画面中的赵兵正在做着SQL注入测试。胡一飞虽然还不会玩这个，但这个路数他一看就能明白，因为上次Cobra已经把SQL注入的原理讲得非常清楚。

赵兵注入的对象不是论坛，看起来像是一个交友网站。赵兵好像在猜测一个什么东西，如果猜测正确，网页就会显示出一个小图片；如果不正确，网页就打不开。这么隐秘偏僻的一个注入漏洞，不知道赵兵是怎么发现的。

胡一飞等了一会，发现赵兵打开一个程序，在里面设置了那个SQL注入的漏洞入口地址，然后让工具自己去执行测试。大概过了七八分钟的样子，程序猜测出一个管理员的账号和密码。

赵兵打开网页，重新输入一个网址，打开之后，竟然是这个交友网站的管理员登录界面。赵兵用刚才测试出来的账号和密码，很顺利地进入了网站的后台。后台管理界面此时有个图标在不停闪烁，提示管理员信箱里面有新的邮件。

赵兵打开之后，里面有一封信，标题是："恭喜你通过第五关，第六关的地址是61.168.221.45。"

"通关？"胡一飞傻了眼，赵兵在通什么关呢？难道他也参加了狼峰会？

拿到第六关的地址后，赵兵记录了下来，随手打开一款扫描器，开始对第六关的地址进行自动扫描，然后他打开自己的邮箱，开始撰写邮件。他把第六关的地址、刚才第五关得到的账号密码以及SQL注入的入口位置，简单地写成一份攻略，给一个邮箱地址发了过去。

过了一分多钟，邮箱有了回复："确认有效，钱已汇入你的账户！"

赵兵删除了这两封邮件，等着扫描器的结果。

"钱？"胡一飞对这个字很敏感，赶紧先把那个邮箱地址记了下来，他怀疑那个邮箱地址很有可能是 The 9 的。普通人如果只是为了参加狼峰会，估计不会舍得砸钱买攻略，只有 The 9 有这个动机。它想在三天之内弄掉一千台服务器，不大把撒钱雇用高手，怕是很难实现。

"真他娘的有钱！"胡一飞感慨了一句，回头再看赵兵的电脑画面，突然想到一个获得狼峰会门票的好办法。自己只要跟紧赵兵的步伐，他怎么做，自己就怎么做，赵兵能够获得资格，那自己肯定也能获得资格。

如果赵兵不行的话……唔，那就希望小九九尽快干掉狼峰会吧，最好是现在就干掉！胡一飞摸着鼻子，如果小九九能够在糖炒栗子的朋友带话给胡萝卜之前，就把狼峰会干掉，自己就用不着尴尬了嘛。

晚上熄灯之前，赵兵终于又拿下一关，获得了第七关的地址。他把这些总结成攻略，又给那个信箱发了过去，再次有效，获得了汇款。

胡一飞把一些关键的步骤都截图留存，准备自己动手的时候按部就班。

今天的监控令胡一飞眼界大开，这是他第一次完整地目睹黑客的入侵过程，从最开始的扫描试探到中间的信息分析，再到最后确认攻击手段。他一直认为黑客入侵是一件技术性很高、很神秘的事情，而赵兵的入侵却告诉他，这一切并不神秘，只是因为自己从未接触过，而黑客的入侵一般看不见、摸不着，所以才会觉得神秘。

赵兵的两次通关，显然有很多的经验因素在内。他从一大堆得到的信息中很轻易就判断出对方的服务器运行了什么软件，存在什么漏洞，整个入侵的过程一点也不精彩，让胡一飞感觉这就像是在考场上答题。拿到一道题后，你得先审题，仔细揣摩出题人的意图何在，细心分析题中的各种已知条件，然后根据早已积攒在心中的公式定理，最后拿出一个最佳的解答方法。

至于入侵成功后的样子，胡一飞早都用神器体验过很多遍了。"这难道就是黑客？"胡一飞问自己。他觉得这跟自己想象中的黑客差得太远。利用一大堆已知的漏洞和工具，拿下一台比赛用的服务器，再去 The 9 那里领取一点点报酬，黑客就干这种事吗？

胡一飞摇着头，他心目中的黑客，至少不应该是为钱去干这些事情的人。就像加里·麦金农，他入侵了美国军方和航天局的网络，而入侵的理由就是为了弄清楚 UFO 到底存不存在，率性自在，多潇洒，多酷，这才是自己追求的目标。

看看要停电，胡一飞关了电脑，顺便摸出偷电的工具，准备一会停电后接上电，继续观摩赵兵的入侵。

约莫等了半个小时，估计楼管不会再来突袭检查了，胡一飞接好电源开机，按照刚才的 IP 又去链接，却发现链接不到，上 QQ 再看，赵兵已经下线了。胡一飞很郁闷，没想到赵兵家里也是军事化管理，竟然跟寝室同一个点熄灯。不过，也有可能是这家伙过了两关，捞够了钱，不想再费时费力去弄下面的测试了。

"妈的！"胡一飞只好关了电脑，又去拆了线，心说赵兵这厮真不仗义，你不去过后面的几关，搞得老子想跟在你屁股后面混进狼峰会的计划都搁浅了。

躺到床上，胡一飞还在想着狼峰会的事情。看赵兵的进度就可以推算出来，估计明天上午，The 9 就可以拿到所有服务器的攻略了。那时候狼窝可就惨了，国内第一大黑客论坛啊，竟然搞不定这个 The 9。

"没有胡萝卜的支持，The 9 怕是也不敢这么嚣张吧！"

胡一飞眨巴着眼睛，盯着黑漆漆的天花板。之前他觉得胡萝卜组织就是个变异生命体，绝对的怪物，此时他想到硬盘上的那份笔记，突然觉得胡萝卜的出现其实一点都不奇怪。

安全界虽然有魔道之分，但钞票却不会有美丑之别，也没有人生来就被贴上魔道的标签。这就像是下水摸鱼，岸上的人艳羡岸下的人比自己捞得多，但让他下水，他又怕湿了自己的鞋；岸下的人虽然捞得多，但却时时有被水淹没的担忧。

于是，胡萝卜出现了，从此岸上的不用下水也能捞钱，而对于岸下的人来说，无疑是多了一副救生圈。说穿了，胡萝卜其实就是圈里所有技术人利益诉求的体现，它的出现印证了硬盘主人的话，利益驱动一切！

"唉！"胡一飞唏嘘不已。放眼整个黑客圈，像自己这样只为技术不为钱财的人，真是太少太少了，都快绝了种。

第二天早起，胡一飞打开电脑的第一件事，就是去看赵兵在不在线，结果发现还是链接不上。再到狼窝论坛去看，只一夜的工夫，就已经有人获得了狼峰会的资格，这个人的名字叫做黑天，和ZM排行榜中排名最高的中国黑客同一个名字。

胡一飞有些失望，他认为第一个通关的应该是寒号鸟，没想到被这个黑天抢了先。他不知道这个黑天是做什么的，难道是专业通关的吗？为什么所有的比赛都少不了他的身影呢？

黑天打通全关，签下了自己的名字。在他之后速度最快的黑客，也只是到达第九关而已，足见黑天实力之强硬。

胡一飞转到八卦区，翻了翻一些八卦达人道听途说来的无责任小道消息，对黑天的来历算是有了一些基本的认识。这个黑天虽然没有登上过世界十大超级黑客排行榜，但其本身的实力足以达到入选标准。江湖传闻黑天有政府网监的背景，所以圈里的人都很少谈及此人。加上黑天为人低调，像胡一飞这样的小菜鸟级别的人物，很难听说黑天这个名字。也有人说黑天是一位受政府聘用的狩猎者，当年曾轰动一时的网银大盗"鬼影"在中国旅游时被警方抓获，直接判刑入狱，就是黑天的杰作。

"又是狩猎者？"胡一飞皱着眉。鬼影曾经轰动一时，入选过当年的十大超级黑客，最后却栽在了黑天手里，如果这传闻是真的，那黑天的实力确实够厉害。能够入选超级黑客而不入选，看来说他是位狩猎者的八卦多半靠谱。只是这么一位超级狩猎者，突然出现在狼峰会的比赛中，又是为了什么呢？仅仅是为了参加峰会，还是有狩猎目的？

狼窝论坛上也有很多人在议论黑天参与峰会的目的何在，之前突飞猛进的通关进度，也因为黑天的突然出现而停滞了下来。身上但凡有污点的人，都采取了暂时的观望措施。

"看把这些孩子给吓得！"胡一飞感慨一句，关了电脑，抓起狼蛛的资料上课去了。真是人的名,树的影,黑天一个名字挂上去,就让众多黑客集体观望,果然够风骚。

中午回到寝室,狼窝上的公告又是一番天翻地覆般的变化,入围的黑客一下达到了十多名。

在黑天之后,寒号鸟第二个获得了入场券。

随后,那些之前宣布要参加狼峰会的牛叉黑客们,开始陆陆续续获得入场券,停滞下来的通关进度再次活跃了起来。大家都是圈里人,谁不了解谁啊。寒号鸟曾经入侵过国家计算机病毒中心的网站,在知道黑天已经入围的情况下继续入围,这说明黑天参加狼峰会的目的不在于狩猎,就算是狩猎,那也有大个在前面顶着呢!

胡一飞上QQ看了看,发现赵兵在线,但IP显示是那个大道科技公司的。胡一飞一直都想按照狼蛛的计划攻陷这台服务器,可上周忙着策划举牌牌的事情,很少上网,这事就耽搁了下来。

拉出神器,胡一飞准备链接这台服务器。狼窝上糖炒栗子此时却发来消息:"二当家的,我已经托朋友把你的话捎给胡萝卜的人了,估计今天他们就会有答复。"

胡一飞顿时脸一绿,妈的,果然失策。这糖炒栗子本人虽菜,但他的朋友真不是一般的多。"嗯,有了回复就通知我!"发完消息,胡一飞坐在电脑前发愁。自己算哪颗葱,胡萝卜肯定不会买自己的账。到时候撕破了脸皮,自己可怎么办啊?总不能逃之夭夭,换个马甲再来吧?

正在愣神,糖炒栗子又发来消息:"我办事,二当家的尽管放心,绝对能赶上胡萝卜的回复。现在The 9的人暂时不会有所行动。昨天狼牙向黑天求援,凌晨黑天出手,一举杀过11关。现在他的名字挂在那里,就是用来震慑The 9的。The 9可以不给狼窝面子,但黑天要是来参加峰会的话,这帮孙子却不得不掂量几分。要真惹火了黑天,他们在国内肯定混不下去。我估计此时他们应该正在商量对策,既想破坏狼峰会,但又不至于得罪黑天!"

胡一飞恍然大悟。原来黑天出现在狼峰会,就是个友情客串,目的是为了震慑第九组织。只是这让他更郁闷了，他本来还盼着小九能赶紧出手灭掉狼窝，这下可麻烦了，自己怕是真要跟胡萝卜碰上了。狗日的黑天，你这不是故意坏我好事吗？

"如果老子也能像黑天那样拉风就好了，直接吓死胡萝卜，唉！"胡一飞叹息着。

就在胡一飞自卑自怜，觉得自己和胡萝卜根本不对等的时候，胡萝卜联盟的几位高层正在研究寒号鸟带来的话。那位杀过 ZM 选拔测试 107 关的传奇黑客糖炒栗子竟然要参加狼峰会，甚至还要做狼峰会的保安，这可有点难办了。

胡萝卜再猖狂，但自问比起 ZM，还是差了十万八千里。而人家糖炒栗子随便一出手就能逼得 ZM 关掉运营了多年的资格选拔测试，制造了一份绝版黑客排行榜。如果他真的要维护狼峰会，胡萝卜倒不得不好好地权衡一下。

胡萝卜联盟具有合法地位，有正规的公司和办公场所，这让他们的几位创始人能够聚在一起，随时对联盟的各种突发事件进行决策。

"每年由中国黑客发现的漏洞占到总数量的十分之一还多，我们胡萝卜联盟要打造全球唯一的漏洞交易平台，就必须把中国这个市场纳入我们的平台之内。准备了那么久的时间，好不容易才等来狼峰会这么一个天赐良机，联盟为此花费了巨大的人力、财力，目的就是要撬开中国市场的大门。如果放弃的话，今后我们想要再来，势必会更加困难。"胡萝卜联盟的二号人物死神，此时一脸阴厉，策划了好久的事情，半路跳出来一个棒槌，真是够恶心人的。

"我赞同死神的说法。现在正是我们推行大平台的关键时刻，不容许有任何的失败。一旦失败，前期好不容易建立起来的威势就会瞬间崩溃，以后跳出来叫板和反对的人会更多！"

"此时就算想收手，也已经来不及了，圈内人士都知道 The 9 代表的就是我们胡萝卜。开弓没有回头箭，我们只能往前冲，不管是谁挡路，我们都必须将他碾碎！"

"我们联盟内部拥有世界级安全大师三名，超级黑客五名，就算真和糖炒栗子碰上，也未必会吃亏！"

胡萝卜联盟已经高调出手了，自然没有半路退出的理由。几位高层几乎都赞同死神的看法，决定不理睬糖炒栗子的和谈要求。

"还有一个消息！"一直沉默着的联盟的老大，此时终于开了口，"曾经狩猎过我们的一位超级黑客成员的黑天，也决定参加狼峰会了！"

胡萝卜的几位高层顿时沉寂了下来。鬼影曾是他们的成员，当年因大量盗窃银行账户被美国FBI追捕，他以旅游的名义潜伏至中国，借此躲避FBI。谁知刚到中国，就被中国警方抓捕，并且中国拒绝了美国方面的引渡要求，直接以入侵中国多家银行系统、破坏国家金融秩序为由，判鬼影入狱服刑二十年。美国想要引渡回鬼影，只能等上二十年了。

这算得上是当年黑客圈的一大奇闻，就像是一只老鼠，为了躲开美国猫的追捕，结果慌不择路之下，直接钻入了中国猫的肚子里。鬼影一度成了黑客圈的笑料。

而狩猎到鬼影的黑天，借此一举成为中国政府聘用的最高段位的超级狩猎者，专门司职追踪和狩猎破坏国家网络秩序的重大犯罪黑客。

㉗ QQ被黑客攻瘫痪了

现在QQ这个庞然大物居然瘫痪了，三亿多人在网上无法即时通讯，可以想象这件事的影响有多大。

国内的网络，也因为这事一下变得骚动起来，不少即时通讯工具立刻喊出"7×24小时不掉线"的口号，一副要从QQ那里拉用户的架势。

而作为QQ最大竞争对手的MSN，此时却异常的安静。大家这才注意到，MSN之所以这么安静，是因为现在要登录MSN同样困难，时断时续。

其实在鬼影入狱之后，胡萝卜联盟并非无动于衷，他们利用自己在安全界的话语权向中国方面施压，认为中国判罚过重，甚至连续好几次将中国排除在一些重要的国际安全会议之外。但中国方面始终以证据确凿为由，拒不妥协，这事拖到最后，胡萝卜联盟只好放弃。没想到时隔不到两年，为了大平台战略，双方再次碰到了一起。

黑天具有狩猎超级黑客的实力，如果他真是铁了心要参加狼峰会，胡萝卜尽出高手虽然也能挫败他，但双方结怨之后，日后难免争端不休。胡萝卜虽然具有合法地位，但它底下的超级黑客每人屁股下面都有一坨屎，如果黑天紧咬不放，肯定会造成胡萝卜联盟的重大人员损失。

包括死神在内的几位胡萝卜高层，不由重新盘算了起来。宁可得罪超级黑客，也不要轻易得罪狩猎者，这些人手里掌握的不光是技术，还有他们背后强大的行政资源。

胡萝卜的老大宣布了自己的最终决定："基于此，我决定这次务必一举摧毁狼峰会！"

其他几位高层都是一副非常惊诧的样子。刚才一直沉默的老大，似乎不同意和狼峰会硬碰硬，现在大家刚有松动，为什么他突然之间来了这么大的一个转变呢？

"鬼影的事，我们一直未对联盟内的其他几位超级黑客作出解释！"老大的语速很慢，但字字铿锵，"不管是为了鬼影，还是为了大平台计划，我们都必须击垮黑天。这座大山横在我们面前，绕是绕不过去的，此次和他聚首于狼峰会，新仇旧恨，我们一起清算！"

死神想了想，道："我们要进入中国市场，黑天这块大石头是必须踢开的，但这次是不是有点仓促了？对付狩猎者，我们要有一个稳健的计划！"

"能不能搞定狼峰会，问题的关键在于能不能踢开黑天！"老大并不回答死神的问题，继续说着，"我们并不需要在狼峰会这件事情上跟黑天硬碰。黑天的雇主最怕的就是网络出现问题，只要网络出现问题，黑天必然自顾不暇，没有可能参加狼峰会！"

死神几个人的思维刚才都局限在一定要取得正面胜利，此时老大一点，他们便明白了过来："借机调开黑天，让他疲于奔命，到处灭火？"

"不，是让他明白，做好他的狩猎者就行了！"老大淡淡地说着，"手不要伸得太长，管得不要太宽！"

几个人开始点头。老大这招确实可行，而且制造一些麻烦的话，时间完全来得及，也不牵扯其他的安全隐患。

"糖炒栗子呢？"死神再次问道，"我们怎么回复他？"

"他虽然厉害，但并没有很坚决地表示要参加狼峰会。既然他提出谈判，我们跟他谈就是了！"老大一摆手，继续道，"该给的面子都给足，该做的事情还是要做！"

"我知道该怎么办了！"死神点着头，一撑桌子站了起来，"我这就去安排。此次狼峰会就是我们正式进入中国市场的序幕！"

胡一飞想着怎样才能让胡萝卜买自己的账，随口问糖炒栗子："你说那个胡萝卜联盟是专门搞漏洞交易的，具体是个什么流程？"

"二当家的手里有货要出手吗？"寒号鸟一下激动了起来，心想难道是那个一小时杀过107关的通用漏洞吗？于是急忙介绍道，"一般的流程就是先跟胡萝卜交易平台取得联系，介绍一下漏洞的基本情况。胡萝卜会随机挑选一到三台符合漏洞条件的公网服务器，让你用漏洞工具去打一下。如果效果好的话，他们就予以承认，挂牌交易，或者由他们直接出价买下来。"

胡一飞在纸上把这个流程画了一下，琢磨着自己是不是可以利用这个流程搞点事。自己放出去的话，总不能把它当成个屁。胡萝卜就算不给自己面子，总得给神器点面子吧！

画来画去，胡一飞实在想不出什么好办法，瞄到赵兵的QQ，突然想起了昨天晚上看到的那个第九组织的邮箱地址，顿时心生一计。如果能把第九组织的攻略全部搞掉，他们到时候就是想要发飙，也发不到飙。

胡一飞赶紧给糖炒栗子发去消息："你问问你朋友，有没有什么厉害点的邮件病毒，最好能够一下就把对方的硬盘搞掉，而且还是不能被恢复的那种。"

寒号鸟看着这消息有点傻眼，二当家的这是要做啥？他都能够随便入侵别人的机器了，为什么要用病毒这种低级手段？高手的心思真是让人难以揣摩啊！

"难道邮件病毒还有什么新的奇特用途吗？"寒号鸟赶紧把邮件病毒的各种用途，反反复复、仔仔细细地捋了好几遍，最后不得不承认，自己跟二当家的到底有差距，不然怎么想不出这邮件病毒的高深用途呢？

寒号鸟好久不玩邮件病毒了，不过二当家的开了口，他就不会说搞不到，当即现做了一个邮件病毒，自认为水平还不错，然后将代码发给了二当家的，顺便还小心地问了一句："二当家的准备用邮件病毒做什么用？"

"吓唬一下 The 9！"胡一飞的回复很是诚实。

寒号鸟直接栽倒在了键盘上，没想到邮件病毒的新用途，就是用来吓唬人。

"二当家的真是太讲究了！"寒号鸟擦着脑门上的虚汗。二当家的吓唬那些不够档次的人，竟然还要采用与之对等的技术手段，服务真是太人性化了。这么一想，寒号鸟反倒觉得自己的待遇不错，上次被关机后虽然吓得差点遗了精，但好歹是享受到了高级手段。

胡一飞收到代码后，二话不说，直接给 The 9 的人发了过去。等发出去之后好半天，他才一拍脑门，坏了，糖炒栗子是用文本模式发来的代码，自己刚才着急发信，竟然忘了更换模式，把邮件病毒又用纯文本的格式给 The 9 发了过去。

"妈的！"胡一飞骂一声，赶紧又把病毒重新发了一遍。发出去之后，他便祈祷道："一定要点错，一定要点错，先点后面这封信！"

The 9 的信箱闲了一上午，压根没有收到一封信。黑天的震慑力就是强大，把那些原本准备趁机捞钱的黑客都吓得作壁上观了。此时信箱突然在叫，The 9 的老大暗自纳闷，心说还真有要钱不要命的爷们，神仙打架，他也敢浑水摸鱼，虎口拔牙！

点开邮件一看，老大傻了眼，怎么全是代码？看起来不像是过关攻略。再仔细一看，The 9 的老大就骂了起来："狗日的，粉碎整个硬盘上的文件，这是要赶尽杀绝啊！"他本身也是高手，一个小小的邮件病毒，又是直接给他看代码，自然一目了然。

"赶紧干活！给老子把收集上来的攻略全部备份！"The 9 的老大冒出一身冷汗。真他娘的玄，这信不知道是哪位爷发来的，幸亏只是代码，要不然自己砸出去的两百多万就要打了水漂。这事真让胡一飞给猜着了，The 9 收集上来的攻略，并不是全都备份了的。

刚做好备份，信箱又叫了起来。一看，还是刚才的那个发信人。The 9 的老大留了个心眼，跑到虚拟系统里打开，刚点开邮件，虚拟系统就挂了。

The 9 的老大很生气，这是什么意思？给老子发布天气预报呢，还是欺负老子看不懂代码？欺人太甚啊！

"查！给老子查，看看这发信的到底是哪个王八蛋！"

"老大，是鸟神！"

The 9的人没有费什么力气，就查到了线索，因为邮件病毒的代码里头，已经很清楚地写明了病毒制作者的名字——寒号鸟。

The 9的老大听到之后吓了一跳，问手下的人："咱们最近没得罪鸟神吧？"

"得罪倒是没得罪，但鸟神是第一个宣布要参加狼峰会的高手……"手底下的人揣摩，"当时我们判断鸟神只是应应景罢了，不可能替狼牙出头，难道说鸟神和狼牙有什么别的关系？"

"靠！"The 9的老大很郁闷，千算万算，怎么错算了鸟神呢？"鸟神这个王八蛋，出了名的墙头草，肯定是看今天黑老大出来替狼牙撑腰，他就跳出来应景！锦上添花的美事，从来都少不了他！妈的，不管他，等联盟有了消息后，该怎么搞还怎么搞！"

"老大！"底下的人面有犹豫之色，"咱们的底细，鸟神可都非常清楚，他现在给咱们发警告，我看还是要小心应付一下。如果只是鸟神和黑老大中的一个替狼牙撑腰，咱们倒是不怕，但要是这两个人联起手来……"

"呃！"老大顿时吓出一身冷汗，自己怎么把这层关系给忘了呢？要是鸟神和黑老大真的联手，那可要了老命了。鸟神只要稍稍地把这边的资料透露给黑老大，自己就只能带着一帮兄弟亡命天涯了，黑客圈将会上演一出真实无间道，到时候别说是胡萝卜联盟，你就是所有萝卜联成盟，那也是远水救不了近火！

老大想了半天，道："收集攻略的事情继续进行，反正钱都是胡萝卜给的，花了也不心疼。但别着急把攻略公布出去，到时候咱们再看具体的情况决定下一步！"

"好！"手下人放了心，坐到一边继续忙去了。

老大在那里琢磨着心事，他到现在都还是一肚子纳闷，怎么都想不明白。狼牙不过是一个籍籍无名的小组织，什么时候有这么大的面子，连鸟神和黑老大这两尊通吃黑白两道的大神都能搬得动？这回真是失策，被胡萝卜联盟给忽悠了，搞得自己现在被架到火上去烤，真是被动啊！

胡一飞给 The 9 发病毒，结果却把病毒的代码给发了过去，他坐在电脑跟前郁闷了好半天，只得作罢。

"天意啊天意！"胡一飞一脸唏嘘，他终于为自己的失误找到了最合理的解释。想到下午是 C 语言课，胡一飞起身关了电脑，这门课现在可得认真听讲，万一以后想考个研究生什么的，也好有个退路。

一个下午的工夫，获得狼峰会资格的高手又多了三名。狼窝论坛上公布出来的过关攻略，已经到了第四关，刚好能接上赵兵的第五关和第六关。胡一飞大喜，这就是说，他现在绝对能轻松杀过前六关了。

胡一飞把这些攻略总结到一起，又将攻略中提到的工具全部下载下来，准备动手先过了这六关再说，剩下的几关，再慢慢想办法。这些攻略比网上流传了很久的什么《黑客指南》可要强多了，相当于手把手教你做黑客，胡一飞很想从头到尾体验一把。

"二当家的！"段宇坐在电脑前挠头，"我这 QQ 怎么上不去了？是不是被盗了？你过来帮我看一下！"

胡一飞先是意外，然后就是激动。苍天有眼呐，老三终于遭报应了，天天看黄网不用安全套装，坚持三年都没中招，真是天恨人怨啊！胡一飞停下手里的活，跑过去看着段宇的电脑，兴奋道："你再上一次我看看！"

段宇输入 QQ 账号和密码，点了登录，QQ 图标闪了几下，然后弹出提示："无法登录，请检查你的网络！"

胡一飞的脸色顿时有些尴尬，黑着脸失望道："密码没丢，是网络的问题。你看看能不能打开网页！"

段宇输入理工大的网址，显示正常，他皱眉道："网络好着呢，真是奇怪，就是 QQ 上不了！"

"我去试试我的！"胡一飞回到自己的机子上，开始登录自己的号码，过了一会，同样弹出"无法登录"的提示。胡一飞把QQ的其他几个登录服务器都试了一下，全都无法登录，一时有些纳闷，道："我也无法登录，难道是QQ的服务器被人黑了吗？"

"不是吧！"段宇站了起来，"这也能黑掉？"

"也可能是学校的网络又出了故障！"胡一飞道。不过这个推测有点站不住脚，网页能打开，说明网络没问题。

"不会是学校网络中心那帮鸟人把QQ屏蔽了吧！"段宇恨恨地说。去年学校把P2P给屏蔽了，搞得他下毛片很不方便，之后但凡学校的网络有点问题，段宇便不介意用最坏的恶意来揣测网络中心的那帮老师。

胡一飞摸着下巴，一副高手状："很难说！"心里却暗骂老天无眼，QQ服务器都整关闭了，老三的QQ号码还没丢，实在是没有道理啊！

好在网页还能上，段宇坐到电脑前有一搭没一搭地翻着新闻，看起来有些心神不宁。

胡一飞按照攻略，把前面六关挨个过了一遍，终于亲自体验了一把真实的黑客。这让他有了一些新的体会，自己去做，和看别人去做，是完全不同的两种感觉。虽然他只是按照攻略一步一步地做，但在入侵的过程中，胡一飞有一种将对方服务器操纵于股掌之间的感觉。入侵成功，得到下一关地址的一刹那，让他有一种成就感。神器简化了一切中间过程，只要知道IP就可以无所不能，入侵变得毫无悬念，反而没有这种成就感。

前四关的过关攻略，狼窝论坛上有很多人做了点评。胡一飞虽然对每一关需要掌握的基础知识不甚了解，但通过这些人提纲挈领的点评，他对这些方面的知识有了一个全局的认识，以及一些醍醐灌顶般的启悟。

"原来黑客入侵也不是那么简单！"胡一飞感慨道。看别人做，好像是一种程序化的操作，没什么创意，自己亲自去做，才发现这里面充满了智慧的较量。

"二当家的，胡萝卜有了回复！"糖炒栗子此时又上了线，一句话就搞得胡一飞很头疼。

"他们是怎么回复的？"胡一飞发这个消息的时候，显得很没有底气。

"他们说攻击狼峰会只是 The 9 组织的行为，跟胡萝卜联盟一点关系都没有。不过他们也说了，他们很佩服二当家的技术水平，如果你确定要维护狼峰会，他们愿意居中协调，劝说 The 9 放弃这次行动！"

胡一飞松了口气，心说这下可没老子什么事了，人家都说这次的行动和他们无关了，我总不能无缘无故朝人家发飙吧！至于那个小九九，只是小喽啰，才不配老子这样的"高手"出手！胡一飞真想抱一根胡萝卜亲一口，胡萝卜有眼色，有见地，这话说得太有水平了，一下就把老子的尴尬给化解了。

"那就让他们协调一下吧！"胡一飞倒是不怕丢人，什么话都能说得出口。

寒号鸟愣了一下，随即明白了。二当家的这招狠啊，将计就计，既然你们胡萝卜揽下了协调的事，到时候协调不成，那二当家的就有了发飙的理由。寒号鸟当即道："好，我这就把你的话传给他们！"寒号鸟心想这事肯定协调不成，明明就是你们胡萝卜做的，还搞得这么虚伪。

胡一飞"嗯嗯"回复着，心里却想，糖炒栗子这菜鸟把自己当成高手也就罢了，他眼神不好，情有可原，为什么胡萝卜这种庞然大物也会对自己有所忌惮呢？胡一飞把自己的"黑客"生涯仔细回忆了一番，也就做了三件事：一、关机风波；二、踢了我是读书人几脚；三、最为得意的南电"版权科妓"。这桩桩件件，好像都不足让胡萝卜对自己另眼相看吧？再说，自己从没挂出二当家的字号，怎么好像所有人都知道是自己做的似的？胡一飞把自己杀过 ZM107 关忽略不计，是因为他觉得自己受了欺骗，有些丢脸，他选择性地把这事忘到了脑后。

"奇怪啊奇怪！"胡一飞摸着鼻子，实在想不通自己到底有什么让人佩服的地方。

"二当家的！"那边段宇又开始叫了，"QQ 在网站上发出公告，说它们的账号服务器遭到黑客攻击，导致所有账号都不能登录！"

胡一飞回过神来，大吃了一惊。QQ 的安全防范措施是很强大的，怎么会被攻击得所有账号都不能登录呢？这得是多么高强度的攻击啊！

狼窝论坛上此时也热闹了起来，很多人都注意到了 QQ 的异常。这个拥有三亿多注册用户的小工具，在国内绝对是普及率最高的一个电脑软件。有网的地方就少不了 QQ，甚至你不装浏览器都可以，但不装 QQ 绝对不行。走在大街上，随便收来一张名片，都能看到上面印着 QQ 号码。

QQ 从诞生之日起，不是没有接受过对手的挑战，不管是本土的其他即时通讯工具，还是来自微软的 MSN，最终全都败在了 QQ 手里，丝毫没有占到任何便宜。你可以找到无数条 QQ 成功的理由，但如果没有强大的安全措施，它绝对无法站到国内即时聊天工具的霸主地位。

现在 QQ 这个庞然大物居然瘫痪了，三亿多人在网上无法即时通讯，可以想象这件事的影响有多大。

The 9 的老大此时陷入痛苦抉择之中，他没想到一个小小的狼峰会，竟然演变成一场高手之间的巅峰对决。真正的神仙打架，虽然不显山不露水，但攻击的力度和影响，即便是两次中美黑客大战加在一起，也都远远不及。

胡萝卜联盟决定大开杀戒，多面出击。在内，他们攻击国内最具影响力的 QQ 账号服务器、多家银行的网银系统，以及一些地方政府的网站，现在大家只是注意到 QQ 无法登录，很快大家还会发现网银无法使用，多家地方政府网站被黑；在外，胡萝卜疯狂攻击海底光缆在中国上岸后的接入节点，致使国内网络访问国外的站点变得非常困难，国内凡是通过互联网和外界进行的交易沟通，此时全部被迫终止。

攻击虽然只持续了短短的一小会，造成的后果却非常严重。The 9 的老大知道胡萝卜这么做的目的直指黑天，但搞出这么大的动静，不是要置老子于死地吗？日后黑老大缓过劲来，想找麻烦还不是先找我这个帮凶！

"一群猪！" The 9 的老大破口大骂。就算黑老大这次妥协了，放胡萝卜进入国内黑圈，但自己这个胡萝卜的先锋，肯定要被当做吃里爬外的人给除掉！

胡一飞和段宇在寝室里八卦了好半天，研究着 QQ 遭受黑客攻击的各种原因：段宇认为是那些竞争对手终于忍不住了，联起手来搞造反；胡一飞说可能是某安全公司为推销自己的产品而恶意攻击，结果在下手的时候哆嗦了一下，没把握好力度，酿成了悲剧；段宇问有没有可能是大公司的内部斗争，狗咬狗；

胡一飞说八成是账号服务器的管理员今天过生日，喝多了，一时着急，就把服务器给尿报废了。

两人在那瞎咧咧，把所有的可能都想到了，唯独没有想到这就是一起纯粹的黑客攻击。在他俩看来，很多黑客都是寄生在QQ上的，攻击QQ，无异于自己砸自己的饭碗，纯属盐吃多了闲（咸）的。

国内的网络，也因为这事一下变得骚动起来，不少即时通讯工具立刻喊出"7×24小时不掉线"的口号，一副要从QQ那里拉用户的架势。网络安全商趁机推销自己的产品，什么负载平衡、数据备份、专业防火墙，全都拉了出来。就连做交换机和路由器的，也不甘寂寞出来亮相。

而作为QQ最大竞争对手的MSN，此时却异常的安静。大家这才注意到，MSN之所以这么安静，是因为现在要登录MSN同样困难，时断时续。不过，MSN否认自己的账号服务器遭到黑客攻击，至于用户登录困难的原因，却没有作出解释。

但这丝毫难不住狼窝上的八卦达人，他们很快得出了结论，MSN的账号服务器并未部署在国内。根据可靠消息，目前国内的网络访问境外非常困难，这导致了MSN的登录困难。两大即时通讯软件同时无法登录，让网络交流重新回到了收发电子邮件的时代，而且电子邮件还发不到国外去。

狼窝到底是国内头号的黑客论坛，虽然最近的狼峰会分散了不少狼友的视线，但国内网络遭到攻击的各方面情况还是很快汇总到了这里。有达人立刻指出，此次网络攻击绝非偶然，应该是一次有目的、有组织的攻击活动，只是目前还不清楚是什么人所为，目的何在。

过了一会，老四回到了寝室。不能上QQ对于他来说，和断网没什么区别，还不如回来看墨墨呢！

老四进来看到胡一飞和段宇在那里八卦，立刻加入了阵营，兴奋道："网吧里的人都说是因为QQ偷税漏税，现在他们的老总被抓了起来，服务器也被查封了！"

"喊！"两人齐齐鄙视。老四竟然连这种消息也信，还不如服务器被尿坏的猜测靠谱呢。

悻悻回到狼窝论坛上，胡一飞才知道发生了黑客攻击的事情。

"狗日的，害得老子看不成网站！"

胡一飞恨恨地骂着。他是个外行，以为这么大的攻击事件只是一个人搞出来的，心里把那小子诅咒了一遍又一遍。不过一转眼，他又乐了，这次攻击，完全够得上狩猎者的出手标准。这小子一看就是个愣头青，一点黑客界的潜规则都不懂，这不是找死吗？唉！冲动是魔鬼啊！又有人要去牢房画圈圈了。

"二当家的！情况有变！"糖炒栗子此时再次冒出头来，"你的话我帮你传给胡萝卜了，不过和你所料的一样，胡萝卜已经开始动手了！"

胡一飞心中欲火难平："胡萝卜又怎么了？"

寒号鸟像是个传声筒："我听朋友说，今天国内的网络攻击事件就是胡萝卜联盟搞出来的，目前这只是第一波，还不清楚会不会有后续的行动。国内的几个顶级安全大师都被派去做修复维护的工作，一边严阵以待，准备防范第二波攻击。"

"我靠！"胡一飞拍了桌子，心说可算是找着病根了，原来是狗日的胡萝卜在捣鬼。他又转而去诅咒胡萝卜，真是他娘的吃多了撑的！你们很牛，这谁都晓得，没必要搞出这么大动静来耀武扬威吧？再说了，你们攻击的这些目标，和你们的大平台战略一点边都挨不上。

"我朋友还说，黑天到一线搞数据取证工作去了，估计这次的狼峰会他无法参加了！"寒号鸟知道二当家的对黑客圈的事情不熟悉，还特意解释了一句。

这下胡一飞倒是有点明白了，原来胡萝卜这么做并不是漫无目的，他们要把狼峰会的最大靠山黑天给支走，真是一石二鸟，敲山震虎之余还外带着调虎离山。

"妈的！"胡一飞又骂一声，心里很不爽。狗日的胡萝卜太嚣张了，抖威风都抖到中国的地盘来了，为了不让狼牙免费公布漏洞，竟然攻击整个国内的网络，这是什么意思？是准备拿着枪炮打开中国市场，还是杀鸡给猴看，想在国内黑客圈立威？

"国内目前还没有做好应付网络突袭的准备，黑天这个人很沉稳，我朋友说黑天一定会暂时妥协的。如果二当家的你再不站出来的话，狼峰会估计开不成了！"

胡一飞听说黑天要妥协，心里觉得窝囊，暗骂黑天是个软骨头。不过听糖炒栗子说让自己站出来，他立刻又是一副底气不足的样子，心说老子只会关机，放几句狠话吓唬吓唬还行，真要是动起手来，自己一个人怎么可能搞得过一群胡萝卜，一人一口唾沫就把老子给淹死了。

"干吗非要扯着老子呢！"胡一飞死活搞不明白这点。他敲着字，准备建议糖炒栗子去找寒号鸟这样的大神，反正你小子认识的人多，三拐四拐的，总能联系上寒号鸟。

胡一飞的消息还没打出来，糖炒栗子的消息又发了过来："二当家的，胡萝卜联盟又发动了第二波攻击，这次他们的目标，是前段时间一直风波不断的高校教育网。有几个地方的教育网已经瘫痪了，还有不少学校的网站首页被篡改，东阳理工大的网站也被人篡改了，就改了一个字，叫做'东阳力工'。"

"我靠！"

胡一飞这次终于爆了，老子的专利啊，竟然被剽窃了！胡萝卜害得老子看不成网站也就罢了，现在竟然欺负到理工大的头上，是看老子好欺负呢，还是来嘲笑老子上次的"版权科妓"？

28 价值一千万美金的关机指南

没想到糖炒栗子的胃口这么大，一开口便是一千万美金。老大想了想，问道："有没有说是什么漏洞？"

"说了，是一种通用漏洞，只要知道目标服务器的IP地址，就可以将它关掉！"死神恨恨地咬着牙。

寒号鸟把胡萝卜挑出来的三个IP地址转给二当家的，还不忘提醒一声："胡萝卜没安什么好心，他们提供的三个IP地址，一个是欧洲原子能机构的网站服务器，一个是法国总统府的网站，还有一个是英国皇家海军的网站。"

胡萝卜联盟总部，几位高层正在汇总着前两波攻击的情况，以决定是否有必要发动第三波攻击。

死神有些兴奋，道："我们的几位超级黑客对中国的网络情况非常有研究，这次虽然准备得有点仓促，但还是成功地拿下事先制订的目标！前两波攻击，都达到了预定的效果，现在中国的网络状况非常混乱，仅第一波攻击就让他们的网络彻底孤立。"

其他几位高层也按捺不住激动，胡萝卜联盟第一次搞这么大的动作便取得了成功，值得庆贺。

死神面前的笔记本此时闪烁了一下，他看了一眼便站了起来，一脸轻松地看着那边正在眺望窗外的老大："好消息，黑天已经正式发出公告，表明自己因公务原因，届时不会出席狼峰会了！"

房间里顿时人人欢欣，能够挫败黑天，着实出了一口恶气。这块进入中国市场的最大绊脚石算是被踢开了，今后再也不用担心这个家伙突然跳出来要保护谁了。

老大收回视线，脸上丝毫没有特别的兴奋，只是淡淡地说："这只是个序幕，黑天吃了亏，日后必定还会找回来。下次他再来，就不会这么明刀明枪地和我们打照面了！"

死神点着头，道："我会叮嘱大家今后小心行事。"

"The 9 那边进行得如何了？"老大问，又吩咐道，"如果攻略全部收集到位，就可以发布了！"

死神稍滞，道："The 9 的态度今天有点奇怪。我之前已经吩咐过他们，让他们做好公布攻略的准备，可他们却说需要更多的时间来收集攻略。昨天他们已经收集到了八成以上，此时应该已经完成收集工作才对。"

"离我们预定的发布时间还有几个小时，让他们在规定的时间内发布就行！"老大说完，继续扭头眺望窗外。他一点也不担心 The 9 会跳票，他认为 The 9 的迟疑态度只是忌惮黑天的威慑，现在黑天已经妥协，The 9 没有任何理由再迟疑。

房间里的几个人继续议论着，他们之前就建议收集攻略的事情要由胡萝卜自己完成。是老大执意要在中国寻找一个代言人，说如果由 The 9 来做，整件事顶多就是中国黑客圈两个小组织之间的敌对行为，可以避免激起整个中国黑客界的抵触情绪，降低胡萝卜进入中国市场的难度。事实证明，这步棋是正确的，到目前为止，很少有人把胡萝卜的攻击行为和狼峰会联系到一起，整个中国黑客圈都很平静。

议到尽兴处，一位成员大笑着环视众人："在 ZM 的黑客排行榜里，黑天是排位最高的中国黑客。现在连他都退避三舍，还有谁会出来跟我们硬碰？"

这话立刻引得众人跟着笑："剩下的人即便想阻止，怕也是有心无力。哈哈！"

死神也是一脸的舒心，暗赞老大真厉害，一下就抓住了问题的关键，搬开了黑天，所有的问题都迎刃而解。他准备也说上几句玩笑话，却看见面前的电脑又闪了一下。瞄了一眼，死神的脸色瞬间变得阴郁无比，像是吃了一口苍蝇似的，不情不愿地道："诸位，看来我们高兴得太早了，挡路的人来了！"

众人愕然，看着死神，不明白他这话是什么意思。

那边的老大似乎早有预料，问道："是糖炒栗子吧？"

死神"嗯"了一声，点头道："糖炒栗子托寒号鸟传话，说他手上有个漏洞。如果我们出一千万美金买下来的话，他便不追究我们协调失败的事情。否则，他会让我们死得很难看。"

胡萝卜众成员立刻一脸怒气，这个糖炒栗子好大的一个臭屁，也不怕把地球气温给熏高了。

老大微微露出一丝意外的神色，这世上总有一些事情是你无法掌控的，糖炒栗子便是其中之一。他毫无来历，却位列 ZM 黑客排行榜的第一位，让人根本无从揣测他的意图是什么。

之前寒号鸟传来消息，说糖炒栗子同意由胡萝卜协调，看来糖炒栗子参加狼峰会的愿望并不是很强烈。胡萝卜集体商量之后，便作出了很谨慎的回复，称跟 The 9 的协调失败了，但如果糖炒栗子愿意退出狼峰会，The 9 会支付给他五十万人民币。

在老大看来，糖炒栗子肯定会同意这个条件，参不参加狼峰会，对他这种高手来说一点也不重要，没想到糖炒栗子的胃口这么大，一开口便是一千万美金。老大想了想，问道："有没有说是什么漏洞？"

"说了，是一种通用漏洞，只要知道目标服务器的 IP 地址，就可以将它关掉！"死神恨恨地咬着牙。

胡萝卜的其他成员怀疑自己是不是出现了幻听。关机，这算是哪门子的漏洞？一千万美金买个关机的漏洞干什么？难道天天没事干去关别人的机吗？

老大沉思了一会，再次回到平时那副云淡风轻的模样，道："看来我们都判断错了，糖炒栗子的目标并不是狼峰会，而是我们胡萝卜。既然他找上门来了，躲是躲不掉的，他要卖漏洞，我们按照章程办就是了！"老大看了一眼死神，继续道："给他挑几台机器，让他去关机！"

死神立刻读懂了老大的意思："我知道该怎么办了！如果他关不了机，漏洞就不成立……"

众成员再次大笑。大家都是内行，知道所谓的通用漏洞不可能存在，即便存在，也不是所有的机器都可以被你关掉，糖炒栗子这次怕是要搬起石头砸自己的脚了。

黑天第一个获得狼峰会资格，又第一个宣布退出狼峰会，非但没在狼窝上引起轰动，黑客们参加狼峰会的愿望反而更加强烈了。老鼠当然不愿意和猫待在一个屋子里开会，不管这猫是不是吃斋茹素。只有为数不多的几个黑客高层，才明白黑天退出狼峰会意味着什么。

老骚急急忙忙找到寒号鸟，道："鸟神，现在怎么办？我们是等着胡萝卜来砸脸呢，还是也退出狼峰会？"

"要退你退吧！"寒号鸟很淡定，"老子还等着看胡萝卜被人砸脸呢！"

"胡萝卜连黑老大的面子都不卖，看来是铁了心要搞砸狼峰会，可惜我没有号召力，不然就大家一起干死它！"老骚也是一肚子的不爽，胡萝卜搞出这么大的动静，简直视中国黑客于无物。黑客大联盟解体后，国内的黑客圈如同一盘散沙，根本没人能把这些各自为战的高手捏在一起，即便是鸟神，也不具备这种号召力。

"你出手就能搞定胡萝卜吗？"寒号鸟反问，"安心看戏就行了，我保证胡萝卜这次肯定会灰溜溜地退回去的！"

"鸟神，你不会是让那高手给涮了吧？我看了获得峰会资格的名单，全都是熟脸，根本没有你说的那个绝顶高手的影子！"

寒号鸟实在懒得跟老骚解释，这家伙一向见风就是雨，惶惶不可终日，要跟他解释清楚，绝对能把自己给累死。看到胡萝卜联盟又发来消息，寒号鸟便对老骚道："我还有事情要做，你自己决定吧，要退就退，到时候看不到高手，别后悔就是了！"说完，急忙联系二当家的去了。

老骚一脸郁闷，不知道鸟神中了什么邪，非说有高手来参加狼峰会，忽悠了一大帮人给狼峰会捧场，高手倒是出来一个，就是黑天，结果还让胡萝卜给支走了。现在尴尬了一大帮人，到时候一旦 The 9 公布了通关攻略，随便是个人就能参加狼峰会，难道要让大家跟一群网吧黑客讨论如何去扒游戏装备，还是和一帮菜鸟讨论如何入侵美军军事基地？

寒号鸟把胡萝卜挑出来的三个 IP 地址转给二当家的，还不忘提醒一声："胡萝卜没安什么好心，他们提供的三个 IP 地址，一个是欧洲原子能机构的网站服务器，一个是法国总统府的网站，还有一个是英国皇家海军的网站。"

胡一飞心里顿时有些害怕，随便入侵哪个，都够得上狩猎者的出手标准了。不过这事是他自己挑起来的，现在也不好退缩，当下硬着头皮道："你告诉胡萝卜，老子没工夫去试那么多，让他们挑一台最安全的服务器出来，老子一次解决。"

寒号鸟应了下来，赶紧又把这消息转发给了胡萝卜。

胡一飞狂抓头皮，心说自己怎么这么冲动呢！他之前看到理工大的服务器被黑，一时血往上涌，以为胡萝卜是故意模仿南电"版权科妓"事件来羞辱自己，恰好胡萝卜联盟回过话来，说协调失败，要拿钱来收买自己。胡一飞当时就爆了，心说你们既然嫌钱多烧得慌，那老子现在不帮你们吐回血退退烧，这多年的雷锋精神岂不是白学了！于是他立刻提出这强买强卖的要求。

等消息发出去，胡一飞就后悔了，他突然反应过来，胡萝卜根本不知道自己在理工大，怎么可能来羞辱自己呢？自己真把自己当盘菜了啊！可惜说出去的话，放出去的屁，想要收回来已经不可能了。

想了想，胡一飞又问糖炒栗子："你有没有胡萝卜的服务器？"

寒号鸟立刻把胡萝卜交易平台的地址告诉了二当家的，顺便还把自己所知道的几台胡萝卜的服务器一并说了出来。其实他也很纳闷，弄不明白二当家的卖漏洞是什么意思，胡萝卜认为不存在通用漏洞，寒号鸟却知道那是真实存在的。

"二当家的，你要对他们的服务器下手？"寒号鸟激动地问。

"他们搞得老子上不成网,登不上QQ,老子总得有所表示吧!"胡一飞说,他想,弄胡萝卜的服务器总不会招来狩猎者吧!

寒号鸟知道胡萝卜要倒霉了。这帮萝卜,痛痛快快掏一千万美金就是了,还搞什么狗屁测试!二当家的是绝顶高手,一口唾沫一个坑,还会坑你们不成?这下弄巧成拙了吧,你们信不过二当家的,二当家的就会手把手教你们如何写"心服口服"这四个字。寒号鸟擦着汗,心说关于这点老子可是有着深切体会,我那可怜的"我是读书人"马甲号,硬是活活被废了。

胡萝卜联盟的一群人此时全都目瞪口呆。自己这边精心挑选的三个IP,以为绝对能让糖炒栗子知难而退,没想到人家根本没看在眼里,反而主动要求挑更为安全的服务器出来。有没有搞错?他是在发烧说胡话,还是真有通用漏洞在手里?

大家都看着老大,希望他拿个主意出来。

一向云淡风轻的老大,看到这条消息的时候,也不禁动了容。糖炒栗子一个小时杀过ZM的107关,如果没有作弊,就是拥有通用漏洞。事后ZM关闭了测试系统,让很多人认为是测试系统出了问题。现在想想,很有可能是自己猜错了,否则ZM为什么会保留糖炒栗子的成绩和排名呢?可惜,自己之前忽略了这个细节。

死神想了想,咬牙道:"既然糖炒栗子不怕死,那我们就成全他。我有一个很好的办法。"说完,他在桌面上写下一个IP地址。

在场的胡萝卜成员全都倒吸一口凉气。死神写下来的IP地址,是美国战略司令部的网站。这里是顶级黑客云集的地方,专精于信息化作战的140部队就隶属于战略司令部,其成员全是智商超过140的天才黑客。平时我们常听说白宫网站、五角大楼网站遭到黑客攻击,但很少听说战略司令部的网站被黑客攻击。

死神看无人反对,准备把这个地址发给寒号鸟。

老大终于吭声了,他阻止了死神的举动:"我们可能低估了糖炒栗子的能力。之前的三个地址怕是已经激怒了他,如果这个地址再发过去的话,就是彻底和他结了仇。"

"那怎么办？"死神恨恨地捶了一下桌子，"这要求可是他自己提出来的，我们试都不试，总不能白给他一千万吧？"

老大此时头痛无比，精于算计的他，头一回感觉自己心里竟然一点自信都没有。如果对方真是 ZM 级别的黑客，自己一招走错，很可能会为组织带来灭顶之灾，胡萝卜好不容易有了今天的局面，家大业大，经不起任何闪失。

"从之前的三个 IP 中选一个出来！"老大终于做出了决定，"就选欧洲原子能机构的网站！"

死神似乎有些不甘心，还要再说什么。

老大抬手打断了他："即便是这三个 IP，你们中间有谁能拿下吗？"

死神这才作罢。组织里的那些超级黑客，想要拿下这三个 IP，并不是一件容易的事。"好吧，我这就给寒号鸟发消息！"

"立刻对原子能机构的网站进行实时监控！"老大吩咐一声，起身又走到玻璃窗跟前，他的心里乱糟糟的，怎么也静不下来。

寒号鸟看到 IP，暗道胡萝卜还算懂得进退，他们要是真的选择了另外的服务器，将来会死得更惨。寒号鸟感慨片刻，就把 IP 地址发给了二当家的。

胡萝卜联盟里，大家都在等着结果。整个房间静悄悄的，只有桌上的那台电脑，每隔三秒钟就汇报一次原子能机构网站的运行情况，发出"正常"、"正常"的声音。

等了十多分钟，死神有些按捺不住了，气氛有点压抑，他起身去找自己的外衣，掏出雪茄盒，准备吸上一口放松一下神经。"咔嚓"一下刚剪开雪茄，死神自己的笔记本叫了起来，他赶紧走过去，一看，顿时神色大变，惊道："我们交易平台的服务器，网站目录所在的 D 盘被人格式化，然后关机了！"

众人全都骇然，没想到等来的竟是这个消息。胡萝卜交易平台的服务器，安全规格虽然比不上那些政府网站，但安全性能却丝毫不亚于原子能机构的网站，怎么可能被人毫无声息地格式化了呢？

老大正站在窗户边吸烟，听到这个消息，手里的烟顿时掉在了地上。

"正常！"会议桌上的那台电脑又叫了一声，把众人从不可置信中拉回了现实。

可惜，坏消息还不仅止于此，死神的笔记本再次叫了起来。这次死神的眼神几近于恐怖，他颤抖着宣布："对方从网站摸到了我们的数据库服务器，所有的数据都被清空，数据库服务器同样被关机了！"

老大终于无法沉默了："我们的损失呢？"

会议室里有一位成员是负责交易平台的，他赶紧道："数据库服务器上有交易平台两个月内的所有交易纪录！"

"马上去查！"老大的语气顿时如狂风暴雨一般，"一定要知道，对方在清空之前，是否将数据拷贝！"

死神此时呆若木鸡。怎么可能？仅仅半分钟的时间，对方怎么可能从网站服务器摸到数据库服务器？胡萝卜的交易纪录绝对不能被曝光，一旦曝光，就会有很多平时看起来光鲜和体面的人立刻身败名裂。

那位负责交易平台的人刚跌跌撞撞奔出会议室，桌上那台电脑终于改变了口吻，发出"异常"、"异常"的声音。

声音持续了半分钟后，"异常"再次变成"正常"。

老大点开纪录，发现原子能机构的网站已经启用了备用服务器，域名也指向了新的IP地址。不用刻意想，所有人已经明白发生了什么事。恐怖的糖炒栗子，他竟然真的拥有通用漏洞。

胡萝卜联盟的老大沉思良久，终于一拳砸向桌面，做出了一个痛苦的决定："去联系寒号鸟，就说我们同意糖炒栗子的交易方案！"

"我们到哪里去找一千万来？"死神终于活了过来。他是联盟的大管家，非常清楚联盟的运作情况，这一千万要是真拿出去了，胡萝卜联盟的血也就被抽干了，联盟所有的行动都得因此被暂时搁置起来。没有钱，什么事都做不成。

"想任何办法，这笔钱必须筹到！我们现在首先要考虑的，是保护好我们的客户和成员不被曝光，只有这样，才能保住我们的交易平台。否则，第一个完蛋的就是我们！"老大到底是老大，虽然眼前的情况有些混乱，但他还是能够一眼看清问题的关键。

"数据库被清空了,但对方可能并未备份!"死神依然希望老大收回这个决定,但这句话说得连他自己都不相信。糖炒栗子目标直指胡萝卜,气势汹汹而来,怎么可能只是为了清空数据后关机呢?换了是自己,也绝对不可能放过那些数据,谁都明白那些数据对胡萝卜意味着什么。

之前奔出会议室的那位成员又跑了进来,急急忙忙道:"服务器那边的新消息,两台服务器上都没有发现任何入侵痕迹,因此无法确定对方是否在关机之前做了数据拷贝!"

这一消息彻底击碎了死神心里最后一丝侥幸。不留痕迹,这说明对方当时有充足的时间做善后收尾工作,那数据自然凶多吉少。

"告诉寒号鸟,一千万我们不会少一分。但有个条件,数据备份必须还给我们!"老大缓缓站了起来,看着死神,"这点务必要让寒号鸟清楚地转告给糖炒栗子!"

此时别无他途,死神就是再不甘,也不得不点头:"我立刻联系寒号鸟!"

"还有,告诉 The 9,搞砸狼峰会的计划取消了!"老大说完,又踱到了窗边,还是平时的那副架势,不过此时那身影却透着浓浓的萧索落寞之意。

死神捏着拳头,脸绷得铁青。为了搞砸狼峰会,胡萝卜前后花出去将近一百万美金,没想到黑天都搞定了,最后却死在一个从未抛头露面的糖炒栗子手里。胡萝卜联盟自成立以来,还是头一次遭受如此大的失败。那糖炒栗子就像是一个刺客,突然间发出致命的一击,让人毫无反抗的机会。

寒号鸟此时心里头那叫一个舒坦,二当家的出手,真是无往而不利。这才多大一会工夫,胡萝卜联盟就急惶惶找上门来了,投降求和不说,还主动提出割地赔款,生怕多耽误一秒钟,二当家的就会变了卦。

"好吧,我尽力去帮你们说和说和!"寒号鸟此时也抖起了狐假虎威的威风,他这个传话的苦哈哈,现在竟变成了居中调停的中间人,"糖炒栗子跟我关系不错,看在我的面子上,想来不会太难为你们!"

这口吻让死神差点吐血而亡,但他还必须低声下气:"那一切就拜托鸟神了,胡萝卜联盟感激不尽!"

"你们等我的消息吧！"寒号鸟拽得二五八万似的，对胡萝卜爱答不理状。发完消息，他去联系二当家的，立刻又换上另外一副模样："二当家的，那帮萝卜被你整惨了，现在哭着喊着要把一千万给你。你看怎么办？"

"我靠！"胡一飞差点栽倒。听说可以得到一笔巨款，一向财迷的他，第一反应竟然不是眼冒金光，而是被吓了一跳。他一脸纳闷地摸着脑门子，心说不是吧？胡萝卜好歹也是个大组织，怎么这么没出息呢？老子不过就是关了它两台机子，他们怎么就阳痿了呢？难道真像毛爷爷说的那样，所有帝国主义都是纸老虎，一戳就露相？

胡一飞"嚓""嚓"地戳了两下桌子，觉得有点不靠谱，就问寒号鸟："他们不会是搞什么鬼吧？"

"不可能！"寒号鸟是黑客圈的人精，对胡萝卜还是比较了解的，让他们低头比要他们的小命还难，"二当家的尽管放心，他们不敢捣鬼扯皮！"

胡一飞怎么也不敢相信这是真的，又问道："他们还说什么了？"

"他们承诺立即退出狼峰会，终止所有的攻击。他们还说之前跟你在沟通上有些误会，希望你能不计前嫌。你的漏洞他们买了，只希望你能将从数据库服务器上拿到的数据还给他们！"寒号鸟把胡萝卜联盟的话，原封不动地转给二当家的，这些话他不敢添油加醋。

"数据？"胡一飞很意外。入侵数据库服务器只是他一时兴起，那些数据他看都没看，直接就给清空了。现在他有点发愁，不知道要如何补给对方。

胡一飞看完那本讲网站架构的书后，一直都没机会验证，刚才进入胡萝卜的交易平台，按照书上所讲的翻了翻，竟然真的从代码中找到了数据库的链接地址。胡一飞兴奋得不得了，发现那数据库架设在另外一台机器上，就顺手把那台机子也敲掉了。在他看来，做事不留尾巴，这样才显得自己专业。

"二当家的准备怎么办？"寒号鸟又问道，"是不是再让他们吃点苦头？"

"收这钱不会有什么问题吧？"胡一飞最担心的就是这个，心里七上八下。

寒号鸟此时已经见怪不怪了，二当家的技术是神，但对于黑客圈的事却一无所知，便解释道："胡萝卜是合法组织，二当家的你卖漏洞给他们，他们付钱给你,这是完全合法的收入,不会有任何问题,我之前也卖过几个。"

胡一飞这才放了心。知道自己能有一千万美金的收入,他的心脏就不听使唤地加速度狂跳。之前他还担心被狩猎者追踪,现在也全忘了,掉进了钱眼里,只想着拿到钱后自己要怎么花。妈的,以后老子天天早上买两碗豆浆,喝一碗倒一碗,也尝尝腐败的滋味!

"二当家的,怎么回复他们?"寒号鸟又发来消息。没办法,胡萝卜在催呢,生怕他们的钱送不出去。

胡一飞这才回过神来,回复道:"你先把钱收了,我把漏洞资料整理一下给他们!"

"好,那二当家的你有没有外汇账户,我报给他们。"

"没有!"

"那有没有国外银行的户头?"

"也没有!"

"那怎么收钱?"寒号鸟郁闷了,总不能收现金吧。

"你不是有账户吗?先替我收了,回头我弄好账户再给我转过来!"

发完消息,胡一飞就坐在那里挠头。这可咋办呢?那漏洞资料倒是不愁,自己早都"准备"好了,可这清除掉的数据要怎么还给他们呢?想了想,胡一飞生出一计,在自己的电脑上新建了一个文档,噼里啪啦地敲了起来。

寒号鸟傻了眼,心说二当家的真是放心,这么大一笔钱,竟然敢放进别人的户头!不过转眼一想,寒号鸟又觉得很荣幸,这是二当家的没把自己当外人,估计再有一段时间,自己就可以向他请教一些技术问题了。他当即回复道:"既然二当家的信得过我,我肯定会把这事办好!"

完了,他又化身为收账的,一副欠债还钱、天经地义的口吻,敲打着胡萝卜:"糖炒栗子说了,先付钱,再给货,这事没商量,要么照办,要么继续!"

寒号鸟现在比办自己的事还要上心,他想着无论如何都不能辜负了二当家的对自己的这份信任,却不知这事根本就谈不上信任。

胡一飞那个财迷,之所以敢这么放心地把钱放进别人的户头,是因为这笔钱数额太巨大了，反而让他觉得很遥远，不真实。如果换作一万块钱的话，寒号鸟只要敢说先把这钱放进自己的户头，胡一飞绝对都能咬死他。反了天了，老子的便宜你也敢占？放你户头里一天，产生的利息算谁的？

胡萝卜联盟经过商量后，决定先把钱打进寒号鸟的户头，这时候他们已经没有别的办法了。再说，寒号鸟的口吻和糖炒栗子的态度，让他们更加相信自己的数据被人拷贝了。

很快，本次交易数据被存档入库，交易金随后就到了寒号鸟的户头，只要糖炒栗子把漏洞细节和拷贝的数据交出来，这次交易就算完成了。

一千万美金买一个漏洞，对胡萝卜联盟来说有点亏，但见识到这个漏洞的威力，他们倒是觉得这钱花得还算比较值。只要这个超重量级的漏洞到手，他们就可以说服更多的势力来支持胡萝卜的大平台战略，甚至可以将那些有权力制订互联网协议标准的机构都拉进来。通用漏洞，如果不是出在硬件上，就是出在协议上。

寒号鸟看到钱进了账户，赶紧截图，第一时间发给二当家的看。

胡一飞晕了头，没想到天上真的会掉金子。他把眼睛揉了擦，擦了揉，大腿都被自己掐肿了，这才相信自己真的有了一千万美金。只是目前这钱还躺在别人的户头里，胡一飞那叫一个后悔，自己的钱，为什么要放进别人的兜里呢？这太不可靠了。

他赶紧把自己准备好的漏洞资料和"拷贝的数据"传给糖炒栗子，道："你把东西交给胡萝卜，我弄好户头就找你！"

说完，胡一飞直接关机闪人，三蹦两跳地冲出寝室，要去银行开户头。出了楼，他才发现忘了时间，现在天都黑了很久了，大晚上的，银行早就下班了。他此时有些激动，回去也坐不住，便打电话给梁小乐，让梁小乐出来陪自己轧马路。

寒号鸟盯着眼前那个叫做"漏洞资料"的压缩文件，激动得手都在发抖。就是这个漏洞，可以在一个小时内踏破 ZM 的 107 关，可以让横行霸道的胡萝卜都俯首求和，可以吓得超级黑客阳痿早泄、半身不遂。现在，它就摆在自己面前，自己到底要不要打开看一看呢？

寒号鸟的心里很纠结，二当家的毫不迟疑把漏洞资料交给了自己，这是多大的信任！漏洞是要卖给胡萝卜的，自己怎么可以偷看呢？但寒号鸟又实在经受不住这个诱惑，他想知道，到底是个什么样的漏洞，能够强悍到如此地步。

"或许二当家的把它交给自己，就是要让自己看看呢！"最终还是欲望战胜了理智，寒号鸟决定把压缩包打开看一看，就看一眼。

他点击解压缩，那个压缩包立刻变成了两个文件。其中一个还是压缩文件，名字都没变，还叫"漏洞资料"，另外一个是文本文档，名字叫做"文件说明"。寒号鸟打开一看，里面写道："文件比较重要，所以多压缩了几次，请放心解压！"

寒号鸟的脑门子上出了汗，心说二当家的真是有才，重要的文件搞多重压缩，你直接加密多好啊！脑子里这么想，手上却一点都不闲着，继续点击解压缩。谁知里面还是两个文件，一个压缩包，一个文件说明。

连续解压了十几次，依旧如此，寒号鸟急得手心都开始冒汗了。怎么感觉跟没完没了的包装纸一样，拆了半天，到底也没看到里面装的是什么。

死神此时发来消息，催问道："鸟神，糖炒栗子的漏洞资料什么时候能传过来？"

寒号鸟吓了一跳，擦了擦汗，就把那个压缩包传给了死神。传完后，他定了定神，深呼吸几次，继续开始拆包装纸。最后他拆得手都麻木了，终于看到解压出来的不再是压缩包，而是变成了两个文本文档，一个叫做"漏洞资料"，一个叫做"数据备份"。

"咕！"寒号鸟再次激动起来，喉咙发出一种奇怪的声响。他颤抖着点开那个漏洞资料，瞬间就被定在了电脑前。

文件里清楚地写着漏洞的执行步骤："请将鼠标移动至屏幕左下角，点击'开始'按钮，选择'关闭计算机'，在弹出的菜单中选择'关闭'，即可执行关机。注：本漏洞适用于微软操作系统。"

寒号鸟差点没晕倒在电脑面前。这还真是极品漏洞，漏洞中的极品。他赶紧又打开那个"数据备份",只见里面写着:"保证书:本人现保证,在入侵胡萝卜数据库服务器的过程中,没有做任何数据拷贝的操作,所有数据都被清空。本人也未偷看数据内容。以上内容真实有效!"

"噗!"寒号鸟一口鲜血喷出来,昏死在了键盘上,他恨呐,为什么二当家的会如此的……幽默呢?

胡萝卜联盟里,几位高层趴在会议桌上,看着死神在那里手忙脚乱地解压了又解压,眼睛都快看花了。要不是通用漏洞的诱惑力在支撑着他们,他们绝对会暴走的。

终于,死神喘了口气,文件总算解压完了。淡定的老大此时也凑近几分,示意死神打开看看。

"咦?"第一个文件打开,有人发出了惊呼,随即会议室里沉寂了下去。

再打开第二个文件,"啊?"又有人发出惊呼,然后再次沉寂。

所有的人全傻在了那里,你看我,我看你,都是一脸的不可思议。这怎么可能呢?一千万美金啊,就买来一份微软系统的关机指南和一份连名字都没签的保证书,这不是幻觉吧?

"吭!"死神一拳砸在桌子上,然后拼命摇晃着眼前的电脑屏幕,怒吼道:"谁能告诉我,这是怎么回事?我要的漏洞资料到哪里去了?"盛怒之下,死神直接搬起那台显示器,"哐当"一下砸在地板上,"我的一千万,就买来这么两句废话!欺人太甚!"

会议室里噤若寒蝉,很明显,大家都被那个糖炒栗子给戏弄了。所有的人都看着老大,希望他拿个主意出来。

老大坐在那里,脸上阴晴不定,此时他的内心正在做着剧烈的活动。半晌后,他一脸阴沉地站了起来,道:"马上联系原子能机构,就说我们可以提供入侵者的线索。"

"糖炒栗子神出鬼没,狩猎者未必能捉住他!"死神明白老大的意思,但觉得这个办法很难行得通。

"一个狩猎者或许不行,一群狩猎者未必不行!"老大发了狠,他从没被人如此戏弄过，"放出话，就说我们知道有人掌握了通用漏洞，可以入侵任何互联网上的设备。胡萝卜愿意把自己被入侵的两台服务器拿出来供狩猎者研究，我们还会提供所有掌握的线索！"

"这事好办！"死神捏着拳头，"但我们没有任何糖炒栗子的资料！"

"我们没有，寒号鸟有！"老大的眼中闪现出一丝戾光，"还有，糖炒栗子会出现在狼峰会，这就是线索！"

死神顿时开悟，道："我知道该怎么办了！"

"鸟神，你太神了！"

老骚一大早就开始召唤寒号鸟，一条消息他重复发了好几遍。

寒号鸟转到电脑跟前，脑袋还是迷迷糊糊的。一晚上他都没睡好，胡萝卜收到二当家的东西后，竟然一点回应都没有。这很不正常，搞得他整晚都在琢磨胡萝卜被二当家的戏弄后会是什么反应，是选择吃哑巴亏，还是绝地反击？

"鸟神，这次你可太不够意思了，明明是一群高手，竟然骗我说是一个高手！"老骚非常激动，"幸亏我忍住了，没退出狼峰会，不然真的要后悔死了！"

老骚喷了好半天，寒号鸟还是没明白他喷的是什么物件，问道："你在说什么？什么一群高手？"

"鸟神，你快去看看狼峰会的名单吧！一晚上多了十多位世界级的高手呢！"老骚顺带做着预测，"这回胡萝卜怕是真有麻烦了！"

寒号鸟狂汗，心说那胡萝卜早就有麻烦了，昨晚已经被二当家的给脆了。不过，他还是打开狼窝瞄了一眼，一瞄之下，寒号鸟顿觉大事不妙。狼峰会指明了是中国黑客之间的聚会，一夜之间竟然蹿出十几位世界级的黑客要参会，而且还有一大半是安全专家，狼峰会一转眼就变成了世界级的安全盛会。

"我靠，胡萝卜肯定疯了，他们竟然把二当家的给卖了！"寒号鸟惊出一身冷汗。像他这种圈子里的滑泥鳅，一看就明白是怎么回事了，胡萝卜明显要借狩猎者来追杀二当家的。不知道他们是怎么运作的，这么一大帮专家公开报字号，还能抓住二当家的吗？真是幼稚！

寒号鸟最清楚追踪二当家的有多么困难。他虽然不是狩猎者，但追踪的水平并不低。那几台被二当家的关掉的肉鸡，他研究到现在，没有找到一丝线索，数据拆包也是毫无发现。除了那个清除日志的工具，二当家的连个屁都没留下。自己只是从他的话语中猜测他可能在理工大之内，却不敢去求证，万一惹恼了二当家的，到时候死都不知道是怎么死的，因为你根本就无法发现他的入侵。

"要不要给二当家的提个醒呢？"寒号鸟摸着下巴琢磨了半天，决定还是提醒一下。二当家的对黑客圈的知识相当匮乏，一下冒出十多个洋鬼子，二当家的怕是都不清楚这些人是干吗的。

正要登录狼窝，从不主动联系寒号鸟的黑天发来了消息："鸟神，我来向你打听一件事！"

寒号鸟吓了一跳，黑老大居然跑来向自己打听事情，赶紧说道："黑老大你有事尽管问，我知无不言！"

"胡萝卜联盟昨天晚上发下秘密通缉令，听说要让狩猎者帮他们追踪一位中国黑客，我们国内的狩猎者却被他们排除在了事件之外。这件事，你知道多少？"

寒号鸟一看这消息，就知道自己所料不差。胡萝卜没有选择吃哑巴亏，而是选择了反击。他想了片刻，回复道："昨天胡萝卜被人整惨了，他们的交易平台被摧毁了，交易数据也被清除了，到现在都搞不清楚有没有被人拷贝。"寒号鸟还想说胡萝卜被讹了一千万美金，差点吐血而亡，最后还是憋住了。这钱他要还给二当家的，别被黑老大凭这个线索给咬住了。

"这个人是谁？竟然这么厉害！"黑老大啧啧称奇，国内黑客圈什么时候出了这么牛的一个人物？

"ZM排行榜第一位的糖炒栗子！"

"难怪，原来是他！"黑老大话语平稳，但内心还是震惊不已。他一直把那个糖炒栗子当做是个作弊者，一个小时拿下107台服务器，这根本不符合事实嘛！

回头一想，黑老大突然记起，当时糖炒栗子刚出现，寒号鸟还跑来问自己知不知道这人是谁，一转眼他倒对糖炒栗子的行动了如指掌，看来他已经和这个糖炒栗子取得了联系。黑天不禁有点佩服寒号鸟的能量，圈里都说此人八面玲珑、交游广泛，看来此言果然不假。

"什么时候给我引见一下这位高手？"黑老大问道。

寒号鸟有点为难，自己要和二当家的联系，还得用马甲呢！再说，自己也不敢为狩猎者做这个引见啊。寒号鸟当即道："他神龙见首不见尾，我也很难联系得到。"

"嗯，好吧，这事以后有机会再说！"黑天也不强逼，又问道，"那糖炒栗子为什么对胡萝卜下手？"

"糖炒栗子要参加狼峰会！"

寒号鸟这么一说，黑天顿时明白了。原来胡萝卜触了个更大的霉头，早知如此，自己就不必跳出来了，最后还栽了个大跟头。难怪狼峰会一下冒出这么多世界级的高手，他们都是奔着糖炒栗子来的。这消息八成就是胡萝卜放出来的。

"糖炒栗子给胡萝卜发了警告，说他要参加狼峰会。可胡萝卜没把高手当回事，竟然说 The 9 和自己完全没有关系，明显是在糊弄高手，这才把他给惹怒了！"寒号鸟又解释了几句。

黑天暗道胡萝卜咎由自取，这也是他们一向嚣张霸道惯了，才会拿这么弱智的借口来愚弄高手，圈里人谁不清楚是怎么回事啊！"见到他，替我道声谢。本来应了狼牙的事，结果却被胡萝卜牵着鼻子走，要不是他及时出手，这回我恐怕就要失信于人了。"

"我会转告的！"寒号鸟应了下来，"胡萝卜目中无人，迟早会有人出来教训他们！"

黑天看再也问不出什么，客套了几句，便下线走人。

寒号鸟这才赶紧登录了狼窝，一上来，就收到二当家的留言："我现在就出去开户头，回头联系你！"

寒号鸟又是一脑门的汗。二当家的真牛，这么大一笔外汇，他竟然跑去开户头，光是那些审核资料，怕是都得填上大半天。他的黑客基本常识还真是差劲得很呐！

正在琢磨二当家的是不是说笑，寒号鸟肉鸡上的防守策略开始报警了。他点开看了一眼,便迅速切断了和肉鸡的联系,然后又把肉鸡之前的几层跳板全部清理得干干净净。

"妈的!"

寒号鸟清理完一切,这才骂了一声。糖炒栗子的号,今后是彻底不能再用了。刚才的数据一看就知道是反向追踪,而且对方来势汹汹,绝对是个反追踪的高手。寒号鸟咬着牙,心说那些高手现在都疯了,真是宁肯杀错不肯放过啊!凡是跟糖炒栗子沾边的,都让他们给咬上了。

正咒骂着,桌面上又来了消息。寒号鸟点开一看,发现是"枫月影"发来的:"鸟神,你这次牛大发了。我收到可靠消息,现在已经有九位狩猎者在追踪你,其中四个还是超级狩猎者的水准!"

寒号鸟当时脸就憋红了,拍着键盘大骂:"狗日的胡萝卜!"他刚才还在担心二当家的,现在才明白,原来自己也被胡萝卜给卖了。这群王八蛋,真他娘的没信义,连中间人也出卖。

"我估计这待遇还能再提升一倍!啧啧……"枫月影此时还不忘打趣,"能让这么多超级狩猎者来咬你一个,鸟神你可真是风骚,有史以来头一位啊!我就纳闷了,难道是你把他们的老窝给炸了?"

"靠!"寒号鸟哪还有心情说笑。枫月影是个职业的间谍黑客,不准确的消息他不可能拿出来乱讲,"老子不跟你多说了,多谢你通风报信,我先躲一阵,避过风头再说!"

枫月影赶紧又补充一句:"这次不同以往,躲怕是没用了,你最好还是想别的办法,超级大狩猎者斯帕克也接手了!"

寒号鸟顿时手足冰凉。斯帕克?我日啊!狗日的胡萝卜到底卖了什么东西,怎么连这个超级变态都被勾引了过来?斯帕克简直就是超级黑客的噩梦啊!他亲手狩猎过四个超级黑客,这还只是公开出来的信息,暗地里被他狩猎的黑客不知凡几。只要被他盯上,不管上天还是入地,他都能让你无所遁形。

寒号鸟把自己以前干的事仔细回忆了一下,不由眼一黑,心想自己这下完蛋了,十年八年的牢饭,肯定是跑不了了。

㉙ 追杀糖炒栗子

"那个加入ZM的家伙是谁？"胡一飞想知道谁这么倒霉，投奔了一个破烂组织。

狼蛛想了想，道："反正老师已经放弃了狩猎，告诉你也无妨。他狩猎的对象叫糖炒栗子！"

"咣"一声，胡一飞差点从椅子上跌了下来。

"妈的！"胡一飞一路上都在咒骂，他今天特意请了假去银行开户，结果被银行的几个问题一问，便灰溜溜地回来了，户头也没开成。他当时很得意地告诉银行，说自己有一千万美金的个人收入等着要接收，本以为银行的工作人员会像伺候VIP客户一样对自己尊敬有加，没想到等来的是三审五问。

怎么可能有学生一次性收入一千万美金呢？这太扯了！卖军火也没这么赚的。银行弄出一大堆表格就把胡一飞打发了，让他回去该填的先填好，该开证明的去开证明。

"日！老子的一千万，不知道什么时候才能装进兜里！"胡一飞郁闷得都想揍人。

胡一飞直接回了寝室，准备到狼窝去请教一下糖炒栗子，看看他的户头是如何设立的，怎么可以一下子接收那么一大笔外汇。

上了狼窝，胡一飞赶紧给糖炒栗子发消息，谁知点了发送，却提示"发送失败，论坛无此用户"。

"无此用户？！！"胡一飞的手一哆嗦，顿时觉得不妙，赶紧又重发了一遍，依旧提示"论坛无此用户"。

"咔嚓"一下，胡一飞这回是真的把键盘拍成了两截，他站在寝室里浑身发抖。毫无疑问，糖炒栗子夹着自己的一千万私奔了！这打击实在是太大了，胡一飞顿时大脑一片空白，只听到周围嗡嗡作响，头晕目眩之下，他差点栽倒在寝室里。

"呼呼！"寒号鸟此时正喘着粗气忙得不亦乐乎。他把自己所有的肉鸡全部清理掉了，很多数据都永远无法恢复了。做完这些，他觉得还不够，又把自己在网上留下的所有痕迹大清洗了一遍，如邮箱清空注销，所有网站和论坛的马甲能干掉的都干掉。至于狼窝上的，他用狼牙提供的管理员账户进了数据库，把自己所有的马甲以及马甲上的信息纪录全都删除了。

做完这些，寒号鸟还是有些不放心。圈子里认识自己的人太多了，平时聊天，话语中难免泄露天机，他决定赶紧搬家。那些办理手机、户头、宽带以及各种卡时登记的信息虽然都是伪造的，但最好还是一并都清理掉。

斯帕克的出现，让寒号鸟惶惶不安。自己的实力距离超级黑客还有一截，那些想将自己绳之以法的政府多了去了，如果不小心谨慎一点的话，简直就是自己把自己往牢里送，说不定都撑不过今天晚上。

"还有什么遗漏的地方呢？"寒号鸟坐在那里，脑门上淌着汗，仔细回忆着可能被狩猎者嗅到的一切线索。

最后，他忽然一拍脑门，自己刚才一慌神，竟忘了通知二当家的。他现在想去通知，却已经晚了，好不容易才擦掉了所有的痕迹，这一上网，万一再留下什么脚印就麻烦了。再说，电脑已经被自己清理得干干净净，硬盘上的数据也粉碎了好几遍，成了个裸机，此时根本无法运行。

"怎么办呢？"

寒号鸟在屋子里转了几圈，想着有什么挽救的办法。他跟二当家的联系方式只有一种，就是在狼窝上互发论坛短消息，但现在狼窝论坛已经是群狼环伺，自己刚才去处理马甲，已经是在别人的眼皮子底下搞小动作了。虽然用的是狼牙的管理员账号，但说不定已经被人咬上了呢？

"不要慌！不要慌！"寒号鸟努力让自己镇定下来，心想二当家的神出鬼没，除非是有人知道自己嘴里的糖炒栗子就是狼窝上的二当家的，然后故意跟二当家的套近乎，这才能从话语中找出点线索来。除此以外，那些狩猎者想要从技术上追踪到二当家的，基本是一件不可能完成的事情。

寒号鸟这么一想，松了口气，好歹二当家的也是 ZM 排行榜上第一位的黑客，狩猎者想追踪到他并不那么容易，倒是自己有点危险了。估计不少人的想法，是先逮住自己，然后再从自己这里摸到二当家的。

想到 ZM，寒号鸟突然想起一件很重要的事，自责道："我怎么把这事给忘了呢！"

寒号鸟懊恼地拍着脑门，二当家的其实早为自己想好了退路，他很早就把 ZM 的过关身份令牌交给了自己，自己只要杀过最后两关，就可以得到 ZM 的庇护。那时候别说死帕克，就是活帕克，也拿自己没有办法。

高兴了没几秒钟，寒号鸟又开始发愁。他现在轻易不敢上网了，而且他试探了那么久，也没有办法拿下 107 关。就怕自己还没拿下最后一关，狩猎者已经来敲家门了。可惜啊，二当家的没告诉自己要如何通关。

寒号鸟一阵丧气，站起来开始收拾屋里的东西，能带走的带走，不能带走的就全部毁掉。这么多的狩猎者盯自己一个，怕是以后很难再回到这里了。想到这，寒号鸟心里不禁有些悲凉，难道自己真的就这么完蛋了？

收拾东西的时候，寒号鸟脑子里还在不停地琢磨着怎样才能杀过 ZM 的测试。二当家的给自己的通关令牌已经杀过了 107 关，而自己现在却被困在了 107 关。如果能够绕过 107，直接杀到 108，那就好了，至少可以节省不少的时间。但他想不通的是，二当家的为什么一直坚持说不存在 108 关呢？

"哐"一声，寒号鸟扔下手里的东西，转身匆匆出门。他突然想到一个办法，虽然成功的概率很低，但他还是决定去试一试。加入 ZM，是他现在唯一能够解救自己的办法。

寒号鸟进了一家黑网吧，它开在一个城中村的居民家中。这里只有十几台机子，没有摄像头，也不需要登记身份证。他打开一台机子，先注册了一个新邮箱，便开始给 ZM 写信。

他把自己的过关令牌输进去，然后质问道："你们的测试系统根本不存在 108 关，没想到 ZM 竟然用一个根本不可能通关的测试系统来欺骗所有的黑客高手。现在，我要求你们立刻公布测试系统之前的运行情况以及通关纪录，并拿出切实可信的证据来，否则我将揭穿你们的这个骗局，并且告诉所有圈内人士，ZM 不过是个欺世盗名的组织罢了。"

发完信，寒号鸟就准备撤退，他把新注册的邮箱地址在心里默记了下来。等换了新地方，他还要看看会不会收到 ZM 的回复。

谁知刚要起身，邮箱就来了回复，速度之快，出乎寒号鸟的意料，ZM 的效率也太高了吧！

电脑前的 19 此刻泪流满面，他终于要解放了。

这段日子，19 都快被折磨得崩溃了。他每天看寒号鸟扫描来扫描去，似乎不想放弃通关，却又不见他进行任何入侵。就好比做爱时只有前戏没有××○○，前几天，19 还勉强能忍受，到了后来，19 的"小弟弟"已经因为反复充血而挂掉了，一看到寒号鸟发来的扫描信息，他的小弟弟就会流血流泪。这段日子，简直就是 19 的血泪史啊。

所以，一收到寒号鸟的邮件，19 几乎是以迫不及待的速度把第 108 关那个用于登记通关者信息的小软件给他发了过来，道："对于阁下所提之事，我谨代表 ZM 组织为你作出解释。ZM 从未做过任何欺骗圈内人士的行为，我们的测试系统确实有 108 关。前 107 关为技术关，需要通关者凭自身的实力通关；最后一关为 ZM 免费赠送，只要通关者输入自己的信息，就算是过关了。阁下之前两次进入 107 关，却没有输入信息，可能是并未注意到我们留下的信息登录软件。如果阁下现在仍愿意加入 ZM，就请运行附件中的登录软件，我们 ZM 一直都很期待阁下的加入。"

"呃！"

寒号鸟目瞪口呆，使劲地掐自己的大腿。太不可思议了，传说中最难的108关，竟然是免费奉送的？不会吧！二当家的果真没有看到那个信息登录软件？寒号鸟怎么都不相信二当家的是个老眼昏花的人，唯一能解释的，就是二当家的根本不屑于加入ZM，所以，他才把身份令牌给了自己。

19看对方半天没回应，紧张得不行，赶紧又发来新消息："我们ZM的107关服务器，一直都在为阁下而开启着。如果阁下不愿意屈就参加ZM的话，就请明确回复我们！"这句话是19自己的心声，ZM一直都在想办法拉糖炒栗子进自己的组织。

"参加！老子为什么不参加！"

寒号鸟使劲一捏拳头，现在他没别的办法了，不管二当家的是什么意思，自己必须加入ZM，不仅为了自己，也为了二当家的。于是，他赶紧运行那个软件，键入了自己的信息。

收到糖炒栗子的入会申请，ZM的成员集体上线。这份入会申请根本都不用讨论，大家都在等着新来的20为自己解开一小时杀过107关之谜。

过了一会，20上线。1号清了清嗓子，准备主持新入成员的欢迎仪式。他对20很重视，甚至在20面前，他心里还有点忐忑和小小的自卑，因为这家伙实在是太强悍了。

谁知20却先开了口，第一句话就把所有人给震翻了："兄弟们，搭把手，我被狩猎者给咬上了，请求组织的庇护！"

ZM的网络会议室里顿时鸦雀无声。

十分钟后，ZM黑客排行榜上排在第一位的糖炒栗子消失了，这是告诉所有人，糖炒栗子通关了。

一时，整个黑客圈里沸沸扬扬。很多人都知道狩猎者追踪糖炒栗子的事，那糖炒栗子早不通关晚不通关，一大群狩猎者正准备要围堵他的时候，他却通关了，这个时间实在是太玄妙了！难道说他一开始就可以通关，只是故意停在107关上？

"糖炒栗子太嚣张了！"

胡萝卜联盟里,死神捶着桌子,一脸愤然之色:"他之前故意停在107关上,明显是在给ZM难堪!而现在他突然通关,又是在给狩猎者难堪,让他们进退为难!"

"事情如果这么简单就好了!"老大把自己的笔记本转过头,屏幕面向众人,淡淡地说,"这是两份ZM的榜单,一份是现在的,一份是以前的,大家仔细看一看,除了第一位糖炒栗子消失外,榜单上还有另外一个变化!"

死神之前只注意到了第一位,倒没有发现还有其他的变化,听了老大的话,便细细地比照着看了下去。当看到第101位的时候,死神顿时露出不敢相信的眼神,他看着老大,急急问道:"这怎么可能?寒号鸟也在这份榜单上消失了!"

其他几位也是如被雷击,这消息比糖炒栗子的通关还要让人震惊。之前大家还猜测这是糖炒栗子的一种炫耀和挑衅,但寒号鸟为什么也消失了呢?没有理由啊!他甚至都还没有达到超级黑客的实力。

"ZM的测试系统早已关闭,为什么会有两个人突然之间从榜上消失了呢?"老大的话,一字一锤敲在众人心里,让人不由心跳加速。

众人心照不宣,问题太严重了!胡萝卜联盟刚刚通缉这两个人,而他们就齐齐地从ZM榜单上消失了。如果说这两个人是凭实力进入了ZM,那胡萝卜今后就要面对两位ZM级别高手的复仇,情况很不乐观;如果说这是ZM组织的行为,那更惨,胡萝卜怕是很快就要被ZM打压至死了。

死神阴着个脸,他都不敢去想这里面究竟是什么原因。ZM是黑客圈的神话,只要受到他们庇护的黑客,狩猎者就别想啃下,如果不识相的话,最后倒霉的只能是自己。

"我们必须做出一个抉择!"胡萝卜的老大一脸凝重,"是进是退,大家都说说想法吧!"

会议室非常寂静,没有人敢主动开这个口。

死神面前的笔记本突然闪烁了一下,发出"滴滴"的声音。这一平常不过的声音,居然让胡萝卜的好几位成员都吓了一跳。死神看了看消息,道:"斯帕克发来消息,说他准备退出对糖炒栗子和寒号鸟的狩猎,但希望我们能继续提供被入侵的服务器让他研究！"

老大听完，良久不说话。一个中国小黑客组织搞的峰会，先是成了几位大黑客展现实力的秀场，而后又演变成一场网络攻击，最后连黑客界最神秘的 ZM 组织都牵涉其中。胡萝卜的老大此时终于意识到，胡萝卜今年以来的行为太过于霸道了，就算没有糖炒栗子的出现，胡萝卜也会在其他的地方得罪其他的人。

"进入中国市场的计划终止，大平台战略也……暂时搁置吧！"老大呼了一口气，缓缓说道。

对于这一提议，大家都没有吭声，算是默认了。胡萝卜联盟被诓走一千万美金，财力受限，即便没有 ZM 的牵扯，要想进军中国市场，也已经有心无力。

注意到 ZM 排行榜变化的，不只是胡萝卜，还有黑天。他刚弄明白狩猎者的目标是寒号鸟和糖炒栗子，谁知一转眼，就收到了狩猎者退出的消息。真是瞬息万变啊！

黑天给寒号鸟发了消息，却连连提示发送失败。他现在心里有点怀疑，觉得寒号鸟和糖炒栗子应该是同一个人。那些狩猎者都不清楚的内幕，寒号鸟一清二楚，对糖炒栗子的行动更是了如指掌，现在又和糖炒栗子一齐消失在 ZM 的榜里，这不能不让人怀疑啊。

"可惜！自己以前竟看走了眼！"黑天有点后悔，心中更是哭笑不得。寒号鸟真是狡兔三窟，竟然在 ZM 的榜单上打埋伏，弄了一前一后两个排名，不知道迷惑了多少人。

ZM 的出现，让一切回归平静，所有人都在期待着狼峰会的开幕。

胡萝卜联盟黯然退场，今后两三年内，他们怕是无力再扩张了。

此时最得意的要属狼牙了。一个在中国都不出名的小黑客组织，一夜之间成了全世界黑客瞩目的焦点。前来参加会议的世界级安全大师，已经达到三十多位，其含金量远超一些世界级的安全会议。那些原本没有计划参会的国内高手，也有些坐不住了，这么重要的会议，离开了自己还能叫峰会吗？于是，他们顾不上考虑自己是不是出手有点晚了，纷纷扎进迷宫。

高手的集体出现，打了狼牙一个措手不及，事先确定好的会议日程肯定要作废了，他现在得联系高手，取得他们的会议议题，以便重新安排新的日程出来，会议的会期估计也得延长。距离狼峰会开幕只有半天的时间，狼牙忙得屁颠屁颠，心里却像喝了蜜一样甜。试问在中国黑客圈里，还有谁有自己这么大的魅力和号召力？随便一招手，全世界的高手就蜂拥而至。

The 9 的老大此时最幸福，他直赞自己英明神武，绷住了裤腰带没让胡萝卜给嫖了。真玄呐，自己要是把那些攻略给发布了，此时怕已经死无全尸了。回过头，他就把鸟神给自己发来的那份病毒代码永久收藏，并决定以后都要时时膜拜。整个黑客圈，估计没人有鸟神写的源代码。

只有几个真正的高手注意到了，互联网上一切关于寒号鸟和糖炒栗子的信息，在瞬间消失得无影无踪，就好像这两个 ID 从未出现在互联网上一样。而和这两个 ID 所关联的现实信息，也一并消失，就好像他们从未存活于人间。

ZM 展开了庇护行动！

"二当家的，你怎么了！"

段宇回到寝室，看见胡一飞躺在床上，神情痴呆，双眼直直地看着天花板，也不说话，也不喘气，顿时吓得段宇小脸煞白，赶紧上前轻推了他两把。

胡一飞长长出了口气，人没动，只呆呆傻傻地问了一句："老三，如果你有一千万，你会怎么办？"

"什么一千万？精子吗？"段宇伸手摸着胡一飞的脑门，"二当家的，你感觉如何？头晕不晕？"

胡一飞推开段宇的手，道："我没发烧，我是很认真地问你！"

没发烧都已经一千万，真发烧了你还不得一千万美金啊！段宇觉得胡一飞肯定脑子短路了，但摸着又不发烧，想不明白是怎么回事，只好顺着他的话，小心翼翼地说道："我买车、买房，带小丽环游世界，这辈子都不去给别人打工！"

"很好！很好！"胡一飞赞了两句，突然他转过脸，双眼直直盯着段宇，"如果你的一千万不小心存到了别人的户头上，怎么办？"

段宇被胡一飞这一眼瞧得浑身发麻:"怎么可能!我要是有一千万,绝对不告诉任何人,怎么可能存进别人的户头呢?"他又仔细打量着胡一飞的神色,心说二当家的不会是中邪了吧?怎么老是跟一千万过不去呢?

"要是真的存错了呢?"胡一飞还是那副表情。

"真存了?"段宇暗自纳闷,胡一飞现在这样子,倒真像把一千万存进了别人户头。他劝慰胡一飞道:"存错了也没有关系,找银行再退回来就是了!"

胡一飞轻轻叹气:"要是那个人卷着钱从人间蒸发了,你怎么办?"

"我靠!"段宇终于知道胡一飞怎么了,他肯定得了妄想症。有人妄想别人来害自己,有人妄想别人来偷自己的钱,这小子的兜里经常干净得像狗舔过一样,竟然会妄想别人卷走自己的一千万,看来病得不轻。段宇想了想,道:"如果有人敢拿走我的钱,我肯定不能在这里躺着,我会想尽一切办法把那个家伙找出来,然后拉到小竹林去强奸一百遍!不,一万遍!"

胡一飞腾一下坐了起来,坐在那里想了一会,顿时容光焕发。他从床上跳下来,盯着段宇道:"老三你真恶心,男的你也要奸?"

段宇看胡一飞这样还以为自己被耍了,讪讪道:"男的老子就插死他!"

"好!"胡一飞朝段宇竖着大拇指道,"等我找到他,就交给你来插!"

段宇狂出冷汗,原来二当家的还没醒呢,他不跟胡一飞再揪扯了,转移话题说:"今天上课,听人说咱们学校的网站又被黑了,不会是南电版权科妓那帮孙子吧?"

"南电的有这本事倒好了!"胡一飞撇着嘴,伸手开了自己的电脑,心想段宇平时磨磨叽叽的,没想到关键时刻还真有决断,比自己想得开!那一千万已经丢了,想要回来,就必须想办法揪出糖炒栗子是谁。躺在床上干想,当然想不回钱来,相反,只会把自己想成精神病。

"那你说上次咱们理工大的那个神秘高人还会出手吗?"段宇问,"大家都议论这个呢!"

胡一飞笑笑,道:"我想不会了。随随便便就出手,还能叫高人吗?"

"那倒也是!"段宇沉思片刻,换上一副忧心忡忡的样子,"最近有点不大太平，我总感觉会出点什么事。"

胡一飞直摇头，刚夸完这小子，他马上又开始神神叨叨了。胡一飞不答理他，直接上了狼窝，他要利用论坛的搜索功能，搜索一切和糖炒栗子有关的信息。然而显示出来的结果是一片空白，大出胡一飞意外。他不死心，又跑到百度、谷歌搜索了一下，结果更惨，竟然连卖糖炒栗子的供求信息都没有。

"我靠！不是吧！"

胡一飞抓着头皮，怎么会这样呢？他就算是放个屁，也会留下点味道，怎么可能如此干净呢？想了一会，胡一飞赶紧打开自己的论坛信箱，里面还有以前的通信纪录，他想看看能不能从中找出点线索来。

打开之后，胡一飞傻了眼，论坛信箱里有他和狼蛛的通信纪录，而关于糖炒栗子的却是一条都没有。胡一飞明明记得，自己从来没有删除过那些纪录啊！

"灵异事件？超级黑客？"

胡一飞脑子顿时一片混乱，想不明白这是怎么回事。难道这一切都是自己的幻觉吗？从一开始就没有糖炒栗子这个人，也没有那莫名其妙的一千万，这些都是自己凭空幻想出来的？胡一飞使劲掐自己的脸，想看看自己现在是不是还在做梦。

"二当家的！"段宇冲了过来，"你……你没事吧？"

段宇这回被吓得不轻。胡一飞先是痴痴呆呆乱讲话，现在又搞起了自残，脸都被掐肿了，他竟然毫无知觉，不会是真的疯了吧！

"没事,没事！"胡一飞摆了摆手，示意段宇自己没事。然后他盯着电脑屏幕，纳闷道："不可思议！太不可思议了！"

段宇探头往屏幕上瞅了一眼，心里毛毛的，明明很正常的一个网，自己一点都看不出有什么怪异的地方，二当家的到底看见了什么呢？当下他小心问道："二当家的，你……这是干什么呢？"

胡一飞摇着头，道："我在狼窝的聊天纪录被人清除了！"

段宇一听，松了口气，安慰胡一飞道："人在江湖飘，哪能不挨刀！肯定是你的账号被人盗了。这事常有，我自己就丢过很多账号了！"说起这事，段宇便一脸的愤然，"想当年，我在那个色……"说到这，段宇戛然而止，一脸的局促。

胡一飞看着段宇，问："哪个？"

"那个……反正就一个论坛。我在那好不容易升到了贵宾账户，结果号被盗了，搞得我都想砍死那个盗号的王八蛋！"段宇很尴尬，差点说漏了嘴，把自己上黄色论坛充钱搞贵宾账号的事给抖了出来。

胡一飞也不追问，在电脑前皱眉思考着自己头上的这摊事。这明显不是一般的盗号，对方目的很明确，就是要清除糖炒栗子的通讯纪录。胡一飞认为这件事肯定是糖炒栗子干的，这小子见财忘义，妄图卷着自己的一千万搞人间蒸发。

"只是这手段也太……厉害了吧！"胡一飞咂巴着嘴，能把论坛上的痕迹打扫得如此干净，就连搜索引擎都搜不出任何信息，糖炒栗子真不是一般的厉害。自己以前还笑话人家眼神不好，原来是自己看走了眼，没想到糖炒栗子是个扮猪吃老虎的主。

胡一飞恨恨地咬着牙，自己真是头猪，竟然会相信有人把自己当成高手和偶像。

"你有新的消息，请注意查收！"

狼窝传来新的消息，打断了胡一飞的思路。他点开一看，是狼蛛发来的，不禁有些牙痛。妈的！又是一个把自己当高手的，不知道这些人究竟都打的是什么主意。

"二当家的，你不是要参加狼峰会吗？现在距离报名截止只有几个小时了。你还不准备出手？"

胡一飞哪还有这个心思，之前糖炒栗子也说会参加狼峰会，现在看来，这小子肯定不会出现了。于是他不冷不淡回复了一句："最近事情有些多，可能不参加了！"

"那太可惜了。这次参加狼峰会的人很多，我的老师也会来参加！"

"死脑筋跑来做什么？"胡一飞对死脑筋印象深刻，有些意外，就随口问了一句。

狼蛛没明白他是什么意思，问："死脑筋是谁？"

胡一飞擦着汗，心说自己被糖炒栗子给气糊涂了，怎么可以当着一根筋的面骂人家的师傅是死脑筋呢？万一死脑筋发了飙，来咬自己怎么办？他赶紧解释道："这个破拼音输入法，太误事了，我是问你师傅来做什么。"

"我的老师叫斯帕克，不叫死脑筋。奇怪，你怎么知道他的名字？"

"我日！"

胡一飞吐了血，没想到这都能错到一块去。奇怪，这斯帕克是个人名吗？

"我的老师来狼峰会找点线索。他本来是要狩猎一位超级黑客的，结果……"

难道死脑筋栽了？胡一飞大出意外，没想到狩猎过那么多超级黑客的死脑筋竟然也会栽了，不禁问道："你的老师失手了？不会吧？是谁这么厉害？"

"没有，老师是主动退出狩猎的，因为他狩猎的对象突然加入了 ZM。我想老师可能是不想和 ZM 为敌。"狼蛛极力维护自己的师傅。

胡一飞想大笑，那个 ZM 不过是个沽名钓誉的组织罢了，竟然把死脑筋给吓退了！死脑筋一定是老了，不再血气方刚、金枪不倒了。"那个加入 ZM 的家伙是谁？"胡一飞想知道谁这么倒霉，投奔了一个破烂组织。

狼蛛想了想，道："反正老师已经放弃了狩猎，告诉你也无妨。他狩猎的对象叫糖炒栗子！"

"咣"一声，胡一飞差点从椅子上跌了下来。糖炒栗子？那不是自己参加 ZM 测试时的名字吗！自己已经把这个名字占了，怎么还会有人再用这个名字参加 ZM 测试？他赶紧打开 ZM 的入口网站，看到原本排在第一位的自己，此时已经消失了！

"妈的！"胡一飞一拍桌子，他终于有点明白了。自己把那个身份令牌交给了真正的糖炒栗子，而这小子竟然把最后一关给过了，并且时间不早不晚，卷了自己的一千万后他就加入了 ZM。肯定是 ZM 帮他清除了所有的信息，也帮他吓退了死脑筋的追踪。

胡一飞的肠子都快悔青了，自己让人耍了一次又一次啊！不知道糖炒栗子到底干了什么坏事，竟然连死脑筋这样的顶级狩猎者都会出手。

"二当家的……"段宇又朝这边看了过来。他也快崩溃了，胡一飞今天到底是怎么了？

"我没事，就是想生气！"胡一飞又砸了一拳，这才重新坐了下来。他问狼蛛："糖炒栗子做了什么？怎么能劳你师傅亲自出马呢？"

"昨天胡萝卜向所有狩猎者发出求援，说糖炒栗子入侵了欧洲原子能机构的网站，还敲掉胡萝卜联盟的交易平台。具体的细节我不清楚，因为我还不是正式的狩猎者。不过，我想这里面肯定还有别的原因，否则老师是不会出手的，更不会在宣布退出狩猎后，还要来峰会寻找线索！"

"额滴神啊！"胡一飞头痛欲裂，情况越来越混乱了。刚才狼蛛说的事，明明就是自己做的，而那个加入 ZM 的却是糖炒栗子。他已经弄不清楚狩猎者追踪的是自己，还是那个糖炒栗子，也不清楚究竟是哪个吓退了哪个。

"我日！"胡一飞抓着头皮使劲想了半天，才想出一种合理的解释，那就是糖炒栗子和胡萝卜交涉的时候，没有报出自己的字号。所以胡萝卜只知道糖炒栗子，不知道有二当家的。胡萝卜想要追杀的其实是自己，而狩猎者却被另外一个糖炒栗子加入 ZM 的举动给吓退了。

这么一想，胡一飞又多了一个新的问题弄不清楚，他不知道自己是该感谢糖炒栗子呢，还是该追杀他！

"一千万啊！还是美金。不管了，就算追到天边，老子也要杀了他！"胡一飞咬着牙，又给狼蛛发去消息，"那你师傅到底能不能追到糖炒栗子？"

"肯定可以！"狼蛛很相信斯帕克的能力，"只是他不愿意和 ZM 为敌罢了！"

胡一飞有了主意。死脑筋怕 ZM，自己可不怕，只要确定狩猎者能追踪到糖炒栗子就行。"那你能不能追踪到糖炒栗子呢？"

"我不清楚。因为我目前还不是正式的狩猎者，经验不足，追踪手段也没有老师那么纯熟！"狼蛛显得很没有自信。

"那就是说，学了狩猎者的本领才有可能抓到糖炒栗子是不是？"胡一飞又问道。

狼蛛已经被这一系列问题给弄迷糊了，道："理论上是这样的。有了扎实的技术基础，只需要一点点线索，再通过正确的策略运用，应该可以追踪到任何黑客！"

"那就好了！"胡一飞快刀斩乱麻，"你教我所有狩猎者的本领，我就回答你以前的那些问题。"

狼蛛又开始头疼。二当家的为了不回答自己的问题，可真是煞费苦心呐！他三番两次地改换条件，自己明明已经只差一个问题了，他又要搞新花样。当下狼蛛很不情愿地说："只差一个问题了！"

"现在不差了。我可以立刻回答你的问题！还有，我能为你提供糖炒栗子的线索！"胡一飞抛出一颗重磅炸弹，"怎么样？你不是要狩猎一个黑客，才能成为狩猎者吗？与其狩猎那些不入流的黑客，还不如直接拿下糖炒栗子。我想你师傅肯定会对你刮目相看的！"

抛开糖炒栗子不说，单就回答那些问题，已经足以让狼蛛动心了。只是他被胡一飞耍了好几次，已经不怎么敢相信这家伙的话了，万一他又变了呢？"我拿什么相信你？"

"那我就先告诉你一条糖炒栗子的线索吧！"胡一飞想了一下，道，"其实糖炒栗子有两个，加入 ZM 的那个并不是你师父追踪的糖炒栗子。"

狼蛛岂能上当，他说："这些说法根本无法求证，我们还是遵守之前的约定吧！"

胡一飞一咬牙，一跺脚。妈的，看来不出核武器是不行了，他在自己整理出来的那些笔记中翻了半天，找到一篇和狼蛛上次那个问题相关联的文章，从中截取一段，给对方发了过去，问道："如何？凭这个你总该相信了吧！"

半响后，狼蛛发来消息："这段文章你从哪里找来的？"

"你有师傅，我当然也有师傅！"胡一飞忽悠他说，"怎么样，交换不？"

"换！"狼蛛再无怀疑。二当家的人品可能是假的，但那段技术性的文章不会有假。

"但我有一个条件！"胡一飞又来这招。

狼蛛心里咯噔一下，他现在都怕了这句话，当下耐住性子问道："你说！"

"这是我们俩私底下的约定,你不可以对第三个人提起。我给你的东西,你不能给任何人看,也不许对任何人提起。当然,你给我的东西,我也同样做到这些!"

狼蛛松了口气,即便二当家的不说,自己也会这样做的:"我在上帝面前发誓,绝不将此事告诉你我之外的所有人!"

为了抓到糖炒栗子,胡一飞这次算是豁出去了。他很后悔,如果自己以前有狩猎者一半的水平,怕是早就弄清楚了糖炒栗子的真实信息,也就不会被他卷跑一千万了。狼蛛是个一根筋,胡一飞现在只能希望这一根筋能够经得起检验,心口如一,遵守约定。

"一言为定!"胡一飞咬着牙说。

狼蛛很快回复道:"驷马难追!"

(第一部完,敬请期待后续章节,第二部更精彩……)

《黑客江湖 II：菜鸟高手》精彩导读

●●●●

为了夺回被糖炒栗子卷走的一千万美金，还是菜鸟的胡一飞心中充满了奋发向上的动力。他每天起早贪黑去自习室学习黑客技术，如此刻苦的劲头吓坏了寝室的老大、老三、老四，以为胡一飞的精神出了问题，胡一飞只好用一千万 QQ 游戏币糊弄过去。

糖炒栗子加入了超级黑客俱乐部 ZM，ZM 给会员提供全方位的庇护，糖炒栗子无声无息地消失了，凭胡一飞的半吊子技术，能够追踪到他吗？

●●●●

胡一飞顺利进入 Cobra 的微蓝科技公司实习，本来以为可以跟着 Cobra 学习黑客技术，没想到他周末去上班，公司里一个人都没有，只有一群蹭电脑打游戏的楼下保安。领导交代给胡一飞的任务是扫描 IP，扫描、扫描、无止尽的扫描，胡一飞郁闷了，他开动脑筋，只用三天时间就做完两个月需要完成的工作，反而被领导一通臭骂，嫌他速度快了，有这样的领导吗？胡一飞欲哭无泪。

他的黑客技术能够有所长进吗？那一千万美金啊，到底离胡一飞还有多远？

●●●●

胡一飞在微蓝工作期间，再次与曾玄黎巧遇。曾玄黎所在的金龙药业公司，被间谍黑客枫月影盯上，欲窃得绝密药方。胡一飞受曾玄黎刺激，吹牛皮要帮助药业公司布置安全措施，结果被药业公司资深网络安全工程师嘲笑了。胡一飞愤而回家，从T博士的笔记中寻找到了金龙药业的网络漏洞，狠狠反击了曾玄黎和工程师，也导致枫月影无功而返。枫月影了解到胡一飞与金龙药业有关系，欲从胡一飞处获得破解之法，胡一飞差点上当。等明白是怎么回事之后，他彻底恨上了枫月影。怎么才能报复枫月影呢？

枫月影倒霉的监狱生活很快就要开始了……

曾玄黎一回去就把张工和廖工召集到一起，准备连夜对金龙药业的网络进行安全改造。她拿出那份胡一飞给的文件，道："你们先研究一下这份文件，然后拿出个具体的方案。这是我从高手那里得到的资料，主要针对黑客的顶级窃密手段。"

张工和廖工赶紧接过来。他们俩现在灰头土脸的，作为资深业内人士，一直没想明白胡悠专家（胡一飞）如何盗走文件，今天早上例行检查时又发现实验数据存在被人复制的痕迹。黑客堂而皇之进入他俩打造出来的号称非常安全的网络窃走文件，并且没有触发任何监测系统报警，事后再查，居然还找不到黑客入侵的蛛丝马迹，这让他们丢尽了面子。

俩人接过来，只看了第一页，顿时奇道："不可思议，不可思议！"看到第六项时，张工若有所悟："上次那个胡悠专家，不会是用蜂鸣器把文件发送出去的吧？"

廖工也有同感，道："肯定是这样！我们都被他骗了，根本没注意到他在手机上动手脚，他还骗我们说什么狗屁的无影神抓，纯粹是混淆视线！"

曾玄黎听他们提到了蜂鸣器，急忙问道："说说是怎么回事，蜂鸣器怎么能把文件传送出去呢？"

张工解释道："原理很简单，蜂鸣器可以通过编程来控制，这就为黑客操控它创造了条件；其次，蜂鸣器可以发出频率很高的声音，甚至是超声波，而这个超声波，我们人的耳朵是听不到的。"

"对！"廖工颔首，"文件中提到，只要把文件的格式进行转换，然后控制蜂鸣器以超声波的频率将它发送就可以了。我们的耳朵虽然听不到超声波，但随便一个普通的录音设备都能把它录制下来，再通过转换工具将录好的音频文件还原，就可以得到原来的文件！"

曾玄黎目瞪口呆。什么？蜂鸣器，超声波？文件居然可以转换成声音，声音也可以转换成文字？这些全超出了她的认知范围，让她觉得很不可思议，犹如天方夜谭一般，从未想过文件竟然还能以这种方式被偷出去。

"嗯，这个手法太隐蔽了！"张工一副大开眼界状，"即便录制过程中掺杂了各种对话，声音也可以进行滤波过滤。想出这个办法的人真不简单，不光要精通计算机技术，还得精通超声波检测。"

廖工感慨不已："其实这手法一旦被拆穿，就一点都不神奇了。我们平时用的手机，照样能把千里之外的声音瞬间传送过来，只是我们天天接触，已经麻木了。"

●●●●

赵兵终于落马，被抓进了监狱，他偷窥女性隐私、吃回扣买设备的恶行引发了所在公司领导和员工的愤怒。他喊冤说自己被人设计暗算了，但是网监根据他的线索搜查，却没有发现那人的踪迹，断定赵兵说谎。黑天敏感地察觉到这件案子有蹊跷，飞到东阳面见赵兵，得知赵兵服务的大道科技公司的网站曾被黑客入侵过，黑客留下了一款不能自我删除的日志清理工具。这不是那个一小时通过107关的糖炒栗子的入侵行为模式吗？

●●●●

胡一飞淘到的那块硬盘的主人终于现出影子，原来是美国电脑奇才T博士，但他还没出场便已经去世了。他的死，给国际黑客界带来翻天覆地的变化。一直被T博士压制了数年的ZM终于要扬眉吐气了，他们准备大干一场……可是，那个一小时通过107关的"糖炒栗子"居然又出来捣乱了，ZM很头痛，后果，恩，不严重。

ZM一直都是个神秘的存在，没人知道他们是什么样的组织，也没人知道他们想干什么。但五年前ZM的霹雳一击，却让全世界为之震动，之后便有了越来越强烈的呼声，要求重建互联网，旧的互联网体系在ZM面前不堪一击。可惜的是，ZM的攻击只是昙花一现，T博士的介入，让ZM精心设计的攻击瞬间土崩瓦解。之后他们深深地隐藏了起来，五年过去，已经没人知道他们积攒了多么强大的力量。

但全世界的网安高层，从来不敢放松对这个组织的监控。半年前，一个神秘病毒的秘密传播，已经成了大家心照不宣的秘密，ZM又复活了。这个有史以来最强大而又最安静的病毒，成了一颗雷，随时都会炸得整个互联网粉身碎骨。

黑天追踪这个病毒也有半年了，甚至做好了病毒爆发的防御准备。但他心里一点底气都没有，自己所做的防范措施，只是一种猜测性的布置，到底能不能管用根本没把握。目前这个病毒没有任何危害，只是在潜伏；但它拥有无比恐怖的变异能力，几乎在瞬间就能变成另外一种完全不同的病毒。要想击败它，只能找出发出变异指令的服务器，而全球互联网服务器浩繁如烟，对方又隐藏得那么深，想找到真是大海捞针。

"算了！"黑天摇摇头，收回思绪，此时头痛的，又不是他自己一个人。

图书在版编目(CIP)数据

黑客江湖1:疯狂的硬盘/银河九天著. — 重庆:重庆出版社,2011.5
ISBN 978-7-229-03974-5

Ⅰ.①黑… Ⅱ.①银… Ⅲ.①长篇小说—中国—当代

Ⅳ.①I247.5

中国版本图书馆 CIP 数据核字(2011)第 066817 号

黑客江湖 1:疯狂的硬盘
HEI KE JIANG HU FENG KUANG DE YING PAN

银河九天 著

出 版 人:罗小卫
策　　划:华章同人
执行策划:徐　虹
责任编辑:王　水　王　雪
营销推广:杨　霄
官方微博:http://weibo.com/2253703754
装帧设计:broussaille 私制

重庆出版集团
重庆出版社　出版

(重庆长江二路 205 号)

北京温林源印刷有限公司　印刷
重庆出版集团图书发行公司　发行
邮购电话:010-65584936
E-mail:haiwaibu007@163.com
全国新华书店经销

开本:787mm×1092mm　1/16　印张:20.5　字数:304千
2011年9月第1版　2011年9月第1次印刷
定价:29.80元

如有印装质量问题,请致电023-68706683

版权所有,侵权必究